Alan Bradley

Flavia de Luce
Eine Leiche wirbelt Staub auf

Buch

Auch wenn die zwölfjährige Flavia nie etwas gegen ein Abenteuer einzuwenden hat, steht eine Sache ganz sicher nicht auf ihrer Liste erstrebenswerter Dinge: ihr Zuhause in ihrem kleinen englischen Heimatdorf Bishop's Lacey zu verlassen, um im weit entfernten Kanada Miss Bodycotes Höhere Mädchenschule zu besuchen. Doch ehe sie sichs versieht, wird sie auf ein Schiff verfrachtet und nach Toronto geschickt. Denn auch Flavias Mutter besuchte das Internat, und nur dort wird Flavia die Ausbildung erhalten, die sie benötigt, um das Erbe von Harriet de Luce anzutreten und in den Geheimbund Nest des Colchicus eingeführt zu werden. Noch in ihrer ersten Nacht im Internat ereignet sich ein schockierender Vorfall: Eine verkohlte, in die englische Nationalflagge eingewickelte Leiche, die im Schornstein festgesteckt haben muss, saust durch den Kamin in Flavias Zimmer. Wer ist das unglückliche Opfer, und warum war die Leiche auf diese ungewöhnliche Weise versteckt?

Flavia muss schnellstens einen Weg finden, die finsteren Gewässer ihrer neuen Schule zu durchschiffen, muss herausfinden, wem sie vertrauen kann und um wen sie einen großen Bogen machen sollte – zum Beispiel um die einschüchternde Direktorin Miss Fawlthorne, die einiges zu verbergen scheint …

Autor

Alan Bradley wurde 1938 in der kanadischen Provinz Ontario geboren. Nach einer Laufbahn als Elektrotechniker, zuletzt als Direktor für Fernsehtechnik am Zentrum für Neue Medien der Universität von Saskatchewan, zog Alan Bradley sich 1994 aus dem aktiven Berufsleben zurück, um sich ganz dem Schreiben zu widmen. *Mord im Gurkenbeet* ist sein erster Roman und der viel umjubelte Auftakt seiner weltweit erfolgreichen Serie um die außergewöhnliche Detektivin Flavia de Luce. Alan Bradley lebt zusammen mit seiner Frau Shirley auf der Isle of Man.

Von Alan Bradley außerdem bei Blanvalet lieferbar:

Flavia de Luce 1 – Mord im Gurkenbeet; Flavia de Luce 2 – Mord ist kein Kinderspiel; Flavia de Luce 3 – Halunken, Tod und Teufel; Flavia de Luce 4 – Vorhang auf für eine Leiche; Flavia de Luce 5 –Schlussakkord für einen Mord; Flavia de Luce 6 – Tote Vögel singen nicht

Alan Bradley

Flavia de Luce

Eine Leiche wirbelt Staub auf

Roman

Aus dem Englischen von Gerald Jung
und Katharina Orgaß

blanvalet

Die Originalausgabe erschien 2015 unter dem Titel »As Chimney Sweepers Come to Dust« bei Delacorte Press, an imprint of The Random House Publishing Group, a divison of Random House, Inc., New York.

MIX
Papier aus verantwortungsvollen Quellen
FSC® C014496

Verlagsgruppe Random House FSC® N001967

1. Auflage

Neumarkter Str. 28, 81673 München
Umschlaggestaltung und -illustration: Isabelle Hirtz, Inkcraft
Das Zitat von Charles Dickens auf S. 62 stammt aus:
Nicholas Nickleby, nach älteren Ausgaben bearbeitet
und revidiert von Leo Feld und Erwin Krauß.
Frankfurt a. M. – Leipzig, Insel 1991
Das Zitat von Charles Dickens auf S. 101 stammt aus:
Schwere Zeiten, übersetzt von Ulrike Jung-Grell.
Stuttgart, Reclam 2011
JvN · Herstellung: wag
Satz: Uhl + Massopust, Aalen
Druck und Bindung: GGP Media GmbH, Pößneck
Printed in Germany
ISBN 978-3-7341-0078-9

www.blanvalet.de

Für Shirley, in Liebe und Dankbarkeit

Fürchte nicht mehr Sonnenglut,
Noch des Winters grimmen Hohn!
Jetzt dein irdisch Treiben ruht,
Heim gehst, nahmst den Tageslohn:
Goldne Burschen und Mägdlein werden
Wie die Essenkehrer zu Erden.

WILLIAM SHAKESPEARE
Cymbelin (vierter Aufzug, zweite Szene)

PROLOG

Wenn wir beide uns auch nur ansatzweise ähnlich sind, dann schwärmen Sie ebenso wie ich für Fäulnis und Zersetzung. Es ist doch immer wieder ein erhebender Gedanke, dass Verfall und Verwesung die entscheidenden Kräfte sind, die die Welt in Gang halten.

Stürzt beispielsweise im Wald eine uralte Eiche um, machen sich praktisch im selben Augenblick unsichtbare Räuberhorden über sie her. Diese hoch spezialisierten Bakterienscharen bestürmen ihr Opfer so strategisch wie ein Barbarenheer eine feindliche Festung. Die erste Angriffswelle dient dazu, die verschiedenen Eiweiße des geschwächten Holzes zu Ammoniak zu zersetzen, mit dem wiederum die zweite Angriffswelle leicht fertig wird, indem sie das übel riechende Ammoniak in Nitrit umwandelt. Anschließend verwandeln die Invasoren durch Oxidation das Nitrit zu Nitrat, das wiederum das Erdreich düngt, auf dem sodann neue Eichenschösslinge wachsen können.

Durch das Wunder der Chemie zerlegen mikroskopisch kleine Lebensformen einen Koloss in seine wesentlichen Bestandteile. Wälder entstehen und sterben, kommen und gehen, wie eine sich wirbelnd drehende Münze, die man in die Luft geschnippt hat: Kopf… Zahl… Leben… Tod… Leben… Tod… und immer so weiter, vom Anbeginn der Schöpfung bis ans Ende aller Zeiten.

Einfach fabelhaft, wenn Sie mich fragen.

Übergibt man einen menschlichen Leichnam der Erde, durchläuft er den gleichen grundlegenden 1-2-3-Prozess: Fleisch – Ammoniak – Nitrat.

Wird eine Leiche jedoch in eine schmutzige Fahne eingewickelt und in einen Kaminschacht gestopft, wo Hitze und Rauch sie über Jahrzehnte hinweg mumifizieren ... dann ist das natürlich etwas ganz anderes.

1

»VERBANNT!«, kreischte der Wind, der mir ins Gesicht peitschte.

»*Verbannt!*«, tosten die entfesselten Wellen, die mich mit eiskalten Güssen überschütteten.

»*Verbannt!*«, heulte alles um mich herum. »*Verbannt!*«

Unsere Sprache kennt wohl kein trostloseres Wort. Allein der Klang – wie schmiedeeiserne Tore, die krachend hinter einem ins Schloss fallen, wie stählerne Riegel, die donnernd zugeschoben werden – lässt einem unweigerlich die Haare zu Berge stehen, oder?

»Verbannt!«

Ich schrie das Wort in den Sturm hinaus, und der Sturm spie es mir wieder ins Gesicht.

»*Verbannt!*«

Ich stand am schwankenden Bug der R.M.S. *Scythia* und sperrte den Mund weit auf, weil ich hoffte, die salzige Gischt könnte den schlechten Geschmack auf meiner Zunge abwaschen – den Geschmack meines bisherigen Lebens.

Irgendwo hinter dem östlichen Horizont, Tausende Meilen entfernt, lagen das Dorf Bishop's Lacey und nicht weit davon Buckshaw, mein einstiges Zuhause. Dort führten mein Vater, Colonel Haviland de Luce, und meine beiden Schwestern Ophelia und Daphne aller Wahrscheinlichkeit nach ihr Leben fröhlich weiter, als hätte es mich nie gegeben.

Sie hatten mich längst vergessen. Dessen war ich ganz sicher.

Lediglich die treuen Bediensteten der Familie, Dogger und Mrs. Mullet, würden bei meiner Abreise eine verstohlene Träne vergossen haben, doch auch sie würden sich schon bald nur noch nebelhaft an Flavia erinnern.

Hier draußen auf dem Atlantik hob sich der Bug der *Scythia* höher … und höher … und noch höher aus den Wogen, stieg Übelkeit erregend himmelwärts, um dann mit schaurig hohlem Dröhnen in die Tiefe zu stürzen und zu beiden Seiten von Bug und Heck gewaltige weiße Gischtschwingen auszubreiten. Es war, als ritte man ohne Sattel auf einem riesigen Engel aus Stahl, der gerade Brustschwimmen übte.

Obwohl es erst Anfang September war, toste und tobte das Meer ringsum in wildem Aufruhr. Wir waren in die Ausläufer eines Tropensturms geraten und wurden schon seit über zwei Tagen wie ein Flaschenkorken hin- und hergeworfen.

Allem Anschein nach hatten sich alle außer dem Kapitän und mir in ihre Kabinen verkrochen, sodass man, wenn man auf dem Weg zum Abendessen durch die Gänge taumelte, nur das metallische Ächzen des gemarterten Schiffsrumpfes hörte und hinter den geschlossenen Türen links und rechts die Würgelaute, mit denen sich unzählige Mägen entleerten. Bei fast neunhundert Passagieren an Bord war das eine ernüchternde Geräuschkulisse.

Ich selbst bin offenbar mit einer natürlichen Immunität gegen Seekrankheit gesegnet, was ich vermutlich meinen zur See fahrenden Ahnen wie zum Beispiel Thaddeus de Luce zu verdanken habe, der, wie es heißt, als blutjunger Bursche bei der Schlacht von Trafalgar dem sterbenden Admiral Nelson Zitronenwasser gebracht und ihm die feuchtkalte Hand gehalten hatte.

Tatsächlich lauteten Nelsons letzte Worte nicht, wie so oft zitiert, »Küss mich, Hardy« und waren an Thomas Hardy, den Kapitän der *Victory*, gerichtet, vielmehr wandte er sich mit der flehentlich geflüsterten Aufforderung »Trinken, trinken… fächeln, fächeln… massieren, massieren« an den verdutzten jungen Thaddeus, der beim Anblick seines tödlich verwundeten Helden tapfer mit den Tränen kämpfte und sein Möglichstes tat, den Kreislauf des großen Mannes in Gang zu halten.

Der Wind riss an meinen Haaren und zerrte an meinem dünnen Herbstmantel. Ich sog die salzige Luft so tief in die Lunge, wie ich mich traute. Die Gischt lief mir in Sturzbächen übers Gesicht.

Da packte mich jemand unsanft am Arm.

»Bist du verrückt geworden? Was hast du hier draußen zu suchen?«

Ich fuhr erschrocken herum und versuchte mich loszureißen.

Es war Ryerson Rainsmith – wer sonst?

»Was zum Teufel hast du hier draußen zu suchen?«, wiederholte er barsch. Er gehörte zu jenen Leuten, die glaubten, dass sie überzeugender wirkten, wenn sie jede Frage zweimal stellten.

Darauf reagierte man am besten, indem man ihnen einfach nicht antwortete.

»Ich habe dich überall gesucht. Dorsey ist *außer sich* vor Sorge.«

»Soll das heißen, dass ich jetzt zwei Dorseys ertragen muss?«, hätte ich am liebsten gefragt, beherrschte mich aber.

Wenn eine Frau mit Vornamen »Dorsey« heißt, braucht sie sich nicht zu wundern, wenn der eigene Ehemann sie zärtlich »Dödelchen« nennt – zumindest, wenn er sich unbeobachtet glaubt.

»Wir hatten schon Angst, du wärst über Bord gefallen. Komm sofort mit unter Deck und zieh dir in deiner Kabine trockene Sachen an. Du siehst ja aus wie eine ertrunkene Ratte.«

Das ging jetzt aber eindeutig zu weit!

Ryerson Rainsmith, dachte ich voller Ingrimm, *deine Tage – ja, deine Stunden – sind gezählt!*

Ich würde den jungen, gut aussehenden Schiffsarzt aufsuchen, dessen Bekanntschaft ich gestern beim Abendessen gemacht hatte, und ihn unter dem Vorwand, ich hätte eine Magenverstimmung, um ein Fläschchen Natriumhydrogencarbonat, also Natron, bitten. Eine tüchtige Dosis von dem Zeug in Rainsmiths unvermeidlicher Champagnerflasche würde ihre Wirkung nicht verfehlen.

Auf vollen Magen eingenommen – worauf man sich bei Ryerson Rainsmith stets verlassen konnte! – war Natron in Kombination mit schäumendem Alkohol potenziell tödlich. Zuerst setzten Kopfschmerzen ein, die von Minute zu Minute schlimmer wurden, dann verwirrte sich der Geist und der Betreffende bekam heftige Magenschmerzen. Es folgten Muskelschwäche und kaffeesatzähnlicher Durchfall sowie Zittern und Krämpfe – die klassischen Symptome einer Alkalose. Ich würde darauf bestehen, mit Ryerson an Deck zu gehen, und behaupten, etwas Bewegung im Freien werde ihm guttun. In Wahrheit würden die körperliche Anstrengung und das hastige Einatmen der kalten, belebenden Luft den Prozess noch beschleunigen, als würde man Petroleum ins Feuer kippen.

Wenn es mir gelang, den pH-Wert seines arteriellen Blutes auf 7,65 hochzutreiben, standen seine Überlebenschancen ungefähr so gut wie die eines Schneemanns in der Hölle. Er würde einen qualvollen Tod sterben.

»Ich komme«, sagte ich mürrisch und folgte ihm im Tempo einer schläfrigen Schnecke über das krängende Vorderdeck.

Kaum zu glauben, ging es mir dabei durch den Kopf, dass man mich allen Ernstes diesem abstoßenden Vertreter des Menschengeschlechts anvertraut hatte. Allerdings konnte ich mich nur allzu gut daran erinnern, wie es dazu gekommen war.

Alles hatte mit jener schrecklichen Geschichte um meine Mutter angefangen. Nachdem sie zehn Jahre lang im tibetischen Himalajagebirge verschollen gewesen war, war Harriet unter so schmerzlichen Begleitumständen nach Buckshaw zurückgekehrt, dass mir mein Hirn immer noch untersagte, länger als ein paar Sekunden am Stück daran zu denken. Eine Sekunde zu viel, und mein innerer Zensor schnitt den Erinnerungsfaden so energisch durch, wie Atropos, die gefürchtete älteste Schwester der drei griechischen Schicksalsgöttinnen, den Lebensfaden jener Menschen durchtrennt haben soll, deren Zeit abgelaufen war.

Das Ende vom Lied war, dass ich auf Miss Bodycotes Höhere Mädchenschule in Kanada geschickt werden sollte, die auch Harriet einst besucht hatte. Dort sollte ich auf eine in unserer Familie seit Generationen überlieferte Aufgabe vorbereitet werden, über die man mich immer noch weitestgehend im Dunkeln ließ.

»Du wirst ganz einfach *lernen*, in deine Rolle hineinzuwachsen«, hatte Tante Felicity gesagt. »Im Lauf der Zeit begreifst du dann schon, dass die Pflicht die beste und klügste Lehrmeisterin ist.«

Mir war zwar nicht ganz klar, was sie damit meinte, aber da meine Tante bei diesem mysteriösen Was-auch-immer ziemlich weit oben mitmischte, verbot sich jede Diskussion.

»Es ist so ähnlich wie mit der ›Firma‹, oder?«, hatte ich gefragt. Diesen Spitznamen hatte sich das englische Königshaus selbst gegeben.

»So ähnlich«, hatte Tante Felicity erwidert, »aber mit einem entscheidenden Unterschied: Ein Mitglied des Königshauses kann abdanken. Unsereiner nicht.«

Meiner Tante hatte ich es auch zu verdanken, dass ich wie ein Bündel alter Lumpen verpackt und auf ein Schiff nach Kanada verfrachtet wurde.

Natürlich waren Einwände dagegen laut geworden, dass ich allein reiste, vor allem von Seiten des Vikars und seiner Frau. Daraufhin hatte man zunächst erwogen, dass Feely und ihr Verlobter Dieter Schrantz mich bei meiner Atlantiküberquerung begleiten sollten. Dieser Einfall wurde jedoch gleich wieder fallen gelassen, und zwar nicht nur aus Gründen des Anstands, sondern vor allem deshalb, weil Feely als Organistin in St. Tankred unabkömmlich war.

Daraufhin hatte sich Cynthia Richardson, die Frau des Vikars, höchstpersönlich als meine Begleiterin ins Spiel gebracht. Unsere Beziehung hatte so einige Höhen und Tiefen erlebt, doch in letzter Zeit waren wir gute Freundinnen geworden – eine mir noch immer schleierhafte und höchst unerwartete Wendung meines Lebens. In Abwesenheit ihres Gatten sprudelte Cynthia vor Ausgelassenheit förmlich über und wurde unversehens wieder zu einem jungen Mädchen. Der Vikar wäre entsetzt gewesen, hätte er gewusst, wie viel Tee wir schon unter hysterischem Gelächter auf den Schieferfußboden der Pfarrhausküche geprustet hatten.

Leider war auch Cynthia schon nach kurzer Zeit wieder aus dem Rennen gewesen. Bishop's Lacey konnte genauso wenig auf sie verzichten wie auf Feely. Ohne Cynthia hätte es kein Gemeindeblatt gegeben, keine Hausbesuche, keine Pfadfinderinnentreffen, keine gestärkten Talare und Chorhemden, keine warmen Mahlzeiten für den Vikar – eine nicht enden wollende Liste.

Ich wusste, dass sie enttäuscht war. Sie hatte es mir selbst gesagt.

»Ich hätte mir Kanada furchtbar gern einmal angesehen«, hatte sie mir gestanden. »Mein Vater war als junger Mann Flößer auf dem Ottawa. Statt Gutenachtgeschichten hat er mir immer Schauermärchen vom Loup-Garou erzählt, dem Werwolf der kanadischen Wälder … und davon, wie er Ole Bull und Big Jacques Laroque beim Baumstammrollen über die Rapides des Alumettes nass gemacht hat, und zwar beide am selben Vormittag. Ich habe immer davon geträumt, mir eines Tages selbst ein Paar genagelte Flößerstiefel zu schnüren und es auch mal zu versuchen«, hatte sie wehmütig hinzugesetzt. »Aber dazu werde ich jetzt wohl keine Gelegenheit mehr haben.«

Ich hätte heulen können, wie ich sie so am Küchentisch des Pfarrhauses sitzen sah, den tränenfeuchten Blick in die Vergangenheit gerichtet.

»Es ist bestimmt nicht weniger tollkühn, die Damen der Gemeinde für den Blumenschmuck auf dem Altar einzuteilen«, hatte ich spaßhaft gesagt und gehofft, sie damit aufmuntern zu können, aber ich glaube, sie hörte gar nicht hin.

Am selben Nachmittag hatte Tante Felicity verkündet, das Problem sei nunmehr gelöst. Sie hatte erfahren, dass sich der Vorsitzende des Beirates von Miss Bodycotes Schule, der den Sommer in England verbracht hatte, im September wieder nach Kanada einschiffen würde.

Er war für einen kurzen Jagdurlaub zu Gast bei unserem Nachbarn Lord Crowsborough gewesen und hatte versichert, es mache ihm überhaupt nichts aus, vor seiner Abreise bei uns vorbeizukommen und mich mitzunehmen – als wäre ich eine leere Milchflasche.

Nie werde ich den Tag vergessen, an dem er in seinem geliehenen Bentley auf Buckshaw eintraf, mit anderthalb Stunden Verspätung übrigens. Er war aus dem Wagen gesprungen und auf die andere Seite gerannt, um Dorsey, der Königin von Saba, die Tür aufzuhalten. Sie hatte sich aus dem Fahrzeug entfaltet wie ein Storch aus der Eierschale, bis sie funkelnd in der Septembersonne stand, als wäre sie eben erst aus einer Hypnosetrance erwacht. Sie war in ein türkisfarbenes Seidengewand gehüllt, hatte ein farblich passendes Tuch um den Kopf gewunden und entschieden zu viel blaustichigen Lippenstift aufgetragen. Muss ich noch weiter ausholen?

»Oh, Ryerson«, hatte sie beim Anblick unseres ehrwürdigen Stammsitzes gesäuselt, »es ist genauso reizend – so *malerisch heruntergekommen* –, wie du es mir beschrieben hast.«

Ryerson Rainsmith, der einen Sommeranzug in der Farbe kalten Kaffees mit geronnener Milch trug, hatte die Daumen in seine gelbe Weste gesteckt, mit den übrigen Fingern auf seinen feisten Wanst getrommelt und sich selbstzufrieden umgeschaut. Ich musste unwillkürlich an ein wohlgenährtes Rebhuhn denken.

Vater, der zur Vordertür gekommen war, um ihn zu begrüßen, trat nun auf den kiesbestreuten Vorplatz hinaus und schüttelte ihm die Hand.

»Colonel de Luce, nehme ich an«, sagte Rainsmith, als hätte er soeben eins der großen Welträtsel gelöst. »Darf ich Ihnen meine Frau Dorsey vorstellen? Komm her und schüttele dem Colonel die Hand, Schatz. So eine Gelegenheit hat man nicht alle Tage.«

Nach einer kleinen Pause setzte er ein humorloses »Ha-ha-ha« hinzu und krähte dann: »Und das hier muss unsere kleine Flavia sein!«

Der Mann war so gut wie tot.

»Mr. Rainsmith«, sagte er und hielt mir die schweißfeuchte Hand unter die Nase.

Dogger hatte mich vor jedem Mann gewarnt, der sich selbst als »Mister« vorstellte. »Mister« sei ein Ehrentitel, hatte er gemeint, eine Anrede, mit der einem andere Menschen ihren Respekt bezeugten, aber niemals, absolut niemals sprach man selbst in dieser Form von sich.

Ich übersah die ausgestreckte Hand geflissentlich.

»Wie geht's, wie steht's?«, sagte ich stattdessen.

Vater zuckte zusammen. Ich wusste genau, was in ihm vorging.

Mein Vater stammte noch aus einer Epoche, in der Höflichkeit für einen Gentleman das höchste Gut war und man sich unter keinen Umständen die Blöße gab, die Haltung zu verlieren und sich anmerken zu lassen, dass man gekränkt war. In den Jahren, die er in einem japanischen Kriegsgefangenenlager verbracht hatte, hatte er die Fähigkeit, jede Beleidigung reglos wie ein steinernes Standbild über sich ergehen zu lassen, geradezu zur Kunstform erhoben.

»Treten Sie bitte ein«, sagte er nun und wies auf die offene Tür. Am liebsten hätte ich ihn vors Schienbein getreten … und gleichzeitig wollte ich ihn umarmen. Der Stolz auf die eigenen Eltern nimmt manchmal seltsame Formen an.

»Was für eine entzückende Eingangshalle!«, rief Dorsey Rainsmith aus. Ihr Tonfall war beißend wie alter Käse, und ihre Worte hallten misstönend von der dunklen Deckenvertäfelung wider. »In unserem *Empfangszimmer* zu Hause in Toronto haben wir den gleichen Ärger mit abblätterndem Lack, nicht wahr, Ryerson? Smithers, unser Hausmeister, meint, die Ursache sei entweder übergroße Hitze oder übergroße Kälte.«

»Oder das Alter«, warf ich ein.

Vater sah mich scharf an, sagte aber nichts. Ich wusste auch so, was er meinte.

Im Salon ließen sich die Rainsmiths unaufgefordert in den bequemsten Sesseln nieder, während Vater und ich auf den Vorderkanten der verbliebenen Stühle hockten.

Nach einer perfekt bemessenen kleinen Pause erschien Dogger und servierte Tee. Die Rainsmiths waren sichtlich beeindruckt.

»Danke schön, Dogger«, sagte ich. »Und richte bitte auch Mrs. Mullet unseren Dank aus.«

Es war ein Spiel zwischen Dogger und mir. Ein Spiel, dessen Regeln so verzwickt waren, dass niemand, der nicht zur Familie gehörte, es jemals durchschauen würde.

»Keine Ursache, Miss Flavia«, gab Dogger zurück. »Wir sind Ihnen mit dem größten Vergnügen zu Diensten.«

»Ja, vielen Dank, Dogger«, sagte daraufhin auch Ryerson Rainsmith. Er war mit der Situation heillos überfordert, strampelte aber tapfer, um sich über Wasser zu halten.

»Und schönen Dank auch an Mrs. Mullet«, schloss seine Frau sich ihm an.

Dogger schenkte den beiden ein dreiprozentiges Lächeln und löste sich auf seine unnachahmliche Art in Luft auf.

Nach einer Weile gesellten sich Daffy und Feely zu uns. Sie taten so, als seien sie untröstlich bei der Vorstellung, mich zu verlieren, und plauderten aufreizend höflich mit den Rainsmiths, bis sie sich schließlich wieder hinter ihr Buch beziehungsweise ihren Spiegel zurückzogen.

Aber es hat keinen Sinn, jetzt noch in der Asche jenes unseligen Nachmittags herumzustochern.

Man kam überein, dass die Rainsmiths auf der Reise nach Kanada meine Aufpasser sein und mich wohlbehalten auf der Schwelle von Miss Bodycotes Höherer Mädchenschule absetzen sollten.

»Aufpasser?«, meinte Daffy, als die beiden gegangen waren. »Fremdenführer meinst du wohl! Flavia auf Weltreise – nicht zu fassen! Hoffentlich weißt du das auch zu würdigen, du elender Glückspilz. Ich würde alles dafür geben, in deinen Turnschuhen zu stecken.«

Ich griff mir einen herumliegenden Tennisschläger und warf ihn nach ihr, traf aber leider nicht.

Trotzdem fehlte mir Daffy, als ich jetzt im Schlepptau von Ryerson Rainsmith über das abschüssige Deck trottete. Immerhin war sie mein eigen Fleisch und Blut, und man konnte sich ihr widersetzen, ohne dass man dauerhaften Schaden anrichtete. Im Gegensatz dazu würde Ryerson Rainsmith diesen Augenblick wohl sein Lebtag nicht vergessen. Wahrscheinlich würde er noch seinen grässlichen Enkeln davon erzählen, wenn er selbst schon als verschrumpelter Mummelgreis im Rollstuhl saß.

»Und da war sie … endlich hatte ich sie gefunden«, würde er mit zittriger, brüchiger Stimme verkünden. »Sie stand ganz vorn im Bug des Schiffes, und die Wellen schlugen über ihrem Kopf zusammen.«

Im Gegensatz dazu sprach er jetzt kein Wort, bis wir wieder unter Deck waren und wie ungelenke Aufziehpuppen durch die schwankenden Gänge zur Luxuskabine der Rainsmiths torkelten. Anscheinend hatte er schon wieder vergessen, dass er mir aufgetragen hatte, mich sofort umzuziehen. Oder aber er lieferte mich absichtlich triefnass bei seiner Gattin ab.

»Ich geb dir einen guten Rat«, flüsterte er verschwörerisch, als wären wir mit einem Mal alte Freunde. »Reize sie nicht.«

Er klopfte, dann öffnete er die Tür und bedeutete mir, als Erste hineinzugehen.

So wie Dorsey Rainsmith mich ansah, hätte ich eine Kobra sein können, die ihr jemand unter die Nase hielt.

»Was hast *du* denn gemacht?«, fragte sie. »Jetzt schau dich bloß mal an!«

Mädchen meines Alters müssen sich diese Aufforderung ziemlich oft anhören, ohne dass sich jemand klarmacht, wie schwer sie eigentlich umzusetzen ist.

Ich schielte an mir herunter, aber falls sie es überhaupt mitbekam, war die Anspielung zu hoch für sie.

»Wo hast du denn gesteckt?«, wollte sie wissen.

»An Deck.«

»Wozu?«

»Frische Luft.«

»Du hättest über Bord gehen können. Hast du daran gar nicht gedacht?«

»Nein«, antwortete ich wahrheitsgemäß. Mir hätte natürlich auch ein abstürzender Albatros auf die Birne fallen und mich erschlagen können, aber das sagte ich nicht.

Was hatte die Frau bloß an sich, dass sie mir so entsetzlich auf die Nerven ging? Eigentlich bin ich ein sehr toleranter Mensch, aber Dorsey Rainsmith brachte in mir das genaue Gegenteil zum Vorschein.

Ich glaube, es lag daran, dass sie ihren Ehemann auf weniger als ein Komma reduziert hatte.

Es gibt ein Wort, das meine Schwester Daffy benutzt, wenn sie besonders vernichtend über jemanden urteilt: »servil«. Dieses Wort hätte eigens erfunden sein können, um das Verhalten zu beschreiben, das Ryerson Rainsmith gegenüber seiner Gattin an den Tag legte. Er schleimte und katzbuckelte, dass einem übel werden konnte.

Ich drehte mich nach ihm um. Er stand immer noch in der Kabinentür, als fürchtete er sich vor seiner Frau und traute sich nicht einzutreten. Er hatte mich ihr abgeliefert, wie eine Katze ihrem Frauchen einen toten Vogel zu Füßen legt. Jetzt wartete er darauf, dass sie ihm das Köpfchen tätschelte – oder ihm ein Schüsselchen Rahm vorsetzte.

Sie tat weder das eine noch das andere.

»Was machen wir bloß mit dir?«, seufzte sie, als lastete das Gewicht des gesamten britischen Weltreichs auf ihren Schultern.

Ich tat, was von mir erwartet wurde. Ich zuckte die Achseln.

»Dr. Rainsmith ist tief enttäuscht von dir«, fuhr sie fort, als wäre er überhaupt nicht anwesend. »Und Dr. Rainsmith kann nicht zulassen, dass man ihn so enttäuscht.«

Dr. Rainsmith? Er hatte sich mir doch als »*Mr.*« vorgestellt! Als Beiratsvorsitzender von Miss Bodycotes Schule konnte er natürlich Doktor der Pädagogik sein, vielleicht auch Doktor der Theologie. Jedenfalls hatte ich nicht vor, ihn mit irgendeinem albernen Titel anzureden.

»Geh in deine Kabine und zieh dich um. Und bleib dort, bis dich jemand holen kommt.«

Geh auf dein Zimmer. Die klassische Reaktion eines Erwachsenen, der mit seinem Latein am Ende ist.

Schachmatt! Halleluja! Spiel, Satz und Sieg!

Ich hatte gewonnen.

Am nächsten Morgen stand ich am Bug, genauer gesagt vorne an der Steuerbordreling, schwenkte meinen Hut im Wind und sang, um mich aufzumuntern, lauthals: »Wir lieben die Stürme, die brausenden Wogen«, als ich aus dem Augenwinkel Ryerson Rainsmith entdeckte. Kaum hatte er mich erblickt, bog er jäh ab und verzog sich nach achtern.

Was unser Verhältnis für den Rest der Reise ziemlich treffend ausdrückte.

Als wir ein paar Tage darauf in den Hafen von Halifax einliefen, wies Dorsey mich an, mir die Nase zu putzen. Das war meine erste Begegnung mit der Neuen Welt.

In Quebec City gingen wir an Land. Ein kanadischer Zollbeamter in schwarzer Uniform fragte mich nach dem Zweck meines Aufenthalts.

»Strafkolonie«, erwiderte ich knapp. Er zog die Augenbrauen hoch, sah die Rainsmiths mitfühlend und kopfschüttelnd an und knallte einen Stempel in meinen Pass.

Erst in diesem Augenblick wurde mir so richtig bewusst, wie weit weg von zu Hause ich war. Allein in einem fremden Land.

Unerklärlicherweise brach ich in Tränen aus.

»Na, na«, machte Ryerson Rainsmith, sah dabei aber nicht mich an, sondern den Zollbeamten.

»Das kleine englische Mädchen hat wohl Heimweh«, sagte der Beamte, ging vor mir in die Hocke und trocknete mir mit einem riesigen weißen Taschentuch die Augen.

Für diese Feststellung musste er kein großartiger Detektiv sein, denn er hatte bereits in unsere Pässe geschaut und wusste, dass ich nicht das Kind der beiden war. Was führte er also dann im Schilde? Gehörte diese Inspektion aus nächster Nähe zu seiner routinemäßigen Suche nach Schmuggelware?

Ganz kurz liebäugelte ich mit dem Gedanken, eine Ohnmacht vorzutäuschen und anschließend lautstark nach einem belebenden Schluck aus einer der sechs Flaschen Gordon's Gin zu verlangen, die – neben anderen zu verzollenden Waren – im doppelten Boden des Rainsmithschen Überseekoffers versteckt waren.

Fragen Sie mich jetzt nicht, woher ich das wusste. Es gibt in meinem Leben ein paar Dinge, auf die ich immer noch nicht stolz bin.

»Kopf hoch!«, sagte der Beamte, hob mit dem gekrümmten Zeigefinger mein Kinn an und schaute mir in die Augen. Schmunzelnd sagte er zu den Rainsmiths: »Ich hab auch so eine zu Hause.«

Aus irgendeinem Grund glaubte ich ihm das nicht ganz, rang mir aber ein mattes Lächeln ab.

Trotzdem … was für eine dämliche Bemerkung! Und wenn er zu Hause hundert Töchter hatte, die in hundert seidene Taschentücher schluchzten, was ging mich das an, bitte schön?

Eine der Sachen, die mir am Erwachsenwerden Angst machen, ist der Umstand, dass einem die Sentimentalität früher oder später die einfachste Logik vernebelt. Unechte Gefühle verkleben einem das Hirn wie Honig, den man in die komplizierte Mechanik eines kostbaren Uhrwerks gießt.

Ich habe dieses Phänomen bei den Erwachsenen meiner Umgebung immer wieder beobachtet. Wenn alles andere nichts mehr half, konnten sie sich immer noch mit einem tüchtigen Tränenausbruch aus der Klemme helfen. Das war nicht nur reiner Instinkt, nein, es war mehr als das. Es hat mit den ölhaltigen chemischen Stoffen zu tun, die ein weinender Mensch absondert. Irgendwelche hochempfindlichen Sensoren in der Nase reagieren auf den veränderten Hormon- und Eiweißspiegel des von seinen Gefühlen überwältigten Menschen – vor allem des weiblichen.

Ich hatte schon länger mit dem Gedanken gespielt, eine kleine Abhandlung über dieses spannende Thema zu verfassen – *Tränen im Reagenzglas* –, war aber nicht mehr dazu gekommen, weil man mich mir nichts, dir nichts aus dem Stammsitz meiner Ahnen hinausgeworfen hatte. Allein bei der Vorstellung, dass ich mich vom prachtvollen Chemielabor meines verstorbenen Onkels Tarquin mit seinen unzähligen glänzenden Glasbehältern, dem herrlichen alten Leitz-Mikroskop, den Reihen von Fläschchen mit Chemikalien und großartigen Giften hatte trennen müssen, kamen mir erneut die Tränen – sodass alles wieder von vorn losging.

In jenem stillen Raum, in den das Tageslicht durch hohe Fenster hereinfiel, und mit der Hilfe von Onkel Tars Notizbüchern und seiner Fachbibliothek hatte ich mich selbst zur Chemikerin ausgebildet und mich damit ein für alle Mal vom Rest der Menschheit abgesondert.

Dass ich zu Anfang meiner Studien noch ein Kind gewesen war, spielte keine Rolle. Inzwischen war ich zwölf und hatte ein bemerkenswertes Geschick in der Kunst erworben, mit den »Krümeln des Universums« zu jonglieren, wie Onkel Tar es einmal genannt hatte.

»Tut mir leid«, schniefte ich. »Es ist einfach über mich gekommen. Entschuldigung.«

Der Bann war gebrochen. Der Augenblick war vorüber, und wir waren wieder in die schnöde kalte Welt zurückgekehrt.

Der Zollbeamte stand auf und vergewisserte sich mit einem raschen Blick, dass niemand seinen Anflug von Schwäche mitbekommen hatte.

»Der Nächste bitte!«, rief er und kritzelte sein Kreidezeichen auf unser Gepäck.

Während sich Ryerson Rainsmith am Bahnschalter nach Fahrkarten anstellte, nahm ich ein Streckennetz und einen Fahrplan aus einem Ständer. Die Entfernung zwischen Quebec City und Toronto betrug fünfhundert Meilen, stellte ich fest. Über die Hälfte der Strecke von Land's End nach John o'Groats.

Wir würden neun Stunden unterwegs sein und erst spätabends, gegen elf Uhr, in Toronto eintreffen.

Dorsey Rainsmith hatte sich hinter einem Taschenbuch aus dem Zeitungskiosk verschanzt. *Die Rache ist mein*, lautete der Titel des Romans, der von einem gewissen Mickey Spillane verfasst war. Sie versuchte, die Schwarte in der gefalteten *Montreal Gazette* zu verstecken, aber ich hatte schon einen Blick auf das Umschlagbild erhascht. Ein Mann mit Trenchcoat und breitkrempigem Hut hielt eine anscheinend leblose Blonde in den Armen. Ihr weißes Seidenkleid war bis zum Rachenzäpfchen hochgeschoben.

Der Titel war ein Bibelzitat. Es war mir selbst des Öfteren in den Sinn gekommen, wenn ich mal wieder Pläne geschmiedet hatte, meinen Schwestern eine Lektion zu erteilen. Quer über dem Umschlag prangte Werbung für weitere Bücher des Autors mit Titeln wie: *Ich, der Richter* und *Meine Kanone sitzt locker*.

Die Titel übten auf mich eine seltsam befriedigende Wirkung aus, warum, wusste ich selbst nicht recht.

»Einsteigen bitte!«, rief der Schaffner.

Ich lernte schnell. Zu Hause in England hatten nur Busse und Straßenbahnen Schaffner, in der Bahn fuhr ein Zugbegleiter mit. Hier in Kanada hieß auch Letzterer »Schaffner«, und in den Waggons, die hier »Wagen« hießen, gab es keine abgetrennten Abteile, die nur nach außen zum Bahnsteig hin zu öffnen waren, sondern die Sitze waren zu beiden Seiten eines Mittelganges aufgereiht.

Ich kam mir vor, als wäre ich eingeschlafen und als *Alice im Wunderland* wieder aufgewacht. Alles war überlebensgroß, und alle fuhren auf der falschen Straßenseite.

Kein Wunder, dass es »Neue Welt« hieß.

Endlich setzte sich der Zug mit einem Ruck in Bewegung, und die Reise ging weiter. Ich musste den Rainsmiths gegenübersitzen, als hockte ich im Old Bailey auf der Anklagebank vor zwei griesgrämigen alten Richtern.

Nach fünfzig Meilen himmlischer Ruhe beschloss Ryerson Rainsmith, etwas für meine Bildung zu tun. Er entfaltete ebenfalls eine Eisenbahnkarte und las jedes Mal, bevor wir in einen Bahnhof einfuhren, den Namen der betreffenden Stadt vor. »Val-Alain, Villeroy … Parisville … St. Wenceslas …«

Ich gähnte verstohlen.

Er machte unbeirrt weiter, die ganze Strecke von St. Léonard de Nicolet über St. Perpétue, St. Cyrille, St. Germain,

St. Eugene, St. Edward, St. Rosalie, St. Hyacinthe, St. Madeleine, St. Hilaire, St. Hubert und St. Lambert, bis ich hätte schreien können. Eine Zeit lang tat ich so, als wäre ich eingeschlafen, aber das half auch nichts. Er beugte sich vor, packte mich am Arm und schüttelte mich wie ein Terrier ein Kaninchen.

»Erdkunde kann richtig Spaß machen, Flavia«, sagte er. »Lass dich doch mal darauf ein!«

Dorsey nahm kaum die Nase aus ihrem Reißer. Sie blickte nur ein einziges Mal auf und fragte: »Was bedeutet eigentlich ›sich entleiben‹, Ryerson?«

Er wurde leichenblass, und sein Gesicht sah aus, als führte sein Hirn einen Ringkampf mit seinen Mandeln auf. Er zog ein Taschentuch aus der Weste und wischte sich übers Gesicht, dann sagte er nur: »Nicht vor dem Kind.«

Dorsey widmete sich wieder ihrer Lektüre, als hätte sie gar nicht hingehört.

Ich hätte ihr erklären können, dass »sich entleiben« dasselbe bedeutete wie »Selbstmord begehen«, aber ich hatte keine Lust.

Ryerson griff eilig wieder nach seinem Streckennetz und las die Namen der Bahnhöfe vor, durch die wir im Lauf des Tages noch durchfahren würden, nur dass er diesmal die zurückzulegenden Meilen sowie die Ankunfts- und Abfahrtszeiten aus dem Fahrplan anfügte.

Als wir endlich im Hauptbahnhof von Montreal ankamen, hatte sich mein Hirn komplett in Wackelpudding verwandelt.

Zum Glück mussten wir nicht nur in einen anderen Zug umsteigen, sondern dieser fuhr auch von einem anderen Bahnhof ab, und mein selbst ernannter Erdkundelehrer hatte die folgenden vier Stunden damit zu tun, Taxifahrern in herablassendem Ton Anweisungen zu erteilen sowie Schalterbeamte und Kofferträger zu beschimpfen, sodass sich meine Ohren ein bisschen erholen konnten.

Doch nur allzu bald fuhren wir weiter.

»Auf nach Westen!«, hätte ich am liebsten gejohlt.

Ich konnte die Ankunft in Toronto kaum erwarten – nicht nur deshalb, weil ich dann am Ziel war, sondern vor allem, weil ich dort endlich diesen Kerl loswurde, den ich inzwischen heimlich »Lord Labertasche« getauft hatte.

Wir glitten gemütlich – von Ryerson mal abgesehen – am Ufer des breiten Sankt-Lorenz-Stromes entlang, der mit so vielen Inseln übersät war wie der Himmel mit Sternen. Auf manchen dieser Eilande standen einsame Häuser in beneidenswerter Abgeschiedenheit.

Ich beschloss, beim nächsten Halt aus dem Zug zu springen. Ich würde zu einer jener Inseln hinüberschwimmen und dort als eine moderne Ausgabe von Robinson Crusoe leben. Kanada war eine riesige Wildnis. Niemand würde mich jemals finden.

»Sieh mal da drüben, Flavia!« Ryerson zeigte auf eine Burg mit grauen Mauern, vielleicht aus Kalkstein. »Das ist die Arrestanstalt von Kingston.«

»Wo *du* eines Tages enden wirst, wenn du nicht lernst, dich zu benehmen.« Dorsey hatte abermals von ihrem blutrünstigen Kriminalroman aufgeschaut.

Ich hatte nicht die leiseste Ahnung, was eine Arrestanstalt war, aber das Wort klang mir ganz nach einer treffenden Umschreibung meiner derzeitigen Lage, und ein paar kostbare Augenblicke lang stellte ich mir vor, wie ich hinter den hohen Mauern jener unwirtlichen Festung Schutz vor den Rainsmiths fand.

Die Stunden schlurften mit schweren, in Ketten gelegten Füßen dahin.

Vor den Zugfenstern rauschte Kanada vorüber wie auf einem sich drehenden Plattenteller. Das Land schien aus erstaunlich viel Wasser zu bestehen.

Dann wurde es dunkel, und alles, was ich noch sah, war das Spiegelbild der Rainsmiths in der Fensterscheibe. Dorsey war eingeschlafen. Ihr Hals war so verrenkt, als hinge sie an einem Strick, und ihr Mund stand auf eine so abstoßende Weise offen, dass mir der Anblick außerordentlich gut gefiel.

Ich stellte mir vor, sie sei die Mörderin Edith Thompson, deren ungewöhnlich gewaltsame Hinrichtung den amtlichen Henker John Ellis in den Selbstmord getrieben hatte.

Jetzt bildete sich ein Speichelfaden in ihrem Mundwinkel. Der Tropfen am Ende schwang im Takt mit dem Stampfen des Zuges hin und her wie eine akrobatische Spinne. Ich überlegte noch, ob das den Eindruck einer Gehängten eher verstärkte oder verdarb, als Ryerson mich am Arm fasste.

Mir blieb vor Schreck fast das Herz stehen.

»Wir sind gleich da«, verkündete er im Flüsterton, um seine schlummernde Gattin nicht zu stören.

Er war genauso wenig darauf erpicht, sie zu wecken, wie ich.

Ich wandte mich wieder ab und betrachtete die erleuchteten Fenster, die nun draußen vorbeiglitten. Fenster, hinter denen unzählige Mütter in unzähligen Küchen Essen kochten, unzählige Väter in unzähligen bequemen Sesseln Zeitung lasen, unzählige Kinder an unzähligen Tischen schrieben oder malten, dazu hier und dort, wie eine Kerze in der Einöde, das einsame bläuliche Geflacker eines kleinen Fernsehbildschirms.

Es war alles so unerträglich traurig.

Konnte es wirklich noch schlimmer kommen?

2

In Toronto regnete es.

Tief hängende Wolken, vom Widerschein der Neonreklamen rötlich gefärbt wie entzündete Eingeweide, leuchteten über himmelhohen Hotelgebäuden. Die nassen Bürgersteige waren ein durchweichter Flickenteppich aus zerlaufenden Farben und strömenden Wasserbächen. Straßenbahnen rasselten funkensprühend durch die Dunkelheit, und die Nachtluft roch beißend nach ihren Ozonausdünstungen.

Dorsey Rainsmith stand unter dem Schirm, den ihr Mann über sie hielt, und war noch nicht ganz wieder bei sich. Sie sah sich blinzelnd um, als sei sie soeben auf einem fremden, äußerst unerfreulichen Planeten aufgewacht.

»Heute sind viele Taxen unterwegs«, sagte ihr Gatte munter und spähte nach beiden Richtungen die Straße entlang. »Bestimmt hält gleich eins.« Er wedelte hektisch mit den Armen, als ein einsames Taxi auf der falschen Straßenseite vorbeibrummte, doch der Wagen fuhr weiter, ohne ihn zu beachten. Wasser spritzte aus den Pfützen auf.

»Ich verstehe nicht, warum uns Merton nicht abholen kann«, sagte Dorsey.

»Weil seine Mutter gestorben ist, Dödelchen«, antwortete Ryerson, der anscheinend vergessen hatte, dass ich auch noch da war. »Er hat uns doch ein Telegramm geschickt, weißt du nicht mehr?«

»Nein«, erwiderte sie und setzte eins ihrer eindrucksvollen Schmollgesichter auf.

Ryerson nagte nervös an seiner Unterlippe. Wenn nicht innerhalb der nächsten zwei Minuten ein Taxi hielt, war er geliefert.

»Gleich morgen früh bestelle ich Blumen«, sagte er. »Für euch *beide.*«

Bei allen galoppierenden Galatern! Sollte das eine Beleidigung sein? Oder hatte ich mich verhört?

Dorsey richtete den trägen, kalten Reptilienblick auf ihn, doch im selben Augenblick bremste ein Taxi am Bordstein.

»Na bitte!«, sagte Ryerson fröhlich und rieb sich die Hände – oder rang er sie verzweifelt?

Die Rainsmiths setzten sich nach hinten, wodurch für mich nur der Platz neben dem Fahrer blieb.

Ryerson nannte ihm ihre Adresse.

»Heute Nacht schläfst du bei uns, Flavia«, wandte er sich an mich. »Es ist schon zu spät, um dich noch in die Schule zu bringen. Dort ist bestimmt längst ›Licht aus!‹ befohlen, und die Schülerinnen liegen im Bettchen.«

»Nichts da!«, mischte sich seine Frau ein. »Wir haben kein Gästezimmer hergerichtet, und wenn Merton verhindert ist, wird mir das alles zu viel. Fahrer, bringen Sie uns auf dem kürzesten Weg zu Miss Bodycotes Höherer Mädchenschule! Irgendjemand wird uns schon aufmachen.«

Damit war es entschieden.

Im Rückspiegel konnte ich beobachten – leider ohne Ton –, wie Dorsey Rainsmith mit zorniger Miene auf ihren Gatten einredete. Ryersons Gesicht sah im Licht der Straßenlaternen, das durch die regennassen Wagenfenster fiel, aus, als würde es zerfließen.

Miss Bodycotes Höhere Mädchenschule lag in einer Sackgasse, die von einer breiten Straße namens Danforth Avenue abging.

Ich musste zugeben, dass ich mir das alles ganz anders vorgestellt hatte.

Auf beiden Straßenseiten ragten hohe Reihenhäuser auf. Ihre Fenster waren einladend erleuchtet. Dazwischen stand auf einem eigenen, weitläufigen Grundstück dunkel und wuchtig das Schulgebäude, noch höher und größer als die umliegenden Häuser, ein riesiger schwarzer Steinkasten im Regen.

Später erfuhr ich, dass das Gebäude früher ein Kloster gewesen war, doch das wusste ich noch nicht, als Ryerson die Vortreppe hochstieg und energisch den Klingelzug an einem kleinen gotischen Tor betätigte, das seitlich in den Gewölbebogen der Haustür eingelassen war und vermutlich zur Pförtnerloge führte. Ich stand wartend neben ihm.

Dorsey wartete im Taxi. Ryerson hämmerte jetzt ungeduldig mit der Faust an die schwere Haustür.

»Aufmachen!«, rief er zu den leeren, vorhanglosen Fenstern empor. »Hier ist der Beiratsvorsitzende!«

Halblaut sagte er vor sich hin: »Das dürfte sie ja wohl aus den Betten holen.«

Irgendwo im Haus flackerte ein mattes Licht auf, als hätte jemand eine Kerze angezündet.

Ryerson warf mir einen triumphierenden Blick zu, und ich erwog kurz, Beifall zu klatschen.

Nach einer halben Ewigkeit, die in Wirklichkeit wohl eher eine halbe Minute war, öffnete eine Erscheinung im Nachthemd, mit Lockenwicklern und einer dicken Brille, die Tür einen kleinen Spalt.

»Ja bitte?«, fragte eine knarzige Frauenstimme. Ein zinnerner Kerzenhalter wurde hochgehoben, und unsere Gesichter wurden angeleuchtet. Dann der erschrockene Ausruf: »Ach, Sie sind's, Sir! Bitte entschuldigen Sie!«

»Schon gut, Fitzgibbon. Ich bringe die neue Schülerin.«

»Aha.« Die Erscheinung beschrieb mit der Kerze einen ausladenden Bogen, der uns hereinbitten sollte.

Wir betraten ein riesiges, hallendes Mausoleum. Die Wände waren über und über mit spitz zulaufenden, farbig ausgemalten Nischen übersät wie mit Pockennarben, einige waren auch in Muschelform ausgehöhlt und machten den Eindruck, als hätten sie früher fromme Figuren beherbergt. Inzwischen hatte man die bleichen Heiligen und Jungfrauen jedoch durch Messingbüsten missmutig blickender alter Männer mit Schnurrbärten und Zylinderhüten ersetzt, die die Hände zwischen die Knöpfe ihrer Gehröcke geschoben hatten.

Abgesehen davon kam ich gerade noch dazu, einen flüchtigen Blick auf blank gescheuerte Dielen und endlose Flächen lackierter Wandvertäfelung zu erhaschen, denn die Kerze erlosch, und wir standen im Finstern. Es roch wie in einem Klavierlager, nach Holz, Politur und nach etwas streng Metallischem, das mich an gespannte Saiten und alte Zitronen denken ließ.

»Verdammt!«, schimpfte jemand an meinem Ohr.

Dann flammte das elektrische Licht auf, und wir kniffen alle drei geblendet die Augen zusammen.

Am oberen Ende einer breiten Treppe stand, die Hand noch am Schalter, eine hochgewachsene Frau. »Wer ist da, Fitzgibbon?«, fragte sie mit einer Stimme, die vermuten ließ, dass sie sich von Erdbeeren mit Stacheldraht zu ernähren pflegte.

»Es ist der Beiratsvorsitzende, Miss. Er hat die neue Schülerin gebracht.«

Ich merkte, dass ich allmählich sauer wurde. Jedenfalls hatte ich nicht vor, tatenlos herumzustehen, während über mich verhandelt wurde, als wäre ich ein neuer Besen im Haushaltswarenladen.

Ich trat vor. »Guten Abend, Miss Fawlthorne. Ich bin Flavia de Luce. Sie haben mich sicherlich schon erwartet.«

Den Namen der Rektorin kannte ich aus dem Prospekt, den die Schule Vater zugeschickt hatte. Ich konnte nur hoffen, dass die Frau auf der Treppe tatsächlich die Rektorin war und nicht nur eine Hausangestellte.

Sie schritt die Treppe gemessenen Schrittes herab, ihr Gesicht wurde von dem leuchtend weißen Haar wie von einem Heiligenschein aus Schnee eingerahmt. Sie trug ein schwarzes Kostüm und eine weiße Bluse, und an ihrem Hals glühte eine große Rubinbrosche wie ein Tropfen frischen Blutes. Ihre Adlernase und der dunkle Teint ließen mich unwillkürlich an eine Piratin denken, die ihre Abenteuer auf See zugunsten einer pädagogischen Laufbahn aufgegeben hat.

Sie musterte mich von oben bis unten, vom Scheitel bis zur Sohle.

Was sie sah, schien sie zufriedenzustellen, denn schließlich sagte sie: »Hol ihre Sachen.«

Fitzgibbon öffnete die Haustür wieder und gab dem Taxifahrer ein Zeichen. Im nächsten Augenblick stapelte sich mein pitschnasses Gepäck in der Eingangshalle.

»Danke, Dr. Rainsmith«, verabschiedete die Hochgewachsene den Beiratsvorsitzenden. »Sehr nett von Ihnen.«

Eine ziemlich knappe Abfertigung für jemanden, der mich quer über den Atlantik und durch halb Kanada mitgeschleppt hatte, aber vielleicht lag es an der späten Stunde.

Ryerson Rainsmith nickte nur. Dann war er verschwunden und ich meinen neuen Gefängniswärtern ausgeliefert.

Miss Fawlthorne – inzwischen war ich so gut wie sicher, dass sie es war, sonst hätte sie mir ja widersprochen – schritt langsam einmal um mich herum. »Hast du Alkohol oder Zigaretten am Körper oder im Gepäck dabei?«

Ich schüttelte den Kopf.

»Ich höre?«

»Nein, Miss Fawlthorne«, sagte ich.

»Schusswaffen?« Sie beobachtete mich scharf.

»Nein, Miss Fawlthorne.«

»Sehr schön. Dann heiße ich dich in Miss Bodycotes Höherer Mädchenschule willkommen. Morgen früh nehme ich dich offiziell auf. Bring sie auf ihr Zimmer, Fitzgibbon.«

Damit knipste sie das elektrische Licht aus und verschmolz mit der Dunkelheit.

Fitzgibbon hatte ihre Kerze wieder angezündet, und wir erklommen, umtanzt von flackernden Schatten, die Treppe.

»Du bist in Edith Cavell untergebracht«, krächzte sie, als wir oben waren, angelte einen Schlüsselbund aus irgendeiner unaussprechlichen Falte ihres Nachtgewands und schloss auf.

Ich kannte den Namen an der Tür. Das Zimmer war dem Andenken Edith Cavells gewidmet, einer heldenhaften Krankenschwester im Ersten Weltkrieg, die von einem Erschießungskommando der Deutschen hingerichtet worden war, weil sie Gefangenen zur Flucht verholfen hatte. Ich dachte an ihre berühmten, praktisch letzten Worte, die ich unter ihrem Standbild in der Nähe des Trafalgar Square in London gelesen hatte: »Ich habe erkannt, dass Vaterlandsliebe nicht genug ist und dass ich weder Hass noch Bitterkeit gegenüber irgendjemandem empfinden darf.«

Spontan beschloss ich, diese Worte zu meinem persönlichen Wahlspruch zu machen. Nichts hätte passender sein können.

Zumindest fürs Erste.

Fitzgibbon stellte den Kerzenhalter auf ein Tischchen. »Puste die Kerze aus, wenn du dich bettfertig gemacht hast. Schalte das Deckenlicht nicht ein, die anderen schlafen schon.«

»Darf ich denn den Kamin anzünden?«, fragte ich. »Ich bin völlig durchgefroren.«

»Kein Kaminfeuer bis zum fünften November«, lautete die Antwort. »Das ist hier Tradition. Außerdem sind Kohle und Holz bares Geld.«

Ohne ein weiteres Wort ließ sie mich stehen.

Allein.

Über diese Nacht will ich kein weiteres Wort verlieren außer der Erinnerung daran, dass die Matratze offenbar mit Schottersteinen gefüllt war und dass ich den Schlaf der Verdammten schlief.

Die Kerze ließ ich brennen. Sie war die einzige Wärmequelle im Raum.

Ich würde gern erzählen, dass ich von Buckshaw träumte und von Vater, Feely und Daffy, aber das wäre gelogen. In meinem erschöpften Hirn überschlugen sich stattdessen Bilder von tosenden Wellen, von sprühender Gischt und von Dorsey Rainsmith, die sich in einen Albatros verwandelt hatte, der auf der Mastspitze eines vom Sturm umhergeschleuderten Schiffes hockte und mich mit wüsten Vogelflüchen überschüttete.

Als ich mich endlich aus meinem unruhigen Schlaf herausgekämpft hatte, musste ich feststellen, dass jemand rittlings auf meiner Brust saß und meinen Kopf und meine Schultern mit wütenden Faustschlägen bearbeitete.

»Verräterin!«, hörte ich eine schluchzende Stimme. »Elende, dreckige Verräterin! Verräterin! Verräterin!«

Es war noch lange nicht Morgen. Der trübe Lichtschein der Straßenlaterne, der ins Zimmer sickerte, reichte nicht aus, um das Gesicht der Angreiferin zu erkennen.

Ich nahm alle Kraft zusammen und stieß sie von mir weg.

Jemand plumpste auf den Boden und blieb dort stöhnend liegen.

»Sag mal, spinnst du?«, fragte ich und schnappte mir die Kerze vom Tisch. Im Notfall war sie auch als Waffe besser als nichts. Die schwache Flamme loderte wieder hell auf.

Ich hörte, wie jemand nach Luft schnappte. Es klang überrascht.

»Du bist ja gar nicht Pinkham!«, ertönte es aus dem Halbdunkel.

»Natürlich nicht! Ich bin Flavia de Luce.«

Ein Schlucken. »De Luce? Die Neue?«

»Ja.«

»Ach du Sch… äh… Schreck! Da hab ich ja was angerichtet.«

Es raschelte, dann wurde das Deckenlicht angeknipst.

Neben dem Lichtschalter stand, mit geblendet blinzelnden Augen – die Daffy als »Glupschaugen« bezeichnet hätte –, die erstaunlichste kleine Person, die mir je begegnet war. Unter dem dunkelblauen Rock einer zerknitterten Schuluniform ragten dürre Eidechsenbeine in ausgeleierten schwarzen Wollstrümpfen hervor. Der übrige Körper, kaum mehr als ein Anhängsel der bemerkenswert langen O-Beine, glich einem plattgeklopften Teigklumpen, einem schlampig geformten Lebkuchenmann.

»Wer zum Teufel bist du?«, fragte ich barsch, um gleich klarzustellen, wer hier den Ton angab.

»Collingwood, P. A. *P. A.* steht für Patricia Anne. Mensch, hoffentlich bist du jetzt nicht stinksauer auf mich. Ich hab dich für Pinkham gehalten. Ehrlich! Ich hab nicht dran gedacht, dass sie mit Barton nach Laura Secord verlegt wurde, weil sie immer Albträume hat. Sonderregelung.«

»Und warum wolltest du diese Pinkham verdreschen? Was hat sie dir getan?« So glimpflich kam sie mir nicht davon!

Collingwood lief rot an. »Das darf ich dir nicht sagen. Sonst bringt sie mich um.«

Ich musterte sie mit dem berühmten eisig blauen de-Luce-Blick – auch wenn meiner eher ins Violette spielt, vor allem, wenn ich sauer bin.

»Spuck's aus«, sagte ich, hob drohend die Kerze und trat einen Schritt auf sie zu. Schließlich waren wir hier in Nordamerika, dem Land von George Raft und James Cagney, wo man nicht lange um den heißen Brei herumredete.

Collingwood brach in Tränen aus.

»Komm schon, Kleines«, sagte ich etwas milder.

Komm schon, Kleines?

Meine Ohren wollten kaum glauben, was mein Mund soeben ausgesprochen hatte. Kaum war ich ein paar Stunden in Kanada, schon redete ich daher wie Humphrey Bogart! Lag das an der hiesigen Luft oder woran?

»Sie hat mich verpfiffen«, schniefte Collingwood und wischte sich mit der Schulkrawatte über die Augen.

Die redeten hier *tatsächlich* so! Dann waren die zahllosen Nachmittage mit Feely und Daffy im Kino von Hinley doch keine Zeitverschwendung gewesen, wie Vater immer behauptet hatte. Damals hatte ich meine erste Fremdsprache erlernt, und ich beherrschte sie gut.

»Verpfiffen«, wiederholte ich.

Collingwood nickte. »Bei der Direx«, setzte sie hinzu.

»Miss Fawlthorne?«

»Wir nennen sie auch ›das Henkersweib‹. Aber erzähl bloß keinem, von wem du das hast. Sie hat ganz unaussprechliche Dinge getan, musst du wissen.«

»Zum Beispiel?«

Collingwood schaute sich nach allen Seiten um, ehe sie im Flüsterton antwortete: »Hier verschwinden Leute.« Sie drückte die Hände erst fest aneinander, um mir im nächsten Augenblick blitzschnell die leeren Handflächen zuzukehren. »Puff! Einfach so. Ohne jede Spur.«

»Du willst mich auf den Arm nehmen«, sagte ich.

»Ach ja?« Ihre Augen waren riesig und feucht. »Und was ist mit Le Marchand? Mit Wentworth? Mit Brazenose?«

»Die können doch nicht *alle* spurlos verschwunden sein«, wandte ich ein. »Das hätte doch jemandem auffallen müssen.«

»Das ist es ja gerade! Es ist niemandem aufgefallen. Ich hab mir Notizen darüber gemacht, aber Pinkham hat mich erwischt. Sie hat mir das Heft aus der Hand gerissen und ist damit zu Miss Fawlthorne gerannt.«

»Wann war das?«

»Gestern Abend. Glaubst du, ich werde jetzt umgebracht?«

»Unsinn«, sagte ich. »So was gibt es nur im Film. Nicht im wahren Leben.«

Dabei wusste ich nur allzu gut, dass so etwas durchaus vorkam. Nach meiner Erfahrung sogar öfter, als man denken sollte.

»Bist du sicher?«, fragte Collingwood.

»Ganz sicher«, log ich.

»Versprich mir, dass du es niemandem weitersagst«, flüsterte sie.

»Ich schwöre«, erwiderte ich und zeichnete aus unerfindlichen Gründen ein Kreuz in die Luft.

Collingwood runzelte die Stirn. »Bist du etwa katholisch?«

»Wieso?«, fragte ich zurück, um Zeit zu gewinnen. Zufällig hatte sie nämlich den Nagel auf den Kopf getroffen. Obwohl wir de Luces uns nach außen hin als praktizierende Anglikaner gaben, war unsere Familie schon römisch-katholisch gewesen, als Rom noch aus sieben malerischen Hügeln inmitten der italienischen Wildnis bestanden hatte. Die Seele ist nicht unbedingt dort, wo das Herz ist, wie Daffy immer sagt.

»Zufällig ja«, sagte ich.

Collingwood pfiff durch die Zähne. »Hab ich's mir doch gleich gedacht! Unsere Nachbarn zu Hause in Niagara-on-the-Lake, die Connollys, die sind auch katholisch. Sie machen mit den Fingern das gleiche Zeichen wie du. Es soll ein Kreuz darstellen, oder? Hat mir jedenfalls Mary Grace Connolly erklärt. Ich musste ihr versprechen, es für mich zu behalten. Aber sag mal… Was machst du dann überhaupt hier? Diese Schule ist doch…«

»Ich weiß, ich weiß«, fiel ich ihr ins Wort. »Dermaßen anglikanisch, dass man nur auf einen Küchenhocker zu steigen braucht und schon mit einem Bein im Paradies steht.«

Wo hatte ich *den* Spruch denn her? Ich hatte nicht die leiseste Ahnung. Von Tante Felicity? Von Vater auf keinen Fall.

»An deiner Stelle würde ich keinem verraten, dass du katholisch bist«, sagte Collingwood. »Sonst ziehen sie dir bei lebendigem Leib das Fell über die Ohren.«

»Pah, wir Katholiken sind schon seit der Erfindung des Scheiterhaufens Märtyrer«, gab ich zurück. »Wir sind an so was gewöhnt.«

Eine ziemlich patzige Bemerkung, aber ich musste sie trotzdem loswerden.

»Bei mir ist dein Geheimnis gut aufgehoben«, sagte Collingwood und kniff die Lippen fest zusammen, während sie weitersprach. »Keine zehn Pferde könnten mich dazu bringen, es preiszugeben.«

Der letzte Satz hörte sich an wie: »Keie-ehn-Erde-önne-ich-afu-ringe-eff-peifffugebe.«

»Es ist kein Geheimnis«, entgegnete ich. »Wir sind sogar sehr stolz darauf.«

Im selben Augenblick wurde so donnernd gegen die Tür gehämmert, dass das Holz splitterte und ich beinahe einen Nierenstillstand erlitt.

»Aufmachen!«, rief jemand. Obwohl ich die Stimme erst ein paarmal gehört hatte, erkannte ich sie sofort wieder.

Sie gehörte Miss Fawlthorne.

»Licht aus!«, zischelte Collingwood.

»Zu spät«, zischelte ich zurück. »Die Tür ist sowieso offen.«

»Nein. Ich hab abgeschlossen, als ich mich reingeschlichen hab.«

Sie huschte auf Zehenspitzen zum Schalter und löschte das Licht. Ich pustete die Kerze aus, und wir standen im Dunkeln.

Jedenfalls beinahe. Nach ein paar Sekunden nahm ich wahr, dass von der Straße immer noch ein bisschen Helligkeit hereinfiel.

»Was soll ich denn jetzt *machen*?«, raunte Collingwood

mir zu. »Wir dürfen einander nicht auf den Zimmern besuchen. Jetzt bin ich dran!«

Ich sah mich im kränklichen Schein der Straßenlaterne im Zimmer um. Abgesehen vom Bett und der Wäschemangel für die Kleider konnte ich kein Versteck entdecken. Sie konnte sich höchstens hinter die Tapete quetschen.

Eins musste man Collingwood lassen – sie reagierte schnell. Mit einem einzigen Satz stand sie vor dem Kamin, duckte sich unter dem Sims weg und kroch irgendwie im Abzug nach oben. Das Letzte, was ich von ihr sah, waren die schwarz bestrumpften Eidechsenbeine, die auf Zehenspitzen auf den Feuerböcken standen – dann waren auch sie verschwunden.

Hätte ich es nicht mit eigenen Augen gesehen, ich hätte es nicht geglaubt.

Verzweiflung kann wahre Wunder wirken.

»Aufmachen!«, tönte es wieder von draußen. »Ich weiß, dass ihr da drin seid!«

Es klopfte abermals, noch heftiger als beim ersten Mal, sodass das ganze Türblatt erzitterte. Falls nicht schon das erste Hämmern die ganze Schule aufgeweckt hatte, dann garantiert das zweite.

Bestimmt saßen jetzt Dutzende Mädchen kerzengerade im Bett, die Decke bis zum Kinn hochgezogen, die Augen angstvoll aufgerissen.

Die Totenstille, die auf das Klopfen folgte, war beinahe noch erschreckender.

»Macht sofort auf!«, befahl Miss Fawlthorne. »Oder muss ich erst Mr. Tugg rufen, damit er die Tür aufbricht?«

Ich tappte quer durchs Zimmer, drehte den Türknauf um und öffnete. »Was ist denn?«, fragte ich blinzelnd und rieb mir die Augen. »Brennt es? Ich habe geschlafen.«

»Lass gut sein, Mädchen«, sagte Miss Fawlthorne. »Du hast Licht angehabt. Und mit jemandem gesprochen.«

»Ich hab schlecht geträumt«, behauptete ich. »Bestimmt deshalb, weil ich so weit von zu Hause weg bin und so weiter. Ich rede öfter im Schlaf.«

»Soso«, machte Miss Fawlthorne. »Und knipst du im Schlaf auch öfter das Licht an?«

»Nein. Aber beim Aufwachen wusste ich plötzlich nicht mehr, wo ich bin. Ich war desorientiert.«

Ganz schön wagemutig, mitten in einem Verhör ein neues Wort auszuprobieren, aber mich trieb der Mut der Verzweiflung. »Desorientiert« hatte Daffys Ausrede gelautet, als Vater sie einst dabei ertappt hatte, wie sie Weihnachtsplätzchen aus der Speisekammer stibitzt hatte.

»Ich war desorientiert«, hatte sie verkündet, und Vater hatte ihr geglaubt. Allen Ernstes – er hatte ihr *geglaubt!*

Ich warf unauffällig einen Blick über die Schulter und schaltete die Deckenbeleuchtung wieder ein. Das Zimmer wurde in kaltes, grelles Licht getaucht.

»Nein!« Miss Fawlthornes Hand schoss an meiner Nase vorbei und knipste die Beleuchtung energisch wieder aus. »›Licht aus‹ bedeutet ›Licht aus‹, du dummes Ding.«

Das war zu viel. Erst hatte mich Ryerson Rainsmith eine ertrunkene Ratte genannt, und jetzt war Miss Fawlthornes Bemerkung der Tropfen, der das Fass zum Überlaufen brachte. Ich war erst eine Woche von zu Hause fort, und schon standen auf meiner Liste der zu Vergiftenden zwei Personen mehr … drei, wenn man die dämliche Dödel mitzählte.

Miss Fawlthorne zauberte ein Heftchen Pappstreichhölzer hervor. Mit feierlicher Miene riss sie eines an und hielt es, ohne mich aus den Augen zu lassen, an den Docht der Kerze. Eine gelungene Demonstration sicherer Auge-Hand-Koordination.

»Also«, sagte sie dann und durchbohrte mich mit ihrem Blick wie einen Schmetterling, der in einem Schaukasten auf ein Stück Pappe aufgespießt wird. »Mit wem hast du eben gesprochen?«

Ich ahnte, dass wir noch bis Sonnenaufgang hier rumstehen würden, wenn ich die Antwort verweigerte. Miss Fawlthorne gehörte eindeutig zu diesem Schlag Erwachsener.

»Mit mir selber«, erwiderte ich und wandte verschämt den Blick ab. »Ich… ich führe manchmal Selbstgespräche, wenn es mir nicht gut geht. Ich weiß, dass man das nicht tut, und ich bin dabei, es mir abzugewöhnen.«

Es war zwecklos, das war mir eigentlich schon klar, als ich den Mund aufmachte.

Miss Fawlthorne ließ den Blick suchend durchs Zimmer wandern, wobei sie den Kopf verdrehte wie eine Eule. Ich überlegte kurz, ob er wohl abbrechen und herunterfallen würde, wenn sie ihn noch ein kleines Stückchen weiterdrehte.

Ich muss gestehen, dass ich insgeheim darauf hoffte.

Ich wagte nicht, zum Kamin hinüberzuschielen, denn damit hätte ich Collingwood sofort verraten. Daher schaute ich zerknirscht auf meine Füße.

»Sieh mich an!«, befahl Miss Fawlthorne, und ich hob zaghaft den Blick.

Ich war kurz davor loszuheulen, das spürte ich.

Was sie als Nächstes sagte, erschütterte mich bis ins Mark.

»Arme, einsame, unglückliche Flavia de Luce«, sagte sie, hob mit dem Zeigefinger mein Kinn an und blickte mir voller Zuneigung und sogar mit einem schiefen Lächeln in die Augen.

Was sollte das denn? Sie hätte mich ebenso gut ohrfeigen können. Damit hätte ich wenigstens umgehen können.

Dieses unerwartete Mitgefühl dagegen traf mich völlig unvorbereitet. »Kalt erwischt«, wie man so schön sagt. Wie sollte ich mich jetzt verhalten?

Als ich ihren Blick schließlich erwiderte, nahm mein übernatürlich scharfes Gehör – ein Erbe meiner Mutter Harriet – ein hauchfeines Knistern im Kamin wahr. Ohne mich umzudrehen, begriff ich, dass ein bisschen Ruß herausfiel. Für das geübte Ohr ein unverkennbares Geräusch.

Miss Fawlthorne jedoch – allen Heiligen sei Dank! – hatte nichts davon mitbekommen. Ihre Gehörgänge waren beträchtlich älter als meine und im Lauf der Jahre abgestumpft.

Ich schickte gerade ein stummes Dankgebet für meine Errettung zum Himmel empor, als ein jäher Luftzug, begleitet von einem lauten *Wusch!* durchs Zimmer fegte. Etwas kam durch den Kamin geschossen und platzte mit einem schaurig dumpfen Aufprall ins Zimmer.

Die Kerze erlosch, und es wurde stockfinster.

Miss Fawlthorne – das muss man ihr wirklich lassen – hatte die Kerze im Handumdrehen wieder angezündet. Offenbar hatte sie die Streichhölzer noch nicht wieder weggesteckt gehabt.

Collingwood lag auf dem Kaminläufer, alle viere von sich gestreckt. Ihr Gesicht und ihre Hände waren so schwarz wie die eines walisischen Bergmanns, ihr aufgerissener roter Mund und das Weiße der Augen verliehen ihr das Aussehen eines Dämons, der soeben von der Hölle ausgespien wurde.

Neben ihr war ein seltsames Bündel gelandet, das in unsere Richtung rollte. Auf den ersten Blick sah es wie ein langes, dickes, verkohltes Holzscheit aus, aber es wickelte sich beim Rollen langsam auf wie eine heruntergefallene Klopapierrolle – nur dass es kein Klopapier war, sondern ein rußverschmierter, verfärbter Union Jack – eine britische Flagge, in die etwas eingehüllt war.

Ich möchte an dieser Stelle anmerken, dass es mir selbst kein bisschen Angst macht, im Dunkeln mit einer Leiche zusammen zu sein. Ganz im Gegenteil. Der leise Schauder, der mich bei solchen Gelegenheiten überläuft, ist ein Schauder der freudigen Erregung, nicht der Furcht.

Als das Bündel noch ein Stück weiterrollte, fiel der Schädel ab und kullerte mir vor die Füße.

Das Stoffbündel enthielt einen schwärzlich verwesten menschlichen Leichnam, und noch ehe er endlich still liegen blieb, wusste ich, dass der oder die Betreffende schon eine Weile tot war.

Sogar schon eine ziemlich lange Weile.

3

Da waren wir nun, wir vier: Miss Fawlthorne, Collingwood, die Leiche und ich. Keine von uns rührte sich.

Es war einer jener Augenblicke, den unsere Großeltern ein »Lebendes Bild« genannt hätten – eine in der Bewegung eingefrorene Gruppe, in der niemand auch nur einen Muskel regte; ein Augenblick, in dem die Zeit still stand; ein Augenblick, in dem die Ewigkeit innehielt und tief Luft holte, bevor sie weiterrauschte und uns in eine Zukunft mitriss, die nie mehr ungeschehen gemacht werden konnte.

Dann fing Collingwood zu schluchzen an, mit lang gezogenen, erstickten Lauten, die in ein regelrechtes Geheul auszuarten drohten.

Miss Fawlthornes Gesicht wurde im Schein der Kerze weiß wie ein Laken. Nur die Leiche und ich bewahrten die Fassung.

Ich konnte es kaum erwarten, das Deckenlicht wieder einzuschalten und mir den überraschenden Fund näher anzusehen.

Im Lauf meines Lebens hatte ich schon zahlreiche Leichen gesehen, und eine jede war spannender und lehrreicher als die vorangegangene gewesen. Wenn ich mich nicht verzählt hatte, handelte es sich bei dieser hier um Nummer sieben.

Trotz des spärlichen Flackerscheins der Kerze war ich aufgrund der schlanken Statur und der schmalen Handgelenke bereits zu dem Schluss gekommen, dass es sich höchstwahrscheinlich um ein weibliches Wesen handelte. Der rußige Schädel und der grässlich grinsende Mund erinnerten an eine frisch ausgewickelte Mumie.

Eine Mumie, die der Kamin und die Zeit in einen Räucherhering verwandelt hatten.

Auch wenn dieser Vergleich ein wenig unpassend klingen mag, möchte ich doch nicht lügen. Genau das ging mir in diesem Moment durch den Kopf.

Die erste Reaktion ist nicht immer die, auf die wir hinterher besonders stolz sind, doch aus persönlicher Erfahrung wusste ich, dass mir bis zu einer polizeilichen Befragung noch genug Zeit bleiben würde, mir eine geschönte Version auszudenken, die mich besser dastehen ließ. So funktioniert nun mal der menschliche Verstand.

Meiner jedenfalls.

Die Zeit hatte wieder eingesetzt, kroch jedoch so zäh dahin, wie es für solche Situationen typisch ist. Miss Fawlthorne bewegte sich so langsam durchs Zimmer wie eine Stabheuschrecke, die in einem Naturkundefilm über einen Ast stakst. Es dauerte ewig, bis das Licht anging.

»Collingwood!«, sagte sie dann in gefährlich ruhigem Ton. »Was hast du getan?« Collingwood hockte derweil schwarz wie ein Schornsteinfeger auf dem Dielenboden, hatte die Arme um die Knie geschlungen und schaukelte vor und zurück. Dabei stieß sie lang gezogene Jammerlaute aus, die man als »Totenklage« hätte bezeichnen können, ein markerschütterndes Geheul, das aus einem uralten Teil unseres Gehirns kommt.

Es klang kaum noch menschlich.

In einem Kinofilm hätte ihr jetzt jemand eine runtergehauen, und das Geheul wäre zu zivilisiertem Schluchzen abgeebbt, aber das brachte ich nicht übers Herz.

Stattdessen kniete ich mich vor sie hin und nahm sie in den Arm.

»Holen Sie ihr ein Glas Wasser!«, hörte ich mich Miss Fawlthorne Anweisungen erteilen. »Und einen Schluck Brandy. Schnell! Sie steht unter Schock.«

Miss Fawlthorne setzte zu einer Erwiderung an, überlegte es sich aber anders und eilte zur Tür hinaus.

Ich zog die Decke vom Bett und legte sie Collingwood um die Schultern.

Dann zerrte ich auch das Laken herunter und legte es über die Leiche – nicht ohne mir die gruseligen Überreste dabei etwas gründlicher anzuschauen.

Die Gelegenheit, dass Miss Fawlthorne kurz draußen war, kam wie gerufen. Ich musste sie unbedingt nutzen.

Die Leiche war, wie schon gesagt, rußgeschwärzt. Die Flagge, in die man sie eingeschlagen hatte, war sozusagen ihre Verpackung gewesen, auf dieselbe Weise, wie angeblich gewisse Eingeborenenstämme an den äußersten Vorposten des britischen Weltreichs (zum Beispiel in Indien) ihren Fisch vor dem Garen in Bananenblätter wickeln.

Der losgelöste Kopf war schwarz wie eine Bowlingkugel. Seltsamerweise fehlten Haare und Haut. Die gekrümmten Finger beider Hände waren nach oben gezogen, dorthin, wo das Kinn gewesen sein musste, als hätte der Tod sein Opfer im Schlaf überrascht. Die eine Hand umschloss locker einen kleinen Gegenstand, ein schwärzlich angelaufenes Medaillon oder etwas Ähnliches.

Ich wickelte es in mein Taschentuch und steckte das Ganze rasch ein. Miss Fawlthorne konnte jeden Augenblick wieder hereinkommen. Preis und Dank den Göttern, die mich vollständig bekleidet zu Bett geschickt hatten!

Die Kleidung der Leiche war leider zu zerschlissen und verrußt, um sie noch richtig zu erkennen. Es konnten ebenso gut die Lumpen einer Bettlerin sein wie das Prunkgewand einer Prinzessin.

Verschmoren ist gewiss kein schöner Tod.

Oder hatte sie auf andere Art und Weise ihr Ende gefunden? Vielleicht sogar an einem anderen Ort?

Wie ein Polizeifotograf begann ich damit, systematisch eine Reihe aussagekräftiger gedanklicher Schnappschüsse zu erstellen: Nahaufnahmen des Schädels, der geschwärzten Zähne, der Hände und der Füße (die abgesehen von einer einzelnen, angesengten, halb abgestreiften Wollsocke unbekleidet waren).

Ich zog die Socke ein, zwei Zentimeter von dem geschwärzten Knöchel ab und stellte anhand der Innenseite fest, dass sie ursprünglich rot gewesen war.

Meine Untersuchung wurde nicht eben dadurch erleichtert, dass Collingwood inzwischen wie eine Luftschutzsirene jaulte, ein grässliches an- und abschwellendes Geräusch, das an meinen Nerven zerrte.

»Ist ja gut«, wiederholte ich ein ums andere Mal, ohne die Leiche aus den Augen zu lassen, »es ist alles in Ordnung. Miss Fawlthorne ist gleich wieder da.«

Bildete ich es mir ein, oder wehklagte – wie Daffy sich ausgedrückt hätte – Collingwood daraufhin nur noch lauter?

Mir platzte der Kragen.

»Mach die Fressluke zu!«, sagte ich. »Du sabberst.«

Wie einem jeder verraten kann, der ältere Schwestern hat, gibt es kein probateres Mittel, ein in Tränen aufgelöstes weibliches Wesen, und zwar unabhängig von dessen

Alter, zur Vernunft zu bringen, als es darauf aufmerksam zu machen, dass es Spucke im Gesicht hat.

Darum war ich auch nicht sonderlich überrascht, als Collingwood mit einem letzten Schluckauf verstummte.

»Was … ist … *das da*?«, fragte sie und rutschte auf dem Hinterteil von dem inzwischen zugedeckten Leichnam weg, so schnell sie konnte.

»Ein Vogel. Ein ziemlich großer. Ein Storch, glaube ich. Oder ein Ibis.«

Ich gebe zu, das war sogar für meine Verhältnisse ein bisschen überzogen. Es war nicht zu übersehen, dass der geschwärzte Schädel keinen langen, geschwungenen Schnabel aufwies. Aber das war bei den mumifizierten Vögeln im Naturkundemuseum auch nicht anders. Man hatte ihnen die Schnäbel mit Leinenstreifen auf die Brust gebunden, einerseits, weil das ordentlicher aussah, andererseits, um den längst verstorbenen Einbalsamierern die Arbeit zu erleichtern.

»Wieso sollte sich ein Storch in den Kamin verirren?«

»Ach, so was kommt andauernd vor«, erwiderte ich. »Wenn er die Babys bringt. Man hört nur nie davon, weil es zu deprimierend ist. Es ist so was wie eine ungeschriebene Übereinkunft mit der Presse.«

Collingwood öffnete den Mund, aber ich werde nie erfahren, was sie sagen wollte, denn in ebendiesem Augenblick kehrte Miss Fawlthorne mit einem Glas Wasser und einer Karaffe, die vermutlich Brandy enthielt, zurück.

»Trink!«, kommandierte sie, und Collingwood gehorchte erstaunlicherweise ohne allzu großes Theater. Sie kippte Ersteres in einem Zug herunter und nahm von Letzterem einen tüchtigen Schluck.

»Ich fürchte, sie hat das ganze Haus aufgeweckt.« Miss

Fawlthorne warf erst einen Blick auf ihre Armbanduhr und dann einen Blick auf mich. »Aber das ist jetzt eigentlich auch schon egal. Wir müssen sowieso die Polizei rufen. Nicht, dass …«

Es klopfte.

»Wer ist da?«, fragte Miss Fawlthorne.

»Fitzgibbon, Miss.«

Miss Fawlthorne sprang zum Schalter wie eine flinke Gazelle. »Wir dürfen kein schlechtes Vorbild abgeben«, raunte sie. »›Licht aus‹ bedeutet ›Licht aus‹!«

Abermals umfing uns Dunkelheit.

Aber nicht lange. Schon flammte ein Streichholz auf, und Miss Fawlthorne hielt es an den Kerzendocht.

»Herein!«, rief sie, und die Tür ging auf.

Auf den ersten Blick sah ich nur Fitzgibbons runde spiegelnde Brillengläser, die schwerelos in der Luft zu schweben schienen. Sie tat einen einzigen Schritt ins Zimmer hinein, blieb dann wie angewurzelt stehen und war auf einmal wie durch ein Wunder von einem Meer aus blassen, körperlosen Mädchengesichtern umwogt, die ihr über die Schultern spähten.

Seltsamerweise ging mir sofort der berühmte Satz aus dem Lukas-Evangelium durch den Kopf, der von Jesu Geburt handelt. Soweit ich mich erinnern kann, lautet er ungefähr so: »Und alsbald war da bei dem Engel die Menge der himmlischen Heerscharen, die lobten Gott und sprachen: ›Ehre sei Gott in der Höhe und Friede auf Erden und den Menschen ein Wohlgefallen.‹«

(Auch wenn die Bibel, zumindest in der *King James*-Ausgabe, aus Gründen, die nur den Übersetzern und dem König höchstpersönlich bekannt sind, kein einziges Anführungszeichen enthält.)

Noch heute sehe ich die bleichen Gesichter jener Cherubim und Seraphim vor mir, die hinter der erstarrten Fitzgibbon schaurig durchs Dunkel schwebten – die Zöglinge von Miss Bodycotes Höherer Mädchenschule.

Meine Mitschülerinnen.

Es war meine erste Begegnung mit ihnen… und ihre mit mir.

»Fort mit euch, Mädchen!«, blaffte Miss Fawlthorne und klatschte ein paarmal energisch in die Hände.

Wie Marionetten, die in einem gruseligen Kasperletheater mit einem Ruck hochgezogen wurden, verschwanden sie.

»Bringen Sie Collingwood ins Bett«, wies Miss Fawlthorne Fitzgibbon an. »Sie steht unter Schock.«

Und was war mit *mir*, bitte schön?

Mit eckigen Bewegungen wie eine widerspenstige Aufziehpuppe zog Fitzgibbon Collingwood auf die Füße und führte sie samt Bettdecke und allem Drum und Dran aus dem Zimmer.

»Es war sehr umsichtig von dir, ein Laken über die Leiche zu legen«, wandte sich Miss Fawlthorne daraufhin an mich und warf mir über die Kerzenflamme hinweg einen bohrenden Blick zu. »Du hast dich hervorragend bei uns eingeführt, Flavia.«

Nach einer kurzen Pause fügte sie hinzu: »Abgesehen davon, dass du Collingwood in dein Zimmer gelassen hast. Dafür müsst ihr beide natürlich bestraft werden.«

Ich hätte an dieser Stelle vielleicht erläutern sollen, dass Collingwood ungebeten hereingekommen war und dass ich sie, weil ich ja geschlafen hatte, schwerlich davon hätte abhalten können. Nicht zu vergessen, dass ich als Neuankömmling keine Ahnung von dieser albernen Vorschrift gehabt hatte.

Aber ich hielt wohlweislich die Klappe.

Es sind genau diese Entscheidungen, seien sie nun gut oder schlecht, die den Charakter eines Menschen prägen.

Stattdessen bückte ich mich und lupfte einen Zipfel des Lakens.

»Nicht!«, fauchte Miss Fawlthorne prompt, und ich ließ den Zipfel wieder los.

Was wäre daran so schlimm gewesen, wenn ich noch einmal einen kurzen Blick auf den Leichnam geworfen hätte? Doch mir wurde in diesem Augenblick klar, dass ich dazu wohl nie mehr Gelegenheit haben würde.

Grundsätzlich gilt, dass man, wenn man eine Leiche findet, den Luxus genießt, sie sich in aller Ruhe anzuschauen, bevor eine Horde Polizisten auf den Schauplatz getrampelt kommt wie eine Herde Rindviecher, die ein Picknick ruiniert. Aber eben nicht jedes Mal – und das hier war eines jener anderen Male. Ich hatte alles gesehen, was ich je zu sehen bekommen würde. Was es an Sachbeweisen auch geben mochte, ich hatte alles bereits im Kopf.

Allerdings hätte man annehmen sollen, dass auch Miss Fawlthorne interessiert gewesen wäre, so viel wie möglich über den Leichnam zu erfahren, der noch bis vor wenigen Minuten in ihrem Kamin gehaust hatte.

Oder wusste sie längst Bescheid?

Ich stand brav da, bis sie die Fassung wiedererlangt hatte.

»Ich muss den Vorfall wohl melden«, sagte sie ein zweites Mal, als dächte sie laut nach – als müsste sie sich dazu überwinden. Vielleicht war sie um den Ruf ihrer Schule besorgt. Ich sah die Schlagzeilen schon vor mir:

Leiche in Kamin gegrillt!

Grausiger Fund um Mitternacht!

Mädchenschule in Angst und Schrecken!

Wenn die Presse hier in Kanada auch nur entfernt mit der in meiner Heimat zu vergleichen war, würden wir gut und gern mehrere Tage lang die Titelseiten zieren.

»Du musst ja völlig übermüdet sein!«, sagte sie jetzt, und ich stellte fest, dass ich daran noch gar nicht gedacht hatte. Sechs Tage auf See und anschließend eine Tagesreise im Zug… nicht zu vergessen, dass ich mitten in der Nacht aus dem Schlaf gerissen worden war…

Miss Fawlthornes Worte übten eine hypnotische Wirkung auf mich aus. Ich gähnte auf einmal wie die Felsschlucht bei Cheddar und hatte die Augen voller Schlafsand.

»Hier kannst du nicht bleiben«, fuhr sie fort und deutete auf die verhüllte Gestalt auf dem Fußboden. »Ich nehme dich mit hoch in mein Wohnzimmer.«

Ganz kurz blitzte das Bild vor meinem geistigen Auge auf, wie die Schulleiterin meinen abgeschlagenen Kopf über ihrem Sofa an die Wand nagelte wie eine Jagdtrophäe – ein wildes Tier, das sie in Afrika oder in der Eiswüste der Antarktis erlegt hatte.

»Dann komm mal mit«, sagte sie und ging mit der brennenden Kerze voran.

Das elektrische Licht blieb aus.

Ich begriff allmählich, dass in Miss Bodycotes Höherer Mädchenschule eine Vorschrift eine Vorschrift war, basta.

Daffy wäre von meinem Scharfsinn beeindruckt gewesen.

Ich hätte es nie für möglich gehalten, aber meine Schwester fehlte mir. Mir wurde mit einem schmerzhaften Stich bewusst, dass sie die Zitronenscheibe auf meinem Fisch gewesen war, der Essig auf meinen Pommes zum Fisch, dass ohne sie mein künftiges Leben ohne Würze sein würde. Ein sonderbarer Gedanke, ausgerechnet in diesem Augenblick, aber war nicht das ganze Leben höchst sonderbar? Meines auf jeden Fall.

Ich weiß noch, dass ich mich ermahnte: *Reiß dich zusammen, Flavia. Bleib ruhig.*

Wir gingen einen getäfelten Flur entlang, Miss Fawlthorne immer noch vorneweg.

»Das ist die Galerie unserer Ehemaligen«, verkündete sie und hob die Kerze hoch, damit ich die schwarz gerahmten Fotografien besser erkennen konnte, die rechts und links an den Wänden hingen.

Eine lange Reihe über der anderen, erhoben sie sich um uns herum und waberten im Kerzenschein – Gesichter jeder erdenklichen Größe und Form. Ich musste abermals an die himmlischen Heerscharen denken.

Tja, man hatte mich schließlich vorher davon in Kenntnis gesetzt, dass die Schule eine enge Beziehung zur Kirche hatte, oder?

Trotzdem war ich auf den Anblick dieser schwarz gerahmten Seelen nicht gefasst, die allesamt auf mich herabstarrten, ohne eine Miene zu verziehen – als wären sie so etwas wie ein himmlischer Gerichtshof und ich die arme Sünderin.

»Und hier«, sagte Miss Fawlthorne, »ist natürlich auch deine Mutter.«

Sie hätte mich warnen sollen. Es traf mich völlig unvorbereitet.

Da war Harriet, in ihrem schwarzen Rahmen, und schaute gelassen auf mich herab mit einem Blick …

In diesem jungen Gesicht – *meinem* Gesicht! – lag alles, was gesagt werden musste. Und in ihrem Blick lagen all die Worte, die auszusprechen sie nie Gelegenheit gehabt hatte.

Unter ihrem Bild hing ein kleiner Wandleuchter, in dem ein herzzerreißend frisches Blumensträußchen steckte.

Ich fing plötzlich an zu zittern.

Miss Fawlthorne legte mir mitfühlend die Hand auf die Schulter. »Tut mir leid«, sagte sie. »Daran habe ich nicht gedacht. Ich hätte dich darauf vorbereiten sollen.«

Einen Augenblick standen wir schweigend nebeneinander, wie die beiden einzigen Überlebenden in einer Katakombe voller Toter.

»Sie wird hier sehr verehrt«, sagte Miss Fawlthorne dann.

»Sie wird überall sehr verehrt«, entgegnete ich, vielleicht eine Spur zu scharf. Kaum dass ich es ausgesprochen hatte, hörte ich aus meinem Ton einen Anflug von Feindseligkeit heraus, der mich selbst überraschte.

»Sind sie alle tot?«, fragte ich und deutete auf die Fotografien, zum einen, um das Thema zu wechseln, zum anderen, um Miss Fawlthorne zu zeigen, dass ich nicht sauer war.

»Um Himmels willen, nein! Diese hier hat mehrfach Medaillen beim Leistungsschwimmen gewonnen … diese hier, Nancy Severance, ist Filmstar, du hast vielleicht von ihr gehört. Die hier hat einen Premierminister geheiratet … und die hier … nun ja, sie ist auf ihre eigene Art berühmt geworden.«

»Das habe ich übrigens auch vor«, erwiderte ich. »Auf meine eigene Art berühmt zu werden.«

Ja, das traf es eigentlich recht gut, und ich freute mich, dass es mir endlich klar geworden war.

Ich wollte nicht Harriet sein. Ich wollte ich selbst sein.

Flavia de Luce. Punkt.

»Und wer ist das?« Ich zeigte auf ein sehr apartes, geheimnisvoll aussehendes Mädchen, das aus verhangenen Augen auf uns niederblickte.

»Das ist Mrs. Bannerman. Sie ist immer noch bei uns. Du wirst sie morgen kennenlernen. Sie ist unsere Chemielehrerin.«

Mildred Bannerman! Na klar doch! Vor ein paar Jahren war sie nach einem echten Sensationsprozess von der Anklage freigesprochen worden, sie hätte »ihren Gatten auf Abwegen«, wie es die *News of the World* ausgedrückt hatte, umgebracht.

Man hatte sie beschuldigt, das Messer vergiftet zu haben, mit dem er an Weihnachten den Truthahn zu tranchieren pflegte.

Der Trick war nicht neu, aber gut. Schon im dritten Jahrhundert vor Christus hatte Parysatis, die Gattin des Perserkönigs Darius, ihre Schwiegertochter Stateira auf die gleiche Weise um die Ecke gebracht.

Sie hatte die Klinge nur auf der von sich abgewandten Seite vergiftet, und indem sie Stateira das erste Bratenstück anbot, konnte sie sowohl ihre Schwiegertochter abmurksen als auch selbst von dem Vogel essen, ohne ein Risiko einzugehen, beziehungsweise ein nur sehr geringes.

»Den Truthahn gleichzeitig behalten und aufessen«, nannte sich das.

Mit viel Glück und vor allem mit einem hervorragenden Verteidiger war es Mildred Bannerman gelungen, den Kopf aus der Schlinge des Henkers zu ziehen. Zum Schluss hatte man *sie* gegenüber den Geschworenen sogar als das eigentliche Opfer des Verbrechens hingestellt.

Und jetzt das! In wenigen Stunden würde ich ihr von Angesicht zu Angesicht gegenüberstehen!

Wir wanderten weiter durch ein schier endloses Labyrinth dunkler Flure, bis Miss Fawlthorne nach einer halben Ewigkeit einen Schlüsselbund herausholte.

»Hier ist meine Wohnung«, verkündete sie und knipste das Licht an.

Offensichtlich galten die Vorschriften für *sie* nicht.

»Du kannst auf dem Sofa dort schlafen.« Sie zeigte auf ein schwarzes Ledermonstrum mit aufgenähten Knöpfen. »Ich hole dir eine Decke und ein Kissen.«

Damit verschwand sie und ließ mich mitten in ihrem Wohnzimmer stehen, einem Raum, der nach kaltem, stillem Unglück müffelte.

Waren das etwa die Schwingungen jener zahllosen Ehemaligen, die sich hier ihre Strafe abgeholt hatten, weil sie nach dem »Licht aus!«-Kommando Licht angemacht hatten?

Mir fiel ein, wie Daffy uns aus Nicholas Nickleby vorgelesen hatte. Was hatte der Schulmeister Wackford Squeers doch gleich gesagt? »Wenn einer, ohne dass er gefragt wird, das Maul auftut, so kriegt er Hiebe, bis ihm die Haut vom Leibe fällt.«

Allerdings wurden Mädchen nicht mit dem Rohrstock versohlt, wie mir Daffy versichert hatte. Für unsereinen waren raffiniertere Foltermethoden vorgesehen.

Miss Fawlthorne kehrte mit einem Kissen und einer karierten Autodecke zurück. »Schlaf jetzt«, sagte sie. »Ich versuche leise zu sein und dich nicht zu wecken, wenn ich nachher wiederkomme.«

Sie knipste das Licht wieder aus, und die Tür fiel mit einem unheimlichen *Klick!* hinter ihr ins Schloss. Ich lauschte auf das Geräusch eines sich drehenden Schlüssels, aber selbst mein überfeines Gehör nahm nur das Tappen ihrer sich entfernenden Schritte wahr.

Bestimmt ging sie jetzt in ihr Büro und rief von dort aus die Polizei an.

Ich zermarterte mir das Hirn, wie ich es anstellen könnte, dabei zu sein, wenn die Beamten das Laken wegzogen und die Leiche enthüllten.

Vielleicht sollte ich einfach ins Zimmer spazieren, mir die Augen reiben und behaupten, dass ich Schlafwandlerin sei … oder dass ich aufgrund einer Tropenkrankheit dringend ein Glas Wasser bräuchte.

Doch ehe ich einen dieser Pläne in die Tat umsetzen konnte, war ich eingeschlafen.

Ich träumte von Buckshaw – wovon sonst?

Ich sauste auf Gladys, meinem treuen Fahrrad, die lange Kastanienallee entlang. Sogar im Traum wunderte ich mich, dass ich die Lerchen singen hörte und die zertrampelten Kamillenblüten auf dem verwilderten Südrasen roch. Das, und den Moder des alten Herrenhauses.

Dogger erwartete mich an der Haustür.

»Willkommen daheim, Miss Flavia«, sagte er. »Du hast uns gefehlt.«

Ich radelte an ihm vorbei, quer durch die Eingangshalle und die Osttreppe hoch, was wieder einmal beweist, wie albern Träume sein können. Natürlich war ich die Treppe schon öfter runtergefahren, aber niemand, wirklich niemand konnte mir vorwerfen, ich sei sie jemals *rauf*geradelt.

In meinem Chemielabor war gerade ein Experiment in vollem Gange. Bechergläser blubberten, Reagenzgläser siedeten, und diverse farbige Flüssigkeiten flossen wichtigtuerisch auf und ab durch verschlungene Glasröhren.

Ich konnte mich zwar nicht mehr an den Zweck des Versuchs erinnern, war aber wie ein Flitzebogen auf das Ergebnis gespannt.

Wie immer würde ich alles schriftlich in meinem Labornotizbuch festhalten, von der *Hypothese* bis zum *Resultat*, alles so übersichtlich gegliedert, dass sogar ein Schwachsinniger jedem einzelnen Schritt meiner genialen Gedankengänge folgen konnte.

Die Fachzeitschriften würden sich um die Rechte prügeln, meine Arbeiten veröffentlichen zu dürfen.

Trotzdem hatte der ganze Traum etwas unbeschreiblich Niederdrückendes, und zwar ging von ihm diese besondere Traurigkeit aus, die einen überkommt, wenn Herz und Hirn nicht im Einklang sind.

Einerseits war ich von unbeschreiblicher Freude erfüllt, andererseits hätte ich am liebsten geheult.

Als ich aufwachte, läutete irgendwo eine Glocke.

4

Meine Lider wollten sich nicht öffnen. Es war, als hätte jemand sie zugeleimt, während ich schlief.

»Steh auf«, hörte ich Miss Fawlthorne sagen. »Es hat schon geläutet.«

Ich blinzelte verschlafen zu ihr hoch.

»Deine Schuluniform liegt auf dem Stuhl. Zieh dich an und komm zum Frühstück runter. Auf dem Tisch steht ein Waschkrug. Wasch dir das Gesicht und putz dir die Zähne. Sieh zu, dass du einigermaßen vorzeigbar aussiehst.«

Und schon war sie weg.

Was sind das bloß für Stimmungsumschwünge?, dachte ich verwundert.

Die Laune der Frau schien sich nach einem inneren Wetterhahn zu richten, der sich bei jedem Lüftchen wie rasend um sich selber drehte. Eben noch war sie beinahe zartfühlend, im nächsten Augenblick die reinste Xanthippe.

Sogar die launenhafte Daffy – von der ich übrigens beide Ausdrücke hatte – konnte mit diesen charakterlichen Wirbelstürmen nicht mithalten.

Das kalte Rosshaarpolster seufzte, als ich mich aufsetzte und schwerfällig auf die Beine kam. Mein Rücken schmerzte, meine Knie waren taub, und mein Nacken war verspannt.

Ich ahnte bereits, dass dies kein Tag werden würde, den man im Kalender rot anstreichen konnte.

Ich überwand mich, in die Sachen zu schlüpfen, die mir Miss Fawlthorne herausgelegt hatte: ein dunkelblaues wollenes Trägerkleid mit gefälteltem Rock, dazu schwarze Strümpfe, eine weiße Bluse und eine Krawatte, Letztere diagonal in den Schulfarben Gelb und Schwarz gestreift. Ein dunkelblauer Blazer vervollständigte das Grauen.

Als ich mein Spiegelbild in einem silbernen Teeservice betrachtete, das auf einem Beistelltisch stand, zuckte ich zusammen. Schauderhaft! Ich sah aus wie die Frauen in den unförmigen Badekostümen, die auf altmodischen Postkarten abgebildet sind.

Ich klaute ein Stück Würfelzucker und spülte es mit einem Schluck säuerlicher Milch aus dem Milchkännchen herunter.

Was für ein Hundeleben!, dachte ich.

Doch dann fiel mir die Tote aus dem Kamin wieder ein, und meine Laune besserte sich schlagartig.

Ob die Polizei noch in der Nacht gekommen war? Inzwischen müssten die Beamten jedenfalls längst da gewesen sein.

Danach fragen konnte ich zwar schlecht, aber kein Gesetz der Welt verbietet es einem, Augen und Ohren offen zu halten, oder?

Ich hatte befürchtet, womöglich von allen angestarrt zu werden, aber als ich zögerlich die Treppe herunterkam und auf dem Treppenabsatz stehen blieb, würdigte mich niemand auch nur eines zweiten Blickes. Aus einem fernen Winkel des Hauses drang lebhaftes Stimmengewirr zu mir herüber – Mädchen, die alle gleichzeitig redeten und lachten.

Ich würde nicht behaupten, dass mir das Blut in den

Adern gefror, aber es kühlte auf jeden Fall merklich ab. Mit Gruppen kam ich nicht besonders gut zurecht, ein Umstand, der mir erst so richtig klar geworden war, als ich seinerzeit (unfairerweise) bei den Pfadfinderinnen rausgeflogen war. Mein Fall war von der Küche des Pfarrhauses bis zu den düsteren Konferenzsälen des Londoner Hauptquartiers der Organisation erörtert worden. Am Ergebnis änderte das nichts mehr. Die Würfel waren, wie irgendwer mal gesagt hat, bereits gefallen.

Verbittert rief ich mir den Augenblick in Erinnerung, als mir Miss Delaney die Abzeichen von den Ärmeln rupfte und die übrige Truppe dazu aufforderte, im Chor zu rufen: »*Schande! Schande! Schande!... Schande! Schande! Schande!*«

Mit einem Mal konnte ich nachvollziehen, wie sich die Kinder Israels gefühlt haben mussten, als Gott der Herr sie verstoßen hatte.

Lebe wohl, Fähnlein Ackerwinde! Lebe wohl, du Motto: »Tue Gutes im Geheimen.« Ich hatte mein Möglichstes getan, diesem Gebot nachzukommen, und es war schwerlich meine Schuld gewesen, dass alles so entsetzlich schiefgelaufen war.

Später hatte der Vikar einmal zu mir gesagt, das Schicksal habe eine Vorliebe für kleine Fehleinschätzungen, und er hatte recht damit gehabt. Wahrscheinlich würde ich mich nie wieder davon reinwaschen können.

»Halt dich lieber ran!« Jemand fasste mich am Arm – ein kleines, stämmiges Mädchen mit einem schwarzen Brillengestell auf der Nase.

Mir blieb fast das Herz stehen. Meine Nerven waren zum Zerreißen gespannt.

»'tschuldigung«, sagte sie. »Ich wollte dich nicht erschrecken, aber hier auf der Bods hat Pünktlichkeit oberste Priorität. Soll heißen: Wer zu spät zum Frühstück kommt, wird einen Kopf kürzer gemacht.«

Ich nickte und ging hinter meiner neuen Bekanntschaft weiter die Treppe hinunter.

Unten angekommen, hielt ich ihr die Hand hin. »De Luce, F. S.«, stellte ich mich nach dem Schema vor, das ich von Collingwood kannte.

»Weiß ich«, sagte die Bebrillte. »Du bist hier schon bekannt wie ein bunter Hund.«

Wir betraten den Speisesaal, eine riesige Halle mit dunklen, erdrückenden Deckenbalken, wie eine mittelalterliche Scheune, in der man lange Tische aufgestellt hatte. Der Lärm war ohrenbetäubend.

Zwei gehetzt wirkende Serviererinnen in weißen Schürzen kippten große Kellen Haferbrei in die Schüsseln.

Ich setzte mich an ein Tischende und langte zu.

Beim Essen schaute ich mich verstohlen um. Als Neue wäre es unhöflich gewesen, die anderen anzuglotzen, obwohl ich im Allgemeinen keinen großen Wert auf solche Anstandsregeln legte.

Trotzdem war ich darauf bedacht, keine unnötige Aufmerksamkeit auf mich zu ziehen.

Schließlich war es gut möglich, dass sich die Mörderin der Toten aus dem Kamin gerade eben in ebendiesem Raum aufhielt.

Ich würde mit meinen Ermittlungen bei Null anfangen müssen.

Ich sah mich auch nach Collingwood um, konnte sie aber nirgends entdecken. Vielleicht galt sie ja nach den Aufregungen der letzten Nacht als entschuldigt.

Weil die meisten Mädchen die Nase im Futtertrog hatten, war es nicht ganz einfach, ihre Gesichter zu betrachten. Mir fiel aber auf, dass die Nahrungsaufnahme sie mitnichten daran hinderte, aus dem Mundwinkel heraus miteinander zu schwatzen. Das erschwerte es mir, ihnen das Gesagte von den Lippen abzulesen, eine Fähigkeit, die ich mir selbst beigebracht hatte. Außerdem wollte ich ja nicht glotzen.

Das vorherrschende Gesprächsthema war nicht schwer zu erraten. Die Luft war vom Kitzel und Schauder der gruseligen Nachricht erfüllt.

Ein älteres Mädchen zwei Tische neben mir verpasste ihrer Nachbarin einen Rippenstoß und deutete mit dem Kinn auf mich. Als sie merkte, dass ich es mitbekommen hatte, schauten beide rasch weg.

Das ausnahmslos weibliche Lehrpersonal thronte auf einem Podium auf der Stirnseite des Saales und blickte auf die weidenden Schäfchen herab.

In der Mitte dieser erhöhten Tafel saß Miss Fawlthorne. Sie redete mit leicht geneigtem Kopf und gerunzelter Stirn auf eine jünger aussehende Frau ein, deren kurzes schwarzes Haar eng wie eine Badekappe anlag.

Als Ortsfremder hat man bisweilen die seltene und kostbare Gelegenheit, die anderen Anwesenden im Raum ohne Vorurteile, oder doch beinahe, zu betrachten. Wenn man noch nicht mal die Namen kennt, kann man sich eine Meinung bilden, die sich ausschließlich auf Beobachtung und Instinkt gründet.

Ich erkannte auf den ersten Blick, dass die Lehrerinnen von Miss Bodycotes Höherer Mädchenschule eines gemeinsam hatten: Sie waren alle todernst. Es gab keine Frivolitäten, kein Lachen und keinen Lippenstift.

Sogar beim Essen unterhielten sie sich so feierlich wie

eine ernste Richterschaft, auf deren Schultern die ganze Bürde der Gerechtigkeit lastete.

Ob wohl eine von ihnen eine Mörderin war?

Zum geistigen Aufwärmen machte ich mich daran, ihre jeweiligen Unterrichtsfächer zu erraten.

Die Frau ganz rechts mit den kurzen stahlgrauen Haaren war mit an Sicherheit grenzender Wahrscheinlichkeit die Französischlehrerin. Ihre schön geschwungenen Lippen mit den hochgezogenen Mundwinkeln und die leicht geblähten Nasenflügel verrieten, dass sie von Kindesbeinen an Französisch gesprochen hatte. Keine Engländerin bewegte beim Sprechen so die Lippen. Das wusste ich aus der gründlichen Beobachtung von Mrs. Lennox – Chantelle Lennox –, die neben dem Pfarrhaus von Bishop's Lacey wohnte und von ihrem Gatten Norman wie eine Kriegstrophäe nach England mitgebracht worden war.

Sie stammte aus einer Gegend namens Montmartre, was unbedingt näselnd auszusprechen war.

Neben der Französischlehrerin saß eine grimmig dreinblickende Frau mit einem Raubvogelgesicht und einer Aura von Einsamkeit, die in ihrer eigenen Welt gefangen schien, als säße sie unter einer unsichtbaren Glasglocke.

Traurig, dachte ich. *Einsam und unbeliebt.*

Allein aufgrund ihres Gesichtsausdrucks war mein erster Gedanke, dass es sich um die vom Vorwurf des Maritizids freigesprochene Mildred Bannerman handeln musste. (Ein nützliches Wort, das »Gattenmord« bedeutete und das ich von Daffy hatte; ein Wort, das offensichtlich nicht nur den reißerischsten Boulevardblättern unbekannt war, sondern auch der ehrwürdigen *Times*.)

Andererseits hatte ich erst gestern in der Ehemaligen-Galerie eine Fotografie von Mrs. Bannerman als Schulmädchen gesehen. Selbst das Älterwerden konnte sie nicht in eine Frau mit derart harschen Zügen verwandelt haben.

Mein Blick wanderte weiter den Tisch entlang und blieb an dem lieblichen Elfengesicht links neben Miss Fawlthorne hängen – die jüngste Lehrerin im Bunde. War sie das Mädchen von dem Foto? Sie schien kaum älter als meine Schwester Feely zu sein, und die war erst achtzehn.

Dann sieht sie eben jünger aus, als sie ist, befand ich.

Um sie nicht ungebührlich anzustarren, beobachtete ich sie nur aus dem Augenwinkel und ergötzte mich dabei an der Vorstellung, in Gesellschaft einer Mörderin zu frühstücken. Mildred Bannerman – endlich!

Die übrigen Mitglieder der Tischrunde waren unbedeutend. Eine nichtssagende Ansammlung von Nasen und Kinnpartien, Augen und Ohren, aus einem Sack geholt und nach dem Zufallsprinzip verteilt.

»Willkommen auf der Bods«, sagte eine Stimme an meinem Ohr.

Es war das Mädchen, dem ich auf der Treppe begegnet war.

»Van Arque«, stellte sie sich jetzt vor. »Wir haben uns ja schon kennengelernt. Ich soll mehr oder weniger für dich zuständig sein, bis du dich eingewöhnt hast. Klassenordnerin bin ich übrigens auch.«

Sie ließ den Blick durch die Halle schweifen, als hielte sie nach Raubtieren Ausschau. Als sie sich vergewissert hatte, dass wir vorläufig in Sicherheit waren, wandte sie sich wieder mir zu. »Sag mal, du hast nicht zufällig 'ne Zigarette, oder?«

»Nein«, antwortete ich, »ich rauche nicht. Darf man das denn hier?«

Van Arque schnaubte verächtlich durch die Nase.

»Quatsch. Wir verdrücken uns aufs Örtchen im dritten Stock.«

»Wie bitte?«

»Aufs Örtchen. Auf den Abtritt. Den Lokus. Das Allerheiligste…«

»Ach, du meinst das Scheißhaus«, sagte ich.

»Das Scheißhaus! Ha! Der war gut!«, lachte sie und verschluckte sich an ihrem Haferbrei.

Plötzlich bekam sie einen Hustenanfall, wurde puterrot im Gesicht und griff sich an den Hals. Dabei röchelte sie laut und pfeifend.

Mir war sofort klar, dass sich ein Batzen der zähen Masse in ihrer Luftröhre festgesetzt hatte – und dass sie in ernster Gefahr schwebte.

Sie lief schon blau an.

Ich sprang auf und schlug ihr kräftig auf den Rücken, erst mit der flachen Hand, dann mit beiden Fäusten.

Dabei entging mir nicht, dass alle anderen um uns herum, das Lehrpersonal nicht ausgenommen, wie festgeklebt auf ihren Stühlen sitzen blieben. Niemand außer mir rührte einen Finger. Es war totenstill geworden.

Plötzlich – und gänzlich unerwartet – hustete Van Arque einen widerlichen Breiklumpen aus und spuckte ihn prustend auf den Fußboden.

»Geht's wieder?«, fragte ich.

Sie holte so gierig Luft, dass ihre Schultern bebten. Ihre Gesichtsfarbe normalisierte sich.

Sie schnitt eine Grimasse.

»Nein«, krächzte sie, »aber ich darf keine Schwäche zeigen. Das ist hier Tradition. Klassenordnerinnen dürfen nicht krank werden.«

Ich sah sie ungläubig an. Sollte das ein Scherz sein?

»Wenn wir uns auch nur einen Schnupfen holen, bringt man uns um.«

Sie sah mir an, dass ich ihr nicht glaubte.

»Doch, ehrlich!«, zischelte sie. »Hier gibt's nämlich ein Schlachthaus. Hinter einem Schrank im Krankenzimmer ist eine Geheimtür.«

»Klar, und dahinter hängen lauter blutige Fleischerhaken von der Decke«, spann ich den Faden weiter.

Beim Witzereißen stellt sich rasch heraus, ob man aus demselben Holz geschnitzt ist. Van Arque und ich hatten offenbar sehr viel mehr gemeinsam, als ich anfangs gedacht hätte.

»Genau!«, sagte sie. »Jede Menge Fleischerhaken, und in der Ecke steht ein Messerblock. Und das, was übrig bleibt, wird an die Hühner verfüttert.«

»Beziehungsweise das, was davon nach dem Haferbreikochen noch übrig ist.« Ich schob mir einen gehäuften Löffel von dem Zeug in den Mund und kaute genüsslich.

Van Arque schnappte nach Luft, und ihre Augen wurden groß wie Untertassen. »Iiihhh!«, sagte sie. »Ist ja eklig!« Da wusste ich, dass ich Eindruck auf sie gemacht hatte.

Sie griff nach einer Serviette und tupfte mir den Mund ab, als sei mir der Sabber rausgelaufen.

»Pssst!«, machte sie dann, hielt sich die Hand vor den eigenen Mund und tat so, als müsste sie noch einmal husten. »Druce beobachtet uns. Sie kann Lippenlesen.«

So gern ich auch mit meinen eigenen Fähigkeiten auf diesem Gebiet geprahlt hätte, beschloss ich doch spontan, lieber noch ein paar Asse im Ärmel zu behalten. Manchmal ist es besser, reine Wissenschaft wie Zauberei aussehen zu lassen.

Zwei Tische weiter glotzte mich das große Mädchen,

das seiner Sitznachbarin den Rippenstoß verpasst hatte und bei dem es sich anscheinend um besagte Druce handelte, jetzt unverhohlen an.

Sie war der einzige Mensch im ganzen Saal, der zu uns herübersah. Alle anderen schauten peinlich berührt weg, wie es für Anglikaner typisch ist, wenn jemand aus der Reihe tanzt. Dieser Charakterzug war mir schon als Kind aufgefallen, und er hatte, so nahm ich jedenfalls an, etwas mit dem sprichwörtlichen Kopf-in-den-Sand-Stecken der Strauße zu tun. Katholiken dagegen hätten sich jetzt um die besten Plätze geprügelt.

»Lass uns hier verschwinden«, sagte Van Arque gedämpft. »Ich brauche frische Luft. Komm mit. Bis zum nächsten Läuten haben wir noch ein paar Minuten.«

Als wir unsere Stühle zurückschoben, drehte ich mich absichtlich nach Druce um und tat so, als würde ich Van Arque etwas zuraunen, dabei formte ich nur tonlos mit den Lippen das Wort »Schlampalie«.

Das war mein Lieblingsausdruck bei Shakespeare. Er war nicht so lang wie »honorificabilitudinitatibus« aus *Verlorene Liebesmüh*, aber kniffig genug, um Druce klarzumachen, dass sie es in Punkto Lippenlesen nicht mit einer Anfängerin zu tun hatte.

»Hast du ganz bestimmt keine Zigarette?«

Wir standen in einem kleinen Hof hinter dem Nebengebäude aus verputzten Ziegeln, in dem die schuleigene Wäscherei und Reinigung untergebracht war, und lehnten nebeneinander am Rand eines vernachlässigten Goldfischbassins.

»Nein«, erwiderte ich. »Ich hab doch schon gesagt, dass ich nicht rauche. Rauchen ist eklig.«

»Sagt wer?« Van Arque kniff die Augen zusammen wie Popeye, nahm Boxerhaltung ein und drückte ihren Bizeps zusammen, damit er sich wölbte. Ich wusste, dass sie es nicht ernst meinte.

»Ist ja auch egal«, sagte sie dann. »Da kommt Fabian. Die hat immer 'ne Fluppe. He, Fabian… hier sind wir!«

Fabian war eine hochgewachsene Blonde, die wie eine Finnin aussah, ganz der helle, kühle, nordische Typ. Allerdings hatte sie viel zu viel Puder aufgetragen, als müsste sie eine Menge Pickel kaschieren. Ob sie wohl ebenso wie ich aus ihrem Heimatland verbannt worden war?

»Wie viel?« Fabian hielt eine Zigarette in die Höhe. Van Arque brauchte gar nicht erst zu fragen.

»Zwei für'n Nickel«, sagte sie.

»Drei für'n Dime«, konterte Fabian, und Geld und Zigarette wechselten die Besitzerin.

»Der reinste Wucher«, sagte Van Arque, als Fabian außer Hörweite war, und zündete sich die Zigarette an. »Die ist erst ein Jahr hier und schon reich wie Krösus. Sie zahlt nur siebzehn Cent für die Schachtel und macht dreihundert Prozent Gewinn. Das ist nicht fair.«

Nickel? Dime? Ich wusste nur, dass ein Cent ungefähr so viel wert war wie ein Penny. Abgesehen davon war die kanadische Währung für mich ein Buch mit sieben Siegeln.

Warum, ach warum nur hatte man mich aus dem Land des Sixpence verstoßen… dem Land der Half-Crowns, Ha'pennies, Florins, Farthings und Shillings, dem Land mit dem logischsten aller Münzsysteme?

Wie sollte ich mich bloß auf diesem heidnischen Kontinent zurechtfinden, wo der Zugbegleiter »Schaffner« hieß, der Eisenbahnwaggon »Wagen«, wo man »Sprit« sagte statt Benzin, »Gehsteig« statt Bürgersteig, »Cheerio« statt

»Tschüss«, und auch ansonsten lauter merkwürdige Vokabeln verwendete?

Eine turmhohe Heimwehwelle schlug über mir zusammen – höher als alle Wogen des sturmgepeitschten Atlantiks, den ich überquert hatte, gewaltiger als alles, was ich mir je hätte träumen lassen.

Ich hielt mich schwankend am Rand des Bassins fest.

»Was hast du?«, fragte Van Arque besorgt.

»Nichts«, erwiderte ich matt. Dann, mit kräftigerer Stimme: »Nichts.«

Allein der Gedanke an das seltsame Geschöpf, das so lässig neben mir lehnte und rauchte, gab mir Kraft. Wenn Van Arque unmittelbar nach einem Erstickungsanfall schon wieder Witze reißen und sich kurz darauf fröhlich die Lunge zuqualmen konnte, dann konnte ich ja wohl Haltung bewahren!

»Morgen, die Damen«, grüßte jemand hinter mir, und ich zuckte zusammen. Als ich mich umdrehte, glaubte ich auf den ersten Blick, einem Wiesel in einem schäbigen Regenmantel gegenüberzustehen – einem mageren jungen Mann mit besorgniserregend bleichem, ausgemergeltem Gesicht und einem nicht sehr überzeugenden Schnurrbart.

»Schülerinnen, nehme ich an?«, fragte er. »Zwei von Miss Bodycotes Schönheiten?«

»Lassen Sie uns in Ruhe, oder ich rufe die Polizei!« Van Arque zog eine silberne Trillerpfeife aus der Blazertasche.

»He, immer mit der Ruhe.« Er angelte eine feuchte Lederbrieftasche aus den Tiefen seines zerlumpten Mantels, klappte sie auf und hielt uns einen halbwegs offiziell aussehenden Ausweis unter die Nase.

»Wallace Scroop«, sagte er. »Vom *Morning Star*. Kann ich euch ein paar Fragen stellen?«

»Wir dürfen nicht mit Reportern sprechen«, entgegnete Van Arque.

Das überhörte er. »Ich habe nämlich gehört, dass es hier spuken soll. Das Gebäude ist ja bekanntlich ein altes Kloster… Gespensterschritte um Mitternacht und so weiter. Ich dachte, daraus kann man vielleicht eine spannende Geschichte machen. Vielleicht erscheint ja sogar euer Foto in der Zeitung.«

»Es gibt keine Gespenster… oder hat Ihnen das noch niemand erklärt, Mr. Scroop? Und wenn in unserer Schule nächtliche Schritte ertönen, dann deshalb, weil jemand auf der Faschingsfeier zu viel Limonade getrunken hat. Und jetzt gehen Sie bitte.«

»Wenn ich dieser Aufforderung nachkomme, wringt mich mein Chefredakteur aus wie einen nassen Lappen. Seid doch nicht so herzlos, Mädels. Lasst uns offen miteinander reden. Was wisst ihr über die Tote, die letzte Nacht hier abgeholt und zur Obduktion gebracht wurde? Handelt es sich um jemanden, den ihr gekannt habt? Eine Auskunft könnte sich für euch lohnen.«

Ich schielte zu Van Arque hinüber, aber die Neuigkeit schien sie nicht groß zu verwundern. Ohne Vorwarnung setzte sie die Trillerpfeife an die Lippen und pustete kräftig hinein. Ein durchdringender Ton zerriss mir fast das Trommelfell. Wallace Scroop sah einen Sekundenbruchteil aus, als hätte ihm jemand eine Ohrfeige verpasst. Dann stieß er einen erstaunlich unflätigen Fluch aus und war im nächsten Moment verschwunden.

»Widerling!«, rief Van Arque ihm nach, aber er konnte sie schon nicht mehr hören.

Drinnen im Schulgebäude fing eine Glocke zu läuten an.

»Verdammt«, schimpfte Van Arque. »Immer dasselbe.«

Sie ließ die Zigarette fallen und trat sie mit dem Absatz aus. »Wir müssen rein«, sagte sie dann. »Sie haben dich in die Vierte gesteckt … jedenfalls erst mal. Wie gesagt, Miss Fawlthorne hat mir aufgetragen, mich um dich zu kümmern, bis sie die Formalitäten erledigt hat. Sie hat momentan 'ne Menge am Hals. Behauptet sie jedenfalls.«

»Das kann man wohl sagen«, stimmte ich zu. Ob Van Arque wohl unter den Cherubim gewesen war, deren Gesichter im Dunkeln hinter Miss Fitzgibbon geschwebt hatten? »Sag mal, hast *du* eigentlich mitgekriegt, was heute Nacht in Edith Cavell los war?«

Kaum war es heraus, hätte ich mir am liebsten auf die Zunge gebissen. Ich bin normalerweise keine Klatschtante, aber ein innerer Drang verleitete mich offenbar gerade dazu, Informationen auszuspucken wie ein Fahrkartenautomat.

Wollte ich mich etwa instinktiv bei Van Arque einschleimen, weil ich die unsichere Neue war? Hoffentlich nicht!

»Nö«, sagte sie. »Aber gehört hab ich davon.«

Ich sagte nichts mehr. Ich habe gelernt, Schweigen wie ein Brecheisen einzusetzen, um Informationen loszustemmen. Oder brachte ich kein Wort mehr heraus, weil ich vom brutalen Ansturm der Heimwehwoge immer noch seekrank war? Keine Ahnung.

Auf jeden Fall hielt ich die Klappe.

Und wieder zahlte es sich aus. Van Arque konnte der Versuchung nicht widerstehen, ihr überlegenes Wissen zu demonstrieren.

»Angeblich hat Miss Fawlthorne dich in Edith Cavell dabei erwischt, wie du dich über eine Leiche gebeugt hast. Und Collingwood war auch mit im Zimmer und hatte einen Nervenklabaster. Ich sag's ja … du bist hier schon bekannt wie ein bunter Hund. Aber jetzt komm endlich, bevor sie uns bei lebendigem Leibe ausweiden und aus unseren Eingeweiden Schneeschuhe knüpfen.«

5

Als wir wieder durch den dunklen Flur gingen, der vom Hintereingang zum Speisesaal führte, läutete die Glocke abermals.

»Mist!«, raunte Van Arque in die jähe Stille, die auf das Läuten folgte. »Jetzt schwärzt uns bestimmt jemand an!«

»Jemand schwärzt uns an?«, wiederholte ich. Ich hatte keine Ahnung, was der Ausdruck bedeutete, ahnte aber, dass es nichts Angenehmes war. Ich stellte mir vor, wie mir jemand Schuhcreme ins Gesicht schmierte, so wie es der Vikar gemacht hatte, als er im Gemeindesaal den Othello gegeben hatte. Als Strafe dafür, dass man ein Läuten überhört hatte, kam es mir ziemlich übertrieben vor.

Ausgerechnet in diesem Augenblick läutete eine zweite Glocke, diesmal aber nicht so weit weg und nicht so laut.

»Das ist die Haustür«, sagte Van Arque.

Wie so manches Mal, wenn man in der Klemme sitzt, bot mir das Schicksal eine kostenlose Drehung am Glücksrad an, und ich griff geistesgegenwärtig zu.

Ich ließ meine Begleiterin stehen, durchquerte die Eingangshalle und öffnete die Haustür.

Vor mir stand, den Finger noch auf dem Klingelknopf, ein hochgewachsener, überschlanker Mann. Er hatte das längliche Gesicht und die knochigen Hände einer geschnitzten mittelalterlichen Heiligenfigur und den Körperbau eines Langstreckenläufers.

Neben ihm stand breitbeinig ein jüngerer, untersetzter Mann in blauer Uniform, der die Hände – so nahm ich jedenfalls an – hinter dem Rücken verschränkte. Er hätte genauso gut den Schriftzug *Gehilfe* mit waschfester Tinte auf der Stirn tragen können.

»Ja bitte?«, fragte ich von oben herab.

Van Arque stand inzwischen hinter mir, und ich hörte sie angesichts meiner Dreistigkeit hörbar nach Luft schnappen.

»Miss Fawlthorne«, sagte der mittelalterliche Heilige. Ich wusste schon jetzt, dass er kein Mann der vielen Worte war. Ganz wie Gary Cooper.

»Dann sind Sie bestimmt die Polizei!«, sagte ich.

Was natürlich eine ziemlich schwachsinnige, wenn auch hundertprozentig zutreffende Entgegnung war.

Der Hochgewachsene nickte fast widerstrebend. »Stimmt«, bestätigte er. Sonst gab er nichts preis.

»Ich bin Flavia de Luce.« Ich streckte ihm die Hand hin. »Und Sie sind …?«

»Inspektor Gravenhurst.«

»Ach richtig!«, sagte ich, als hätte ich mir schon gedacht, dass er so hieß.

Er schüttelte mir kurz, aber kräftig die Hand. Dabei musterte er mich von oben bis unten.

»Und das hier ist Sergeant …?«, fragte ich auf gut Glück. Der Gehilfe eines Inspektors bekleidete doch bestimmt den Rang eines Sergeanten.

»LaBelle«, erwiderte der Untersetzte, ohne Einwände gegen diesen Dienstgrad zu erheben.

»Ich gebe Miss Fawlthorne Bescheid, dass Sie sie sprechen möchten«, sagte ich.

Der Inspektor nickte, trat ein und sah sich sogleich aufmerksam in der Eingangshalle um. Keine noch so kleine Einzelheit entging seinem forschenden Blick.

Ich mochte den Mann schon jetzt.

»Ach, übrigens«, ich drehte mich noch einmal um, »ich bin diejenige, die die Leiche entdeckt hat.«

Das entsprach zwar nicht ganz der Wahrheit, war aber meine einzige Chance, in den Fall einbezogen zu werden. Ich musste gegen den überwältigenden Drang ankämpfen, den Inspektor hier und jetzt aufzuklären, dass es sich keineswegs um meine erste Leiche handelte, sondern dass Kadaver sozusagen mein Spezialgebiet waren.

Doch die Bescheidenheit siegte.

Seine Miene hellte sich schlagartig auf.

»Tatsächlich?«, fragte er, worauf ich ihn sogleich noch lieber mochte. Zu schade, dass er nicht der legendären Königlich-Kanadischen Berittenen Polizei angehörte. Das wäre natürlich das i-Tüpfelchen gewesen, aber dafür, dass man ihn dort nicht genommen hatte, konnte er vermutlich nichts. Wahrscheinlich verstieß seine Körpergröße gegen irgendeine blödsinnige und rein willkürliche Einstellungsvorschrift.

»Pass auf, Van Arque«, sagte ich, über meine eigene Kühnheit erstaunt, »lauf nach oben und sag Miss Fawlthorne, dass der Inspektor hier ist.« Um ein Haar hätte ich angefügt: »Sei ein braves Mädchen.«

Ihr fiel die Kinnlade herunter.

»Van Arque ist nämlich Klassenordnerin«, erklärte ich dem Inspektor. »Sie genießt das alleinige Vorrecht, die Rektorin holen zu dürfen.«

Damit hatte ich ins Schwarze getroffen. Van Arque setzte ein stolzes Lächeln auf und sauste wie ein geölter Blitz die Treppe hoch.

»Du kommst aus England«, sagte der Inspektor.

»Ja«, antwortete ich. Schon aufgrund meines Akzents stach ich unter all diesen jungen Kanadierinnen hervor wie …

»Schon lange hier?«, fragte er.

»Seit gestern. Genau genommen seit gestern Nacht.«

Was für ein Hochgenuss, sich mit dem Mann zu unterhalten! Es war wie ein frischer Wind, sich mit jemandem auszutauschen, der nicht die ganze Zeit dummes Zeug plapperte wie ein Waschweib.

Ich sehnte mich danach, ihm von Inspektor Hewitt zu erzählen, meinem lieben Freund zu Hause in Bishop's Lacey, aber dazu würde ich sicher noch oft genug Gelegenheit haben. Ich würde mir schon einen glaubhaften Vorwand einfallen lassen, das Gespräch auf den guten Inspektor und seine göttliche Frau Antigone zu bringen.

Schritte auf der Treppe. Van Arque kam wieder heruntergerannt, gefolgt von der wesentlich feierlicher abwärts schreitenden Miss Fawlthorne.

Zum Teufel mit den beiden! Ich war gerade erst in Fahrt gekommen! Aber mir blieb nichts anders übrig, als mitzuspielen. Ich verschränkte sittsam die Hände vor dem Bauch und blickte unterwürfig zu Miss Fawlthorne empor wie ein Hündchen, das darauf wartet, dass man ihm einen Ball zuwirft.

»Danke, Flavia. Du kannst gehen. Bring sie in die Vierte, Van Arque.«

Ehe ich mich bremsen konnte, hatte ich einen Knicks gemacht.

Van Arque zog mich am Arm, und ich kam gerade noch dazu, dem Inspektor ein flüchtiges – aber strahlendes – Lächeln zu schenken.

»Das wirst du noch büßen«, sagte Van Arque, als wir außer Hörweite waren.

»Büßen? Was denn?«, fragte ich.

Sie antwortete nicht, und wir gingen schweigend weiter.

»Ich bringe die Neue, Mrs. Bannerman.«

Van Arque hielt mir die Tür auf.

Ich wurde vor Verzückung fast ohnmächtig, als die Lehrerin sich umdrehte. Ja, sie war es – die liebliche Elfe! Das ätherische Wesen, das man eher auf einem Ritterspornblatt vermutet hätte, wo es aus einem Eichelhütchen Tautropfen nippte.

»Komm herein, Flavia«, sagte sie. »Wir haben dich schon erwartet.«

Flavia? Die (freigesprochene) Mörderin Mildred Bannerman wusste, wie ich hieß?

Ich fürchte, ich war zum ersten Mal in meinem Leben sprachlos. Mein Herz aber jubelte.

»Komm rein«, wiederholte sie, und ich machte wie in Trance ein paar Schritte in das Klassenzimmer hinein.

Selbstverständlich stand ich sogleich im Mittelpunkt der Aufmerksamkeit, was ich nicht ausstehen kann. Sämtliche Mädchen gafften mich unverhohlen an, und ich gab mir Mühe, genauso unverhohlen zurückzugaffen. Schließlich war ich genauso neugierig auf sie wie umgekehrt.

Wer war zum Beispiel die Spitznasige mit dem Loch im Strumpf? Und wer die Pummlige mit dem hübschen Gesicht und den bis zu den Ellbogen abgekauten Fingernägeln? Wer war das Mädchen, das mich aus der hintersten Ecke heraus mit Blicken schier durchbohrte? Hätte ich es nicht besser gewusst, hätte ich schwören können, dass sie einen uralten Groll gegen mich hegte.

Und wer war das Mädchen, das mich mitten in einem vor Neugier brodelnden Klassenraum so demonstrativ übersah? Ich prägte sie mir besonders gut ein und hielt ihre Erkennungsmerkmale in meinem geistigen Notizbuch fest: kleiner Mund, kleine Nase, zusammengekniffene Augen, lange schwarze Haare und eine selbstgefällige Ausstrahlung, als wäre sie eine reiche Touristin, die in einem Basar voller zerlumpter Bettler einkaufen geht.

Nachdem ich mich in eine Liste eingetragen hatte – offenbar die Anwesenheitsliste –, verließ Mrs. Bannerman den Raum, um in der Fünften Chemie zu unterrichten. An ihrer Stelle kam die Frau mit dem eisengrauen Kurzhaarschnitt herein, die ich schon beim Frühstück gesehen hatte. Ich hatte richtig vermutet. Sie war tatsächlich die Französischlehrerin.

Als sie eintrat, standen alle Mädchen auf, und ich tat es ihnen nach.

Während der folgenden Stunde zwitscherte Miss Dupont, deren Name ich erst später erfuhr, ohne Punkt und Komma auf die Klasse ein, stellte, wie mir schien, lauter sinnlose Fragen und nickte erfreut, wenn die Schülerinnen lauter ebenso sinnlose Antworten gaben. Ich verstand kein Wort von dem ganzen Gequassel, aber da sie jede Schülerin mit Namen ansprach, war die Zeit nicht ganz und gar für die Katz.

»Fla-*wiiieh*-ah«, wandte sie sich schließlich an mich, indem sie meinen Namen falsch betonte, und feuerte eine Salve unverständlicher Silben auf mich ab. Ich inspizierte meine Fingernägel und tat, als hätte ich nichts gehört.

»Elle est très timide«, sagte sie daraufhin zu den anderen Schülerinnen, und alle außer mir lachten.

Ich kam mir wie der letzte Trottel vor.

Was hatten meine Vorfahren zur Zeit Williams des Eroberers doch für eine gute Entscheidung getroffen, Frankreich den Rücken zu kehren, dachte ich. Anderenfalls wäre auch ich von Kindesbeinen an dazu angehalten worden, durch die Nase zu sprechen.

Und was für kompletten Schwachsinn mussten diese Mädchen zu Übungszwecken von sich geben!

»Die Nichte meines Gärtners hat mir ein blaues Taschentuch geschenkt. Wer hat Großmutters schönstes Fotoalbum draußen im Regen liegen lassen?« (Wie absurd sich das Wort *»pluie«* anhörte – wie das Ergebnis von zu viel Bohnen auf Toast.) *»Hol den Arzt, Marie – Madame leidet an Blähkrämpfen!«*

Das alles weiß ich nur, weil mir Van Arque hinterher übersetzte, was da geplappert worden war.

Wie erbärmlich!

Ich möchte mich nicht damit aufhalten, den weiteren Verlauf des Vormittags in aller Ausführlichkeit zu schildern. Lassen wir es dabei bewenden, dass er ungemütlich verlief. Wie gesagt, kann ich es nicht leiden, im Mittelpunkt zu stehen, ertrage es andererseits aber auch nicht, wenn man mich ignoriert.

Wie sehnte ich mich nach einem kräftigen Klopfen an der Tür des Klassenzimmers und der Mitteilung, dass Inspektor Gravenhurst sich mit mir zu beraten wünsche!

Natürlich hätte er das so nicht gesagt. Nein, bestimmt hätte er es wesentlich diskreter ausgedrückt.

»Inspektor Gravenhurst entbietet seine Grüße«, hätte es geheißen, *»und hofft inständig, dass ihm Miss de Luce die Gunst ihrer Mitarbeit gewährt.«* Nein – *»die* wertvolle *Gunst ihrer Mitarbeit.«*

Oder *»die* unschätzbar wertvolle *Gunst ihrer Mitarbeit.«*

Pflegte man in Kanada noch solche Traditionen? Ich hatte meine Zweifel. Nach meiner Erfahrung ist es sogar im heutigen England wahrscheinlicher, dass einen die Beamten Tee holen schicken, oder aber, wenn sie endlich zur Vernunft gekommen sind, einen erst auswringen wie einen Putzlappen und anschließend den ganzen Ruhm selbst einstreichen.

Das Leben war ungerecht. Ja, es war ungerecht, und das möchte ich an dieser Stelle noch einmal ausdrücklich klarstellen.

Vor meiner Abreise hatte mir Tante Felicity ein ledergebundenes Notizbüchlein und einen winzigen Drehbleistift geschenkt, wovon Letzterer geschickt in einem goldenen Kreuz versteckt war, das ich an einer Kette um den Hals trug.

»Sogar ein Heide wird es sich zweimal überlegen, bevor er *daran* herumfummelt«, hatte sie gemeint.

Überhaupt war das Kreuz ein bemerkenswertes Schmuckstück. Tante Felicity hatte mir erklärt, dass es die heilige Dreifaltigkeit darstellen sollte: Vater, Sohn und Heiliger Geist.

Außer dem Bleistift enthielt es noch eine kleine, aber leistungsstarke Lupe, die man seitlich herausklappen konnte, dazu einen vollständigen Satz kleiner Dietriche zum Schlösserknacken.

»Für langweilige Sonntage«, hatte Tante Felicity gesagt, und ich hätte schwören können, dass sie mir ein eidechsenträges Augenzwinkern zuwarf.

Tatsächlich kam die ersehnte Aufforderung erst nach dem Mittagessen. Ich spazierte soeben mit Van Arque in Richtung Hockeyplatz, als Sergeant LaBelle plötzlich wie aus dem Boden gewachsen vor uns stand.

»Der Inspektor will dich sprechen«, verkündete er. Seine Worte müffelten nach Zigarettenrauch.

Einfach so. Ohne irgendwelche Höflichkeitsfloskeln.

Ich sah Van Arque an, zuckte die Achseln und folgte dem Sergeanten ins Haus.

»Ist ja ein Riesenkasten, eure Schule«, sagte er, als wir die Treppe zu Miss Fawlthornes Büro hochgingen. »Aber ganz schön duster.«

Wo er recht hatte, hatte er recht. Miss Bodycotes Höhere Mädchenschule war ein düsteres Labyrinth, und jegliches Tageslicht drang immer nur bis ein paar Zentimeter hinter die Fensterscheibe. Ein Ort, der nicht zum Wohnen, sondern zum Beten gedacht war; ein Ort, dessen enge, verschlungene Gänge möglicherweise dazu dienen sollten, den Teufel in die Irre zu führen.

»Alles, was ein Kloster jemals verlässt«, hatte Daffy mir mal erklärt, nachdem sie ein reißerisches Buch über das Leben einer Nonne verschlungen hatte, »sind die Gebete und der Rauch aus dem Schornstein.«

Womit wir wieder bei der Toten aus dem Kamin wären.

Ich war durch meine neue Umgebung so abgelenkt gewesen, dass ich kaum dazu gekommen war, über sie nachzudenken.

Wer war sie? Wie war sie gestorben? Wie lange war sie in dem Kamin versteckt gewesen?

Und die spannendste Frage von allen: Warum hatte man sie in einen Union Jack gewickelt?

Vor der Tür des Büros blieb der Sergeant stehen und hob die Hand, als wollte er anklopfen.

Doch er hielt inne und musterte mich von Kopf bis Fuß.

»Sieh dich vor, Kleine«, sagte er und rückte seine Krawatte zurecht, als wäre sie ein scheuernder Galgenstrick.

Dann klopfte er zaghaft.

»Ach, Fla-*wiiieh*-ah.« Inspektor Gravenhurst betonte meinen Namen genauso falsch wie Miss Dupont.

Miss Fawlthorne saß so unbeteiligt an ihrem Schreibtisch, als sei sie nur zu Besuch.

»Ich werde *Flaaa*via ausgesprochen«, berichtigte ich ihn. »Mein Nachname ›de Luce‹ bedeutet übrigens Licht oder Lichtbringerin.«

Er nickte, aber mir fiel sehr wohl auf, dass er sich nicht bei mir entschuldigte.

»Na schön«, sagte er stattdessen. »Dann erzähl mal, wie du die Leiche entdeckt hast.«

Daraus schloss ich, dass er Collingwood noch nicht befragt hatte und ihre etwas abweichende Version noch nicht kannte. Ich konnte meine Schwindelei ebenso gut jetzt gleich gestehen, dann hielt man mir vielleicht meine Ehrlichkeit zugute.

»Direkt entdeckt habe ich sie nicht, das war eine Mitschülerin. Ich wollte damit nur ausdrücken, dass ich dabei war.«

»Aha. Und wer könnte diese Mitschülerin sein?«

»Collingwood«, sagte ich. »Patricia Anne.«

Aus dem Augenwinkel sah ich, dass Miss Fawlthorne von ihrem Schreibtisch aufblickte.

»Collingwood hatte schlecht geträumt«, fuhr ich fort. »Sie hat geschlafwandelt und dabei versucht, im Kamin hochzuklettern, aber ich wollte sie nicht aufwecken. Ich habe mal gehört, dass Schlafwandler vor Schreck sterben können, wenn man sie vorzeitig weckt.«

Ich war stolz auf mich! Auf diese Weise stellte ich nicht nur mein überragendes Mitgefühl unter Beweis, sondern hatte gleichzeitig eine Ausrede dafür, dass ich Miss Fawlthorne angelogen hatte … und das alles fein säuberlich in eine kurze, logische Geschichte verpackt.

Eine Dreifaltigkeit der anderen Art – Wahrheit, Rechtschaffenheit und Geistesgegenwart.

»Und dabei ist die … äh …«

»Leiche«, kam ich ihm zu Hilfe.

»Äh, ja … die Leiche … aus dem Kamin gefallen.«

»Nein«, sagte ich. »Das ist erst passiert, als Miss Fawlthorne hereinkam.«

Nach einer kurzen Pause setzte ich hinzu: »Wobei mir da noch nicht klar war, dass es sich um eine Leiche handelte.«

»Weil es im Zimmer dunkel war«, sagte der Inspektor sachlich.

Alle Wetter! Eins musste man dem Mann lassen – sein Verstand war so scharf wie ein frisch geschliffenes Rasiermesser. Damit stand wiederum fest, dass er Miss Fawlthorne bereits befragt hatte.

»Das ist richtig«, erwiderte ich. »Miss Fawlthornes Kerze ging aus, und wir standen im Dunkeln.«

»Wie lange?«

»Ach, nicht lange. Höchstens ein paar Sekunden. Miss Fawlthorne hat gleich ein Streichholz angerissen.«

»Was für ein Streichholz?«

»Ein Papierstreichholz. Aus so einem kleinen Heftchen, wie man sie immer im Savoy und so weiter kriegt.«

Der Inspektor schaute zu der Rektorin hinüber, die meine Aussage mit einem Nicken bestätigte.

»Und dann?«

»Na ja, im selben Augenblick ist Collingwood aus dem Kamin gepurzelt und die Leiche hinterher. Anscheinend hat Collingwood sie irgendwie gelockert. Wie ein Schornsteinfeger … oder ein Klopömpel.«

Kaum hatte ich Letzteres hinzugefügt, begriff ich, dass ich den Bogen überspannt hatte.

»Flavia!«, rief Miss Fawlthorne pikiert.

»Entschuldigung, Miss Fawlthorne«, sagte ich. »Ich meine ja bloß… bei dem ganzen Zeug, was da mit rauskam…«

»Jetzt reicht's aber«, sagte sie streng. »Ich kann nicht erlauben, dass meine Mädchen einem solchen Verhör ausgesetzt werden, Herr Inspektor. Immerhin wurden sie meiner Obhut anvertraut.«

Meine Mädchen! Sie hat mich schon mit einbezogen! Merkwürdig… die Welt sieht gleich ganz anders aus…

»Ganz recht«, pflichtete ihr der Inspektor bei. »Die kleine Flavia…«, diesmal war die Aussprache korrekt, »… hat eindeutig genug gesehen.«

Was in aller Welt sollte das denn heißen?

»Du hast mir sehr geholfen«, wandte er sich an mich. »Vielen Dank. Du darfst jetzt gehen.«

Ich sah Miss Fawlthorne an, die zustimmend nickte.

Daraufhin stand ich auf und ging zur Tür, trödelte dort aber noch ein bisschen herum (eine Kunst, die ich gründlich erlernt habe und die von Laien oft unterschätzt wird), sodass ich den Inspektor zu Miss Fawlthorne sagen hörte: »Wenn Sie dann bitte eine Liste aller Personen aufstellen könnten, die dieses Haus in den letzten vierundzwanzig Stunden betreten oder verlassen haben…«

Draußen im Flur überlegte ich: Wie kam er auf vierundzwanzig Stunden? Die Tote hatte ewig und drei Tage im Kamin gesteckt, das war doch klar wie Kloßbrühe.

Andererseits konnte er ja wohl schlecht eine Liste aller Personen anfordern, die im Lauf des letzten Vierteljahrhunderts den Fuß über die Schwelle von Miss Bodycotes Höherer Mädchenschule gesetzt hatten.

Und hätte auf einer solchen Liste nicht auch der Name meiner Mutter gestanden?

Mir lief es eiskalt den Rücken herunter.

6

Van Arque wartete unten an der Treppe. Hatte sie gelauscht?

»Jumbo will dich sprechen«, sagte sie.

»Wer ist denn Jumbo?«

»Die Schülersprecherin. Eigentlich heißt sie June Bowles, aber nenn sie lieber Jumbo, sonst reißt sie dir die Augäpfel raus und bastelt sich Ohrringe draus.«

»Aha«, sagte ich. »Und was will sie von mir?«

»Wirst du schon sehen.«

Es klang so unheilverkündend, dass mir flau im Magen wurde. *Was* würde ich »schon sehen«? Mir war jetzt schon zumute, als würde ich »seh-krank«.

»Sie wohnt in Florence Nightingale«, fuhr Van Arque fort und stieß den Zeigefinger in Richtung Decke, und so stapften wir die Treppe – die ich eben erst heruntergekommen war – wieder hinauf.

Als würde man in einer Tretmühle wohnen.

Florence Nightingale lag ganz am Ende des Athene-Flügels. Ich erfuhr, dass die verschiedenen Flügel der Schule allesamt nach Göttinnen benannt waren, die Zimmer nach Heldinnen, die Häuser nach weiblichen Heiligen und die Toiletten nach verstorbenen Königinnen.

»Sie ist auf Boadicea« bedeutete, dass die Betreffende in der kleinen Kammer hinter der Küche der Natur ihren Lauf ließ, wogegen die beiden Klos in den oberen Stockwerken die Namen von Jane Seymour und Anna von Kleve trugen.

Florence Nightingale stellte sich als ein erstaunlich geräumiges Zimmer heraus, das auf den Hockeyplatz hinausging.

Van Arque klopfte und trat ein, ohne auf ein »Herein« zu warten.

»Hier ist sie, Jumbo«, sagte sie. »Die Neue. Sie heißt de Luce. Flavia.«

Jumbo stand am Fenster und drehte sich langsam zu uns um, wobei sie nachlässig die Zigarettenqualmwölkchen wegwedelte, die noch in der Luft hingen. Das ganze Zimmer stank danach.

Diana Dors in Schuluniform, war mein erster Gedanke.

Die Filmzeitschriften hätten Jumbo »atemberaubend schön« genannt. Sie war groß, blond und stattlich wie Britannia höchstpersönlich.

Wie aus Marmor gemeißelt, will ich damit sagen. Kühl … berechnend … und vielleicht ein bisschen gefühllos.

Ich wurde von vielen Eindrücken gleichzeitig überschwemmt, manche davon erfreulich, andere weniger.

»Zigarette?«, fragte die Marmorstatue und hielt mir ein Päckchen Sweet Caporals hin.

»Nein danke«, sagte ich. »Ich versuch's mir grade abzugewöhnen.«

Diese Ausrede hatte ich schon früher benutzt, und sie schien ihren Zweck auch diesmal zu erfüllen.

»Besser so.« Sie lächelte. »Ist ja auch eine widerliche Angewohnheit.«

Sie zog eine Zigarette aus dem Päckchen, zündete sie zeremoniell mit einem kleinen silbernen Feuerzeug an, das wie eine Miniaturausgabe von Aladins Wunderlampe aussah, und sog den Rauch tief in die Lunge.

»Widerlich«, wiederholte sie. Das Wort quoll zusammen mit einer beißenden Qualmwolke aus ihrem Mund.

Einen Augenblick lang glich sie einer nordischen Göttin oder aber einem der vier Winde aus den Ecken einer mittelalterlichen Seekarte, der eine eisige blaue Bö vom Nordpol über das Land pustet.

»Blast, Wind', und sprengt die Backen! Wütet! Blast!«

Plötzlich fühlte ich mich wieder nach Buckshaw zurückversetzt, wie ich an einem unserer obligatorischen Radioabende mit Vater, Feely und Daffy im Salon saß und einer BBC-Lesung von *König Lear* lauschte.

Ebenso plötzlich wurde ich wieder in Miss Bodycotes Höhere Mädchenschule zurückversetzt.

Es war äußerst verwirrend. Mir drehte sich der Kopf, und das kam nicht nur vom Zigarettenrauch.

»Fang sie auf, Van Arque!«

Das war das Letzte, was ich hörte.

Ich klappte zusammen.

Stürzte in einen gähnenden, schaurig widerhallenden Brunnen.

Kaum schlug ich die Augen wieder auf, bereute ich es auch schon. Gleißende Lichtstrahlen drangen durchs Fenster und bohrten sich wie spitze Glasnadeln in meine Augen.

Ich kniff die Augen zusammen und drehte den Kopf weg.

»Ganz ruhig«, sagte jemand. »Alles ist gut.«

»Hier, trink das«, sagte eine andere Stimme, und ich spürte den harten Rand eines Trinkglases an der Unterlippe. Ich schluckte gehorsam. Eine warme Flüssigkeit rann durch meine Kehle.

Im nächsten Augenblick breitete sich in meinen Eingeweiden eine sengende Hitze aus, als hätte mein Herz plötzlich Feuer gefangen.

Ich stieß das Glas weg und blinzelte abermals in das grelle Licht.

»Bäh!«, machte ich dann und wischte mir mit dem Handrücken den Mund ab.

»Das ist bloß Brandy.« Ich erkannte Jumbos Stimme wieder. »Der wird dir guttun. Du bist ohnmächtig geworden.«

»Nein, das ist kein Brandy«, hörte ich mich widersprechen, als hätte sich ein Automat meines Körpers bemächtigt. »Brandy enthält kein Kaliumhydrogensulfit … und auch kein Schwefeldioxid.«

Meine Geschmacksknospen und mein Geruchssinn hatten diese Substanzen zweifelsfrei identifiziert.

Beide waren, wie ich wusste, vor dreißig Jahren vom Heiligen Stuhl als Sterilisatoren, Konservierungsmittel und Antioxidanzien für Messwein abgesegnet worden.

Und zwar sowohl von Rom als auch von der anglikanischen Hochkirche.

Mit anderen Worten: Jemand hatte das Gesöff aus der Schulkapelle stibitzt.

Das sagte einem schon der gesunde Menschenverstand.

»Bravo!« Eine unscharfe Jumbo schwebte in mein Blickfeld. »In Zukunft müssen wir besser aufpassen, Gremly.«

Gremly entpuppte sich als kurz geratenes Mädchen mit teigigem Gesicht, Fischlippen und unterwürfig geduckter Haltung.

»Uägh«, gurgelte sie kehlig, als wäre sie Dr. Frankensteins Magd. Sollte das lustig sein, oder verständigte sie sich immer so?

»Du hast uns einen Schreck eingejagt«, fuhr Jumbo fort. »Wir dachten schon, du gibst den Löffel ab.«

»Wie bitte?«

»Du gibst den Löffel ab. Beißt ins Gras, gehst in die ewigen Jagdgründe ein und so weiter. So was kommt bei Mädchen deines Alters ab und zu vor. Schwache Konstitution. Unerkannter Herzfehler. Puff! Einfach so!«

»Aber nicht bei mir.« Ich versuchte, mich aufzusetzen. »Ich bin stark wie ein Ochse.«

Meine Stimme hallte ganz eigenartig nach, als käme sie aus dem Nebenzimmer.

Jumbo stieß mir den Zeigefinger vor die Brust, und ich plumpste wieder zurück. Ich war wehrlos.

»Entspann dich«, sagte sie. »Du bist hier unter Freunden.«

Tatsächlich? Ich schaute erst sie und dann Gremly an.

Meine Skepsis war mir offenbar anzusehen.

»Ja, unter Freunden«, wiederholte sie. »Was sonst? Du bist schließlich die Tochter von Harriet de Luce, oder?«

Mein Schweigen war meine Antwort.

»Sie wird hier als Heilige verehrt. Hast du ihren Schrein in der Eingangshalle nicht gesehen?«

Ich schluckte, und schon kamen mir die Tränen. Rasch wandte ich den Kopf zum Fenster.

»Es ist so hell hier …«, sagte ich.

»Als wir das von deiner Mutter gehört haben, waren wir alle sehr traurig.« Jumbo fasste mich sanft am Arm. »Schrecklich, das Ganze. Und für dich muss es ja noch viel schrecklicher gewesen sein, du Ärmste.«

Das war zu viel.

Ich sprang auf, stürzte aus dem Zimmer und floh blindlings in den kleinen Verschlag am Ende des Flurs, der, wie ich später erfuhr, nach der Brigantenkönigin Cartimandua benannt war.

Dort verbarrikadierte ich mich in einer der beiden Kabinen, hockte mich auf den Klodeckel und heulte mir die Augen aus.

Als ich fertig war, schnäuzte ich mich in eine Handvoll Klopapier, wusch mir das Gesicht und machte mich mit ein paar strategisch platzierten Tupfern rosafarbener Karbol-Handseife frisch.

Was für eine Woche lag hinter mir!

Allein die letzten Minuten waren grauenvoll gewesen. Ich hatte gegen mindestens drei der zehn Gebote verstoßen, der zehn »Du sollst nicht…«, die für jedes englische Mädchen galten: Ich hatte geweint, ich hatte mir Alkohol einflößen lassen, und ich war in Ohnmacht gefallen.

Ich begutachtete mein Abbild im Spiegel.

Das Gesicht, das mir verschwommen – aber trotzig – entgegenblickte, war ein Mischmasch aus de Luce-Zügen: den Zügen von Vater, Tante Felicity, Feely und Daffy – aber vor allem denen von Harriet. Im grellen Licht der flackernden Glühbirne an der Decke erinnerte es mich – aber nur ganz kurz – an die verzerrten Gemälde von Picasso, die wir in der Tate Gallery bestaunt hatten: wüste Kaleidoskope aus bleicher Haut, Augen, Nasen und Mündern.

Bei der Erinnerung daran musste ich unwillkürlich grinsen, und dann hatte ich mich wieder gefasst.

Ich dachte an die verblichenen, mit Fliegenschiss übersäten Mutmach-Plakate aus dem letzten Krieg, die immer noch die Wände in Miss Cools Konditorei auf der Hauptstraße von Bishop's Lacey zierten: »Kopf hoch«, »Zusammenreißen« und »Stets sein Bestes geben«.

Ich holte tief Luft, straffte die Schultern und salutierte zackig vor meinem Spiegelbild.

Wie stolz Vater jetzt auf mich wäre, ging es mir durch den Kopf.

»Nicht unterkriegen lassen, Flavia«, ermahnte ich mich selbst, weil er nicht da war. »Nicht unterkriegen lassen, de Luce, F. S.«

Van Arque wartete mit besorgter Miene im Flur. »Alles klar?«, fragte sie.

»Alles klar«, gab ich zurück.

»Du hast 'ne neue Freundin«, verkündete sie, als wir die Treppe langsam herunterstiegen. Mir war noch nicht nach zwei Stufen auf einmal.

»Ach ja?«

»Jumbo hat einen Narren an dir gefressen. Und das nicht nur, weil du die Tochter von Harriet de Luce bist. Sie lädt dich morgen Abend zur Kleinen Runde ein.«

»Zur Kleinen Runde?«

»Auf ihrer Bude. Nach der Sperrstunde. Nur ein paar auserwählte Busenfreundinnen.«

Ich hätte es wissen müssen.

Wenn man schläft, ist es nicht ganz leicht, interessiert auszusehen, aber ich hatte diesbezüglich eine nützliche Technik entwickelt, und zwar anlässlich der endlosen Predigten des Vikars zum Thema Gottvertrauen. Ebendiese Technik würde ich jetzt einsetzen.

Als Erstes würde ich den Blick der Lehrerin suchen und zu allem, was sie uns erzählte, zustimmend nicken. Vielleicht würde ich sogar so tun, als schriebe ich jedes Wort mit.

Als Nächstes würde ich die Ellbogen aufstützen und das

Kinn in die Hände legen, als sinnierte ich über die Weisheiten nach, die sie von sich gab.

Auf diese Weise konnte ich ein kurzes Nickerchen halten und dabei auf Gott vertrauen (da haben wir es wieder – das Gottvertrauen!), dass er mich wecken würde, wenn sie mich direkt ansprach. Wobei das meines Wissens niemals vorkam. In der gesamten Geschichte des Schulwesens hat noch nie ein Lehrer einen ernsthaft nachdenkenden Schüler angesprochen.

War das hinterhältig? Wahrscheinlich schon, aber ich halte mich an die Devise: In der Liebe und in der Schule ist alles erlaubt.

Und so kam es, dass ich bis zum Unterrichtsschluss zwar nicht das Geringste gelernt, aber immerhin ein bisschen Schlaf nachgeholt hatte und nach der letzten Stunde (zufällig Mathematik) erstaunlich erfrischt war.

Beim Abendessen erregte ich dann schon nicht mehr solches Aufsehen wie beim Frühstück. Fast alle Mädchen hatten inzwischen ein, zwei Worte mit mir gewechselt, wobei mich fast alle dabei am Arm gefasst hatten, als sei ich eine Art Talisman, den zu berühren Glück brachte, und die, die sich daran nicht beteiligt hatten, glotzten mich wenigstens nicht mehr an.

Trotz dieser fröhlichen Kameradschaft konnte ich es kaum erwarten, wieder allein zu sein. Die Schlafenszeit konnte für mich nicht schnell genug kommen.

»Geht's wieder?«, fragte Van Arque. Das wurde offenbar zum festen Ritual zwischen uns.

»Ja«, antwortete ich.

Dann brachte ich ein paar Ausflüchte vor: Erschöpfung, die lange Reise, die unregelmäßigen Mahlzeiten, der Schlafmangel und so weiter.

Den wahren Grund, weshalb ich gern allein sein wollte, erwähnte ich natürlich nicht: Nämlich dass mein Verstand in der Einsamkeit am besten arbeitete – und ich mich endlich mit dem gruseligen (aber hoch spannenden) Fund in Edith Cavell beschäftigen wollte.

Wie Mr. Gradgrind aus *Schwere Zeiten* ging es mir um Tatsachen. Auch wenn der Schulleiter nur eine von Charles Dickens erfundene Figur war, glaubte ich ihn mit heiserer Stimme fordern zu hören: *»Alles, was ich will, sind Tatsachen!«*

Die Tatsachen, auf die es *mir* ankam, waren folgende: (a) Wer war die Verblichene? (b) Warum hatte man sie in den Kamin gestopft? (c) Wer hatte sie in den Kamin gestopft? (d) War sie ermordet worden? (e) Wenn ja, wie? Und natürlich (f) von wem?

Hatte Collingwood nicht mehrere Mädchen erwähnt, die spurlos verschwunden waren?

Ja, ich brauchte dringend Abgeschiedenheit, um in Ruhe nachzudenken.

»Bitte entschuldige mich«, sagte ich, »ich glaube, ich gehe heute mal früh ins Bett.«

»Aber es ist doch erst sechs!«, wandte Van Arque ein.

»Weiß ich, aber mein Hirn ist der Meinung, es sei nachts um zwölf. Es ist nämlich noch auf Greenwich-Zeit eingestellt. In ein, zwei Tagen habe ich mich bestimmt umgewöhnt.«

Ein besserer Vorwand fiel mir auf die Schnelle nicht ein, aber Van Arque fragte zum Glück nicht mehr weiter nach.

»Dann geh ruhig«, sagte sie. »Ich wecke dich dann zur Kleinen Runde.«

Ich nickte eifrig, als könnte ich es kaum erwarten, und machte mich aus dem Staub.

Einschlafen konnte ich allerdings nicht. Obwohl die Leiche inzwischen weggebracht und das Zimmer gefegt und gewischt worden war, wälzte ich mich herum, verhedderte mich in der Bettdecke und kämpfte mit dem Kissen, als wäre es ein Krokodil und jemand hätte mich im heißen Sand Ägyptens am Schlafittchen gepackt und in den Nil geworfen.

Ich überlegte, was die Polizei wohl inzwischen unternommen hatte, aber zu theoretisieren, ohne wirklich etwas zu wissen, war die reinste Folter.

Dann versuchte ich es mit Schäfchenzählen, aber auch das half nichts. Die Schafe langweilten mich.

Daraufhin zählte ich Giftfläschchen:

Neunundneunzig Arsenfläschchen an der Wand,
Neunundneunzig Arsenfläschchen,
Wenn ein Fläschchen runterfällt,
Sind noch achtundneunzig Arsenfläschchen an der Wand.
Achtundneunzig Arsenfläschchen an der Wand …

Standen die Arsenfläschchen auf einem Bord, das an der Wand angebracht war, oder waren sie auf die Tapete gemalt? Wobei mir einfiel, dass Napoleon, und nicht nur er, gestorben war, weil seine grüne Schlafzimmertapete Arsen ausgedünstet hatte. Pariser Grün hieß die Farbe. Leider wurden solche Tapeten heutzutage nicht mehr hergestellt.

Hatte man auch in Kanada einst Tapeten mit Pariser Grün eingefärbt? In England war das der Fall gewesen. War das Mädchen aus dem Kamin vielleicht daran gestorben, dass sie in einem verseuchten Zimmer schlafen musste? War ihre Umhüllung in Wahrheit keine Flagge, sondern eine Tapete, auf die der Union Jack nur aufgedruckt war? Aber Tapete wäre im Kamin doch bestimmt verbrannt…

Noch während ich diese Gedanken verfolgte, begriff mein Verstand, dass ich viel zu erschöpft war und mich sinnlos im Kreis drehte. Ich brauchte Schlaf, und zwar dringend!

Ich fuhr in die Höhe.

Im Zimmer war es dunkel, und jemand klopfte – beziehungsweise kratzte – an der Tür.

»Flavia!«

Mein Name wurde in heiserem Flüsterton gerufen.

Mir fiel sofort wieder ein, dass ich die Tür abgeschlossen hatte, weil ich nicht schon wieder von Collingwood aus dem Schlaf gerissen werden wollte.

Immer noch in die Decke verheddert, sprang ich aus dem Bett und hopste zur Tür.

Van Arque wich erschrocken zurück, als sie mich erblickte.

»Hast du geschlafen?«, fragte sie.

»Nö. Aber meine Leber musste sich erholen.«

»Ist ja auch egal. Zieh dich an. Mach schnell! Hast du die Kleine Runde vergessen?«

Offen gestanden, ja.

»Nein«, sagte ich.

Ich sauste durchs Zimmer und richtete mich einigermaßen präsentabel her, während Van Arque draußen im Flur wartete.

Trotzdem fühlte ich mich wie eine Vogelscheuche, als wir durch die dunklen Gänge in Richtung Florence Nightingale schlichen.

Vor der Zimmertür zog Van Arque ein Zettelchen aus

der Tasche, schob es unter der Tür hindurch und bewegte es langsam von rechts nach links.

Ich begriff sofort, dass dieses lautlose Signal jedem Anklopfen haushoch überlegen war.

Im nächsten Augenblick wurde die Tür einen Spalt geöffnet, und wir wurden hineingewinkt.

Jumbo und fünf, sechs andere Mädchen – Gremly gehörte dazu und die kleine Blonde mit dem runden Gesicht, der Druce beim Frühstück den Rippenstoß verpasst hatte – saßen auf dem Fußboden im Kreis um eine einzelne Kerze herum. Als Van Arque und ich eintraten, tanzte und knisterte die Flamme wie wild.

»Rutscht mal!«, befahl Jumbo flüsternd, und der Kreis vergrößerte sich, sodass wir Platz fanden.

»Willkommen, Flavia Sabina de Luce«, begrüßte Jumbo mich feierlich.

Weil ich nicht wusste, was ich darauf erwidern sollte, lächelte ich nur.

»In Miss Bodycotes Höherer Mädchenschule ist es Brauch, dass sich jede neue Schülerin vorstellt, indem sie uns eine Geschichte erzählt. Fang an.«

Es wäre untertrieben gewesen zu behaupten, dass ich darauf nicht vorbereitet war.

Eine Geschichte? Ich kannte keine Geschichten … jedenfalls keine, die ich vor einer Schar Schulmädchen vortragen konnte.

»Was denn für eine Geschichte?«, fragte ich in der Hoffnung auf eine Anregung.

»Eine Gruselgeschichte«, antwortete Jumbo. »Je blutrünstiger, desto besser.«

Sieben flackernde Gesichter beugten sich gespannt vor, die Blicke unverwandt auf mich gerichtet, nur Gremly hielt die Hand vor die Augen, als müsste sie sich vor der unbarmherzigen Sonne schützen.

Diese Gelegenheit schickte der Himmel! Wallace Scroop, der schmierige Reporter – das Wort »schmierig« kannte ich von Daffy, war aber noch nie dazu gekommen, es selbst zu benutzen –, hatte ja schon Andeutungen gemacht, dass es im Schulgebäude spukte. Auf diese Weise konnte ich das Thema, das mich umtrieb, zur Sprache bringen, ohne allzu kindisch oder naiv zu wirken.

Allerdings war die einzige Gruselgeschichte, die mir spontan einfiel, eine, die mir Daffy und Feely erzählt hatten, als ich noch klein gewesen war. Die Geschichte hatte mir damals solche Angst eingejagt, dass ich beinahe gestorben wäre.

Sie hieß: »Die alte Frau und der Pickel.«

Und sie ging so …

7

In dem Dorf Malden Fenwick in England«, hob ich an, »unweit von Buckshaw, dem Stammsitz meiner Familie« – es kam darauf an, ihnen erst einmal ein paar glaubhafte Einzelheiten zu liefern, damit sie sich auf die Geschichte einließen –, »steht eine alte Kirche namens St. Rumwold. Sie ist einem Säugling geweiht, der unmittelbar nach seiner Geburt dreimal: ›Christianus sum! Christianus sum! Christianus sum!‹ (›Ich bin ein Christ!‹) ausgerufen haben soll, nach der Taufe verlangte, eine Predigt hielt und im Alter von drei Tagen verschied.«

Ein Raunen ging durch die kleine Schar, die Mädchen wechselten verunsicherte Blicke.

»Im nördlichen Querschiff der Kirche gibt es eine Kapelle, in der die Sarkophage eines Kreuzritters und seiner zahlreichen Ehefrauen und Kinder stehen. Außerdem gibt es dort noch eine Wandnische mit einem ganz besonderen Grabmal. Es stammt aus dem dreizehnten Jahrhundert und wurde für den wohlhabenden ortsansässigen Müller Johannes Hotwell oder Heatwell errichtet. Die Inschrift ist schon sehr verwittert und nicht mehr gut lesbar.

Der Müller liegt auf dem Rücken, umgeben von den Kreuzrittern, mit offenen Augen und zur Kapellendecke weisenden Nase, als suchte er mit dem Blick den gemalten Sternenhimmel nach einem göttlichen Zeichen ab. In den Marmorhänden hält er etwas, das auf den ersten Blick wie ein Mehlsack aussieht, den Verzierungen nach jedoch ein Heißluftballon sein muss. Ein Heißluftballon im dreizehnten Jahrhundert? Schließlich wurde der Heißluftballon erst fünfhundertdreißig Jahre später von den Gebrüdern Montgolfier erfunden.«

Ich machte eine Kunstpause, damit die Mädchen das Ganze erst mal sacken lassen konnten. Ich gab mir Mühe, die Geschichte mit demselben Wortlaut zu erzählen wie seinerzeit meine Schwestern.

Ich spürte, dass ich meine Zuhörerschaft bereits gefesselt hatte.

»Johannes hatte sich selbstherrlich über den Rat seines Vaters hinweggesetzt und jung geheiratet. ›Kümmere dich um deine Mühle‹, hatte ihn der Alte immer wieder ermahnt, ›und halte dich vom Weibsvolk fern.‹ Das alles ist in einem Heftchen nachzulesen, das die Frauen vom Altardienst neben dem Taufbecken zum käuflichen Erwerb ausgelegt haben. Doch den Warnungen seines Vaters zum Trotz hatte Johannes, wie schon gesagt, ein Weib gefreit, eine zänkische alte Jungfer aus dem Nachbardorf, die sich die gute Partie nicht hatte entgehen lassen.

Kurz nach der Hochzeit bekam Johannes den Pickel. Anfangs erschien nur ein kleiner roter Punkt zwischen seinen Schulterblättern, als hätte ihn eine zerstreute Mücke gestochen. Doch nach und nach schwoll der Punkt zu einem dicken, eitergefüllten Pickel an, einem knallroten Schandfleck. Wie ein schlummernder Vulkan«, setzte ich hinzu, »mit einem schneebedeckten beziehungsweise eitrigen Gipfel.«

»Igitt!«, entfuhr es einem der Mädchen.

»Seine Frau bat ihn, den Pickel ausdrücken zu dürfen. ›Vielleicht ist er ja verhext‹, meinte sie. Doch Johannes wollte davon nichts hören. ›Lass mich in Frieden, Weib‹, wehrte er sie immer wieder ab. ›Auch wenn es nur ein Pickel ist, so ist er doch mein Eigentum.‹ Und seine Frau kannte ihren Platz gut genug, um ihn in Ruhe zu lassen.

Jedenfalls tagsüber. Eines Nachts jedoch fand sie vor lauter Sorgen um ihrer beider Zukunft keinen Schlaf. Wenn Johannes am Maifeiertag sein Wams auszog und sein traditionelles erstes Bad im Mühlteich nahm, würde bestimmt jemand den Pickel entdecken und sich darüber entsetzen!

Die Sache würde sich herumsprechen. Klatsch und Tratsch würden dafür sorgen, dass die Dorfbewohner ihr Korn nicht mehr zu ihnen brächten, sondern es stattdessen in Bishop's Lacey mahlen lassen würden. Johannes und sie würden verarmen, während andere Müller reich würden.

Das alles und noch vieles mehr ging ihr durch den Kopf, als sie so wach lag. Das Mondlicht strömte durch das kleine Fenster herein, als wäre es helllichter Tag, und beschien den Rücken ihres Mannes… und den riesigen roten Pickel.

Sie streckte die Hand aus und schloss Daumen und Zeigefinger um das abscheuliche Ding…«

Im Kreis der Mädchen fiel eine Kinnlade nach der anderen herunter.

»Es war beinahe zu einfach. Mit einem vernehmlichen *Plopp!*…«, ich erzeugte das betreffende Geräusch, indem ich mir den Finger in die Backe steckte und mit einem Ruck wieder herauszog, »… platzte der Pickel, und der Eiter quoll heraus. Sie drückte noch ein bisschen stärker, so lange, bis nur noch Blut kam.

Ihr Mann rührte sich im Schlaf, stieß einen lang gezogenen Seufzer aus, drehte sich auf die andere Seite und begann zu schnarchen. Am nächsten Morgen klagte er darüber, dass er sich den Rücken aufgescheuert habe.

›Du hast dich im Schlaf gegen das Flechtwerk der Wand gewälzt‹, meinte seine Frau, und er ließ es dabei bewenden. Doch nach und nach füllte sich der Pickel von Neuem mit Eiter und wurde womöglich noch riesiger und röter als davor.

Wie beim ersten Mal wartete die Müllersfrau eine Samstagnacht ab, in der ihr Mann den Rausch von seinem zweiten (oder vielleicht auch dritten) Humpen Bier auszuschlafen pflegte. Dann drückte sie den Pickel wieder aus, diesmal schon mutiger, beinahe freudig. Sie war selbst überrascht, dass sie diesmal gar keine Angst mehr hatte, sondern dass es ihr richtig Spaß machte.

Die Jahre gingen ins Land, der Pickel blühte und gedieh und wurde von Mal zu Mal riesiger und röter. Es war, dachte die Müllersfrau bei sich, als füllte ihn der Teufel selbst mit faulig stinkender Flüssigkeit, die aus dem Inneren des Höllenschlundes emporgeschleudert wurde, der ihr Gatte Johannes war. Sie ertappte sich dabei, dass sie das nächste Anschwellen der abscheulichen Beule, die sich inzwischen in ein regelrechtes Geschwür verwandelt hatte, ungeduldig erwartete. Gespannt beobachtete sie, wie es sich nach und nach füllte.

Dann starb der Müller eines Abends. Zwischen Braten und Bier. Einfach so! Er kippte bei Tisch vom Stuhl und war schon tot, ehe sein Gesicht auf dem Fußboden aufschlug.

Die Alte wurde von Todesangst ergriffen! Hatte sie ihn etwa mit ihrem unermüdlichen heimlichen Pickelausdrücken umgebracht? Wäre er noch am Leben und futterte Braten und Wurzelgemüse, wenn sie seinen Rücken in Ruhe gelassen hätte? Würde sie jetzt des Mordes angeklagt und gehängt?

Sie wahrte Stillschweigen und erzählte niemandem von dem Pickel und davon, was sie getan hatte. Ein paar Tage darauf wurde der Müller im Querschiff von St. Rumwold in einem Steinsarkophag mit einer schweren Deckplatte, in die sein Name sowie sein Geburts- und Sterbedatum eingemeißelt waren, beigesetzt.

Die Zeit verging, und das Dorf vergaß ihn allmählich, so wie Dörfler es oft mit dem tun, was sie immer vor der Nase haben.

Nur Johannes' Frau vergaß ihn nicht – im Gegenteil!

Sie lag viele Nächte wach, doch sie dachte weniger an ihren Mann als an die Beule, die gewiss immer noch zwischen seinen Schulterblättern schwoll, auch noch im Grab. Wenn niemand den Pickel ausdrückte, so dachte sie, würde er immer größer und größer werden. Sie stellte sich vor, wie er in der Dunkelheit des Sarges wuchs und wuchs und wuchs ..., ohne dass sich jemand um ihn kümmerte.

Sie betrachtete den Pickel als ihr Eigentum. Und wenn sie ehrlich war, fehlte er ihr richtig. Es fehlte ihr, dass sie ihn nicht mehr ausdrücken konnte. Dass sie nicht mehr hören konnte, wie er mit einem *Plopp!* aufplatzte.

So schlich die Alte in einer mondlosen Nacht durch das Dorf und auf einem Umweg am Flussufer entlang in Richtung Kirche. Als sie eingetreten war, bekreuzigte sie sich und sprach sechs Vaterunser und zwölf Ave Maria. Dann stemmte sie mit einem dicken eisernen Schürhaken, den sie von zu Hause mitgenommen und unter ihrem Schultertuch verborgen hatte, den Sargdeckel auf.«

Ich machte wieder eine Kunstpause und schaute in die Runde. Die Kerzenflamme flackerte nicht mehr. Alle hielten den Atem an.

Sogar Jumbos Mund stand offen. »Und ...?«, flüsterte

sie heiser. Das Wort schien wie gekräuselte Rauchfäden emporzusteigen, als hätte sie ein Streichholz angerissen.

»Da lag der Müller in seinem Steinbehältnis, so wie sie ihn zuletzt gesehen hatte. Tatsächlich hatte er sich kaum verändert. Hatte ein Wunder dafür gesorgt, dass sein Leichnam nicht verwest war, so wie man es von manchen Heiligen behauptete? Oder – und bei diesem Gedanken standen ihr die Haare zu Berge – *war er etwa noch am Leben?*«

Ich unterbrach mich abermals, um meine Worte besser wirken zu lassen. Ein Mädchen mir gegenüber schluchzte leise in sich hinein.

»Es war nicht leicht, aber sie … drehte … ihn … um«, sagte ich gedehnt, »und schob den Saum des Leichentuches hoch, in das er bis auf den Kopf ganz und gar eingehüllt war.«

Die Stille war jetzt unerträglich. Ich ließ die Spannung weiter ansteigen und beobachtete jedes einzelne Gesicht.

»Und da … da war er, der riesige Pickel, der auf die Größe eines Granatapfels angeschwollen war und so knallrot leuchtete, als wäre er prall mit frischem Blut gefüllt! Die Alte streckte die zitternde Hand aus, und als sie den Pickel berührte, ertönte plötzlich ein dumpfes Ächzen …

›*Neeee-iiiin!!!*‹

… als wollte der Leichnam des Müllers seinen Schatz für sich behalten und ihn in die Ewigkeit mitnehmen. Einen riesigen Rubin aus Fleisch und Blut.

Die Alte erschrak, doch sie beugte sich noch weiter vor. Es würde ja nur einen Augenblick dauern, dann hätte sie ihre Pflicht getan und wäre wieder weg. *Gott der Herr soll mir ein Zeichen geben*, dachte sie, *ob ich das Rechte tue.*«

Die sieben Gesichter um mich herum waren jetzt weiß

wie Socken. Niemand wagte mehr zu atmen. Die Zeit schien stillzustehen.

»Und dann … erst zögerlich … und schließlich entschlossen … umfasste sie den Pickel … drückte kräftig zu und …

… *PENG!*«

Ich brüllte aus vollem Hals und packte die beiden Mädchen rechts und links von mir an den Armen.

Jumbo kreischte erfreulich laut auf.

Mehrere andere Mädchen klammerten sich angstvoll aneinander. Gremly warf sich auf den Boden und zog sich jammernd den Morgenrock über den Kopf.

»Was war passiert?«, rief jemand.

Ich ließ mir mit der Antwort Zeit. Dann sagte ich sachlich: »Er war geplatzt.«

»Und der Heißluftballon?«, fragte Jumbo, die sich erstaunlich rasch erholt hatte. »Was hat es mit dem Ballon auf sich?«

»Ach, der«, sagte ich. »Den ließ die Frau des Müllers seinem Grabmal später hinzufügen, sozusagen als Gleichnis.«

»Als Gleichnis?«, fragte Gremly piepsig.

»Als diskrete Andeutung für die Nachwelt, dass die Magengase des Verstorbenen explodiert waren, wie es zu jener Zeit manchmal vorkam. Es war die beste Ausrede, die ihr auf die Schnelle einfiel.«

Draußen im Flur hörte man schlurfende Geräusche und ein dumpfes *Rumms*.

»Pssst!«, machte Jumbo. »Da kommt jemand. Licht aus!«

Sie pustete die Kerze aus, und wir saßen stocksteif im Dunkeln.

Es klopfte an die Tür.

»Was ist da drin los?«, fragte jemand. Es war Fitzgibbon.

Wir hielten alle gleichzeitig den Atem an, wobei einige sogar die Hände auf Mund und Nase drückten.

So kauerten wir im Dunkeln, gelähmt von der Vorstellung, was geschehen würde, wenn das Licht wieder anginge und die Zeit ihren Lauf wieder aufnähme.

»Es ist alles in Ordnung, Miss Fitzgibbon«, rief Jumbo schließlich nach einer halben Ewigkeit und gab sich Mühe, verschlafen zu klingen. »Ich hatte nur wieder einen dieser furchtbaren Albträume. Aber morgen früh bin ich wieder auf dem Damm. Gute Nacht.«

Das war mal ein Mädel nach meinem Herzen!

Man hörte eine undeutliche Antwort, dann entfernten sich die schlurfenden Schritte, bis nichts mehr zu hören war.

»Dolle Geschichte!«, sagte Jumbo, als die Gefahr vorüber war. Sie lachte unbekümmert, als gehörte das mit zum Ritual.

Dann zündete sie die Kerze wieder an, und unsere Gesichter leuchteten auf. Das Weiße unserer aufgerissenen Augen war so riesig wie die Polkappen.

Aber etwas war anders. Wir waren nicht mehr die gleichen Mädchen wie noch vor wenigen Minuten. In der gemeinsam durchgestandenen angsterfüllten Ewigkeit waren wir auf unergründliche Art zu Schwestern geworden. Die Schwesternschaft vom Kerzenschein … und das war noch nicht alles, was uns einte.

»Hol das Brett, Gremly«, befahl Jumbo, als hätte sie einen spontanen Entschluss gefasst. Gremly rappelte sich hoch und verschwand im Dunkeln.

Im nächsten Augenblick kehrte sie mit einer flachen

roten Schachtel zurück. Sie öffnete die Schachtel und nahm überraschend behutsam eine Art Spielbrett heraus, das sie genau in der Mitte unseres Kreises auf den Boden legte.

Es war ein Ouija-Brett.

Ich kannte mich damit recht gut aus. Daffy und Feely hatten in einem Schrank auf Buckshaw ein ähnliches Exemplar entdeckt und mich eine Zeit lang in Angst und Schrecken versetzt, indem sie einen gewissen Kapitän Kehlenschlitzer anriefen, einen bösartigen Geist aus der Zeit der Hochseepiraten, der mich bei jeder sich bietenden Gelegenheit verpetzt hatte. Der Kapitän bewegte den Zeiger, der auch »Planchette« genannt wurde, über das Brett und verriet meinen Schwestern, dass ich der einen das Parfüm geklaut (zutreffend: Ich hatte das Zeug für ein chemisches Experiment gebraucht, bei dem Moschus eine Rolle spielte) und dass ich außerdem ein gewisses Buch unter dem Kopfkissen der anderen wegstibitzt hatte (ebenfalls zutreffend: Ich hatte mir Daffys Ausgabe von *Ulysses* unter den Nagel gerissen, weil der Wälzer genau die richtige Dicke hatte, um das abgebrochene Bein meines Nachttischs zu ersetzen).

Buchstabe für Buchstabe, Wort für Wort, und unterbrochen von fiesem »Har! Har! Har!« hatte der tote Piratenkapitän die herzförmige Planchette auf ihren drei Füßchen über das Brett bewegt und meine bestgehüteten Geheimnisse eines nach dem anderen enthüllt – auch einige ziemlich peinliche –, bis mir irgendwann aufgefallen war, dass der alte Seebär das Wort »Friedhof« mit zwei »f« am Ende schrieb, wie es Daffy öfter in ihrem Tagebuch passierte!

Bei der Erinnerung daran, wie süß – und wie nachhaltig! – die Rache an meinen überheblichen Schwestern ausgefallen war, musste ich unwillkürlich schmunzeln. Vor allem Daffy hatte sich mindestens einen Monat lang davor gefürchtet, die Augen zuzumachen.

»Finger auflegen!«, kommandierte Jumbo, und wir drückten Zeigefinger und Mittelfinger beider Hände auf die Planchette. Der Platz reichte knapp für uns alle.

Jemand kicherte.

»Pst!«, zischte Jumbo. »Erweist den Geistern gefälligst ein bisschen Respekt.« Sie schloss die Augen und holte tief Luft. »Oh, ihr Geister«, deklamierte sie, »wir bitten euch … kommt zu uns.«

Angespannte Stille breitete sich aus.

»Oh, ihr Geister«, wiederholte sie in einer etwas höheren Tonlage, »wir bitten euch … kommt zu uns.«

Von den Sitzungen mit meinen Schwestern wusste ich noch, dass man den Geistern wie manchen Märchenfiguren alles dreimal sagen musste.

Ich konnte das gut nachvollziehen.

»Oh, ihr Geister«, wiederholte Jumbo diesmal im Flüsterton, »wir bitten euch … kommt zu uns.«

Die Luft knisterte wie elektrisch geladen. Meine Nackenhärchen stellten sich auf, so wie es mir in meinem Labor ging, wenn ich einen Ebenholzstab an meinem Wollpulli rieb und dann damit hinter meinem Kopf herumwedelte.

»Ist jemand hier?«

Der Zeiger erwachte schlagartig zum Leben und sauste, ohne auch nur einmal zögernd innezuhalten, über das Brett. Bei »JA« blieb er stehen.

Jumbo hatte die Augen wieder aufgemacht, um die Antwort lesen zu können. »Wer bist du?«, fragte sie nun im Plauderton.

Weil die Antwort ausblieb, wiederholte sie die Frage noch zweimal.

Daraufhin setzte sich der Zeiger wieder in Bewegung, glitt geschmeidig hin und her über die glatte Oberfläche, blieb vor einem Buchstaben nach dem anderen stehen, hielt aber jedes Mal nur kurz an, ehe er sich weiterbewegte.

D-U-N-K-E-L-H-I-E-R, buchstabierte er.

»Verstanden.« Jumbo schnipste mit den Fingern. »Wir machen dir Licht.«

Knips!

Sie machte das offenbar nicht zum ersten Mal.

»Besser so?«

Der Zeiger flitzte über das Brett und blieb auf »JA« stehen.

»Hast du eine Botschaft für eine der hier Anwesenden?«

»JA.«

Ganz kurz gefror mir das Blut in den Adern. Handelte es sich etwa um den Geist meiner Mutter Harriet? Schließlich war sie einst hier zur Schule gegangen. Vielleicht war sie ja irgendwie noch an diesen Ort gebunden.

Ehrlich gesagt hoffte ich, dass sie es nicht war. Schon einmal hatte ich von ihr eine Botschaft aus dem Grab heraus erhalten. Die Botschaft, dass ihr kalt war und sie nach Hause wollte.

Ein zweites Mal konnte ich das nicht ertragen.

Bitte lass es nicht Harriet sein!

So unfreundlich das jetzt auch klingen mag.

Reiß dich zusammen, Flavia!, dachte ich anschließend nicht zum ersten Mal.

»Wer bist du?«, fragte Jumbo nun dreimal betont langsam und deutlich. »Wie lautet dein Name?«

Plötzlich ging alles ganz schnell. Der Zeiger sauste kreuz und quer über das Brett wie ein aufgeregter Hummer.

L-E-M-A-R-C-H-A-N-D

Gremly, die mit einem Bleistiftstummel alles mitschrieb, schnappte nach Luft. »Le Marchand!«, rief sie aus.

Hieß so nicht eines der Mädchen, die laut Collingwood aus der Schule verschwunden waren?

Ich schaute in den Kreis erbleichter Gesichter. An den entsetzt geweiteten Augen erkannte ich, dass alle Mädchen dasselbe dachten.

»Oh Gott!«, flüsterte jemand.

Eins musste man Jumbo lassen – sie ließ nicht locker. Wie ein Terrier, der hinter einer Ratte her war.

»Wir sind bereit, deine Botschaft zu vernehmen.«

Mir fiel auf, dass sie sogar in diesem spannungsgeladenen Moment ihre gewählte Ausdrucksweise beibehielt. Wie zuvor wiederholte sie den Satz noch zweimal.

Der Zeiger flog geradezu über das Brett.

E-I-N-E-V-O-N-E-U-C-H-K-E-N-N-T-M-E-I-N-E-N-M-Ö-R-D-E-R

»Eine von euch kennt meinen Mörder!« Gremly keuchte, als sie vorlas, was sie mitgeschrieben hatte.

Mit einer blitzschnellen Handbewegung fegte die kleine Blonde, die mir gegenübersaß, die Planchette so energisch vom Brett, dass sie in die hinterste Zimmerecke flog.

»Schluss jetzt«, sagte sie. »Das ist doch bescheuert.«

»Reg dich ab, Trout«, entgegnete Jumbo. »Wenn du das Ding kaputt gemacht hast, musst du von deinem Taschengeld ein neues kaufen.«

Trout. So hieß sie also.

Ich ließ den Blick wieder über die Runde wandern.

Unter einem Mädchen – dem, das gleich links neben mir saß – erschien eine kleine Pfütze auf dem Fußboden.

8

Jeder, der schon mal mit einem Ouija-Brett zugange war, hat auch schon mal gemogelt.

Dafür lege ich meine Hand ins Feuer.

Seien wir doch mal ehrlich: Sie haben schon mal geschoben, ich hab schon mal geschoben … jeder hat schon mal geschoben.

Es ist einfach zu verlockend.

Zu Anfang hatte ein anderes Mädchen aus dem Kreis die Planchette verschoben, und ein paar Minuten lang hatte sogar ich geschwankt. Geschwankt? Nein, das wäre untertrieben. Ich gebe hiermit öffentlich zu, dass mich die erste Botschaft erschüttert hatte. Dann aber hatte sich mein Verstand wieder eingeschaltet, und ich hatte begriffen, dass mir die Götter soeben ein kostbares Geschenk gemacht hatten.

Und von da an war es meine Wenigkeit gewesen, Flavia de Luce, die die Planchette dirigiert hatte.

Eine von euch kennt meinen Mörder.

Eine reine Eingebung meinerseits!

Die Wirkung war noch durchschlagender gewesen, als ich mir erhofft hatte. Trout war so entsetzt gewesen, dass sie die Planchette in die Ecke gefeuert hatte, und das Mädchen neben mir hatte seine Blase nicht mehr unter Kontrolle halten können.

Ich musste so schnell wie möglich ihre Bekanntschaft machen.

»Oh je!«, sagte ich mitfühlend und half ihr aufstehen. Niemand sonst machte Anstalten, sich um sie zu kümmern. Ich würde sie ganz für mich allein haben.

Ich führte sie den Flur entlang auf die Toilette namens Cartimandua. Dort würden wir uns ungestört unterhalten können, dachte ich. Es war zwar verboten, dass sich ein Mädchen nach dem »Licht aus« ins Zimmer eines anderen Mädchens schlich, aber keine Vorschrift untersagte es, dass zwei Mädchen zur selben Zeit dem Ruf der Natur folgten.

»Ich heiße de Luce«, stellte ich mich vor, als sich das arme Ding in eine Kabine einschloss. »Flavia.«

»Ich weiß, wer du bist.« Ihre Stimme hallte von den gefliesten Wänden unheimlich wider.

»Aber ich glaube, ich weiß nicht, wie *du* heißt«, sagte ich daraufhin.

Es folgte eine hallende Stille. Dann ihr Name, fast geflüstert.

»Brazenose. Mary Jane.«

Brazenose? Ausgeschlossen. So hieß doch eins der verschwundenen Mädchen!

Le Marchand, Wentworth und Brazenose, das hatte jedenfalls Collingwood behauptet.

In einer so kleinen Schule wie der von Miss Bodycote gab es doch bestimmt keine zwei Brazenoses.

Oder doch?

»War sie deine Schwester?«, fragte ich sanft.

Ein Sturzbach von Schluchzern war die Antwort.

»Komm raus«, sagte ich, und sie gehorchte erstaunlicherweise. Die Kabinentür wurde entriegelt, und im nächsten Augenblick lag das arme, blasse, feuchte kleine Küken in meinen Armen und schluchzte so jämmerlich an meiner Schulter, als wollte ihr das Herz brechen.

»Mein Beileid«, sagte ich, ohne zu heucheln, und das musste fürs Erste genügen.

Die Möglichkeit, dass es sich bei der Toten aus dem Kamin um ihre Schwester handelte, durfte ich jetzt nicht ansprechen … noch nicht. Ich wagte kaum, auch nur einen Gedanken daran zu verschwenden, aus Angst, sie könnte erraten, was ich dachte.

Aber vielleicht hatte sie es ja schon erraten.

Brazenose klammerte sich an mich, als sei ich ein im Wasser treibendes Holzstück und sie eine Schiffbrüchige. Und wer weiß? Vielleicht war sie das ja.

Und ich vielleicht tatsächlich ihre Rettung.

Was für erstaunliche Beziehungen man doch manchmal eingeht, dachte ich, während sie sich an mir festhielt. *Und was für* äußerst *seltsame.*

Sie schien sich dagegen zu sträuben, mich loszulassen – dagegen zu sträuben, mir in die Augen schauen zu müssen.

»Wasch dir lieber das Gesicht«, sagte ich schließlich. »Womöglich wird ein spontaner Abendmahlsgottesdienst anberaumt.«

Das rief den Anflug eines Lächelns hervor.

»Du bist ziemlich sonderbar, Flavia de Luce«, sagte sie mit tränenschwangerer Stimme.

Ich verbeugte mich tief, vollführte einen Kratzfuß und zog schwungvoll einen imaginären federgeschmückten Musketierhut.

Als Brazenose sich gerade das Gesicht abseifte, ging die Tür auf, und Fitzgibbon kam herein.

War sie überrascht, uns zu sehen? Schwer zu sagen.

»Ihr seid aber noch spät auf, Mädchen«, sagte sie. »Ist alles in Ordnung?«

»Jawohl, Hausmutter«, antwortete Brazenose mit erstaunlich fester Stimme, und ich, die es als Neue nicht besser zu wissen brauchte, nickte nur stumm.

»Dann ab ins Bett mit euch«, sagte Fitzgibbon. »Und denkt dran: kein Licht.«

Auf dem Weg durch den Flur unterhielten wir uns flüsternd.

»Glaub dem Ouija-Brett nicht«, sagte ich. »Da hat jemand gemogelt. Eins von den Mädchen hat den Zeiger bewegt.«

Brazenoses Augen leuchteten im Dunkeln wie Laternen. »Bist du sicher?«, hauchte sie.

»Ganz sicher. Das Mädchen war nämlich ich.«

Als ich eine halbe Stunde danach im Bett lag und nicht schlafen konnte, dachte ich über das nach, was ich gesagt hatte.

Bekam man im Himmel auch für Halbwahrheiten gute Noten?

In einigen schon lange zurückliegenden Predigten in St. Tankred war davon die Rede gewesen, dass der Herr alle Lügner verabscheut und sich nur an jenen erfreut, die die Wahrheit sagen. Aber wie stand Gott zu jenen, die einfach nur die Tatsachen ein bisschen verdrehten?

Es stimmte, dass ich gegen Ende der Séance den Zeiger beeinflusst hatte, nicht aber zu Anfang. Nicht ich war es gewesen, die den schaurigen Namen »Le Marchand« buchstabiert hatte.

Wer war dann der Übeltäter gewesen?

Es konnte nur eins der anderen Mädchen sein. Außer mir hatten Jumbo, Gremly, Van Arque, Brazenose, Trout und noch zwei andere, deren Namen ich noch nicht kannte, an der Sitzung teilgenommen.

Druce war allerdings nicht dabei gewesen; sie konnte es also nicht gewesen sein.

Demnach musste ich herausfinden, um wen es sich bei den beiden für mich noch Namenlosen handelte.

Wen konnte ich danach fragen? Ganz klar: dasjenige Mädchen, das mir momentan am meisten zu Dank verpflichtet war.

Die liebe kleine Brazenose.

War es ein Fehler gewesen, sie ins Vertrauen zu ziehen? Hatte ich mich damit leichtsinnig in Gefahr gebracht?

Wie dem auch sein mochte, ich hatte es getan. Und nun musste ich sie gründlich ausquetschen.

Vorhin war es dafür schon zu spät gewesen. Außerdem hatte ich bereits gegen die Vorschrift verstoßen – und zwar nicht nur einmal, sondern gleich zweimal! –, dass man sein Zimmer nach dem »Licht aus« nicht mehr verlassen durfte.

Ich musste also bis morgen früh warten.

Nachdem das geklärt war, drehte ich mich auf die andere Seite und schlief wie der sprichwörtliche Stein.

Wahrscheinlich werde ich mein Leben lang nicht vergessen, wie es sich anhörte, wenn Miss Bodycotes Höhere Mädchenschule am Morgen erwachte.

Als Erstes ertönte das Gurgeln und Scheppern der Rohrleitungen und der Dampfheizung, das sich genauso anhörte, als lieferte sich eine Schar Ritter in voller Rüstung einen Übungskampf mit ebenso vielen verspielten jungen Drachen, die eher angeberisch als drohend zischten und fauchten.

Als Nächstes war der gedämpfte Raucherhusten der Lehrerinnen zu hören, ebenso wie der entsprechende Husten – ich muss es leider sagen – gewisser frühreifer Mädchen, die hier, wie mir schien, in der Überzahl waren.

Anschließend wurden sämtliche Toilettenspülungen gleichzeitig betätigt. Von irgendwoher ertönte ein Grammophon, mit dem eine Sechstklässlerin ihre Vorrechte als Schülerin der Abschlussklasse wahrnahm. Die Klänge von Mantovanis »Charmaine« trieften die Treppe herab wie flüssiger Honig und sammelten sich auf jedem Absatz zu klebrigen Pfützen, bevor sie weiterflossen. Als Nächstes erschallten: »Shrimp Boats are A'Comin'«, »Mockin' Bird Hill«, »On Top of Old Smokey« sowie »Aba Daba Honeymoon«.

Für Ohren wie die meinen, die mit den Klassiksendungen der BBC aufgewachsen waren, war es, als sei man plötzlich in einer Schilfhütte auf einer einsamen Insel unter lauter primitiven Eingeborenen zu sich gekommen.

Mädchenstimmen riefen einander etwas zu, Gelächter brandete auf, gefolgt vom Tappen von Ledersohlen über Fußböden und Treppenstufen, dazu drang durch ein geöffnetes Fenster das gleichmäßige Hufgeklapper der betagten Karrengäule, die Brot und Milchflaschen von Tür zu Tür beförderten.

Von der Danforth Avenue wehte das ungeduldige *Ding-Ding!* der Straßenbahnen herüber, mit dem sie tollkühne Automobile und Fußgänger verscheuchten.

Wie sehr sich das alles doch von Buckshaws ländlicher Abgeschiedenheit unterschied!

Vor allem morgens schnürte mir das Heimweh die Kehle zu und drohte mich zu ersticken.

Halte durch, Flavia, das geht vorbei, redete ich mir dann gut zu.

So auch an diesem Morgen. Ich klammerte mich verzweifelt an den Kaminsims, als plötzlich und ohne jedes Anklopfen die Zimmertür aufflog.

Es war Miss Fawlthorne.

»Komm bitte nach dem Turnen in mein Büro«, sagte sie knapp, erfasste mein Zimmer mit einem fachmännischen Blick und verschwand wieder.

So ein Mist aber auch! Ich hatte gehofft, sie hätte die angekündigte Strafe inzwischen vergessen, aber von wegen! Bestimmt hatte sie Collingwood ebenfalls zu sich zitiert. Wir würden den Scheiterhaufen Hand in Hand besteigen wie ein Gespann christlicher Märtyrer.

Ob ich wohl, bevor wir in Flammen aufgingen, noch dazu kommen würde, meine Leidensgenossin auszufragen?

Das Turnen war eine erniedrigende Angelegenheit. Der Unterricht wurde heute im Freien abgehalten, auf dem Hockeyplatz, und wir mussten dazu Turnschuhe und Pumphosen tragen, mit denen man uns sogar in einem Seebad des vorigen Jahrhunderts ausgelacht hätte.

Wir befolgten gebrüllte Kommandos:

»Fersen: Heben! Senken!«

»Rechtes Bein: Knie hochziehen!«

»Rechtes Bein: nach hinten strecken!«

»Kniebeugen! Eins! Zwei! Drei! Vier!«

Die Turnlehrerin war die Grimmige mit dem Raubvogelgesicht, die mir bei meinem ersten Frühstück aufgefallen war. Sie stand am Rand des Platzes und blies in eine Trillerpfeife.

Triller-triller-triller! »Und fröhliche Gesichter!«

»Fröhliche Gesichter!«, schimpfte Gremly durch die zusammengebissenen Zähne. »Aber ja, Miss Puddicombe. Aber nein, Miss Puddicombe. Mit dem größten Vergnügen, Miss Puddicombe.«

Ich schloss daraus, dass die Turnlehrerin Miss Puddicombe hieß.

Puddicombe heiß ich, Puddicombe bin ich, ging es mir durch den Kopf, auch wenn mir klar war, dass das völliger Blödsinn war.

Aber unter der Folter kann schon ein trotziger Gedanke wie eine lindernde Salbe wirken.

Ich hatte eben die Pumphose aus- und den Trägerrock angezogen, als Jumbo den Kopf zur Tür hereinstreckte.

»Die Rektorin will dich sprechen«, verkündete sie. »Komm in die Gänge! Und wegen gestern«, setzte sie mit liebreizendem Lächeln hinzu, »hältst du besser dicht, wenn du schlau bist.«

So ging es bei Miss Bodycote zu, wie ich noch öfter feststellen würde: die Ohrfeige mit dem Samthandschuh, die Rasierklinge in der Butter.

Wie im wahren Leben.

»Komm rein, Flavia«, sagte Miss Fawlthorne, nachdem ich angeklopft hatte.

Ich zwängte mich durch die nur einen Spalt geöffnete Tür.

»Setz dich«, befahl sie. Ich gehorchte und ließ mich auf der Vorderkante eines Ledersessels nieder.

»Also …«, fing sie an. »Du weißt sicher noch, dass ich gesagt habe, du hättest eine Strafe verdient?«

»Jawohl, Miss Fawlthorne«, sagte ich. »Es tut mir leid. Ich wollte nur …«

»Pscht!« Sie hob die Hand. »Ausreden werden in Miss Bodycotes Höherer Mädchenschule nicht als Zahlungsmittel akzeptiert, verstanden?«

Ich verstand zwar kein Wort, nickte aber trotzdem und stellte mir einen rotgesichtigen Staatsbeamten mit Rosshaarperücke vor, der von seinem erhöhten Sitz auf mich herniederblickte.

»Vorschriften sind Vorschriften. Sie sind dafür da, dass sie eingehalten werden.«

»Jawohl, Miss Fawlthorne. Es tut mir leid.«

Das uralte Schema. Das Ganze musste seinen vorgeschriebenen Lauf nehmen, einem überlieferten Brauch folgend.

Vielleicht hätte ich mir Karten mit der Aufschrift *Es tut mir leid, Miss Fawlthorne* drucken lassen sollen. Dann könnte ich jedes Mal, wenn ich mich danebenbenahm, einfach eine Karte aus der Tasche ziehen und sie ihr …

»Deine Strafe besteht darin, dass du fünfhundert Wörter über William Palmer schreiben wirst. Ich glaube mich zu entsinnen, dass er ein interessantes Leben führte.«

Es dauerte einen Augenblick, bis mir ein Licht aufging, aber dann war mein Hirn von seinem gleißenden Schein geradezu geblendet.

William Palmer? Der Giftmörder von Rugeley? Über den guten alten Bill hätte ich mit Freuden auch tausend, ja, zehntausend Wörter geschrieben, und das mit erfrorenen Fingern, in Handschellen, mit Fußfesseln und auf den Rücken gebundener Zunge.

Ich musste mich zusammenreißen, um vor Aufregung nicht hin und her zu rutschen. *Denk dran, Flavia – immer schön mitspielen.*

»Jawohl, Miss Fawlthorne«, sagte ich und setzte eine Armesündermiene auf.

Ich konnte es kaum erwarten, zu Stift und Heft zu greifen.

Aber warum?, dachte ich hinterher. Warum brummte mir Miss Fawlthorne als Strafarbeit so eine freudige Pflicht auf?

Als würde der Priester im Beichtstuhl dem Sünder, der ihm eben einen Mord gestanden hat, als Buße aufgeben, einen ganzen Schokoladenkuchen zu vertilgen. Das war doch völlig unlogisch!

Es sei denn, der Priester übte heimlich den Beruf des Bäckers aus … oder er war der Sohn eines Bäckers, der aus dem Ablasshandel Profit schlug.

Das mochte ein liebloser Gedanke sein, womöglich sogar ein gotteslästerlicher, aber so arbeitete nun mal mein Verstand.

Wegen eines Gedankens ist noch niemand am Galgen gelandet, oder?, überlegte ich.

Miss Fawlthorne schrieb etwas in ein großes, schwarz eingebundenes Buch, und ich wandte mich zum Gehen, als sie abermals den Mund aufmachte.

»Außerdem wirst du dich von nun an jeden Montag um diese Uhrzeit hier melden. Gleich ab kommender Woche.«

Die Luft entwich meiner Lunge, als würde ich von einem Wagenrad überrollt.

Eine solche Dauerstrafe wegen eines harmlosen Verstoßes? In welcher Hölle war ich denn hier gelandet? Eben noch war die Frau ein Schutzengel, der mir über die fieberheiße Stirn strich, im nächsten Augenblick wurde sie zur Scharfrichterin, die meinen Halsumfang maß. Was sollte ich davon halten? Was sollte ich tun?

»Jawohl, Miss Fawlthorne«, sagte ich.

Ich stürmte die Treppe zu Edith Cavell hoch. Ich musste allein sein.

Ich musste nachdenken.

Ich hockte mich aufs Bett, lehnte mich an die Wand und stützte das Kinn auf die angezogenen Knie.

Diese Schule war ganz und gar nicht so, wie ich sie mir vorgestellt hatte.

Vater – der bloße Gedanke an ihn bohrte sich wie ein Pfeil in mein Herz – hatte uns oft über die Freuden des Lernens belehrt.

Und er hatte recht gehabt. Bis gerade eben.

Die glücklichsten Stunden meines Lebens hatte ich allein in meinem Chemielabor auf Buckshaw zugebracht. Gegen die Kälte in Vaters alte graue Strickjacke gehüllt, die ich aus dem Abfalleimer gerettet hatte, hatte ich in Onkel Tars verstaubten Notizbüchern gewühlt und mich Schritt für Schritt, Atom für Atom, mit den Mysterien der organischen Chemie vertraut gemacht.

Die Pforten der Schöpfung hatten sich mir sperrangelweit geöffnet, und ich hatte durch ihre Wunder streifen dürfen wie durch einen sommerlichen Garten. Das Universum hatte sich auf den Rücken gewälzt und sich von mir den Bauch kraulen lassen.

Und jetzt das!

Schmerz!

Mit jähem Entsetzen merkte ich, dass ich monoton den Kopf gegen die Wand schlug. *Bumm! … Bumm! … Bumm!*

Ich sprang vom Bett und marschierte wie ein Roboter zum Fenster.

Seit den Tagen von Gregor Mendel und Charles Darwin mühte sich die Wissenschaft ab, das Rätsel der Vererbung von Eigenschaften zu lösen, sei es nun beim Menschen oder bei Erbsenpflanzen. Man vermutete, dass gewisse Zellbestandteile namens »Gene« oder »Keimchen« sozusagen eine Reihe von Bauplänen oder Anweisungen von einer Generation auf die nächste übertragen. Diese Baupläne geben unter anderem vor, wie wir uns in bestimmten Situationen verhalten.

Während ich wie aufgezogen zum Fenster stakste, stellte ich fest, dass ich mich ganz genauso verhielt wie Vater, wenn es Ärger gab. Und wenn ich länger darüber nachdachte, auch wie Feely und Daffy.

Der Code der de Luces. Eine schlichte Verknüpfung von Aktion und Reaktion.

Sorgen = Fenster.

So einfach war das.

Aber obwohl es so einfach war, bedeutete es doch auch, dass wir de Luces auf eine komplizierte und nicht immer glückliche chemische Art und Weise – die weit tiefer ging als alle anderen Erwägungen – eine Einheit bildeten.

Verbunden durch Blut und Fensterglas.

Wie ich so dastand und mein Blick das Bild der Außenwelt allmählich scharf stellte, sah ich auf einmal, dass direkt vor dem Tor zum Schulgelände ein kleines rothaariges Mädchen auf der Erde lag und wild um sich schlug. Sie wurde von zwei älteren Mädchen durchgekitzelt, dass ihr Hören und Sehen verging. Ich erkannte die beiden auf Anhieb wieder. Sie hatten beim Frühstück nebeneinandergesessen. Es waren die Lippenleserin Druce und ihre Leibeigene Trout.

In meinem Inneren legte sich eine Art Schalter um. Ich konnte nicht einfach hier stehen bleiben und zuschauen. Die Szene kam mir nur allzu bekannt vor.

Ich entriegelte das Fenster und schob die Scheibe hoch.

Die markerschütternden Schreie des Opfers schwollen zu unerträglicher Lautstärke an.

»Aufhören!«, brüllte ich im strengsten Befehlston, den ich zustande brachte. »Lasst sie sofort los!«

Und, Wunder über Wunder, die beiden Peinigerinnen hielten inne und starrten mit offenen Mäulern zu mir hoch. Das Opfer nutzte die Gelegenheit, rappelte sich auf und rannte davon.

Ich knallte das Fenster wieder herunter, bevor die beiden anderen etwas sagen konnten.

Garantiert würde ich irgendwann dafür bezahlen müssen, aber das war mir egal.

Ich versuchte, an etwas anderes zu denken, aber ich bekam den Anblick der Gequälten nicht aus dem Kopf.

Wie konnte Kitzeln, das doch Gelächter hervorruft, zugleich eine so grausame Folter sein?

Grübelnd saß ich auf der Bettkante.

Zu guter Letzt kam ich zu folgendem Schluss: Kitzeln und Lernen sind im Grunde dasselbe. Wenn man sich selbst kitzelt – Wonne. Wenn einen jemand anders kitzelt – Qual.

Das war eine nützliche Erkenntnis, würdig eines Platon, Konfuzius oder Oscar Wilde oder einer anderen jener Persönlichkeiten, die ihren Lebensunterhalt damit verdienen, dass sie sich kluge Sprüche ausdenken.

Vielleicht konnte ich meinen Geistesblitz ja in meinen Aufsatz über William Palmer einbauen.

Hatte der Giftmörder von Rugeley seine Opfer gekitzelt?

Es hätte mich nicht gewundert.

9

Kaum hatte ich mich mit Füller und Tinte an meinen Schreibtisch gesetzt und angefangen, meine Gedanken zu William Palmer zusammenzutragen, als die Tür aufflog und ein kleiner Wirbelwind ins Zimmer fegte, mit Haaren so rot, wie sie gerade noch sein können, ohne dass die Besitzerin in Flammen aufgeht.

Da ich diese ständigen Überfälle ganz und gar nicht gewohnt war, gingen sie mir allmählich auf die Nerven.

»Sag mal, spinnst du?«, schimpfte die Flammendrote und fuchtelte mit den Armen wie eine durchgedrehte Windmühle. »Was fällt dir ein, dich einzumischen? Was geht's dich überhaupt an?«

»Äh … wie bitte?«, fragte ich irritiert.

»Stell dich nicht dümmer, als du bist! Willst du, dass sie mich umbringen?«

Erst jetzt begriff ich, dass dieses wutschäumende Wesen das gleiche Mädchen war, das sich noch vor wenigen Minuten dem Tode nah im Staub gewälzt hatte.

»Miss Pinkham, nehme ich an?«, feuerte ich einen tollkühnen Schuss ins Blaue ab.

Die Windmühle kam jäh zum Stehen. Ich hatte sie überrumpelt.

»Woher weißt du das?«, fragte sie angriffslustig.

»Aufgrund einer Reihe genialer Schlussfolgerungen, mit denen ich dich nicht weiter behelligen möchte«, lautete meine Antwort. »Plus der Tatsache, dass dein Name gut lesbar mit waschfester Tinte auf dem Schildchen in deinem Kragen steht.«

Auch das war ein Schuss ins Blaue, aber da die Bluse, die mir Miss Fawlthorne gegeben hatte, auf die gleiche Weise gekennzeichnet war, war die Annahme, dass es sich bei der Rothaarigen genauso verhielt, nicht gänzlich abwegig.

»Sehr schlau, Fräulein Besserwisser«, sagte sie. »Aber dir wird das Lachen noch vergehen, wenn dich die Hand des Ruhmes zu fassen kriegt.«

Die Hand des Ruhmes?

So hatte man im achtzehnten Jahrhundert die mumifizierte Hand eines gehängten Mörders genannt. Einbrecher hatten derlei Trophäen bei sich getragen, weil sie glaubten, sie würden damit erstens jeden unglückseligen Hausbesitzer, der sie bei ihrem Raubzug überraschte, vor Angst lähmen, und könnten zweitens damit sämtliche Türen öffnen sowie sich unsichtbar machen – sozusagen ein primitiver Vorläufer des Allzweck-Pfadfindertaschenmessers. Die abgehackte Hand wurde über einem Feuer aus Wacholderzweigen und Eibenästen geräuchert und hielt für gewöhnlich eine besondere Kerze aus dem Talg eines Dachses, eines Bären und eines ungetauften Kindes. Sie war der kostbarste Besitz jedes Einbrechers.

Warum also hatten Miss Bodycotes Zöglinge ausgerechnet diesen Namen für eine alberne Schülerinnenverbindung gewählt?

Pinkham sah mir meine Verwirrung offenbar an.

»Druce und Trout«, erläuterte sie.

»Diese beiden dummen Ziegen?« Ich bekam einen Lachanfall. »Die Hand des Ruhmes? Nennen sie sich allen Ernstes so?«

»Psst!« Pinkham legte mit aufgerissenen Augen den Finger auf die Lippen. »Nicht so laut, um Himmels willen!«

Doch die bloße Vorstellung, dass es an Miss Bodycotes Höherer Mädchenschule eine Geheimgesellschaft gab, ließ mich wieder losprusten. Ich konnte mich einfach nicht beherrschen.

»Bitte sei still!«, flehte Pinkham flüsternd. »Sonst bringen sie uns alle beide um!«

»So wie Le Marchand?«, fragte ich. »Und Wentworth? Und Brazenose?«

Entsetzen malte sich auf ihrem Gesicht, und ich begriff, dass ich zu weit gegangen war.

»Hör zu«, sagte ich beschwichtigend. »Du darfst dich von den beiden nicht schikanieren lassen. Das ist nicht in Ordnung.«

»Nein«, stimmte sie mir zu. »Aber so ist es nun mal.« Pause.

»Hier«, fügte sie hinzu.

Irgendwie rührte mich das. Die Kleine war tatsächlich verängstigt.

»Mach dir keine Sorgen mehr«, hörte ich mich sagen. »Überlass die beiden einfach mir … und gib mir Bescheid, wenn sie dich noch mal ärgern.«

»Aber – du bist doch die Neue«, wandte sie ein.

Ich legte ihr schwesterlich die Hand auf die Schulter. Ich brauchte ihr nicht erst zu erklären, dass ich, Flavia Sabina de Luce, eine nicht zu unterschätzende Gegnerin war, wenn es um das Thema Rache ging.

»Fürchte dich nicht«, sagte ich. »Und jetzt krieg dich wieder ein.«

Ich glaube, schon in diesem Augenblick nahm in meinem Kopf ein Plan Gestalt an.

Pinkham stand unschlüssig in der Tür und glich einen Augenblick einem Mädchen auf einem Gemälde von Vermeer: eine Gestalt ganz und gar aus Licht.

»Du bist ein Pfundsmädel, Flavia«, sagte sie und verschwand.

Ich blieb lange sitzen, den Blick auf die Tür geheftet, und meine Gedanken überschlugen sich.

Wo war ich da bloß hineingeraten?

Dann klappte ich mein Heft energisch zu und legte den Stift beiseite. Die Gerechtigkeit rief.

Der Giftmörder Palmer musste warten.

Wie gesagt, die Flure in Miss Bodycotes Höherer Mädchenschule waren der reinste Irrgarten: eine Abfolge labyrinthischer Gänge, Kreuzungen und Verzweigungen. Der Fußbodenbelag ging unvermittelt von breiten Dielen in kleine Fliesen über und dann wieder umgekehrt, die Wände von Putz in Marmor, und die Decken von breiten, lichtdurchfluteten, hohen Galerien und Gewölben in enge, düstere, dunkel getäfelte Gänge, in denen man den Kopf einziehen musste, so niedrig waren sie.

Für Neulinge gab es keinerlei Karten, um sich zu orientieren. Es wurde erwartet, dass man sich ohne jedes Hilfsmittel genauso hervorragend zurechtfand wie ein Londoner Taxifahrer in seiner Stadt – dass man »das Wissen« besaß, wie die Taxifahrer dazu sagten: Namen und Lage von 25.000 Straßen, Plätzen, Höfen, Rondellen, Gassen und Alleen sowie den jeweils kürzesten und schnellsten Weg von jedem beliebigen dieser Orte zu jedem beliebigen anderen.

Wieso muss ich eigentlich immer noch bei jeder Gelegenheit an England und an mein Zuhause denken?, fragte ich mich, als ich mich zum wohl hundertsten Mal dabei ertappte, dass meine Gedanken in diese Richtung abschweiften.

Ich war hier in Kanada, in der Neuen Welt, mit allem, was dazugehörte. Ich war jung, gesund, intelligent, wissbegierig und strotzte vor Tatendrang, und doch flog mein Verstand, sobald ich ihn auch nur eine Sekunde aus den Augen ließ, wie eine abgerichtete Taube unverzüglich heimwärts nach England und nach Buckshaw.

Es war unerklärlich. Es war lästig. Und überhaupt ganz und gar unangebracht.

Ich stand gerade am oberen Ende einer steilen, schmalen Treppe, die von einer L-förmigen Abstellkammer im Erdgeschoss zu einer halb verborgenen Nische hinter einem Wäscheschrank im ersten Stock führte, und hatte offen gestanden nicht den blassesten Schimmer, wo ich gelandet und wie ich dort hingekommen war.

Reiß dich zusammen, Flavia, ermahnte ich mich zum x-ten Mal. Der Spruch wurde allmählich zu meinem Leitmotiv, meiner Nationalhymne.

Ich wusste, dass der Biologie- und der Chemieraum in einem der seitlichen Gebäudeflügel untergebracht waren, so abgelegen, dass keinerlei Gestank die heiligen Hallen verpesten konnte. Vom Hockeyplatz aus hatte ich einen flüchtigen Blick auf Reagenzgläser und Bechergläser erhascht, und Van Arque hatte beiläufig erwähnt, dass die beiden Räume sowie die dazugehörige Naturkundesammlung unmittelbar nebeneinander lagen.

»Bio?«, wandte ich mich an ein Mädchen, das sich an mir vorbeidrängte und die Treppe hinunterpolterte. Sie hatte einen Pulli um die Schultern gebunden und einen Squashschläger in der Hand.

Sie blieb gerade lange genug stehen, um mit dem Kopf einen scharfen Linksruck zu vollführen, wobei sich eine Haarsträhne löste und ihr ins Gesicht fiel, dann war sie weg.

Also ging ich nach links, und da sah ich auch schon die amtlichen schwarzen Großbuchstaben, die in Augenhöhe auf die grüne Wand schabloniert waren: BIOLOGIE & CHEMIE.

Die beiden Fachbereiche belegten offenbar den gesamten Flügel. Eine Reihe Türen, jede mit einem kleinen Fenster versehen, erstreckte sich den Flur entlang und erweckte den verwirrenden Eindruck einer optischen Täuschung. Ich legte die gewölbten Hände an die Augen und spähte durch die Scheibe in der vordersten Tür.

In diesem Raum befand sich anscheinend die Naturkundesammlung. Sie war nicht besonders groß, aber erstaunlich gut sortiert. Soweit ich sehen konnte, standen ringsum an allen Wänden Glasvitrinen, die einen Querschnitt durch die gesamte Tierwelt enthielten: Vögel – ich erkannte ein ausgestopftes Exemplar der ausgestorbenen Wandertaube, deren Foto ich in Arthur Mees unglaublich spannender Enzyklopädie entdeckt hatte –, Schmetterlinge, Bienen, Nachtfalter und andere Insekten, sämtlich säuberlich auf Pappen gespießt und beschriftet –, alles von kleinen Säugetieren bis hin zu Steinen, und von Fossilien bis hin zu Fischen.

Ich wollte die Tür öffnen, aber sie war abgeschlossen.

Wenn ich mir den Hals verrenkte, konnte ich in einer Ecke ein schmiedeeisernes Gestell mit dem Skelett eines Menschen ausmachen. Allein der Anblick bescherte mir einen Kloß im Hals, denn ich musste an Yorick denken, mein eigenes braves, altes Skelett, das in meinem Labor auf

Buckshaw hing. Der berühmte Naturforscher Frank Buckland hatte es einst meinem Großonkel Tar zum Geschenk gemacht. Buckland hatte nicht nur den Schädel signiert, sondern auch dessen Stirnbein mit der Inschrift *multum in parvo* verziert – »viel in wenig«: eine große Menge auf kleinem Raum – was möglicherweise als Scherz gemeint war.

In der Vitrine neben dem hiesigen Skelett waren Tierschädel aufgereiht, allesamt ausgekocht, gebleicht und der Größe nach geordnet. Von der Maus bis zum Menschen, mit dem die Reihe endete, war alles dabei.

An der Wand darüber prangte der gewaltige Schädel eines Elchs, mit Geweih und allem Drum und Dran. *Von der Maus bis zum Menschen*, dachte ich unwillkürlich, *vom Eichhörnchen bis zum Elch* – oder umgekehrt.

Ich kann mich des Verdachts nicht erwehren, dass Biowissenschaftler überall auf der Welt den gleichen schrägen Humor haben wie Sherlock Holmes' Dr. Watson. Lustig, das schon, aber offen gestanden auch ein bisschen kindisch. Einen Chemiker würde man niemals bei solchen Albernheiten ertappen.

Naja, vielleicht nicht *niemals*, aber auf jeden Fall höchst selten.

Allerdings muss ich zugeben, dass ich mir spontan ausmalte, mich eines frühen Morgens in die Schulküche zu schleichen, ein paar Eier zu stibitzen, eine Mousse au Chocolat aufzuschlagen und sie in die Vitrine zu schmuggeln, wo sie zu Unterrichtsbeginn entdeckt werden würde.

Wer auch nur ein bisschen Grips besaß, würde sofort den Zusammenhang herstellen: Von der Mousse über die Maus zum Menschen.

Und wenn nicht, umso besser. Umso mysteriöser.

Ein gefundenes Fressen für die Schülerzeitung: *»Übler Scherzbold schändet Sammlung!«*

Aber wie so viele meiner besten Ideen behielt ich auch diese für mich und ging weiter.

Der Chemieraum lag ganz am Ende des Flurs. Vor lauter Vorfreude ging mein Atem schneller, als ich mich der Tür näherte. Ich betrat nunmehr den Herrschaftsbereich von Mildred Bannerman: Chemielehrerin ... freigesprochene Mörderin ... Elfenkönigin.

Durch die Türscheibe sah ich auf den ersten Blick, dass Mrs. Bannerman soeben die Fünfte unterrichtete.

Wie gern hätte ich mich dazugesetzt und Schulter an Schulter mit den anderen durch eine Schutzbrille die faszinierenden Flüssigkeiten betrachtet, meine Beobachtungen mit Bleistift festgehalten und die berauschenden Düfte brodelnder Destillationen eingesogen!

Aber es sollte nicht sein. Als unwürdige Viertklässlerin musste ich mich mit allgemeiner Naturkunde begnügen und durfte wahrscheinlich höchstens Ahornblätter sezieren – oder im besten Falle Schnecken. Und bei dem Glück, das ich für gewöhnlich hatte, würde es sich noch nicht mal um meine Lieblingsschnecken handeln, nämlich um jene Kegelschnecken, die das australische Great Barrier Reef besiedeln und deren Gift eine derart abscheuliche Wirkung hat, dass man sie nur in medizinischen Fachzeitschriften mit unauffälligem braunem Umschlag ausführlich beschreiben kann.

Sehnsuchtsvoll spähte ich durch die Scheibe und konnte mich von diesem Paradies nicht losreißen.

Ich ließ den Blick durch den Raum wandern, prägte mir jede Einzelheit ein ...

Aber halt!

Was war das für ein Gegenstand dort, gleich links an der Wand, der so ungewöhnlich und doch so vertraut war? Ein schwarzer Kasten, so lang wie ein Metermaß und höchstens zwanzig oder fünfundzwanzig Zentimeter breit?

Ein Spektralfotometer! Ja, war das die Möglichkeit?

Mein Herz vollführte im Käfig seiner Rippen wahre Freudensprünge.

Und zwar handelte es sich nicht um irgendein Spektralfotometer, sondern, wenn mir meine Augen keinen Streich spielten, um ein Beckman DU! In *Neueste Erkenntnisse und Methoden in der Chemie* hatte ich ein Foto davon gesehen. Dieses Schätzchen konnte Blut und Gift bis in den ultravioletten Bereich des Spektrums erkennen und analysieren.

Und was stand dort in der Ecke?

Die große senkrechte Röhre, die an ein silbernes Ofenrohr erinnerte und durch einen schwarzen Versorgungsschlauch mit einem schlichten Objekttisch verbunden war, auf dem es von Messskalen nur so wimmelte – war das etwa ein Elektronenmikroskop?

Großer Gott! Von den Dingern gab es auf der ganzen Welt nur eine Handvoll!

Vor meiner Abreise hatte mir Tante Felicity erklärt, dass Miss Bodycotes Höhere Mädchenschule ungewöhnlich gut ausgestattet war, und sie hatte eindeutig recht damit gehabt.

Heiliger Bimbam – und *wie* recht sie hatte!

Erschrocken stellte ich fest, dass ich mir die Lippen leckte und womöglich sogar ein bisschen sabberte. Rasch wischte ich mir den Mund am Ärmel ab.

Wie ich die Mädchen auf der anderen Seite der Tür beneidete! Ich hätte mein halbes Herz dafür gegeben – nein, mein ganzes! –, eine von ihnen zu sein.

Aber ich traute mich nicht, die Tür zu öffnen und einfach hineinzuspazieren. Chemieunterricht war eine heilige Handlung, und… man platzt ja auch nicht mitten in der Andacht in die Kirche, oder?

Als ich mich gerade wieder davonstehlen wollte, fragte plötzlich jemand hinter mir barsch: »Was hast du hier zu suchen, Mädchen?«

Ich fuhr herum und wäre beinahe über sie gestolpert. Ich hatte sie nicht kommen hören und begriff auch sofort, warum nicht. Die Hartgummireifen ihres Rollstuhls ermöglichten es ihr, ohne ein Geräusch über den Flurboden zu gleiten.

Ich war so baff, dass es mir die Sprache verschlug. Ja, ich fürchte sogar, ich starrte die unheimliche Erscheinung mit offenem Mund an.

Im ersten Schreck glaubte ich dem Schauspieler Edward G. Robinson gegenüberzustehen: das abstoßende Froschgesicht mit den wulstigen Lippen, die an den Enden wie die Zipfel einer Decke herabgezogen waren, der für den gedrungenen Körper zu große Kopf, die dunklen, finster blickenden Augen unter den geschwungenen schwarzen Brauen, die mich durch flaschenbodendicke Brillengläser unbarmherzig musterten… fast so, als ob…

»Also, Mädchen? Was hast du zu deiner Verteidigung zu sagen?«

Ich fand keine Worte. Ich konnte das sonderbare Geschöpf nur stumm angaffen. Kinderlähmung, vermutete ich, aber das musste nicht stimmen. Ach, wenn doch Dogger hier gewesen wäre und eine Diagnose hätte stellen können!

Vorn hatte der Rollstuhl eine Art klappbares Tablett oder Tischchen, das mit allem möglichen Zubehör eines Lebens auf Rädern übersät war: Papier, Tinte, Füller, Brieföffner, Briefmarken, eine Schachtel Papiertücher, eine Packung Halspastillen, ein Päckchen Zigaretten (Sweet Caporal, die gleiche Marke, die auch Fabian rauchte), eine Porzellantasse samt Untertasse und erstaunlicherweise sogar eine große, aus Stoffresten genähte Haube, unter der allem Anschein nach eine Brown Betty stand, eine Teekanne.

»Wird's bald? Oder hast du deine Zunge verschluckt?«

»Nein«, brachte ich heraus.

»Nein, *Miss Moate*«, sagte sie schroff.

»Nein, Miss Moate«, wiederholte ich gehorsam.

»Ich habe dich gefragt, was du hier zu suchen hast. Wenn es dir nicht allzu viel Mühe macht, dann sei doch so nett und antworte.«

»Äh, nichts ... Miss Moate.«

»Unsinn! Du hast dich am Türknauf meines Fachraums zu schaffen gemacht. Ich habe dich beobachtet.«

Ihr Blick ließ den meinen keine Sekunde los, und jetzt erschienen Fältchen in ihren Augenwinkeln, als amüsierte sie sich darüber, dass ich ihr in die Falle gegangen war.

»Ich ... ich wollte nur ...«

»Du wolltest mir nachspionieren, gib's zu!«

»Nein, Miss Moate. Ich wollte ... mir nur die Schädel ansehen.«

»Soso, du interessierst dich also für Schädel?«

Ich hätte ehrlich sein und Ja sagen können, tat es aber nicht. Tatsächlich war ich ganz wild auf Schädel, aber dies war wohl kaum der passende Augenblick für ein solches Geständnis.

»Ich habe noch nie einen Elch gesehen«, antwortete ich stattdessen und ließ meine Unterlippe absichtlich ein bisschen zittern. »Bei uns in England gibt es nämlich keine Elche, und da wollte ich …«

Sie streckte den Arm aus wie den Greifarm eines Roboters, hob die Haube von der Kanne und goss die Tasse mit dampfender Flüssigkeit voll. Baldriantee, dem ekligen Geruch nach zu urteilen.

Ich nahm die Unterbrechung als willkommene Gelegenheit, das Thema zu wechseln.

»Ich bin Flavia de Luce«, sagte ich, als würde das alles erklären. Vielleicht hatte sie ja bereits Erkundigungen über mich eingezogen und es bedurfte nur noch der Nennung meines Namens. »Ich bin neu hier«, setzte ich noch hinzu.

»Ich weiß sehr gut, wer du bist«, sagte sie barsch. »Du bist die Tochter von Harriet de Luce, und ich sag dir gleich, dass mir das kein bisschen imponiert.«

Ach, was hätte ich darauf für geistreiche, schlagfertige Entgegnungen parat gehabt …

Aber ich hielt den Mund.

Aus Angst?

Oder etwa, weil ich allmählich erwachsen wurde?

»Jawohl, Miss Moate«, sagte ich nur, und das schien die richtige Entgegnung zu sein.

Viel in wenig.

Multum in parvo.

»Ich habe übrigens schon deine Mutter unterrichtet«, fuhr sie fort, wobei sie mich nach wie vor mit ihrem Blick durchbohrte. »Und dich werde ich auch unterrichten.«

War das ein Versprechen? Oder eher eine Drohung?

»Jawohl, Miss Moate«, sagte ich gehorsam.

Wenn man an vorderster Front steht, muss man schnell reagieren, und sei es, indem man kapituliert.

Oder so tut als ob.

Sie krallte die Finger in die Speichen, drehte den Rollstuhl herum, wobei die Räder auf den Dielen markerschütternd quietschten, und fuhr schlingernd davon. Wie eine Figur am Schluss eines Zeichentrickfilms wurde sie kleiner und kleiner, bis sie in der Ferne verschwand.

Bildete ich es mir nur ein, oder ertönte tatsächlich ein leises »*Puff!*« am anderen Ende des Flurs?

10

Ich glaube, es war Aristoteles, der als Erster sagte, die Natur habe eine Abscheu vor der Leere, dem Vakuum. Andere, wie Hobbes, Boyle und Newton, schlossen sich dieser Erkenntnis später an. Doch trotz ihrer vereinten Geisteskräfte hatten diese genialen Burschen nur teilweise recht. Ja, die Natur verabscheut das Vakuum, aber Druck verabscheut sie genauso. Wenn man sich mal kurz die Mühe macht, darüber nachzudenken, ist das eigentlich einleuchtend, oder?

Stellt man der Natur ein Vakuum zur Verfügung, wird sie versuchen, es zu füllen. Übt man einen örtlich begrenzten Druck auf sie aus, wird sie versuchen, ihn auszugleichen. Die Natur ist auf der ewigen Suche nach einem Gleichgewicht, das sie niemals erreichen kann. Sie ist nie mit dem zufrieden, was sie hat.

Ich bin nicht nur erstaunt, sondern auch stolz darauf, dass ich die Erste bin, die zu dieser Einsicht gelangt ist.

Es gibt Zeiten, da steigt mein persönlicher Druck derart an, dass ich mich, um ihm etwas entgegenzusetzen, geradezu nach einem Vakuum sehne. Eines stand inzwischen zweifelsfrei fest: In Edith Cavell würde ich weder Ruhe noch Abgeschiedenheit finden. Weder Privatsphäre noch Muße zum Nachdenken. Dieses Zimmer war kein Rückzugsort, den ich aufsuchen und wieder verlassen konnte, wie es mir beliebte.

Kurz gesagt, ich brauchte dringend eine Zuflucht.

Welchen Ort, überlegte ich, betraten die Bewohnerinnen eines betriebsamen Internats wohl am allerseltensten?

Als hätte mir der Himmel selbst einen Geistesblitz geschickt, war die Antwort mit einem Mal da. Zwar nicht in eine Steintafel gemeißelt, aber es hätte mich nicht gewundert, wenn es so gewesen wäre.

Die Wäscherei.

Na klar doch!

Von drinnen hörte man es leise summen, und aus dem hohen Schornstein stieg eine Dampfsäule in die herbstliche Luft empor.

Ich drückte die Tür auf und trat ein.

Der Anblick, der sich mir bot, erinnerte an Dantes *Inferno*, bloß war der Raum voller Rohrleitungen – eine riesige, dampfende Höhle. Die Hitze der gewaltigen Waschmaschinen und Trockner schlug mir wie eine Welle entgegen und warf mich beinahe um. Dazu herrschte ein wahrhaft höllischer Lärm: das Zischen, Scheppern und Poltern völlig außer Rand und Band geratener Maschinen.

Wie war ich bloß auf die Idee gekommen, hier Ruhe finden zu können?

Wie eine finstere Burg, die über einem mittelalterlichen, im Tal gelegenen Dorf aufragt, beherrschte ein riesiger Heizkessel an der Stirnwand des großen Raumes das ganze Geschehen, erhob sich über Waschbecken, Heißmangeln, Bügelbretter und Nähmaschinen. Unter der hohen Decke verlief ein Gewirr aus Röhren, die wie Mumien in uralt aussehende Leinenbinden gewickelt waren.

Es roch nach Dampf, Seife, Waschpulver und Stärke, und unter dieser Duftmischung lag eine schwache, aber beunruhigende Note nach angesengten Bettlaken.

Eine kleine Frau in grauer Tracht, die ihre rötlichgrauen Haare unter ein Netz gestopft hatte, war emsig damit beschäftigt, Nachthemden auf zwei Stapel zu sortieren.

So viel zum Thema Abgeschiedenheit. Ich musste meine Pläne sofort ändern.

Es war schon ziemlich lange her, seit ich zuletzt auf meinen »Hilfloses kleines Mädchen«-Trick zurückgegriffen hatte, und ich gebe zu, dass er sich anfühlte wie ein ausgeleierter, aber bequemer alter Pulli. Schultern hängen lassen (erledigt), Hände ineinander verhaken (erledigt), Augen erst ein bisschen reiben, damit sie rot werden und tränen, dann weit aufreißen und den Blick verunsichert hin und her huschen lassen (erledigt), Stimme eine halbe Oktave hochschrauben: »Hallo?« »Hallo?« (erledigt), Zehen krümmen, Knie zusammendrücken, Beine ein bisschen zittern lassen: erledigt, erledigt, erledigt.

»Entschuldigen Sie bitte, Miss«, sagte ich mit meiner piepsigsten Stimme.

Sie würdigte mich keines Blickes.

Ich ging auf sie zu und zupfte sie am Ärmel.

Sie vollführte einen erstaunlich gelenkigen Luftsprung.

»Himmeldonnerwetter! Wer zum Teufel bist du und was zur Hölle willst du hier?«, rief sie aus.

»Entschuldigung, Miss, ich wollte Sie nicht …«, setzte ich an.

»Na los, spuck's aus! Wer bist du? Wie heißt du?«

»De Luce«, antwortete ich. »Flavia. Ich bin in der vierten Klasse.«

»Und wenn du bei den Achtundvierziger Highlanders wärst – du hast hier drin nix zu suchen. Betreten verboten!«

»Es tut mir leid, Miss«, sagte ich, »aber ich habe mein

bestes Taschentuch verloren. Wenn ich es nicht wiederfinde, bringt Miss Fawlthorne mich um. Ich glaube, es steckt noch in der Tasche von meinem Morgenrock.«

»Ha!«, machte die Frau. »Sie glaubt, es steckt noch in der Tasche von ihrem *Mooorgenrock*. Hast du das gehört, Sal? Das feine Frolleinchen trägt 'nen *Mooorgenrock*!«

Erst jetzt entdeckte ich die zweite Frau, die ein Stück weiter weg eine Heißmangel bediente. Ihr rundes rotes Gesicht glotzte aus einer Dampfwolke hervor wie einer der körperlos in der Luft schwebenden Köpfe im *Zauberer von Oz*.

»Mooorgenrock!«, kreischte sie in einer Tonlage, die mir verriet, dass die erste Frau ihre Vorgesetzte war. Sie wollte sich bei ihr einschmeicheln, indem sie übertrieben über ihre Witze lachte.

Diese Sorte kannte ich nur zu gut.

»Mooorgenrock!«, kreischte sie noch einmal japsend, wickelte sich eine feuchte Haarsträhne um den Zeigefinger und zog spielerisch daran, als wäre es die Zündschnur einer übergroßen Handgranate.

Für einen Sekundenbruchteil hob sich meine Laune, und ich hoffte, ihr Kopf würde explodieren. Aber Fehlanzeige.

»Ich glaub, sie meint ›Boademantel‹, Marge. Frag sie mal, ob sie ›Boademantel‹ meint.«

Marge drehte sich wieder zu mir um.

»Jawohl, Miss«, sagte ich. »Ihre Kollegin hat ganz recht, ich meinte ›Bademantel‹.«

Daraufhin fing Marge an, eifrig mit der Zunge in ihrer Wange zu bohren, als wollte sie dort Gedanken zu Tage fördern – vielleicht aber auch nur etwas Essbares.

»Welche Farbe?«, wollte sie plötzlich wissen.

»Gelb und schwarz«, antwortete ich. Mir war eingefallen, dass einige der Mädchen in der Kleinen Runde Morgenröcke in den Schulfarben getragen hatten.

»Gelb und schwarz!«, johlte Marge. »Hör dir das an, Sal! Gelb und schwarz hat sie gesagt!«

Sal klatschte sich auf die Schenkel und führte sich auf, als bekäme sie gleich einen Hirnschlag. »Das *Taschentuch*, dummes Ding, nicht der Mooorgenrock – oh, Verzeihung, der Boademantel, mein ich natürlich.«

»Das Taschentuch ist blau, Miss«, sagte ich. »Lavendelblau.«

Ich würde so lange den Hofnarren in ihrem kleinen Königreich spielen, bis...

»Es is' blau. Stell dir das vor, Sal! Ein *lavendelblaues* Taschentuch!«

»La-la-la-lavendel!«, trällerte Sal affektiert, und wieder lachten beide überdreht.

Es war klar, dass die anderen Schülerinnen die Wäscherei nicht oft aufsuchten. Marge hatte es ja schon gesagt: Betreten verboten.

Umso besser, was mich anging.

Als Marge sich halbwegs von ihrem hysterischen Anfall erholt hatte, starrte sie mir so durchbohrend in die Augen, als könnte sie direkt auf den Grund meiner Seele blicken – und entdeckte dort etwas, was außer ihr niemand sehen konnte.

»Na, dann wolln wir doch mal nachschaun«, sagte sie auf einmal in überraschend mildem Ton. »Was meinste dazu, Sal... wolln wir mal nachschaun?«

»Wir könnens ja mal versuchen, Marge.« Sal trocknete sich mit dem Zipfel eines langen weißen Tischtuchs die Augen. »Solang es 'ne Ausnahme bleibt.«

Schon war es wieder um die beiden geschehen, und sie wurden von Lachstürmen geschüttelt.

Marge tänzelte zu einem großen Tisch, der halb hinter einer Trennwand stand. Dabei hob sie geziert mit spitzen Fingern ihren Rocksaum an, wie ein Milchmädchen, das in einem Bühnenstück keine richtige Sprechrolle bekommen hat. Zusammen mit Sal wühlte sie sodann mehrere große Leinensäcke durch, und obwohl ich nicht verstehen konnte, was die beiden sagten, hörte ich doch, dass sie miteinander tuschelten und kicherten.

Ich machte mir die Unterbrechung zunutze und schaute mich gründlicher um.

Über mir führten, von metallenen Laufgängen durchkreuzt, Rohre und Leitungen in alle erdenklichen Richtungen, wie ein Verdauungssystem für Wasser, Dampf und Luft. Von unten betrachtet kam es mir vor wie eine ganz eigene, erhabene Welt, die geradezu danach schrie, erforscht zu werden.

Es war, als stünde ich in Kapitän Nemos Unterseeboot oder im Bauch eines eisernen Wales.

Abgesehen von einem großen Werbekalender für Maple Leaf-Seifenflocken und einem halb hinter der Tür angebrachten Brett mit einer Reihe eingeschlagener Nägel, waren die weiß verputzten Wände eigentümlich kahl. An den Nägeln hingen drei Schlüssel, jeder mit einem Anhänger in Gestalt einer Holzscheibe mit einem silbernen Ring daran.

Auf die eine Scheibe war mit Tinte ein schiefes »M« gemalt, auf die andere ein »S«.

Auf der dritten Holzscheibe, die abgegriffen und ölfleckig war, stand ein fast unleserliches »K«.

Ohne eine Sekunde zu zögern, steckte ich den Schlüssel in die Tasche, denn ich ging davon aus, dass »M« und »S« Marge und Sal gehörten. Der Benutzer des dritten Schlüssels musste jemand sein, der sich bei der Arbeit die Hände schmutzig machte und sie nicht den ganzen Tag in Seifenlauge tunkte.

Wahrscheinlich ein Hausmeister, ein Hansdampf in allen Gassen, dessen Vorname mit »K« anfing, wie »Keith« zum Beispiel.

Aber nein, nicht Keith. Einen Hausmeister würde niemand mit dem Vornamen anreden, schon gar nicht jemand wie Miss Fawlthorne und ihre Kolleginnen. Das »K« musste für den Nachnamen stehen.

Also war schon mal klar, dass es nicht Mr. Tugg, der Handwerker, sein konnte.

Kennedy vielleicht, oder Kronk … oder Kopplestone.

Aber bloße Vermutungen brachten mich nicht weiter.

Auf jeden Fall hätten Marge und Sal ihre Schlüssel spätestens heute Abend vermisst, wogegen der dritte Schlüssel, wenn ich Glück hatte, nur bei Bedarf vom Nagel genommen wurde, und auch das nur ab und zu.

Dieses Risiko musste ich eingehen.

»Taschentücher ham' wa nich'«, sagte Marge plötzlich so dicht neben mir, dass ich zusammenfuhr. »Keine lavendelblauen und auch sonst keine. Also schwirr ab.«

Schwirr ab?

Was für eine Milch der frommen Denkungsart auch vorübergehend durch die Adern der Frau geflossen sein mochte, sie war offenbar genauso schnell verdunstet, wie sie erschienen war.

Je öfter ich mit Erwachsenen zu tun hatte, desto weniger wünschte ich mir, eine von ihnen zu sein.

»Trotzdem vielen Dank«, sagte ich artig. »Entschuldigen Sie bitte noch mal, dass ich Sie belästigt habe. Und jetzt möchte ich Sie nicht länger von Ihren Schlafanzügen und Schlüpfern abhalten.«

Mit hoch erhobenem Kopf verließ ich den Raum.

»Hu-huu, Flavia!«, erschallte es, als ich ins Freie trat. »Ich hab dich schon überall gesucht.«

Es war Van Arque, wer sonst? Sie hockte auf dem Mäuerchen, das den Wäschereihof vom Hockeyplatz trennte, und baumelte mit den Beinen.

»Sieh an!«, sagte ich. »Die allgegenwärtige Van Arque.«

»Allgegenwärtig« gehörte auch zu den Wörtern, die ich von meiner Schwester Daffy aufgeschnappt hatte. Es bezeichnete jemanden, der immerzu überall auftauchte, und war nicht nett gemeint.

»Beeil dich lieber«, sagte sie, rutschte von ihrem Hochsitz und blickte auf eine imaginäre Armbanduhr. »Du sollst zu Mrs. Bannerman kommen.«

Als der Chemieraum in Sicht kam, wummerte mein Herz wie ein Dampfhammer. Was konnte die berüchtigte Mrs. Bannerman von mir wollen?

»Komm rein, Flavia«, rief sie, als ich vor der Tür stehen blieb und versuchte, wieder zu Atem zu kommen.

Besaß sie etwa übernatürliche Tastfühler, die ihr meine Anwesenheit verraten hatten?

Zögerlich trat ich über die Schwelle und gab mir die allergrößte Mühe, die prachtvolle Ausstattung des Raumes nicht zu begaffen. Das Elektronenmikroskop und das Spektralfotometer ragten am Rand meines Blickfelds auf wie vorzeitliche Gottheiten, die man unter keinen Umständen anschauen durfte – auch nicht aus dem Augenwinkel.

»Komm rein«, wiederholte sie und klopfte auf die Sitzfläche eines hohen Laborhockers.

Ich kletterte hinauf und rutschte hin und her, bis ich einigermaßen bequem saß. Mrs. Bannerman blieb stehen.

»Na, was hast du inzwischen für einen Eindruck von uns gewonnen?«, fragte sie.

Weil mir nichts Besseres einfiel, zuckte ich die Achseln.

»Ist das deine Antwort?«, fragte sie lachend.

In Gegenwart dieser Giftmörderin – ich gebe zu, so nannte ich sie im Stillen, freigesprochen hin oder her – war ich auf einmal sprachlos. Die Worte blieben mir im Halse stecken, als seien sie mit Tollkirschensaft getränkt und in meiner Kehle verendet.

Es war demütigend. Noch nie in meinem ganzen Leben – jedenfalls, soweit ich mich zurückerinnern konnte – war ich um Worte verlegen gewesen. So etwas war so unwahrscheinlich wie Wasserknappheit im Atlantik, und trotzdem …

Mrs. Bannerman warf mir einen Rettungsring zu. »Ich habe mich ein bisschen mit Miss Fawlthorne unterhalten«, sagte sie, »und wir sind zu dem Schluss gekommen, dass es dir guttäte, am Chemieunterricht teilzunehmen.«

Wie bitte?!

»Auch wenn du offiziell erst in der Vierten bist.«

Spielten mir meine Ohren einen Streich? Hatte sie »Chemieunterricht« gesagt?

Ich muss wie ein Schellfisch ausgesehen haben, der das Maul öffnet und schließt, ohne dass ein Ton herauskommt.

»Aber …«, fuhr sie fort.

Verflixt! Es gibt immer ein »Aber«, stimmt's? So sicher wie die Gräten im Fischfilet.

»Aber … deine Teilnahme hängt davon ab, ob du einen Eignungstest bestehst. Miss Fawlthorne hat mir erzählt, dass sie dir bereits einen Aufsatz aufgegeben hat, den sie aber noch nicht gelesen hat. Den mündlichen Teil hat sie mir überlassen.«

Ich schluckte. Von einer Frau mit Mrs. Bannermans Vergangenheit ausgesprochen, konnte eine solche Ankündigung schwere – ja sogar tödliche – Folgen haben.

»Bist du so weit?«, fragte sie munter.

Ich bekam immer noch kein Wort heraus und nickte nur stumm.

»Sehr schön«, sagte sie, »dann …«

Ich hielt den Atem an. In der gewaltigen Stille, die auf das »dann« folgte, konnte ich hören, wie sich die Räder des Universums drehten.

»Emil Fischer«, sagte sie plötzlich. »Was kannst du mir über ihn erzählen?«

»Professor für Chemie in Erlangen, Würzburg und Berlin«, sprudelte ich los. »Er hat 1902 den Nobelpreis bekommen.«

»Und?«

»Er war ein Genie! Er hat bewiesen, dass Fuchsin und andere verwandte Farbstoffe vom Triphenylmethan abstammen.«

»Ja?«

»Er war der Erste, der die Formeln für Koffein und Harnsäure herausgefunden hat. Er hat Fruktose und Glukose synthetisiert und gezeigt, wie die beiden Stereoisomere der Glukose abgeleitet werden können, womit er unabhängig van't Hoffs Theorie des asymmetrischen Kohlenstoffatoms bestätigte und so den Weg zu einer Untersuchung der Fermentation öffnete, der Verwesung.«

»Und was noch?«

Was noch? Ich kam gerade erst in Fahrt!

»Er entdeckte auch, wie die chemischen Reaktionen auf Proteine in lebenden Organismen vor sich gehen, und dass Koffein, Xanthin, Hypoxanthin, Guanin, Harnsäure und

Theobromin alle dasselbe stickstoffhaltige Grundgerüst teilen, nämlich Purin.«

»Theobromin?«

»$C_7H_8N_4O_2$. Der Name bedeutet: ›Nahrung der Götter‹.«

»Ist das alles?«

Ich hätte zu gern noch ergänzt, dass Emil Fischers Vater einmal über seinen Sohn gesagt hatte: »Der Junge ist zum Kaufmann zu dumm, er soll studieren«, aber ich wollte nicht übermütig werden.

»Na ja«, sagte ich daher verlegen grinsend, »auf meiner Frisierkommode zu Hause in England steht eine signierte Fotografie von ihm. Er war ein guter Freund meines Großonkels Tarquin.«

Mrs. Bannerman lächelte und berührte flüchtig meine Hand. »Das dürfte genügen, Flavia de Luce«, sagte sie.

11

Damit war es beschlossene Sache. Ab sofort würde ich regelmäßig am Chemieunterricht der fünften und sechsten Klasse teilnehmen. Ein verzwickter Zeitplan war dafür ausgearbeitet worden, der es mir gestattete, wenn ich die Beine unter den Arm nahm, mit hängender Zunge von einem Klassenzimmer ins nächste zu gelangen. Es war wie eine lange Bahnreise, bei der man an jedem Bahnhof den Zug wechseln muss und jeweils nur ein paar Sekunden Zeit zum Umsteigen hat.

»Du schaffst das schon«, hatte Mrs. Bannerman gemeint, und sie behielt recht.

Nach ein paar Tagen freute ich mich richtig auf meinen kleinen Sprint von Unterricht zu Unterricht. Auf unerklärliche Weise vermittelte er mir das Gefühl, erwünscht zu sein.

Meine Anwesenheit war hier und jetzt erforderlich, in ebendiesem Augenblick, und dann war sie plötzlich woanders erforderlich, und ich flitzte los.

Van Arque ging dazu über, mich »Blitz de Luce« zu nennen, was ich nach Möglichkeit überhörte. »Spitznamen aus der Schulzeit kleben an einem wie Kacke am Schuh«, hatte Daffy mal zu mir gesagt. »Jeden Tag werden irgendwelche Tattergreise zu Grabe getragen, deren Freunde sie noch bis gestern ›Schlucki‹, ›Schweinebacke‹ oder ›Rübe‹ genannt haben.«

Shakespeare hatte mal geschrieben: »Was uns Rose heißt, wie es auch hieße, würde lieblich duften«, aber sogar der große Bill höchstpersönlich hatte offenbar nicht daran gedacht, mit was für grausamen und unauslöschlichen Namen man von Mitschülern gebrandmarkt werden konnte. Wie *er* wohl von seinen Klassenkameraden genannt worden war? Shaker vielleicht? Oder Sauklaue?

Oder noch schlimmer?

Über all das sann ich nach, während ich auf meinem Bett auf dem Kopf stand, mit den Fersen an der Wand. Durch Zufall hatte ich herausgefunden, dass diese umgekehrte Haltung meinen Denkprozess beschleunigte, weil das Gehirn dann besser durchblutet wurde.

Die kostbaren dunklen Stunden zwischen Aufwachen und endgültig Aufstehen gehörten zu den wenigen Zeiten, zu denen ich ungestört war. Nur dann konnte ich in meiner Einsamkeit schwelgen.

Ich hatte die Tote aus dem Kamin keineswegs vergessen. Ich war einfach noch nicht dazu gekommen, über ihre geschwärzten Gebeine und verkrampften Finger nachzudenken. Bis jetzt jedenfalls.

In einem Winkel meines Hirns löste sich eine Erinnerung und plumpste – *Klonk!* – in mein Bewusstsein.

Das Medaillon! Ich hatte es der Toten aus der Hand genommen und eingesteckt.

Ich ließ die Beine herabfallen und schlug einen Purzelbaum vom Bett auf den Boden. Behutsam griff ich in die rechte Jackentasche meiner Schuluniform, die ich – wieder ein Verstoß gegen die Hausordnung – über einen Stuhl gehängt hatte. Ein Glück, dass Miss Fawlthorne das nicht sah.

Die Tasche war leer. Ich versuchte mein Glück in der anderen Tasche.

Nichts.

Aber halt! Als die Leiche aus dem Kamin gepurzelt war, hatte ich ja noch die Kleidung getragen, die ich bei meinem Eintreffen in Kanada angehabt hatte: Rock, Bluse und Pulli.

Inzwischen hingen die Sachen im Schrank.

Mit angehaltenem Atem tastete ich in meiner Rocktasche umher.

Gott sei Dank!

Schon lag das kleine Schmuckstück wohlbehalten in meiner Hand.

Ohne nachzudenken, knipste ich das verbotene Deckenlicht an. Als ich merkte, was ich getan hatte, spitzte ich die Ohren und strengte mein fast übernatürlich scharfes Gehör aufs Äußerste an. Doch das Haus war so still wie eine einsame Gruft auf dem Lande. Nichts regte sich …

… außer mir.

Der Gegenstand in meiner Hand war nicht größer als mein oberes Daumenglied.

Eine Lupe wäre jetzt ein Gottesgeschenk gewesen, aber, Weh und Ach!, ich war linsenlos. Sollte ich improvisieren und mit einer Nadel ein Loch in ein Stück Papier piken …?

Da fiel es mir wieder ein – das Kreuz, das mir Tante Felicity geschenkt hatte. Ein Schweizer Taschenmesser in religiöser Verpackung! Genau das Werkzeug, das ich jetzt brauchte, und es hing um meinen Hals.

Als ich es abnahm, dankte ich in Gedanken dem heiligen Hieronymus, dem Schutzpatron der Brillenmacher.

Ich klappte das Vergrößerungsglas heraus und betrachtete damit das Medaillon, das ich vorsichtig zwischen Daumen und Zeigefinger hielt. Aus der angelaufenen Oberfläche hatte ich sofort geschlossen, dass ich sorgsam damit umgehen musste. Erst, wenn ich im Chemieraum allein und ungestört war, konnte ich es in Ruhe analysieren.

Ich erkannte ein Gesicht. Und Flügel!

Tatsächlich erinnerte die Darstellung an einen verhüllten Leichnam. Mir fiel das berühmte Grabmal von John Donne ein, das wir in St. Paul's besichtigt hatten. Es hieß, der Dichter und ehemalige Dekan der Kirche habe sich auf dem Sterbebett in sein Leichentuch gehüllt und dafür Modell gestanden. Außerdem hieß es, seine Statue sei die einzige, die den großen Brand von London im Jahre 1666 überdauert habe. Noch heute, nach fast dreihundert Jahren, waren darauf schwache Rußspuren zu erkennen.

Auch diese kleine geflügelte Gestalt hier war wie das Abbild des armen Donne starker Hitze ausgesetzt gewesen.

Zufall?

Hoffentlich nicht!

Ich spähte so konzentriert durch die Lupe, dass ich nicht hörte, wie die Tür geöffnet wurde. Leichtsinnigerweise hatte ich vergessen abzuschließen.

Dass Miss Fawlthorne im Zimmer war, merkte ich erst, als sie mich ansprach.

»Was hat das zu bedeuten?«

Sie stellte die Frage in dem gleichen gedehnten, kalten, glitschigen und unheilvollen Tonfall, in dem die Schlange im Paradies mit Eva gesprochen haben musste.

Ich reagierte blitzschnell und ließ das Medaillon in meine Nachthemdtasche gleiten, wo es unter meinem zerknüllten Taschentuch verschwand.

»Was hast du da?«

»Nichts, Miss Fawlthorne.«

»Unsinn! Was ist das? Gib es mir!«

Jetzt ging es um alles oder nichts. Der Augenblick der Wahrheit, wie die Stierkämpfer sagen.

Beziehungsweise in meinem Fall der Augenblick der Unwahrheit.

»Hier, Miss«, sagte ich, holte das Taschentuch heraus und hielt es ihr zur Begutachtung hin. Dabei setzte ich eine verlegene Miene auf. »Ich glaube, ich hab mich erkältet.«

Zur Unterstreichung dieser Behauptung förderte ich aus den Tiefen meiner Lunge einen überzeugenden Huster zutage und spuckte unsichtbaren Schleim in das zerknitterte Stoffstück.

Dann hielt ich es ihr wieder hin.

Um ein solches Spiel zu spielen, bedarf es einer gewissen Dreistigkeit. Man muss kaltblütigen Bluff mit der Unschuld einer jungen Lilienknospe kombinieren, und ich darf mir als jemand, der diese Kunst recht gut beherrscht, selbst auf die Schulter klopfen.

»Steck das eklige Ding weg«, sagte Miss Fawlthorne angewidert und wechselte unvermittelt das Thema. »Warum brennt das Deckenlicht?«

Um ein Haar hätte ich geantwortet: »Ich dachte, ich hätte vielleicht Blut gespuckt, und wollte mal nachschauen«, aber eine innere Stimme riet mir in letzter Sekunde davon ab.

»Ich bin extra früh aufgestanden, weil ich meinen Aufsatz über William Palmer fertig schreiben wollte«, sagte ich stattdessen, wischte mir noch einmal energisch den Mund ab und deutete auf mein Heft und meinen Stift, was beides – Gott sei's gedankt! – noch auf meinem Schreibtisch lag. *Schreibtischlügen* – wäre das nicht ein großartiger Titel für meine noch zu verfassenden Memoiren?, ging es mir durch den Kopf.

Miss Fawlthorne erwiderte darauf nichts, sondern sah

mich nur unverwandt an. Die Rubinbrosche an ihrem Hals hob und senkte sich in hypnotisierend gleichförmigem Rhythmus. Ein Atemzug nach dem anderen.

»Ich kann dir das nicht einfach durchgehen lassen, Flavia«, sagte sie dann, als hätte sie einen Entschluss gefasst. »Hast du mich verstanden?«

Ich nickte und war mit einem Mal die Zerknirschung in Person.

»Wir unterhalten uns noch darüber«, fuhr sie fort. »Aber nicht hier und nicht jetzt. Nach dem Turnunterricht machst du einen langen Spaziergang und denkst ausgiebig über deinen Ungehorsam nach. Wenn du das zu meiner Zufriedenheit erledigt hast …, dann sehen wir weiter.«

Die Turnhalle war eine von Echos erfüllte Schlucht mit mehreren Ebenen. Früher hatte der Raum als Kapelle gedient, mit wuchtigen hohen Steinbögen, ausgetretenen Mittelgängen, vergoldeten Orgelpfeifen und wunderlichen Wandschreinen, aber heutzutage hatten die Heiligen und Märtyrer auf den bunten Bleiglasfenstern nichts Besseres mehr zu tun, als auf lauter Turngeräte herabzublicken: Schwebebalken, Sprungböcke, Kletterseile und Ringe, die an Ketten von der Decke hingen. Das Ganze hatte eine verblüffende Ähnlichkeit mit der Folterkammer in der Burg, die wir mal mit den Pfadfinderinnen besichtigt hatten.

In meinem marineblauen Kittel mit dem rechteckigen Halsausschnitt kam ich mir noch nackter, ungeschützter und schwachsinniger vor als in der ersten Turnstunde – wie ein Dorftrottel oder ein plumper Schachbrettbauer.

Als ich hereinkam, schrillte die Trillerpfeife, und jemand brüllte: »Linker Arm hoch … rechter Arm vor … strecken! Rechter Arm vor … linker Arm hoch … strecken! Kopf nach vorn … strecken! Kopf nach links … beugen … strecken!«

Ich muss gestehen, dass mich laute Geräusche furchtbar nervös machen und dass ich außerdem nicht gern gebrüllte Kommandos befolge. Hätte der liebe Gott gewollt, dass ich ein Schaf bin, dachte ich, dann wäre ich mit Wolle statt mit nackter Haut zur Welt gekommen.

Ich kletterte eine Sprossenwand hoch, ließ mich von oben auf die Matte plumpsen und stieß einen gedämpften Schmerzensschrei aus. Als Miss Puddicombe, die Turnlehrerin, zu mir herübersah, verzog ich das Gesicht, winkelte das Bein leicht verdreht ab, als wollte ich prüfen, ob es gebrochen sei, rieb mir die Wade … und humpelte in mein Zimmer, um das Clownskostüm loszuwerden.

Der Papierkram konnte warten.

Zum Glück bin ich mit einem hervorragenden Orientierungssinn zur Welt gekommen, sodass ich sogar im Bad oder auf der Toilette immer eine recht präzise Vorstellung davon habe, wo Norden ist.

Als ich auf der Straße vor dem Schulgebäude stand, hätte ich mich entweder nach Norden oder nach Süden wenden können, entschied mich aber für Norden, weil es meine Lieblingshimmelsrichtung war. Im Norden lag der Nordpol, der mir hier in Kanada so viel näher vorkam als zu Hause auf Buckshaw. Begab man sich allerdings allzu weit nach Norden, so viel wusste ich, gab es immer weniger Bäume und immer mehr Eisbären, aber angesichts der Straßenbahnen, die am Ende der Straße bimmelten, hatte ich in dieser Hinsicht wenig Bedenken.

Doch ich besann mich bald. Eigentlich sollte ich ja über meinen Ungehorsam nachdenken, stattdessen wurde mir klar, dass ich mich in dem Gewirr der Straßen, deren Häuser fast alle gleich aussahen, leicht verlaufen konnte. Schließlich befand ich mich in einer fremden Stadt und, ja, begreif es endlich, Flavia, in einem fremden *Land*. Was für unvorhergesehene Gefahren mochten hier hinter der nächsten Ecke lauern?

Eine Frau mit einer rosa Wollmütze kam aus einem Haus geeilt, aus dessen oberen Fenstern Bettwäsche und eine mir unbekannte Flagge hingen.

Als ihr Blick auf mich fiel, rief sie mir zu: »Hast du dich verlaufen?«

Sah man mir denn so deutlich an, dass ich hier fremd war?

Ich lächelte die Frau an (wozu die Eingeborenen verärgern?), machte auf dem Absatz kehrt und ging den Weg zurück, den ich gekommen war.

Auch ohne lange nachzudenken, wurde mir klar, dass es wesentlich sicherer war, sich an die belebteren Straßen zu halten.

Folge den Straßenbahnschienen, raunte mir mein Instinkt ins Ohr.

Kurz darauf stand ich wieder vor dem Schulgebäude, aus dem gedämpfter Stimmenlärm zu mir herüberwehte. Es tat gut, im Freien zu sein. Es tat gut, allein zu sein.

Ich wandte mich nach Süden und lief bis zu einem Straßenschild mit der Aufschrift »Danforth Avenue«, worauf ich nach Westen abbog.

Die Tatsache, dass jemand, der auf Dorfstraßen und Feldwegen aufgewachsen ist, es als überaus anstrengend empfindet, über hartes Großstadtpflaster zu laufen, wird leider viel zu selten erwähnt. Noch ehe ich eine Meile zurückgelegt hatte, dachte ich mir schon einen Vorwand für die erste Pause aus. Ich würde mir in einem Laden eine Flasche Limonade kaufen.

»Dein Geld ist hier nix wert, Mädel«, sagte die ältere Frau hinter dem Tresen, nachdem sie meinen Shilling begutachtet und mir zurückgegeben hatte. »Aber weißt du was? Ich schenk dir ’ne Flasche, weil du mit so’m schönen Akzent redest. Na los, sag noch was.«

Ich wäre nie auf die Idee gekommen, dass ich einen Akzent hatte. Wo doch alle anderen so komisch redeten.

»Danke«, sagte ich, begriff aber sofort, dass ein bloßes »Danke« als Bezahlung für ein Getränk nicht genug war.

»Nein, sag was Richtiges«, bestätigte die Ladeninhaberin meine Vermutung. »Sing ein Lied … oder sag ein Gedicht auf oder so.«

Abgesehen von ein paar lustigen Versen über Chemie, die mir der Gelegenheit nicht angemessen schienen, war das einzige Gedicht, das mir einfiel, ein Reim, den ein paar kleine Mädchen beim Seilspringen auf der Cow Lane zu Hause in Bishop’s Lacey geträllert hatten … eine Szene wie aus einem anderen Leben, so kam es mir vor.

Bevor ich es mir anders überlegen und flüchten konnte, legte ich los. Ich stellte mich in Positur, faltete sittsam die Hände vor dem Bauch und fing an:

»Den armen kleinen Leo
Versenkte ein Torpedo.
Kam in ’nem Union Jack nach Haus,
Die Mutter weint sich die Augen aus.«

»Das war aber hübsch, Schätzchen«, lobte mich die Frau, griff in eine Kühltruhe und überreichte mir eine reifüberzogene Flasche Orangenlimonade. »Ich hatte mal’n Neffen, der Leo hieß. Er wurde zwar nicht von ’nem Torpedo versenkt, aber er ist nach Florida gezogen. Wie findest du das?«

Ein Lächeln schien mir die passendste Entgegnung.

Schon war ich wieder draußen und schlenderte weiter, als mir eine Zeile aus dem albernen Reim noch einmal durch den Kopf ging: »Kam in ’nem Union Jack nach Haus …«

Woran erinnerte mich das bloß? Es dauerte einen Augenblick, bis der Penny fiel.

Kam in ’nem Union Jack nach Haus … genau wie die Leiche, die aus dem Kamin geplumpst war!

Bestand hier möglicherweise ein Zusammenhang?

Brachte etwa irgendein unbekannter Mörder seine Opfer in Anlehnung an einen Seilspringreim um, so wie es in Miss Christies Romanen gelegentlich vorkam?

Daffy hatte mir von den Kriminalfällen erzählt, die sich um Kinderreime, Abzählverse, Eisenbahnfahrpläne und so weiter rankten, aber bestand tatsächlich auch nur die entfernteste Möglichkeit, dass ein kanadischer Mörder sich vorgenommen hatte, diese Methode zu kopieren?

Allein der Gedanke erfüllte mich mit Vorfreude und wohligem Schaudern. Einerseits würde das bedeuten, dass ich die Lösung des Rätsels zumindest teilweise bereits gefunden hatte, andererseits war der Mörder dann womöglich noch auf freiem Fuß. Und vielleicht ganz in meiner Nähe.

Leider muss ich an dieser Stelle sagen, dass ich mit dem Nachdenken über meinen Ungehorsam nicht recht weiterkam. Wenn ich wieder in die Schule zurückgekehrt war, würde sich Miss Fawlthorne bestimmt danach erkundigen, und dann musste ich ein paar reumütige Erkenntnisse parat haben. Aber eine Leiche fällt einem nicht jeden Tag in den Schoß, und sie forderte endlich meine ungeteilte Aufmerksamkeit. Diese ganzen Schulmädchenintrigen hatten mich derart abgelenkt, dass die fahnenumhüllte Tote sozusagen auf den Rücksitz verbannt worden war.

Inzwischen war ich auf einer Brücke oder Überführung angekommen, die sich über ein breites Tal spannte. Ich stemmte mich mit den Ellbogen auf der Brüstung hoch und spähte in das schlammige braune Wasser, das tief unter mir träge dahinfloss. Bis nach unten war es sehr weit... allein die Vorstellung ließ meinen Magen kribbeln.

Dann ging ich weiter. Ich hatte einfach keine Lust, in die Gefangenschaft zurückzukehren.

Gefangenschaft! Ja, das war das richtige Wort. Ich war ein Tiger im Zoo, der sich danach sehnte, wieder in den Dschungel zurückgebracht zu werden. Vielleicht gelang mir ja die Flucht aus meinem Käfig. Über ähnliche Fälle von Zootigern wurde in den Zeitungen immer wieder berichtet.

So gesehen, war ich im Grunde schon entkommen.

12

Vielleicht sollte ich einfach abhauen. Bis jemandem etwas auffiel, konnte ich schon auf dem Heimweg nach England sein.

Allerdings hatte ich, abgesehen von den paar wertlosen Münzen in meiner Tasche, kein Geld.

Vielleicht sollte ich lieber einen Passanten nach dem Weg zur Polizeiwache fragen und mich Inspektor Gravenhurst als armer Flüchtling auf Gnade oder Ungnade ausliefern.

Oder wäre er gesetzlich dazu verpflichtet, mich in Gewahrsam zu nehmen? In der Polizeiwache, wie spannend es dort auch sein mochte, war es bestimmt entschieden ungemütlicher als in der Schule, wenn ich nur an die Betrunkenen in der Ausnüchterungszelle dachte, den Krach, die Flüche und so weiter.

Ich hatte immer noch kein ruhiges Plätzchen gefunden, wo ich mich mal hätte hinsetzen und in Ruhe über alles nachdenken können.

Die Brücke hatte ich inzwischen überquert und wanderte eine breite, belebte Straße entlang.

Da tauchte plötzlich, wie durch ein Wunder, ein Friedhof vor mir auf. Ich hielt sofort darauf zu. Natürlich konnte er eine Heimkehr nach Bishop's Lacey nicht *ganz* ersetzen, aber es war besser als nichts.

Kaum war ich wohlbehalten zwischen den Grabsteinen angekommen, als mich eine tiefe Zufriedenheit überkam.

Leben unter den Toten.

Hier gehörte ich hin!

Was für eine Offenbarung! Und gerade am rechten Ort!

Ich schöpfte sofort neue Zuversicht. Ich konnte alles erreichen, was ich mir vornahm. Ich konnte, um nur ein paar Beispiele zu nennen, Bestatterin werden. Oder Rechtsmedizinerin, Detektivin, Totengräberin, Steinmetzin für Grabsteine und sogar die berühmteste Mörderin der Welt.

Mit einem Mal stand mir die ganze Welt offen, selbst wenn es nur eine Welt der Toten war.

Ich riss die Arme hoch und schlug ausgelassen ein dreifaches Rad nach dem anderen.

»Haruh!«, jubelte ich.

Als ich wieder auf den Füßen landete, stand ich Miss Fawlthorne gegenüber.

»Sehr eindrucksvoll«, sagte sie. »Wenn auch nicht besonders damenhaft.«

Freude verwandelte sich in Panik. Eine eiserne Faust quetschte mein Herz zusammen.

Aber ich durfte keine Schwäche zeigen, nicht mal in den wenigen Sekunden, bevor mich die Frau töten und meine Leiche verscharren würde. Wer würde je auf die Idee kommen, ein vermisstes Mädchen auf dem Friedhof zu suchen? Sie musste das Ganze bis ins kleinste Detail durchgeplant haben.

Aber woher hatte sie gewusst, dass ich ausgerechnet hierher kommen würde?

»Sie sind mir gefolgt«, sagte ich.

»Natürlich.« Sie schmunzelte.

»Aber ich habe Sie gar nicht gesehen.«

»Natürlich nicht. Du hast nicht in die richtige Richtung geschaut.«

Ich muss sie so verständnislos angesehen haben wie die Kuh das neue Scheunentor.

»Die meisten Leute, die glauben, dass jemand sie verfolgt, drehen sich um. Ein erfahrener Verfolger läuft aber immer *vor* dem Verfolgten her. Und? Hast du getan, was ich dir aufgetragen habe? Hast du über deinen Ungehorsam nachgedacht?«

»Nein«, sagte ich. »Also tun Sie sich keinen Zwang an und bringen Sie mich ruhig um.«

Ich kann ebenso gut trotzig sterben, dachte ich bei mir.

»Ich soll dich *umbringen?*« Sie warf den Kopf in den Nacken, lachte herzlich und entblößte zum ersten Mal die kleinen, aber regelmäßigen weißen Zähne. »Warum in aller Welt sollte ich das tun?«

Ich zuckte die Achseln. Es war immer von Vorteil, das Reden dem Mörder zu überlassen. Auf diese Weise erhielt man wesentlich mehr Informationen, als man preisgab.

»Ich will dir mal was sagen, Flavia. In einem Punkt hast du recht. Ich *könnte* dich hier und jetzt umbringen. Ich könnte zumindest den Wunsch danach verspüren. Aber nur, wenn du jetzt mit ›Ja‹ geantwortet hättest, wenn du mir vorgelogen hättest, dass du über deinen Ungehorsam nachgedacht hättest. Nur, wenn du irgendwelchen Unsinn geplappert hättest, wie leid es dir tut. Nur, wenn du zerknirscht Besserung gelobt hättest.

Doch das hast du alles nicht getan. Du bist nicht zu Kreuze gekrochen. Du hast bewiesen, dass du das Mädchen bist, für das ich dich gehalten habe. Du bist wahrhaftig die Tochter deiner Mutter.«

Seit unserer ersten Begegnung hatte ich sie noch nie so viele Sätze auf einmal sagen hören. Es war, als hätte die Sphinx selbst gesprochen.

Eine Krähe landete auf einem Baum und stieß ein heiseres »Krah!« aus, dann beobachtete sie uns geduckt von ihrem Ast aus. Wie mochten wir wohl in den Augen eines Vogels aussehen? Wie zwei kleine, unbedeutende Gestalten in einem Feld aus Steinen vermutlich, mehr nicht. Ich hob einen Kiesel auf und warf ihn nach der Krähe. Sie flog davon.

»Willst du denn gar nicht wissen, *warum* ich dir gefolgt bin?«, fragte Miss Fawlthorne.

Ich zuckte noch einmal die Achseln, überlegte es mir dann aber anders und sagte: »Doch.«

»Ganz einfach. Weil ich mit dir allein sein wollte.«

Abermals flackerte ein Angstflämmchen in mir auf.

»Aber aus einem anderen Grund, als du jetzt vielleicht denkst. Der Grund ist, dass heute, hier und jetzt auf diesem Friedhof, deine eigentliche Ausbildung beginnt. Du darfst mit niemandem darüber sprechen. Du musst nach außen hin unter allen Umständen wie ein ganz gewöhnliches Schulmädchen erscheinen ... und dazu noch wie ein ziemlich einfach gestricktes.«

Sie machte eine Kunstpause und beobachtete mich mit dem gleichen wachen Blick wie zuvor die Krähe.

»Komm mal mit«, sagte sie dann und bedeutete mir, dass ich ihr folgen sollte. Vor einem unscheinbaren Grabstein blieb sie stehen.

»›Cornelia Corwin, 1907–1944‹«, las sie laut vor. »›Gut gemacht, du brave, treue Dienerin.‹ Wenn man das liest, denkt man doch, sie sei das Hausmädchen einer wohlhabenden Familie gewesen, vielleicht auch das Kindermädchen. Irrtum. Sie war eine von uns. Ohne diese Cornelia Corwin hätten wir in der Schlacht von Dünkirchen nicht so viele Soldaten evakuieren können. Dreihunderttausend Männer wären für nichts und wieder nichts gestorben.«

Sie bückte sich und fegte behutsam ein welkes Blatt weg, das auf den Grabstein geweht war. »Verstehst du, was ich damit sagen will?«

»Ja.« Ich sah ihr fest in die Augen.

»Sehr gut. Wir müssen einander blind verstehen. Zwischen uns darf es keinerlei Verständigungsschwierigkeiten geben. Das ist sehr wichtig. – Na schön…«

Beim Weiterreden ging sie zwischen den Grabsteinen auf und ab, und ich trottete im Gleichschritt neben ihr her.

»Die Schülerinnen von Miss Bodycotes Höherer Mädchenschule teilen sich in zwei Lager, aber nicht, weil sie verfeindet wären. Die Tagesschülerinnen haben keine Ahnung, was mit den Internatsschülerinnen, wie du eine bist, vor sich geht.«

»Sie meinen, die Tagesschülerinnen sind reine Fassade«, sagte ich.

»Ich muss sagen, ich staune über dich, Flavia.«

Ich blickte stolz zu ihr auf.

»Wir bringen dir alles bei, was du wissen musst, aber unter dem Siegel der Verschwiegenheit. Wir bilden dich in der Kunst der eleganten und diskreten Körperverletzung aus. Jetzt sieh mich nicht so an! Der Gemüseschäler, das Käsemesser und der Korkenzieher sind durchaus wirkungsvolle, wenn auch oftmals unterschätzte Waffen, um sich eines Gegners zu entledigen. Zur Not tut's auch eine Gewürzgurkengabel.«

Wollte sie mich auf den Arm nehmen?

»Der Krieg ist doch schon ewig vorbei«, wandte ich ein.

»Allerdings. Du wirst noch feststellen, dass gewisse Fertigkeiten in Friedenszeiten sogar wichtiger sind als in Kriegszeiten.«

Mein entsetztes Gesicht entging ihr nicht.

»In unserer Schule«, fuhr sie fort, »ermutigen wir unsere Mädchen in jeder Hinsicht.«

»Aber …«

»In *jeder* Hinsicht. Hast du mich verstanden, Flavia?«

»Was ist mit Gift?«, fragte ich wider bessere Hoffnung.

Sie überhörte die Frage. »Wir bilden euch sowohl in den traditionelleren Fächern wie Chiffrieren, Codes entschlüsseln und so weiter aus als auch in moderneren, unkonventionelleren Künsten, von denen nicht einmal die fantasievollsten heutigen Romanautoren träumen.«

»Meine Tante Felicity meinte, ich sei dafür bestimmt, dem Nest des Colchicus anzugehö…«, setzte ich an.

So nannte sich die streng geheime Organisation, in die ich eingeführt werden sollte – der wahre Grund meines Aufenthalts in Kanada.

»Pst!« Sie legte mir den Zeigefinger auf die Lippen. »Diesen Namen darfst du nie wieder aussprechen. Nie wieder!«

»Und woran erkenne ich, wer von den Internatsschülerinnen …«

Abermals legte sie mir sanft den Finger auf die Lippen. »Sie werden sich dir irgendwann zu erkennen geben. Bis dahin darfst du niemandem trauen.«

»Was ist mit Jumbo? Und mit Van Arque?«

»Alles zu seiner Zeit.«

Wie einfach wäre es jetzt gewesen, schoss es mir durch den Kopf, die Gunst der Stunde zu nutzen und sie zu fragen, ob sie schon etwas über die Identität der Toten aus dem Kamin erfahren hatte. Wie einfach … und doch so schwer.

Eine Unterhaltung zwischen jemandem meines Alters und jemandem ihres Alters gleicht dem Wegeplan eines Irrgartens. Es gibt Dinge, über die beide Bescheid wissen, und jede weiß, dass die andere darüber Bescheid weiß. Über diese Dinge kann man sprechen. Es gibt aber auch andere Dinge, von denen jede weiß, dass die andere nicht weiß, dass sie sie weiß, und diese Dinge müssen unter allen Umständen unausgesprochen bleiben. Wegen des Altersunterschieds und aus Gründen der Diskretion. Daffy hätte »Tabus« dazu gesagt: verbotene Themen, denen man ausweicht wie den Pferdeäpfeln auf der Straße, die zwar beide deutlich vor sich sehen, die aber unter keinen Umständen erwähnt oder gar angerührt werden dürfen.

Die Welt ist schon sonderbar, wenn man es recht bedenkt.

»Du musst lernen, keine überflüssigen Fragen zu stellen«, fuhr Miss Fawlthorne fort, als könnte sie Gedanken lesen. »Unsere oberste Regel lautet, dass kein Mädchen Informationen über ein anderes Mädchen preisgibt. Das betrifft sowohl die jetzigen Schülerinnen als auch die ehemaligen.«

Ihre Worte hatten einen vertrauten, unheilvollen Klang. »Gewisse Fragen dürfen nicht gestellt werden«, hatte Tante Felicity gesagt, als wir zusammen auf dem künstlichen See in Buckshaw Kahn gefahren waren. Jetzt äußerte Miss Fawlthorne etwas ganz Ähnliches.

»Sie meinen, ich muss alles, was ich wissen will, selbst herausbekommen«, konstatierte ich sachlich und achtete darauf, dass es wie eine Feststellung klang und nicht wie eine Frage.

»Fleißsternchen«, sagte sie halblaut und ließ den Blick beinahe abwesend in die Ferne schweifen.

Eine leichte Brise strich durch die Blätter. Sie brachte einen Anflug von herbstlicher Kälte mit.

»Du wirst an Exkursionen teilnehmen«, sprach Miss

Fawlthorne unvermittelt weiter, »die dir eine Menge Mut abverlangen werden. Ich verlasse mich darauf, dass du uns keine Schande machst.«

»Hat Harriet die gleiche Ausbildung erfahren?«, fragte ich.

Ihr Schweigen war Antwort genug.

»Ich habe mit Mrs. Bannerman besprochen, dass sie dir Privatunterricht in höherer Chemie erteilt. Sie hat mir versichert, dass dein Wissensstand alle Erwartungen übertrifft. Du wirst sowohl mit dem Elektronenmikroskop als auch mit dem Spektralfotometer arbeiten.«

Haruh! Ich traute meinen Ohren kaum. Das war das Paradies, und zwar mit Sahnehäubchen!

»Ich brauche dir wohl nicht zu sagen, dass wir es nur den hochkarätigen Beziehungen der älteren Miss de Luce zu verdanken haben, dass unsere bescheidene Schule die Mittel hatte, solche hochmodernen Geräte anzuschaffen.«

Die ältere Miss de Luce? Tante Felicity, wer sonst!

Meine Tante hatte sich nichts anmerken lassen, als sie die hervorragende Ausstattung der Schule erwähnte, aber auf einmal ergab das Ganze ein gestochen scharfes Bild.

Miss Fawlthorne schmunzelte. Wieder schien sie zu erraten, was ich dachte. »Man könnte also sagen, dass es Miss Bodycotes Höhere Mädchenschule ohne eine Flavia de Luce womöglich nicht mehr lange gegeben hätte.«

Als der Sinn ihrer Worte bei mir ankam, bekam ich den Mund nicht mehr zu.

»Von dir hängt für uns viel ab, Flavia ... *sehr* viel sogar.«

Was sollte ich tun? Was sollte ich sagen? Schlagartig hatte sich die ganze Welt in ein weit größeres Universum verwandelt, als ich mir je hätte träumen lassen. Ich stand am Rand eines gähnenden Abgrunds, dessen gegenüberliegender Rand so unvorstellbar weit weg war, dass nur unerschütterlicher Glaube die Kluft überbrücken konnte. Es war, so nehme ich an, die Brücke, die die Kindheit mit all dem Unbekannten verbindet, das danach kommt.

Heute weiß ich, dass es immer einen ganz bestimmten Augenblick gibt, in dem man auf der Schwelle steht und sich entscheiden muss. Will man ein Kind bleiben, und sei es nur noch ein Weilchen, oder tut man mutig den ersten Schritt in eine neue Welt?

Für mich kam nur eines infrage.

Ich ergriff Miss Fawlthornes Hand und schüttelte sie kräftig.

»Sehr gut«, sagte sie. »Ich freue mich, dass wir einander verstehen. Und jetzt …«

War es nur Einbildung, oder schlug sie auf einmal einen ganz anderen Ton an?

»Deine Arbeit mit Mrs. Bannerman muss aus gegebenem Anlass in den frühen Morgenstunden stattfinden. Es darf nicht so aussehen, als ob du übermäßig viel Zeit in ihrer Gesellschaft verbringst. Im Gegenteil, es wäre ratsam, dass du in ihrem eigentlichen Unterricht nach deinem eigenen Ermessen gelegentlich Begriffsstutzigkeit vortäuschst. Auf diese Weise hättest du einen Vorwand, nach der Stunde noch einmal zu ihr hinzugehen.«

Begriffsstutzigkeit vorzutäuschen gehörte zu meinen Spezialgebieten. Wenn Begriffsstutzigkeit Theoretische Physik war, dann konnte ich Albert Einstein sein.

»Heute jedoch …«, Miss Fawlthorne vollführte eine ausholende Armbewegung, die unsere gesamte unmittelbare Umgebung einschloss, »… ist das hier dein Klassenzimmer. Eine Frau und ein Kind auf einem Friedhof erregen niemandes Verdacht. Sie sind Trauernde, was sonst? Was sollten sie hier anderes zu tun haben, als eines Verstorbenen zu gedenken?«

Wir wanderten lange zwischen den Grabsteinen auf und ab, Miss Fawlthorne und ich, setzten uns nur zwischendurch auf eine Bank in die Sonne oder ordneten die Blumen auf einem Grab.

Irgendwann sah sie auf die Uhr. »Wir müssen zurück«, sagte sie. »Wenn wir noch vier Querstraßen von zu Hause weg sind, teilen wir uns auf und nehmen verschiedene Wege.«

Zu Hause. Das Wort fühlte sich seltsam an.

Es war lange her, dass ich zuletzt ein Zuhause gehabt hatte.

Zu Hause, wiederholte ich in Gedanken. Es tat gut.

Und so traten wir den langen Weg an ... nach Hause.

Das meiste, was wir unterwegs besprachen, darf ich leider nicht dem Papier anvertrauen.

13

Der Wecker klingelte mit gedämpftem Scheppern. Ich griff unter mein Kopfkissen und würgte ihn ab, dann zog ich ihn hervor und sah verschlafen nach, wie spät es war: drei Uhr früh.

Wie versprochen, hatte Miss Fawlthorne mir den Wecker unters Kissen gelegt, während ich Unterricht hatte. Es war ein großes, wichtigtuerisches Gerät mit fluoreszierenden Zeigern, die im Dunkeln grünlich leuchteten, und einer Glocke, die gerade laut genug war, dass sie mich durch das Federkissen hindurch weckte, außerhalb meines Zimmers aber nicht zu hören war.

Ich streckte mich, stellte die Füße auf den kalten Boden und zog mich eilig an, wobei ich darauf achtete, mucksmäuschenstill zu sein.

Miss Fawlthorne hatte mir erklärt, dass es mehrere gute Gründe gegeben hatte, mich in Edith Cavell unterzubringen, nicht zuletzt deshalb, weil ich von hier aus unbemerkt zu meinen »Sternstunden«, wie sie es scherzhaft nannte, aufbrechen konnte. Sie hatte sogar Mr. Tugg gebeten, die Tür zu ölen, damit ich in völliger Lautlosigkeit kommen und gehen konnte.

Natürlich hatten einige andere Schülerinnen gemurrt, weil eine poplige Viertklässlerin ein eigenes Zimmer bekam, aber Miss Fawlthorne hatte das Gerücht in Umlauf gebracht, dass ich keine angenehme Wohngenossin sei. Ich glaube, es ging um Blähungen, auch wenn ich dafür keine Beweise habe.

Eine Zeit lang gab ich daraufhin die Zielscheibe des allgemeinen Spotts ab, aber irgendwann wurde es meinen Mitschülerinnen langweilig, und sie wandten sich dankbareren Opfern und neuen Grausamkeiten zu.

Mrs. Bannerman erwartete mich im Chemieraum. Sie hatte die dicken Verdunkelungsvorhänge bereits zugezogen, die es erlaubten, gewisse Experimente mit Licht durchzuführen (mehr darf ich nicht dazu sagen), außerdem konnte man auf diese Weise Lehrfilme vorführen.

Dafür, dass es morgens um drei war, wirkte Mrs. Bannerman überraschend ausgeruht. »Aufgeweckt« trifft es noch besser. Ihre Haare saßen so perfekt, als käme sie soeben vom Friseur, und sie duftete nach Maiglöckchen. Sie erinnerte mich verblüffend an die junge Revuetänzerin Audrey Hepburn, auf die mich Tante Felicity hingewiesen hatte, als sie uns, was leider nicht oft vorkam, in ein Theater im Westend ausgeführt hatte.

»Die hab ich in einem früheren Leben gekannt«, hatte meine Tante geflüstert.

»Ich wusste gar nicht, dass du an Wiedergeburt glaubst, Tantchen«, hatte Feely entgegnet.

»Ich glaube ja auch nicht daran. Still jetzt!«

»Guten Morgen, Flavia!«, begrüßte mich Mrs. Bannerman munter. »Willkommen in meiner kleinen Küche. Möchtest du einen Tee?«

»Ja, gern«, antwortete ich ein bisschen verlegen. Der einzige andere Mensch, der mich jemals zum Tee eingeladen hatte, war Antigone Hewitt gewesen, die Frau des Inspektors, die inzwischen, womöglich durch meine eigene Schuld, für mich für immer verloren war. Nicht mal anlässlich meiner Abreise war sie noch einmal aufgetaucht, obwohl ich das sehnlichst gehofft hatte.

Vielleicht hatte sie aber auch gar nicht gewusst, dass ich abreiste. Hatte ihr Gatte es ihr nicht erzählt? Andererseits war es durchaus möglich, dass auch er nichts von meiner Verbannung gewusst hatte. Womöglich würde ich dereinst als altes Mütterchen sterben, ohne je die Wahrheit erfahren zu haben.

»Du siehst ja so nachdenklich aus«, sagte Mrs. Bannerman.

»Stimmt«, bestätigte ich. »Ich dachte gerade an zu Hause.«

»Das passiert mir auch manchmal«, erwiderte sie. »Allerdings sind diese Gedanken nicht immer so erfreulich, wie man eigentlich erwarten sollte, nicht wahr? Also… wollen wir loslegen?«

Anfangs verspürte ich eine gewisse Scheu gegenüber dem Elektronenmikroskop und traute mich kaum, es anzufassen, aber als Mrs. Bannerman den Kathodenstrahl auf die sechstausendfach vergrößerten Borsten einer Laus richtete, kannten meine ehrfürchtigen Finger auf einmal kein Halten mehr und streichelten das Mikroskop wie ein geliebtes Haustier. Keine zehn Pferde hätten mich jetzt noch davon weggebracht.

»Das erste Elektronenmikroskop Nordamerikas wurde übrigens ganz in der Nähe gebaut, von einer Gruppe Studenten der Universität Toronto«, erklärte Mrs. Bannerman. »Da warst du noch gar nicht auf der Welt. Was wir hier betrachten, ist das Bein einer Läuseart namens *Columbicola extinctus* oder Taubenlaus, die ausschließlich im Gefieder der seit 1914 ausgestorbenen Wandertaube lebte. Wie dieses Tierchen in die Haarpracht eines ermordeten Geistlichen geraten ist, der letzten Monat im Klondike-Fluss gefunden wurde, ist ein hübsches kleines Rätsel. Aha! Endlich schenkst du mir deine ungeteilte Aufmerksamkeit.«

»Ermordet?«, fragte ich.

Was für ein seltsames Gefühl, mitten in der Nacht zusammen mit einer des Gattenmordes angeklagten Frau in einem verriegelten Raum zu sitzen und durch ein Mikroskop zu schauen! Ich hatte nicht erwartet, dass wir so schnell zum Thema kommen würden.

»Ganz recht. Ermordet«, erwiderte sie. »Ab und zu helfe ich der Polizei bei ihren Ermittlungen, damit ich nicht völlig aus der Übung komme. Meine Brötchen verdiene ich zwar als Chemielehrerin, aber mein eigentliches Fachgebiet ist die Entomologie.«

Ich hatte zwar nicht den blassesten Schimmer, was »Entomologie« war, spürte aber trotzdem, wie mein Gesicht einen bewundernden Ausdruck annahm.

»Käfer und anderes Ungeziefer«, erläuterte sie. »Inklusive Wanzen, Spinnen, Tausendfüßler, Würmer und dergleichen. Ich bin darauf spezialisiert, wie man ihre Beobachtung in Bezug auf Kriminalfälle nutzen kann. Ein recht neues Feld, aber im Grunde ein uraltes. Willst du dir vielleicht ein paar Notizen machen?«

Ich war so fasziniert gewesen, dass ich sie nur reglos mit offenem Mund angegafft hatte.

»Hier hast du ein Heft.« Sie überreichte mir einen Block mit rotem Einband, wie ihn Sekretärinnen zum Diktataufnehmen benutzten. »Wenn es voll ist, gebe ich dir ein neues. Du kannst alles mitschreiben, was du willst, aber unter einer Bedingung: Deine Hefte dürfen diesen Raum nicht verlassen. Sie werden hier unter Verschluss gehalten, du kannst aber jederzeit hineinschauen oder etwas nachtragen.«

Sie setzte kein »Haben wir uns verstanden?« hinzu, was ich ihr hoch anrechnete.

»Also … Oben auf die erste Seite schreibst du bitte folgenden Namen: Jean Pierre Mégnin.« Sie buchstabierte den Namen und vergewisserte sich, dass der Akzent in die richtige Richtung zeigte.

»Seine beiden wichtigsten Werke sind *La Faune des Tombeaux* und *La Faune des Cadavres*. Man könnte die Titel in etwa mit *Leben im Grab* sowie *Die Tierwelt der Leichen* übersetzen. Klingt nach einer Doppelvorstellung von Gruselfilmen, stimmt's? Beide Bücher sind auf Französisch verfasst. Kannst du ein bisschen Französisch?«

»Leider nicht.« Ich schüttelte niedergeschlagen den Kopf.

Was war mir da alles entgangen? Wie konnten derlei Schätze in einer Sprache vorliegen, die ich nicht beherrschte?

»Vielleicht kann mir Miss Dupont ja ein bisschen zusätzliche Nachhilfe geben«, hörte ich mich sagen.

Kamen diese Worte tatsächlich aus meinem eigenen Mund?

»Eine ausgezeichnete Idee. Sie wird davon bestimmt – wie heißt das doch gleich? – *très enchantée* sein.«

Nach einer kurzen Pause fuhr sie fort: »Hast du deinen Stift bereit? Mégnin hat entdeckt, dass all die Lebewesen, die sich von Leichen ernähren und sie befallen, sozusagen in Etappen auftreten. Im ersten Stadium, wenn die Leiche noch frisch ist, kommen die Schmeißfliegen. Im zweiten Stadium blähen die Faulgase den Leichnam auf, was bestimmte Käferarten anzieht. Wenn im dritten Stadium die endgültige Verwesung und damit die Zersetzung eintritt, bilden sich Buttersäure und Hexancarbonsäure, gefolgt von der Zersetzung, bei der Ammoniak entsteht, was wiederum ganz andere Fliegen- und Käferarten anlockt.

Die Maden vermehren sich. Du kannst daraus sicherlich ableiten, dass man auf diese Weise, indem man das Auftreten und den Lebenszyklus dieser krabbelnden und fliegenden Viecher beobachtet, mit einiger Treffsicherheit auf den Todeszeitpunkt des geliebten Verstorbenen schließen kann und möglicherweise auch auf die Umstände seines Todes.«

Verwesung? Zersetzung? Säure? Diese Frau sprach meine Sprache! Ich konnte zwar kein Französisch, aber mit der Sprache der Toten kannte ich mich aus, und von einer Unterhaltung wie dieser hatte ich schon mein Leben lang geträumt.

Endlich hatte ich eine Seelenverwandte gefunden!

In meinem Kopf begann sich alles zu drehen, wie jene spiralförmigen Milchstraßen, die manchmal in wissenschaftlichen Zeitschriften abgebildet sind, oder wie die Feuerräder in der Guy Fawkes-Nacht.

Ich konnte nicht länger still sitzen. Ich musste aufstehen und wie eine Geisteskranke im Kreis rennen, sonst wäre ich geplatzt.

»Spannend, was?«, meinte Mrs. Bannerman nur.

Sie wusste die Tränen in meinen Augen richtig zu deuten.

»Ich würde sagen, wir machen für heute Schluss«, setzte sie dann hinzu, streckte sich anmutig und gähnte diskret. »Nimm's mir nicht übel, aber ich bin müde. Das war ein wunderbarer Anfang, aber auch du brauchst deinen Schlaf.«

Es lag mir auf der Zunge, sie nach Brazenose, Wentworth und Le Marchand zu fragen, aber etwas hielt mich zurück. Miss Fawlthorne hatte mir untersagt, irgendeine Mitschülerin über eine andere auszufragen. Galt dieses Verbot auch für die Lehrerschaft?

Wie sowohl Mrs. Mullet als auch der Chemiker Sir Humphry Davy gesagt hätten: »Vorsicht ist besser als Nachsicht.«

Und was das Medaillon in meiner Tasche anging – es musste eben noch ein bisschen warten. Ich konnte es jetzt schlecht herausholen und erhitzen, ohne zu beichten, wie es in meinen Besitz gelangt war. Ich musste nicht nur Entomologie lernen, sondern auch Geduld.

Als ich wieder im Bett lag, konnte ich nicht mehr einschlafen. Mein Kopf schwirrte und wimmelte von Sargfliegen, Schmeißfliegen, Käsefliegen und Maden. Was die Maden betraf, so war das nichts Neues, denn an sie dachte ich oft, wenn ich über die Wunder der Zersetzung nachsann. Daffy hatte mir sogar mal am Frühstückstisch eine großartige Stelle aus *Hamlet* vorgelesen (»Ich kenne ja deine Vorlieben«, hatte sie feixend vorausgeschickt): »Wir mästen alle anderen Kreaturen, um uns selbst zu mästen; und uns selbst mästen wir für Maden.«

Vater hatte daraufhin seinen Teller mit Würstchen weggeschoben, war aufgestanden und hatte das Zimmer verlassen. Ich dagegen hatte Shakespeare auf einmal mit neuen Augen gesehen. Wer eine Zeile wie diese schrieb, konnte kein verstaubter Langweiler sein.

Der gute Vater … Was für ein trauriges Leben er doch gehabt hatte. Das Schicksal hatte ihm ein wahrhaft mieses Blatt ausgeteilt: erst das Kriegsgefangenenlager, dann der Tod seiner jungen Frau, eine verfallende Bruchbude von Haus, drei Töchter und so gut wie keine finanziellen Mittel.

Jetzt, da Buckshaw mir gehörte, zumindest auf dem Papier, hätte sich das Knäuel an Problemen, in das unsere Familie, seit ich denken konnte, verstrickt war, allmählich auflösen können. Doch Harriets Testament hatte mehr Fragen aufgeworfen als beantwortet, und Vater war in einen Wirbelsturm aus juristischen Problemen hineingerissen worden wie eine Stubenfliege in einen Orkan.

Zunächst hatte noch die Hoffnung bestanden, dass sich die Regierung erkenntlich zeigen würde, und ich hatte dank meines ausgeprägten Gehörs ein langes Telefongespräch von Vater mit Mr. Churchill belauscht. Hinterher war er ein, zwei Tage lang nicht mehr ganz so grau im Gesicht gewesen. Aber letztendlich war anscheinend nichts dabei herausgekommen.

»Es ist genau wie in *Bleak House*«, hatte die Dickens-Verehrerin Daffy gesagt, als Vater den Frühstückstisch vorzeitig verlassen hatte. »Diese Leute werden noch über die Verbrauchssteuern diskutieren, wenn wir alle längst unter der Erde sind und Spinnen in unseren Schädeln nisten.«

Kurz darauf war der Tag meiner Verbannung gekommen, der Tag, an dem ich endgültig aus meinem Zuhause vertrieben worden war. England und Buckshaw waren über dreitausend Meilen weit weg, auf der anderen Seite eines riesigen Ozeans, und ich hatte keine Ahnung, wie es meiner Familie inzwischen ergangen war.

Ich war allein in der Wildnis.

Mit diesem Gedanken schlief ich ein.

Jemand hackte im Wald Bäume um. Ein Holzfäller vielleicht. Wenn ich doch nur die Kraft hätte zu schreien …

Aber würde er mich überhaupt hören? Der Krach, den seine Axt verursachte, übertönte mein schwächliches Organ garantiert. Zu allem Überfluss feuerte jetzt auch noch eine Schiffsflotte vor der Küste ihre Kanonen auf einen unsichtbaren Feind ab.

Bumm! Bumm! Bumm!

Ich wollte mir das Kissen über den Kopf ziehen und stieß darunter gegen etwas Hartes. Ich zog den Gegenstand hervor und hielt ihn mir vors Gesicht.

Es war der Wecker. Seine Zeiger standen auf zwanzig nach acht. Ich hatte das Klingeln glatt verschlafen.

»Mach auf, Flavia!«

Ich hopste wie eine unbeholfene Kröte vom Bett zur Tür, schloss auf und streckte den Kopf in den Flur.

Vor mir stand Van Arque und starrte mich an, als wäre ich ein Gespenst.

»Beeil dich«, sagte sie. »In zehn Minuten kommt die Schwarze Maria.«

Die Schwarze Maria? Was ist das denn schon wieder für ein Blödsinn?

»Ach ja«, setzte sie hinzu, »du siehst übrigens aus wie das Wrack der *Titanic*.«

Ich flitzte kreuz und quer durchs Zimmer, rieb mir mit einem Zeigefinger voll Zahnpasta den Geschmack nach totem Pferd aus dem Mund, kratzte mir den klebrigen Schlafsand aus den Augen und kämmte mich flüchtig mit der Haarbürste, die ich aus Harriets Boudoir hatte mitgehen lassen.

Dann war ich fertig. Ich hatte drei Minuten gebraucht und noch sieben übrig.

Wer sein Bett nicht machte, musste mit einer Strafe rechnen, und mein Bett sah aus, als hätte sich eine Irre in einer Zwangsjacke darin gewälzt.

Noch drei Minuten.

Als ich in den Flur hinaustrat, wurde es schlagartig still im Schulgebäude, so wie die Vögel im Wald jäh verstummen, wenn der Jäger erscheint.

Ich stürmte die Treppe hinab. Mein Getrampel hätte Tote aufwecken können.

Miss Fawlthorne stand an der Haustür. Als ich näher kam, drehte sie sich um und zeigte mit strengem Zeigefinger nach draußen, als wäre sie die Kartenabreißerin bei einer Fährfahrt auf dem Styx.

Als hätte sie mich noch nie gesehen.

In der Auffahrt stand ein unheimliches Fahrzeug. Auf den ersten Blick hielt ich es für einen Leichenwagen, aber dann begriff ich, dass es dafür viel zu groß war. Es war ein Bus, ein mattschwarzer Bus mit getönten Fenstern. Die wuchtige Tür stand offen. Oben drüber hätte gut stehen können: »Lasst, die ihr hier eintretet, alle Hoffnung fahren.«

Ich setzte den Fuß auf das untere der beiden Trittbretter, konnte aber wegen der dunklen Scheiben und der Sonne, die mich blendete, im schummrigen Innenraum kaum etwas erkennen.

»Mach schon, de Luce«, hörte ich jemanden knurren.

Ich stieg ein, die Tür schloss sich zischend hinter mir, und der Bus fuhr mit einem Ruck an.

Ich torkelte zu einem freien Platz, wobei ich mich überwiegend blindlings vorantastete. Der Fahrer schaltete sich durch eine schier unendliche Zahl von Gängen, bis er sich schließlich für einen entschied, der ihm am wenigsten missfiel. Dem Stand der Sonne vor der Windschutzscheibe zufolge fuhren wir nach Osten.

Sobald sich meine Augen an das trübe Licht gewöhnt hatten, schaute ich mich um. Van Arque saß zwei Sitze hinter mir auf der anderen Seite des Mittelganges und drückte sich die Nase an der Fensterscheibe platt. Dahinter begutachtete Jumbo so konzentriert ihre Fingernägel, als wären sie eine soeben neu entdeckte Bibelfassung. Und ganz hinten, zwischen den beiden Sitzreihen, entdeckte ich Miss Moate, die Biolehrerin, die mich auf meiner Suche nach dem Chemieraum der Schnüffelei bezichtigt hatte.

Ihr Rollstuhl war mit allerlei Gurten festgeschnallt, in denen sie wie eine Spinne im Netz zu lauern schien.

Ich wandte rasch den Blick ab und drehte den Kopf übertrieben hin und her, als wollte ich nur eine morgendliche Verspannung loswerden.

Abgesehen vom ohrenbetäubenden Dröhnen des Motors, das sich anhörte wie viel Lärm um nichts – meiner Erfahrung nach traf das auf alle Busse überall auf der Welt zu –, schienen wir recht flott dahinzurattern.

Inzwischen hatten wir auch die Vororte hinter uns gelassen und fuhren über eine zweispurige Schotterstraße, die sich anmutig zwischen grünen, mit Kühen und Heuballen gesprenkelten Feldern dahinschlängelte. Um ehrlich zu sein, sah es gar nicht so viel anders aus als in England.

Die Strom- und Telefonmasten am Straßenrand hoben und senkten sich … hoben und senkten sich … in weiten Bögen, wie die Flugbahn eines zielstrebigen Spechtes.

Wie weit wir wohl schon gefahren waren? Ich versuchte im Kopf nachzurechnen. Die Temposchilder gaben eine Geschwindigkeitsbegrenzung auf fünfzig Meilen pro Stunde vor, in Wohngegenden sogar nur auf dreißig, was einen ungefähren Durchschnitt von vierzig Meilen pro Stunde ergab.

Gut. Zweite Frage: Wie lange waren wir schon unterwegs?

Ich dachte an die Pfadfinderinnentreffen im Gemeindesaal zurück. Miss Delaney hatte uns beigebracht, wie man in kniffligen Situationen das Zeitgefühl behält.

»Man weiß nie, ob man nicht mal von Kommunisten entführt wird«, hatte sie geraunt, »oder noch Schlimmeres. *Allzeit bereit* ist nicht nur ein wohlklingendes Motto.«

Anschließend hatten wir geübt, das Zeitgefühl auch dann nicht zu verlieren, wenn wir allein in der stockdunklen Krypta von St. Tankred eingeschlossen waren oder mit verbundenen Augen auf einem Stuhl standen, während die anderen Mädchen aus vollem Hals »Ging-gang-gulli-gulli-gulli, ging-gang-gu, ging-gang-gu!« sangen und uns zusammengerollte Wollsocken an den Kopf warfen.

Nach meiner Schätzung waren wir vor fünfzig Minuten von der Schule abgefahren. Somit mussten wir bei einer Durchschnittsgeschwindigkeit von vierzig Meilen ungefähr dreiunddreißig Meilen zurückgelegt haben. Eine einfache Gleichung.

Mittlerweile war es im Bus überraschend warm geworden. Ich erwog gerade, mich auf meinem Sitz zusammenzurollen und ein Nickerchen zu machen, als der Fahrer unversehens etliche knirschende Gänge herunterschaltete und auf einen schmalen Feldweg abbog.

Er hielt an, stieg aus und schob ein rostiges schmiedeeisernes Tor auf. Neben dem Tor stand ein baufälliges Häuschen mit einem verwitterten Schild: *Anhalten. Beim Torwächter melden.*

Der Bus kroch durch das Tor, blieb wieder stehen, und der Fahrer schloss es hinter uns. Dann brach der höllische Motorenlärm wieder los.

Vor uns lag der Ontariosee. Ich hatte ihn zwar schon vom Zug aus erblickt, aber da hatte er grau und trostlos ausgesehen. Heute jedoch glitzerte und funkelte er in der hellen Morgensonne wie eine endlose, mit blaugrünen Edelsteinen besetzte Ebene, und ein Schwarm weißer, plustriger Wattewolken trieb träge darüber hinweg, als posierten sie für ein Gemälde.

Mehrere rot-weiß geringelte Sendemasten ragten in die

Höhe. Sie schienen aus einer Gruppe niedriger weißer Baracken herauszuwachsen, die sich wie Küken um die Glucke um ein Bauernhaus mit verwitterter Schindelfassade scharten. Als wir auf sie zufuhren, wurde der Feldweg immer schmaler, bis er urplötzlich …

… endete. Wir hielten.

»Alles aussteigen!«, kommandierte Miss Moate mit lauter Stimme, und als ich mich umdrehte, sah ich, wie sie sich abschnallte. Erstaunlich flink hatte sie sich aus ihrem Netz befreit und rollte in Richtung Vorderausgang. Beinahe hätte sie mich über den Haufen gefahren.

Als die Schülerinnen ausstiegen, zählte ich mit: zehn, elf, zwölf …

Ich war die Dreizehnte.

»Dawson! Die Rampe!«, blaffte Miss Moate, und der Fahrer förderte aus der Gepäckklappe zwei Holzschienen zutage, die er an die Trittbretter anlegte. Miss Moate manövrierte ihren Rollstuhl in die richtige Stellung, dann sauste sie die Rampe, ohne nach rechts und links zu schauen, so blitzschnell hinunter, dass der Schwung sie ein gutes Stück vom Bus weg ins hohe Gras beförderte.

Was ihr nichts auszumachen schien. Im Nu hatte sie in die Speichen gegriffen, auf den Hinterrädern eine Pirouette gedreht und stand wieder vor der Bustür. Dabei schaute sie trotzig zu den aussteigenden Schülerinnen hoch, als wollte sie sagen: »Bitte sehr! So muss man mit dem Drachen Kinderlähmung umspringen.«

Aus unerfindlichen Gründen war ich stolz auf sie.

»Aufstellen!«, befahl sie, und in ihrem Ton lag mehr als nur ein Anflug von Kasernenhof.

»In Reihe!«

Wir stellten uns eilig hintereinander.

»Rechtsum!«

Unsere Absätze rotierten und wirbelten kleine Staubwolken auf.

»Im Eilschritt ... los!«

Schon trabten wir davon, in unseren Strohhüten, unseren gefältelten Trägerröcken, unseren Blazern, unseren Schulkrawatten und unseren Strümpfen. Mit schwingenden Armen ging es in Richtung des mit Trauerweiden bestandenen Seeufers. Für einen ahnungslosen Beobachter sahen wir garantiert aus wie eine Schar hässlicher Entlein auf einem Gewaltmarsch.

Ich hätte es durchaus passend gefunden, wenn wir auch noch ein fröhliches, aber trotziges Soldatenlied gepfiffen hätten.

14

Wir wurden in zwei Gruppen aufgeteilt. Meine Gruppe, die außer mir selbst aus Trout, Druce, Gremly, Barton und einem mir bis dahin unbekannten, beunruhigend rotgesichtigen Mädchen bestand, wurde aus nachvollziehbaren Gründen »die Sechser« genannt, die andere Gruppe war »die Siebener«.

»Sechser in den Schatten«, kommandierte Miss Moate. »Siebener in die Sonne.«

»Teile und herrsche«, murrte Barton. »Das machen sie immer so, damit wir ihnen nicht auf der Nase rumtanzen.«

Sie und Gremly gehörten zwar zu meiner Gruppe, sonderten sich aber ab und stellten sich abseits unter eine hohe Ulme, wogegen sich Druce und ihre Mitläuferin Trout auf die andere Seite verzogen, sodass ich mit der Rotgesichtigen, deren Namen ich nicht kannte, zwischen den beiden Lagern zurückblieb.

»De Luce«, sagte ich aus dem Mundwinkel. »Flavia. Ich bin die Neue.«

»Weiß ich«, antwortete sie flüsternd. »Ich warte schon die ganze Zeit drauf, dass ich mal mit dir reden kann.«

Sie nahm den Hut ab und fächelte sich träge Luft zu, damit niemand sah, dass wir uns unterhielten.

Vor wem fürchtete sie sich? Vor der lippenlesenden Druce oder vor jemand anderem?

»Es geht um Brazenose …«, fing sie an.

»Um welche?« Ich hielt meinerseits die Hand vors Gesicht und tat so, als würde ich in der Nase bohren. »Mary Jane oder …«

»Clarissa. Die Ältere. Die, die verschwunden ist.«

Ihr Gesicht lief noch röter an.

»Geht's dir nicht gut?«, raunte ich.

»Doch, doch. Ich halte absichtlich die Luft an, damit ich so rot werde. Deshalb hat Moaty unsere Gruppe ja auch in den Schatten geschickt.«

So früh am Tag, und ich hatte meinem Arsenal schon wieder eine neue Waffe hinzugefügt!

»Wie heißt du eigentlich?«, fragte ich, auch wenn das womöglich nicht erlaubt war.

Sie verzog den Mund zu einem schiefen, fast tadelnden Grinsen und antwortete: »Scarlett. Amelia Scarlett.«

Amelia Scarlett – du bist ein Mädel nach meinem Geschmack, dachte ich. *Die Welt ist Wachs in deinen Händen, und niemand schöpft jemals Verdacht.*

»Wasser!«, rief Miss Moate schallend und klatschte in die Hände. Wir drehten uns alle zu ihr um. »Wasser ist Leben. Merkt euch das, Mädchen, und merkt es euch gut. Ohne Nahrung und ohne Sonnenlicht kann man erstaunlich lange überleben, ohne Wasser nicht. Ihr müsst immer und überall wissen, wie ihr an Wasser kommt. Daher werdet ihr jetzt lernen, wie man Wasser aufspürt, es auffängt und reinigt. Also …«

Sie funkelte uns nacheinander an, als wollte sie uns davor warnen, ihr zu widersprechen. Ihre Augen glichen kleinen schwarzen Suchscheinwerfern. »Nehmen wir an, wir müssten hier und jetzt Wasser auftreiben. Nehmen wir an, eine von uns hätte sich verletzt und für eine Notoperation würde sofort kochendes Wasser gebraucht. Wo kriegen wir es her?«

Gremlys Hand schnellte in die Höhe. »Aus dem Kühler vom Bus!«, rief sie und grinste uns triumphierend an. Sie freute sich wie eine Schneekönigin, dass sie die Antwort als Erste gewusst hatte.

Miss Moate nickte bedächtig, als wollte sie sagen: »Das war ja klar, dass irgendein Schwachkopf mit diesem Vorschlag kommt.«

»Und was machen wir, wenn das Kühlwasser voller Frostschutzmittel ist, bitte schön?«, fragte sie dann mit vor Sarkasmus triefender Stimme. »Du vergisst, dass bei uns ein raues nördliches Klima herrscht und wir nicht, wie du offenbar annimmst, im Land der mumifizierten Pharaonen leben.«

Einige von uns lachten pflichtschuldigst. Andere nicht. Auf einer Leinwand in meinem Hinterkopf flackerte ein verschwommenes Bild auf und erlosch sofort wieder.

»Der See«, schlug Scarlett jetzt vor. »Wir könnten Eimer füllen und das Wasser zum Kochen bringen.«

»Aber das ist doch Meerwasser!«, fiel ihr Gremly ins Wort. »Von dem Salz würde uns schlecht werden!«

»Quatsch!«, widersprach Scarlett heftig und fächelte sich wie wild Luft zu. Ihr Gesicht war jetzt geradezu erschreckend rot. »Jeder Dummkopf weiß, dass die Großen Seen …«

»Mädchen! Mädchen! Mädchen!«, rief Miss Moate energisch, drehte ihren Rollstuhl blitzschnell herum, sauste mitten in unsere kleine Schar hinein – *wie ein römischer Streitwagen,* dachte ich unwillkürlich – und überfuhr uns beinahe.

Erst jetzt fiel mir auf, dass die Siebener dastanden und gar nichts sagten. Wahrscheinlich kannten einige von ihnen – Jumbo ganz bestimmt, schließlich war sie Schülersprecherin – diese Aufgabe bereits und wussten die richtigen Antworten auswendig.

Warum war Jumbo dann überhaupt mitgekommen? Warum sagte sie nichts? Weil man es ihr verboten hatte? Wurde dieses alberne Theaterstück etwa meinetwegen aufgeführt? Oder für die Handvoll von uns, die erst seit Kurzem an der Schule waren?

Wer von uns gehörte dann zu den Schauspielern, und wer war bei dieser Farce Zuschauer?

Ich beschloss, mich einzumischen.

»Wenn man Wasser finden will«, sagte ich, »muss man den tiefsten Punkt des Geländes suchen, eine Kühlfalle bauen und …«

Meine Zeit bei den Pfadfinderinnen war also doch nicht *völlig* umsonst gewesen.

»Ganz recht«, unterbrach mich Miss Moate barsch. »Bowles wird uns jetzt zeigen, wie man das macht.«

Bowles? Erst als Jumbo einen flachen Abhang hinunterstapfte, schaltete ich. So hieß sie ja mit Nachnamen.

Wir anderen setzten uns in Bewegung und folgten ihr. Miss Moate blieb, wo sie war.

Am tiefsten Punkt einer Bodensenke holte Jumbo hinter einem Baum einen rostigen Spaten hervor.

»Erster Punkt: Immer auf alles vorbereitet sein«, sagte sie und fing an zu graben. Es war nicht zu übersehen, jedenfalls für mich, dass sie das Ganze schon einmal gemacht hatte, und zwar genau hier. Die Erde war bereits gelockert.

»Gib mal deinen Regenmantel her, Druce«, befahl sie, und Druce überließ ihr widerstrebend ein klein zusammengefaltetes, wasserdichtes Bündel.

»Druce ist *immer* auf alles vorbereitet, stimmt's, Druce?«

»Stimmt«, antwortete Druce resigniert. »Aber pass bitte

auf. Meine Mutter schlägt mich tot, wenn der Mantel danach hinüber ist.«

»Keine Sorge«, sagte Jumbo, und alle, einschließlich Druce selbst, grinsten, als sie weiterschaufelte. Scarlett und ich blieben auf Abstand und sahen zu.

»Das mit Brazenose …«, ermunterte ich Scarlett mit gedämpfter Stimme zum Weitersprechen, wobei ich den Blick unverwandt auf die Grube gerichtet hielt.

Ihre Augen wurden so groß wie bei dem Hund aus dem Märchen. »Ich hab sie gestern Abend gesehen«, zischelte sie.

»Was?!«

Das Wort war mir entwischt, ehe ich die Lautstärke herunterdrehen konnte.

»Hört auf zu schwatzen, ihr zwei«, sagte Jumbo, »und passt gefälligst auf. Ich mein's ernst. Ich hab keine Lust, wegen euch 'ne schlechte Note zu kriegen.«

Auf frischer Tat ertappt. Lass dir was einfallen, Flavia.

Ich drückte die Hand auf den Mund und wandte mich ab, sodass ich Jumbo den Rücken zudrehte. Dann steckte ich mir den Finger in den Hals und verpasste meinem Zäpfchen einen kräftigen Stoß.

Das Zäpfchen ist der kleine fleischige Stalaktit, der einem hinten im Rachen hängt. Sein einziger Sinn und Zweck, soweit ich es erkennen kann, besteht darin, jederzeit einen Würgeanfall auszulösen, wenn es erforderlich ist … so wie jetzt.

Ich drehte mich wieder um, machte ein paar taumelnde Schritte und übergab mich in Jumbos Kühlfalle.

Und auf Druce' Regenmantel.

Nur so viel, dass es überzeugend wirkte.

»Tut mir leid, Druce«, sagte ich mit zerknirschter Miene.

»Das kommt wahrscheinlich von der Busfahrt. Reisekrankheit und so weiter.«

»Du Ärmste!«, sagte Jumbo. »Ich nehm alles zurück. Ich dachte, du spielst hier den Clown. Tut mir echt leid.«

Diese Reaktion übertraf meine Erwartungen sogar noch. Mitgefühl *und* obendrein noch eine Entschuldigung!

Ich winkte großzügig ab und wankte zum nächstbesten Baumstumpf.

»Geh mit ihr, Scarlett. Hol ihr was Kaltes zu trinken. Im Bus ist eine Feldflasche.«

Und so geschah es, dass Scarlett und ich uns unter einer schattigen Ulme niederlassen und den anderen dabei zusehen durften, wie sie die verschmutzte Kühlfalle wieder säuberten.

Womit sich die alte Redensart wieder einmal bestätigt hatte: Wenn die Nacht am dunkelsten ist, erscheint ein Silberstreif am Horizont und so weiter und so fort.

»So«, sagte ich. »Und jetzt erzähl mir von Brazenose.«

Scarlett war immer noch baff. »Du bist wirklich erstaunlich«, sagte sie.

»Nicht erstaunlicher als du, Amelia«, gab ich zurück, wobei mir sofort auffiel, dass sie das erste Mädchen war, das ich seit meiner Ankunft mit dem Vornamen anzusprechen wagte.

»Es waren du und dein Bluthochdruck, die mich darauf gebracht haben«, setzte ich hinzu. »Nicht lachen, sonst machen wir uns verdächtig!«

Scarlett feuchtete daraufhin ihr Taschentuch an und betupfte mir umständlich die Stirn.

»Schwindlerin!«, sagte sie mit gedämpfter, aber entrüsteter Flüsterstimme und tupfte weiter, bis meine ganze Stirn scheinbar schweißfeucht glänzte.

»Unser Thema war Brazenose«, rief ich ihr in Erinnerung. »Tatsachen, bitte.«

»Ich habe sie gestern Abend gesehen.«

Sie machte eine bedeutungsvolle Pause.

»Gesehen? Ich dachte, sie ist verschwunden, Miss Fawlthorne oder sonst wer hat sie umgebracht. Ich dachte, sie ist tot.«

»Das dachte ich auch«, erwiderte Scarlett. »Und alle anderen genauso.«

Mein Verstand fühlte sich ein paar Sekunden lang wie einer dieser Zaunpfähle an, die man manchmal auf Fotos sieht, Pfähle, die ein Orkan mit Strohhalmen gespickt hat wie Nadelkissen – die schiere Gewalt des Unmöglichen.

»Bist du sicher?«, fragte ich.

»Klar doch.« Sie sah ein bisschen verärgert aus. »Ich würde Brazenose überall erkennen.« Ihr Ton war so entschieden, dass sie nur die Wahrheit sprechen konnte.

»Und wo war das?«, bohrte ich weiter. »Und wann?«

»Gestern Abend. Gleich nach der Lernzeit. Sie kam aus der Wäscherei.«

Lieber Himmel! Das war ja wie aus einem von Daffys viktorianischen Schauerromanen, *Die Frau in Weiß* oder solche Schmöker. Ein flüchtiger Blick auf das Gespenst, das sich daraufhin prompt in Luft auflöst.

Ich packte Scarlett am Handgelenk und hinderte sie daran, weiter auf meiner Stirn herumzutupfen. Ihre Bewegungen waren inzwischen so mechanisch geworden, dass sie eher auf uns aufmerksam machten, statt von uns abzulenken.

»Erzähl mir alles«, sagte ich. »Von Anfang an. Lass nichts aus.«

Fünf Meter von uns entfernt hatten sich die beiden Mädchengruppen inzwischen vereint. Sie hatten die ruinierte Kühlfalle wieder zugeschaufelt und buddelten unter Jumbos Anleitung ziemlich lustlos eine neue.

Miss Moates Rollstuhl oben auf der Böschung war nicht mehr zu sehen.

»Es wurde gerade dunkel«, erzählte Scarlett. »Mir fiel ein, dass mein Hockeyschläger noch hinter dem Netz im Gras lag. Wenn er sich durch die Feuchtigkeit verzogen hätte, hätte mir Miss Puddicombe den Kopf abgerissen.«

Beim bloßen Gedanken an die grimmige Turnlehrerin fröstelte ich trotz der Sonne, die jetzt unter den Baum gekrochen kam, als wollte sie uns Gesellschaft leisten.

»Ich holte den Schläger und ging eben wieder um das Mäuerchen an der Wäscherei herum, als die Tür aufging. Es wurde schon dunkel. Ein Lichtschein fiel auf den Kiesweg… und der Schatten einer Gestalt. Ich duckte mich rasch, damit sie mich nicht sah. Aber es war Clarissa Brazenose, da bin ich ganz sicher.«

»Woher weißt du das, wenn du doch nur ihren Umriss gesehen hast?«

»Weil ich sie überall erkennen würde«, sagte Scarlett wieder. »Außerdem hat sie sich ins Licht gedreht, als sie es ausgemacht hat, und ich konnte ihr Gesicht sehen. Ich schwör's.«

Sie hob die Hand zum Schwurzeichen, und ich glaubte ihr.

»Und dann?«

»Dann ist sie um das Gebäude herumgelaufen und in dem kleinen Durchgang neben der Küche verschwunden. Er führt direkt zur Straße.«

»Ich weiß«, sagte ich. »Bist du ihr nachgegangen?«

»Natürlich nicht! Ich wollte doch nicht gesehen werden. Außerdem war ich wie gelähmt. Ich dachte, ich wäre einem Gespenst begegnet.«

Da waren sie wieder, die Gespenster. Das alte Kloster, in dem es spukte.

»Würde denn ein Gespenst das Licht hinter sich ausmachen?«, gab ich zu bedenken. »Muss ein Gespenst überhaupt Licht *an*machen?«

»Haha! Sehr schlau, Miss Flavia de Luce. Ich habe dir von der Sache erzählt, weil deine Mutter ja angeblich so superklug war. Ich dachte, du kommst vielleicht nach ihr, aber da habe ich mich anscheinend geirrt. Trotzdem hätte ich nicht von dir gedacht, dass du dich über mich lustig machst.«

»Ich mache mich nicht über dich lustig«, beteuerte ich rasch. »Ich habe einfach nur laut gedacht. Sei nicht so empfindlich. Ich will dir doch nur helfen.«

Wir schwiegen einen Augenblick. Jede leckte ihre unsichtbaren Wunden. Einerseits passte es mir nicht, dass sich jemand abfällig über Harriet äußerte, nicht mal indirekt, andererseits hatte ich Verständnis für Scarlett, die wahrscheinlich genau wie ich ihre Sachen hatte packen müssen und auf diese Schule abgeschoben worden war, vielleicht sogar ohne ein »Mach's gut und pass auf dich auf!«

Wir waren zwei zarte Seelen, die man zusammen in einen Betonmischer geworfen hatte.

»Hör zu«, sagte ich auf gut Glück und hoffte, dass ich es nicht irgendwann bereuen würde, »wir beide arbeiten doch zusammen, du und ich.«

Dabei dachte ich, aber nur ganz kurz, an Adam Sowerby, meinen anderen sogenannten Partner, auch wenn ich nie offiziell eingewilligt hatte, mit ihm zusammenzuarbeiten. Adam war mir zu geheimniskrämerisch und außerdem, seien wir mal ehrlich, auch zu alt, als dass man ihm voll und ganz vertrauen konnte. In diesem Augenblick stand er wahrscheinlich in irgendeiner efeuüberwucherten, modrigen englischen Burgruine und tat so, als suchte er nach alten Pflanzensamen, schnüffelte aber in Wirklichkeit in Lord Soundsos Aktivitäten während des Krieges herum, und das im Auftrag eines zwielichtigen Auftraggebers, dessen Identität er um keinen Preis lüften wollte, auch wenn es sich genauso gut um meine Tante Felicity handeln konnte.

Kompliziert?

Das kann man wohl sagen. Zum Verrücktwerden.

Scarlett sagte nichts. Aber sie tat etwas, nämlich Folgendes: Sie griff nach meiner Hand und drückte sie nach einem bestimmten Code: Eins ... zwei ... (Pause) ... drei.

Damit war die Abmachung besiegelt.

»Na schön«, sagte ich. »Kommen wir wieder zu Clarissa Brazenose. Wann hast du sie zuletzt gesehen? Außer gestern, meine ich.«

»Auf dem Kostümball. Also vorletztes Jahr im Juni. Ich kann mich deshalb so gut daran erinnern, weil ich mein Prinzessinnenkleid mit den kurzen Ärmeln und den langen Handschuhen anhatte. Als ich in diesem Aufzug auf dem Hockeyplatz rumgeschlichen bin, hab ich noch gedacht, dass ich bestimmt bescheuert aussehe, das weiß ich noch. Dabei war es ziemlich unwahrscheinlich, dass mich jemand sah. Schließlich war der Ball in vollem Gange, und es war dunkel. Es war bestimmt schon zwanzig nach neun.«

»Was ist das für ein Kostümball?«, fragte ich.

»Der ist hier Tradition. Alle nehmen daran teil – die Lehrerinnen, das Hauspersonal, die Schülerinnen und der Schulbeirat. Manchmal kommen sogar ein paar Eltern dazu und führen Aufsicht. Es gibt Preise für gutes Betragen und so weiter. Ich hab einen Preis fürs Waschen und Bügeln gewonnen.«

»Erzähl keinen Quatsch.«

»Doch. Ich kann ihn dir gern mal zeigen, wenn du mir nicht glaubst. Es ist eine kleine versilberte Wäschemangel.«

»Nicht nötig«, sagte ich, »ich glaub's dir. Heißt das, du hast Brazenose gestern Abend an der gleichen Stelle gesehen wie vorletztes Jahr, kurz bevor sie verschwunden ist?«

Scarlett biss sich auf die Unterlippe und nickte.

»Aber sag mal ... Was hatte Brazenose überhaupt so spät abends in der Wäscherei zu suchen? Warum war sie nicht auf dem Ball?«

Scarlett zuckte die Achseln. »Sie war in der Sechsten und schon ewig auf dieser Schule. Sie muss sechzehn gewesen sein. Solange sie sich nicht erwischen ließ, konnte sie so ziemlich machen, was sie wollte.«

»Hmmm ...« Ich ging im Geist die verschiedenen Möglichkeiten durch. Normalerweise suchte man die Wäscherei nach Anbruch der Dunkelheit nicht mehr auf. Wenn doch, dann höchstens, weil man irgendein Kleidungsstück suchte; eines, das man während der Öffnungszeit der Wäscherei noch nicht benötigt hatte, das aber jetzt, womöglich ganz überraschend, gebraucht wurde. Vielleicht war etwas passiert, das Brazenose dazu bewogen hatte, abhauen zu wollen.

Aber würde eine Sechzehnjährige, die schon so lange an der Schule war, auf so eine Idee kommen? Bestimmt nur, wenn etwas ganz Schreckliches geschehen war.

Vielleicht war sie aber auch nicht in die Wäscherei gegangen, um etwas zu holen, sondern um etwas loszuwerden. Was konnte das so Dringendes gewesen sein, dass sie es nicht bis zum nächsten Morgen in ihrem Zimmer behalten wollte?

»An was für einem Wochentag fand der Ball denn statt?«, fragte ich.

»Am Samstag. Wie jedes Mal.«

Übers Wochenende war die Wäscherei bestimmt geschlossen, was die Sache noch rätselhafter machte. Hatte sich Brazenose vielleicht vom Kostümball weggeschlichen, weil sie sich mit jemandem treffen wollte?

Aber warum dann ausgerechnet in der Wäscherei? Warum nicht im Aufenthaltsraum oder in der Eingangshalle oder an einem der zahlreichen Orte im Schulgebäude, an denen man ungestört sein konnte?

»Hatte Brazenose eine beste Freundin?«, erkundigte ich mich.

»Nein. Sie war bei allen irre beliebt. Sie spielte Badminton, Squash und Tennis. Sie fuhr Fahrrad, strickte, nähte, zeichnete und malte Aquarelle. Sie gehörte der Theater-AG und dem Debattierklub an und war außerdem noch Redakteurin beim *Neuen Besen*… so heißt unsere Schülerzeitung.«

Hörte ich aus Scarletts Worten etwa eine Spur Feindseligkeit heraus? Außerdem war mir nicht entgangen, dass sie durchgängig die Vergangenheitsform verwendet hatte. Aber vielleicht war das unvermeidlich, wenn jemand schon zwei Jahre lang verschwunden war.

»Und wie fandest *du* sie so?«, fragte ich. Daffy wäre stolz auf mich gewesen. Es war eine Fangfrage, wie sie auch der von ihr verehrte Sigmund Freud hätte stellen können.

»Ach, sie war ganz in Ordnung«, sagte Scarlett. »Aber im Vergleich zu ihr waren wir anderen natürlich die reinsten Nieten.«

Dann setzte sie noch hinzu: »Wahrscheinlich ganz ähnlich wie bei…«

Sie verstummte.

»Bei?«

»Ach, nichts.«

Ich leckte meinen geistigen Bleistift an und notierte mir: *Frage: Hatte Brazenose Neider, weil sie hochbegabt war? Harriet und Flavia desgleichen?*

»Und was glaubst *du*, was mit ihr passiert ist?«, feuerte ich einen Schuss ins Blaue ab.

Wieder fiel mir auf, wie sich die Zeit manchmal derart verlangsamt, dass sie nur noch dahinschleicht. Die Flügelschläge eines Vogels werden dann so träge wie Wellen, die auf einen Strand auflaufen, ein abgeschossener Pfeil scheint auf halbem Weg zur Zielscheibe in der Luft zu hängen.

Meine Gedanken kehrten zur Nacht meiner Ankunft zurück, zu der in eine Fahne gewickelten Leiche, die aus dem Kamin gepurzelt war. Zu dem Schädel, der sich löste und mir schaurig vor die Füße rollte.

Hatte Collingwood in den Überresten des Gesichts jemanden erkannt? Bei dem Zustand, in dem die Leiche war, eher unwahrscheinlich. Aber wenn *doch* ... nehmen wir einfach mal an, dass *doch* ...

Hatte sie dann jemandem davon erzählt?

Weder Inspektor Gravenhurst noch die Nachrichtensendungen hatten erwähnt, dass die Identität der Toten aufgeklärt sei. Bei den unzähligen Radios, die frühmorgens nach dem Wecken in den Zimmern losplärrten, hätten wir eine solche Neuigkeit wohl kaum verpasst. Was nur bedeuten konnte, dass die Polizei diese Information entweder bewusst zurückhielt, weil es ihr noch nicht gelungen war, die nächsten Angehörigen zu verständigen, oder dass sie tatsächlich noch nichts herausgefunden hatte.

Wobei mir wiederum einfiel, dass ich Collingwood seit

jener denkwürdigen Nacht nicht mehr zu Gesicht bekommen hatte.

Das alles ging mir durch den Kopf, während ich auf Scarletts Antwort wartete.

Sie schien sich zwingen zu müssen, den Mund aufzumachen.

»Ich glaube …«, brachte sie schließlich heraus, und ihre Augen waren groß und feucht wie geschälte Trauben, »ich glaube, sie …«

TRILLER! TRILLER! TRILLER!

Die drei durchdringenden Töne kamen vom oberen Rand des Abhangs. Miss Moate vollführte in ihrem Rollstuhl ungeduldige »Kommt-sofort-her!«-Gebärden.

Die Sechser und Siebener erklommen bunt gemischt die Böschung. Auch Scarlett und ich rappelten uns hoch. Sie legte mir beflissen den Arm um die Schulter und stützte die arme, kranke Flavia, dann krabbelten wir so unbeholfen wie ein siamesisches Schalentier bergauf.

Auf halber Strecke tat Scarlett so, als sei sie ausgerutscht und ins Schwanken geraten. Sie kam mit dem Mund so dicht an mein Gesicht heran, dass ich ihren heißen Atem auf der Wange spürte.

»Fragen«, raunte sie mir ins Ohr. »Sie hat zu viele Fragen gestellt.«

15

Wir hatten uns das Mittagessen mitgebracht und versammelten uns nun zu einem Picknick aus rosafarbenem Dosenfleisch in Ziegelsteinform, hart gekochten Eiern sowie Paranüssen, die an jene versteinerten Weichtiere aus der Jurazeit erinnerten, die auch Jura-Austern genannt werden. Bei einigen der Mädchen hießen sie auch Teufelszehennägel. Das Ganze spülten wir mit Milch aus Flaschen herunter, die in ihrem verzinkten Tragekorb zu lange in der Sonne gestanden hatten.

Druce und Trout hatten sich ungebeten rechts und links von mir ins Gras plumpsen lassen. Ich beschloss daraufhin, es mir in Zukunft zur Regel zu machen, mich niemals als Erste irgendwo hinzusetzen. Wäre Tante Felicity hier gewesen, hätte sie mir sicherlich erklärt, dass ein gewisses Maß an Geduld die freie Auswahl begünstigt. Wahrscheinlich hätte sie auch eine raffinierte mathematische Formel parat gehabt, mit der man den bestmöglichen Zeitpunkt errechnen konnte, um sich hinzusetzen, wenn die gesamte Gruppe aus dreizehn Personen bestand.

Ach, das gute alte Tantchen fehlte mir doch sehr!

Ich überlegte gerade, wie Miss Moate als Rollstuhlfahrerin in diese Gleichung passen würde, als ich merkte, dass Druce etwas zu mir sagte.

»Und, wie lebt sich's nun so als TEG?«

»Wie lebt sich's wie?«, fragte ich argwöhnisch zurück.

»Hast du Bohnen in den Ohren? Wie lebt sich's so als TEG, als Tochter einer Göttin?, hab ich gefragt.«

Trout bekam bei dieser geistreichen Stichelei ihrer Herrin einen Lachanfall und ließ sich rücklings ins Gras plumpsen.

»Ach, solange man sich nicht selber für eine Göttin hält…«, gab ich möglichst unbekümmert zurück und überließ es ihr, die Anspielung zu kapieren.

Ihr Gesicht verfinsterte sich, hellte sich aber sofort wieder auf. Sie lächelte künstlich. »Hör zu«, sagte sie so sanft, als hätte sie den Mund voll geschmolzener Butter, »ich wollte dich noch was anderes fragen. Bist du eigentlich eine von uns?«

»Von uns?« Ich setzte sofort meine Allzweckmaske Nummer sieben auf, den Dorftrottel.

»Du weißt schon… von *uns*.«

Bildete ich es mir ein, oder klang sie eine Spur drohend?

Natürlich war mir klar, dass es sich womöglich um einen offiziellen Test handelte, ob ich verschwiegen sein konnte, wenn man mir persönliche Informationen anvertraute.

»Jetzt stell dich nicht so an«, platzte Trout heraus, »du bist doch auch eine Interne, so wie wir. Du weißt ganz genau, was sie meint.«

Druce warf ihr einen giftigen Blick zu, und Trout fing sofort an, mit einem Stock ein Loch in die Erde zu bohren, als wollte sie sich darin verkriechen.

»Und?«, fragte Druce dann ungeduldig.

»Was und?«, fragte ich abermals zurück. So schnell fällt ein echter Dorftrottel nicht aus der Rolle.

»Willst du mich für dumm verkaufen?«, fauchte sie.

Womit sie natürlich den Nagel auf den Kopf traf.

»Tut mir wirklich leid.« Ich breitete mit schwachsinnigem Grinsen die Hände aus und zog die Schultern bis zu den Ohren hoch. »Wenn du damit meinst, dass ich auch auf eurer Schule bin oder dass ich in die Vierte gehe, dann lautet die Antwort logischerweise ›Ja‹. Ansonsten habe ich keinen blassen Schimmer, wovon du redest.«

Das »logischerweise« hätte ich mir verkneifen sollen.

»Auch gut«, gab sie zurück. »Dann wissen wir jetzt wenigstens, wo wir stehen.«

Wie um ihre Worte zu veranschaulichen, stand sie auf.

»Komm, Trout«, sagte sie. »Wir setzen uns woanders hin. Hier stinkt's.«

Mit gerecktem Kinn stolzierten sie wie zwei alttestamentarische Prinzessinnen in den Schatten eines anderen Baumes, wo sie sich mit dem Rücken zu mir niederließen.

»Uägh«, machte jemand hinter mir. »Lass dich von diesen blöden Weibern bloß nicht ärgern.«

Es war die gnomenhafte Gremly, die an der Ouija-Sitzung in Jumbos Zimmer teilgenommen hatte.

Sie hockte sich im Schneidersitz neben mich, rupfte einen Grashalm aus und kaute versonnen darauf herum.

»Ich hab dich beobachtet«, sagte sie nach einer Weile. »Du bist in Ordnung.«

»Danke schön«, erwiderte ich, weil mir dazu nichts Besseres einfiel.

Dann saßen wir eine Zeit lang schweigend da, ohne einander anzuschauen, bis Gremly schließlich wieder etwas sagte. »Ich seh dir an, dass du jemand bist, der ein paar leckere Fasanensandwiches zu schätzen weiß.«

Die Welt blieb stehen. Mein Herz blieb stehen.

Fasanensandwiches! Das gleiche Wort, das Winston Churchill vor einem knappen halben Jahr auf dem Bahnhof von Buckshaw zu mir gesagt hatte. Das gleiche Wort, das meine Mutter Harriet auf dem alten Film, den ich auf dem Dachboden unseres Hauses entdeckt hatte, tonlos in die Kamera artikulierte.

Fasanensandwiches – das Losungswort, das nur jene kannten, die dem Nest des Colchicus angehörten.

»Wir hatten dieses Wort ausgesucht, weil es viele Konsonanten enthält, die man gut von den Lippen ablesen kann«, hatte mir Tante Felicity erklärt. »Für Außenstehende klingt es harmlos, aber für Eingeweihte ist es eine unmissverständliche Warnung.«

Gremly hatte es ganz sachlich ausgesprochen … fast ein bisschen zu beiläufig. Wollte sie mich warnen, oder wollte sie sich mir einfach zu erkennen geben?

Ich unterdrückte meine Panik nur mit Mühe, als ich mich rasch nach den anderen Schülerinnen umschaute, die grüppchenweise hier und dort im Gras lagerten. Hatte jemand etwas mitbekommen?

Aber niemand schien uns auch nur zur Kenntnis zu nehmen.

»Also *ich* esse sehr gern welche«, plapperte Gremly unbeirrt weiter. »Ist doch mal 'ne Abwechslung zu den ewigen Gurkenscheiben und den schlappen Salatblättern. Aber mein Lieblingsbelag ist immer noch Erdnussbutter mit Banane, auch wenn das hier im Norden ziemlich exotisch ist, oder?«

War das wirklich dasselbe Mädchen, das sich bei der Séance kaum getraut hatte, den Mund aufzumachen? Wenn ja, war sie eine Meisterin der Verstellung, und ich bewunderte sie aufrichtig.

»Mir geht's genauso«, sagte ich grinsend. »Lieber Banan' als Fasan«, und wir prusteten beide los. Zwei harmlose kleine Mädchen bei einem Picknick im Sonnenschein, die sich an all den Millionen Worten erfreuten, die zwischen ihnen unausgesprochen blieben.

Doch schon stieß Miss Moate wieder in ihre teuflische Trillerpfeife.

TRILLER! TRILLER! TRILLER!

»Mädchen! Mädchen! Mädchen!«

Musste diese grässliche Person denn alles dreimal wiederholen? Es war doch nicht zu fassen!

»In Zweierreihen … Abmarsch! Kein Getrödel!«

Ihr ausgestreckter Zeigefinger deutete auf die Baracken.

»Dadah«, ahmte Gremly die hohen Töne eines Morsesignals nach. *»Didit … dididit … dah.«*

Auch wenn ich die Botschaft nicht entschlüsseln konnte, konnte ich doch aus dem Tonfall und Gremlys aufsässiger Miene auf ihre Bedeutung schließen.

Miss Moate warf uns einen ärgerlichen Blick zu, sagte aber nichts.

Als wir an den Baracken ankamen, wollte der Schlüssel nicht passen, und der Busfahrer musste geholt werden. Wir standen wartend in der Sonne. Gremly zog kaum merklich die Augenbraue hoch, und ich musste grinsen. Manchmal sagen Augenbrauen mehr als tausend Worte. Ich wusste genauso gut wie sie, dass jede von uns die Tür im Handumdrehen aufbekommen hätte, und zwar mit verbundenen Augen und beiden Armen in Gips.

Dann hoben zwei der älteren und größeren Mädchen Miss Moates Rollstuhl über die Schwelle, was wie eine Parodie der Flitterwochenszenen anmutete, die ich aus Kinofilmen kannte. Diesmal wartete drinnen allerdings keine Champagnerflasche, und das Bild wurde auch nicht diskret ausgeblendet. Bis auf ein paar wacklige Tische und einen Stapel Klappstühle war der Raum so gut wie leer. Es gab lediglich einen gusseisernen Bullerofen mit gewundenem Abzugsrohr sowie ein Vogelnest, das von einem Dachsparren herabgefallen war.

Es roch nach uraltem Staub, bröckligem Putz und feuchter Kälte.

Eine merkwürdige Beklommenheit lag in der Luft.

Aus unerfindlichen Gründen war mir auf einmal wie Jack aus dem Märchen zumute, der sich, als er die Bohnenstange erklommen hatte, mit angehaltenem Atem im Schrank des Riesen verstecken musste. Ich weiß, es klingt abwegig, aber besser kann ich die angespannte Atmosphäre nicht beschreiben. Als wartete hier etwas Unsichtbares … und belauerte uns.

Miss Moate öffnete mehrere Schubladen einer lackierten Kommode und zerrte eine Art Riesenkrake aus verhedderten Kabeln, Morsetasten und Kopfhörern heraus, die sie uns so stolz präsentierte, als seien es die Schätze König Salomos.

»*DididitDAH!*«, machte Gremly triumphierend. »Hab ich's dir nicht gesagt?«

Diesmal wusste ich sofort, dass sie auf den Anfang der Fünften Sinfonie von Beethoven, der Schicksalssinfonie, anspielte.

Urplötzlich schlug das Heimweh wieder wie eine Flutwelle über mir zusammen. Mich überschwemmten Bilder von Vater, Feely, Daffy und mir selbst (im Alter von sechs Jahren), wie wir zwischen den Farntöpfen im Salon von Buckshaw saßen und den Klängen aus dem Radio lauschten. Ich hätte mir denken können, dass sie, wie Daffy gesagt hätte, nichts Gutes verhießen.

Doch für derlei Sentimentalitäten war es jetzt zu spät. Ich konnte mich nicht entsinnen, dass ich in meinem ganzen Leben jemals so allein gewesen wäre. Mir war, als müsste ich mich gleich übergeben, aber diesmal nicht freiwillig.

Ich tat so, als wischte ich mir ein vergessenes Körnchen Schlafsand aus dem Auge. Unfähig, einen Ton zu sagen, saß ich am Tisch und hatte den Geschmack von Asche im Mund.

»Zweiergruppen«, befahl Miss Moate, und ehe mir jemand zuvorkommen konnte, hatte ich Gremlys Hand gepackt.

In die Tischplatte zwischen uns hatte jemand mit einem Taschenmesser »ALLES SCHEISSE« geritzt, dazu anderes, das zu zitieren ich mir erspare. Jumbo teilte Blätter und Bleistifte aus einem Leinenrucksack aus, der aussah, als hätte er schon den Trojanischen Krieg mitgemacht.

»Ich sende, du empfängst«, verkündete Gremly. »Das ist das Einfachste. Ich weiß ja schon, wie's geht.« Sie überreichte mir eine Karte, auf die die Buchstaben des Alphabets sowie die Zahlen von eins bis zehn gedruckt waren.

A .-

B –...

C –.–.

Und immer so weiter.

Ich setzte die Kopfhörer auf, stöpselte sie in einen ramponierten emaillierten Anschlusskasten ein, und Gremly drückte auf der Morsetaste herum: *Dididahdit*.

Ich sah auf der Karte nach und stellte fest, dass sie ein *F* gemorst hatte.

Ditdahdidit. L.

Ditdah. A.

Sie morste meinen Namen. Das war leicht.

Das *V* war der Anfang der Beethovensymphonie – *dididitDAH!*

Ich lächelte sie an, um ihr zu zeigen, dass ich es begriffen hatte, und nahm einen Bleistift zur Hand.

Gremly schüttelte kaum merklich den Kopf und morste: *Dahdit… dit… didit… dahdit.*

Nein. Ich sollte nicht mitschreiben.

Ich drückte mir die kalten Kopfhörer fest auf die Ohren. Niemand außer mir konnte die Punkte und Striche hören – hoffentlich. Aber wenn sechs Mädchen gleichzeitig morsten, konnte bestimmt niemand im ganzen Raum die Töne einer einzelnen Taste unterscheiden.

T-R-A-U… K-E-I-N-E-M, morste Gremly.

Zuerst verstand ich: »Frau Meinem«.

Sie sah mir meine Verwirrung offenbar an.

»*Trau keinem*«, wiederholte sie. »*Vor allem nicht…*«

Rumms! »Na, wie läuft's?« Um sich bemerkbar zu machen, klatschte Miss Moate mit der flachen Hand auf den Tisch.

Mir blieb fast das Herz stehen. Weder Gremly noch ich hatten sie kommen hören. Ich riss mir die Kopfhörer herunter.

»Gremly hat mir grade meinen Namen gemorst, *F-L-A-V-I-A*«, sagte ich. »Das war lustig!«

Spontan erwog ich, den Operettenschlager von Gilbert und Sullivan zu trällern:

Schulmädchen bringen frischen Wind,
Kess wie wir Gören nun mal sind…

Aber ich ließ es bleiben.

Miss Moate schaute von einer zur anderen, dann rollte sie weiter, um jemand anderen zu belauern.

»Jetzt will ich aber auch mal«, sagte ich vernehmlich, und wir tauschten Kopfhörer und Taste.

»Wo ist Collingwood?«, morste ich stockend, indem ich mir die Buchstaben von der Karte zusammensuchte.

Gremly nahm die Kopfhörer ab und setzte sie wieder mir auf. Es war eine ziemlich umständliche Methode, sich zu unterhalten, aber es ging nun mal nicht anders.

»Krankenzimmer«, morste sie. *»Durchgedreht.«*

16

Der Tröpfelregen, der eingesetzt hatte, als wir die Baracken wieder verließen, hatte sich unterdessen in einen Wolkenbruch verwandelt. Zwei träge Scheibenwischer schoben wahre Sturzbäche von der Windschutzscheibe, und es war auf einmal kalt geworden. Weil ich fror, schlang ich die Arme um mich.

Gremly hatte sich für die Rückfahrt nicht neben mich gesetzt. Ganz im Gegenteil. Sie war bis ganz nach hinten durchgegangen und saß nun im toten Winkel von Miss Moate. Ich dagegen hockte gleich hinter dem Fahrer und tat so, als bewunderte ich die Schönheit der Landschaft, die überwiegend aus hohen Ulmen auf regengepeitschten Feldern bestand, kurzen Ausblicken auf den See und gelegentlich einem Schrottplatz, auf dem die verrosteten Karosserien ehemals geliebter Automobile zu riesigen stählernen Ameisenhügeln aufgetürmt waren.

Das Wort »desorientiert« kam mir wieder in den Sinn. Im Grunde bedeutete es, dass man keine Kompasspeilung mehr hatte, und genau das war mir passiert.

Aus dem Zuhause meiner Kindheit verstoßen, auf eine unbekannte Insel verbannt und jetzt auch noch vom gedämpften Geschnatter meiner Klassenkameradinnen getrennt, war ich ganz allein auf der Welt und dem kleinsten Windstoß wehrlos ausgeliefert.

Ich musste mich auf etwas außerhalb meiner selbst konzentrieren. Ich musste meine wissenschaftliche Sichtweise wiederfinden und auf diese Weise meine verwundete Seele heilen.

Aber wo anfangen?

»Traue keinem«, hatten mir sowohl Miss Fawlthorne als auch Gremly geraten, und wenn man es recht bedachte, schloss das auch die beiden selbst mit ein.

Ich musste es irgendwie hinkriegen, dass mich die Lehrerinnen von Miss Bodycotes Höherer Mädchenschule für begabt hielten, meine Mitschülerinnen dagegen für eine harmlose Langweilerin.

Um dieses Ziel mit minimalem Aufwand zu erreichen, fiel mir nur ein Mittel ein.

»Langsam, langsam«, mahnte Fitzgibbon, als sie mir die Treppe hochhalf. Während ich mich die Stufen hochschleppte, ließ ich meine Hand auf ihrem Arm spürbar zittern.

Beim Aussteigen hatte ich mich noch einmal kurz, aber überzeugend in den Rinnstein übergeben, eine Leistung, die mich mit großem Stolz erfüllte. Daraufhin hatte Miss Moate darauf bestanden, dass ich die Krankenschwester aufsuchte – ganz, wie ich es beabsichtigt hatte. Noch ein paarmal auf der Treppe trocken würgen, und die Sache war geritzt.

»Vielen Dank, Miss«, brachte ich heraus.

»Nicht sprechen«, sagte sie. »Du hast im Lager doch hoffentlich kein Grundwasser getrunken, oder?«

Lager. So nannte sich das also.

Ich schüttelte den Kopf. »Nein, bloß Milch.«

»Sehr gut«, erwiderte sie. »Dann besteht ja noch Hoffnung.«

War das »Ironie«? Ich kannte das Wort von Daffy. Ironie, hatte sie mir erklärt, war eine besondere Spielart von Sarkasmus, bei der man das Gegenteil von dem sagte, was man eigentlich meinte. Leider beherrschte ich diese Kunst noch lange nicht so gut, wie es mir lieb gewesen wäre, auch wenn sie auf meiner Erledigungsliste ganz oben stand.

Allerdings rechnete ich es mir durchaus als Erfolg an, eine ironische Bemerkung als solche zu erkennen.

»Hier ist das Krankenzimmer«, verkündete Fitzgibbon und führte mich durch einen engen, dunklen Flur, der vom vorderen Quergebäude des Hauses in einen unauffälligeren Seitenflügel abzweigte.

Vor einer weiß gestrichenen Tür klirrte sie so laut mit dem Schlüsselbund, als wollte sie jemanden warnen, dass wir gleich hereinkommen würden.

»Dauert es lange, bis die Krankenschwester kommt?«, fragte ich.

»Die Krankenschwester steht schon vor dir«, erwiderte sie. Als sie mein verdutztes Gesicht sah, setzte sie hinzu: »*Ich* bin die Krankenschwester … beziehungsweise ich war es, bevor wir die Stelle einsparen mussten. Heutzutage bin ich eine schlichte Hausmutter, mit drei nie getragenen Paaren weißer Schuhe im Koffer.«

Ich nickte, als hätte ich verstanden, was sie meinte.

»Als deine Mutter diese Schule besuchte – ach, waren das noch Zeiten! –, da hatten wir hier eine komplett ausgestattete Apotheke und die Genehmigung, sie auch zu benutzen. Heute müssen wir uns mit Pflaster, Jod und Lebertran begnügen. Schrecklich, aber so ist es nun mal. Der Krieg hat die Welt verändert, und wir hier haben noch nicht mal die schlimmsten Auswirkungen zu spüren bekommen.«

Die Tür schwang plötzlich auf, und sie schob mich hindurch.

Das Krankenzimmer ging auf den Hockeyplatz hinaus und wäre ein hübscher Raum gewesen, wenn es draußen nicht so geschüttet hätte. Schimmernde Vorhänge aus grünlichem Wasser waberten über die Fensterscheiben und erzeugten ein unheimliches Licht. Man hatte den Eindruck, das Zimmer würde von Phosphor erleuchtet, was seltsamerweise dazu führte, dass ich mich zum ersten Mal seit meiner Ankunft an der Schule geborgen fühlte.

Fitzgibbon legte den Finger auf die Lippen und deutete auf einen Vorhang, der den hinteren Teil des Raumes abtrennte. Unter seinen Falten erkannte ich die Beine eines weißen Bettes.

»Collingwood«, raunte Fitzgibbon. »Es geht ihr nicht gut, der Ärmsten. Zum Glück braucht sie nicht viel Pflege. Sie schläft fast die ganze Zeit.«

Beim Sprechen schlug sie die Decke eines Bettes auf der gegenüberliegenden Seite des Zimmers zurück.

Aus einem kleinen Glasschrank zwischen den Fenstern holte sie ein zeltartiges Nachthemd, das gut zu Wendy aus *Peter Pan* gepasst hätte.

»Zieh das an, und schlüpf ins Bett«, sagte sie. »Ich bin gleich bei dir.«

Wie ein Zauberer, der ein Kaninchen aus dem Hut zieht, förderte sie aus einer ihrer Taschen einen zweiten Schlüsselbund zutage und ging zu einem anderen Glasschrank, der in einer Wandnische stand.

Als sie zurückkam, lag ich schon ausgestreckt auf dem Rücken und hatte die Decke bis unters Kinn hochgezogen.

»Erst mal Fiebermessen«, sagte sie. In ihrer Hand erschien ein Thermometer. Ich stellte fest, dass es sich um jenes Modell handelte, das schon im siebzehnten Jahrhundert in Padua von Santorio Sanctuarius beschrieben, aber erst 1867 in Leeds von Sir Thomas Allbutt perfektioniert worden war: eine ausgeklügelte Vorrichtung, die auf der gleichmäßigen Ausdehnung von Quecksilber beruht, das aus einem kleinen Vorratsbehälter in ein enges Glasröhrchen hochsteigt.

»Mund auf!«, befahl Miss Fitzgibbon. »Mal sehen, ob du Temperatur hast.«

Ich nickte benommen, und sie schob mir das Ding unter die Zunge. Ich stöhnte leise und blickte flehend zu ihr auf.

So weit lief alles wie am Schnürchen.

»Tut mir leid«, sagte sie. »Ich weiß, es ist unangenehm, aber du musst acht Minuten durchhalten, sonst ist die Messung ungenau. Nicht bewegen … und nicht draufbeißen. Ich bin gleich wieder da.«

Sie verschwand auf der anderen Seite des Zimmers hinter dem Vorhang, hinter dem Collingwoods Bett verborgen war. Mein scharfes Gehör verriet mir, dass sie die Kissen aufschüttelte und aus einem Krug Wasser in ein Glas goss.

Sofort nahm ich das Thermometer aus dem Mund und rieb es energisch an einem Zipfel meines Lakens, den ich mit Daumen und Zeigefinger gepackt hielt.

Das ist das Schöne an der Physik – dass sie immer und überall funktioniert. Ob man nun in Bishop's Lacey oder in Bombay ist – Reibung bleibt Reibung.

Die rote Quecksilbersäule stieg bereits, aber nicht schnell genug. Fitzgibbons Beine lugten immer noch unter dem Vorhang hervor, aber viel Zeit blieb mir trotzdem nicht.

Nicht aufgeben, dachte ich. Vielleicht erzeugte mein Baumwollnachthemd mit seinen lockereren Fasern ja mehr Reibung als das Leintuch.

Ich versuchte es mit dem Saum.

Schon viel besser! Ich rieb wie verrückt, und die rote Säule stieg und stieg. Schon waren 38 Grad Celsius überschritten. Ich rieb weiter, bis ich sah, dass sich Fitzgibbons Schuhe auf Collingwoods Bettende zubewegten.

Rasch steckte ich mir das Thermometer wieder unter die Zunge und stöhnte abermals leise, damit sich Fitzgibbon mit dem Ablesen beeilte.

Als sie hinter dem Vorhang hervorkam, warf ich mich von einer Seite auf die andere.

»Ganz ruhig«, sagte sie. »Und vor allem nicht draufbeißen. Du willst doch bestimmt nicht an Quecksilbervergiftung sterben, oder?«

Was für eine Frage!

Quecksilbervergiftung gehört zu den scheußlichsten Vergiftungen: das höllische Brennen, das Jucken, das Anschwellen, die entzündete Haut, das Erstickungsgefühl, der unaufhörliche Speichelfluss wie bei einer Kuh mit Koliken und zum Schluss das Versagen sämtlicher Körperfunktionen.

»Nein«, flüsterte ich matt.

Sie zog das Thermometer heraus und warf einen Blick darauf. Ihre Augen wurden groß.

»Aha«, machte sie. »Das gefällt mir aber gar nicht.«

Ich habe schon öfter festgestellt, dass man nie erfährt, wie viel Grad Temperatur man tatsächlich hat – es sei denn, alles ist in Ordnung. Derjenige, der das Thermometer abliest, überlässt es lieber deiner fiebernden Fantasie, sich einen Messwert vorzustellen, als dass er dir die Wahrheit sagt. Sogar der gute alte Dr. Darby zu Hause in Bishop's Lacey war meinen Fragen ausgewichen, als ich nach meinem spektakulären und allgemein missbilligten Weihnachtsfeuerwerk vom Dach gestürzt war.

Als Fitzgibbon mir die Hand auf die Stirn legen wollte, drehte ich mich jammernd weg.

»Wenn der Doktor nachher vorbeikommt, soll er auch mal nach dir schauen«, sagte sie daraufhin. »Bis dahin gebe ich dir ein Aspirin gegen das Fieber. Versuch, ein bisschen zu schlafen. Schlaf ist immer noch die beste Medizin.«

Ich nickte und schloss die Augen. Je eher sie das Zimmer verließ, desto besser. Zum Glück würde es anscheinend noch eine Weile dauern, bis der Arzt eintraf. Dann hatte ich hoffentlich schon erledigt, weshalb ich hergekommen war, und war auf dem besten Wege zur erstaunlichsten Wunderheilung in der Geschichte der Medizin.

War ein solcher Betrug verwerflich? Na ja, irgendwie schon. Aber hätte Gott mich nicht genauso erschaffen wollen, wie Er es getan hatte, dann hätte Er mich als Schellfisch das Licht der Welt erblicken lassen statt als Flavia de Luce, oder?

Kaum war Fitzgibbon zur Tür hinaus, zählte ich auch schon bis dreiundzwanzig, sprang aus dem Bett und sauste zu Collingwoods Lager hinüber. Sollte mich jemand ertappen, würde ich behaupten, ich handelte im Fieberwahn.

Collingwoods Gesicht war so weiß wie das Laken. Ihr langes Haar wogte in Wellen über das Kissen wie bei einer Meerjungfrau unter Wasser.

»He, Collingwood«, zischelte ich ihr ins Ohr. »Ich bin's, de Luce. Wach auf!«

Sie rührte sich nicht.

Ich wurde ein bisschen lauter. »Collingwood!«

Das Krankenzimmer war zwar abgelegen, aber natürlich konnte trotzdem jemand zufällig an der Tür vorbeikommen.

»Collingwood!«

Ich bohrte ihr den Daumennagel in die Oberlippe. So konnte man feststellen, ob jemand bei Bewusstsein war. Das hatte ich im Sommerlager bei den Pfadfinderinnen gelernt.

Sie ächzte.

»Wach endlich auf! Ich bin's, Flavia!«

Ein blutunterlaufenes Auge öffnete sich blinzelnd und stierte mich an.

»Wa…«, brachte sie heraus, und als mir ihr Atem entgegenschlug, stockte mir das Blut in den Adern.

Ich erkannte den Geruch sofort: den beißenden Gestank von Chlor, eingebettet in ein exotisches, wohlduftendes Aroma wie ein Diamant in einen Misthaufen.

Chloralhydrat. $C_2H_3Cl_3O_2$. Unverkennbar.

Im Nachttisch der Vikarsfrau war ich mal auf eine Schachtel mit den roten Gelkapseln gestoßen, hatte eine aufgebrochen und geschnuppert und den Geruch anschließend in mein geistiges Chemiearchiv eingeordnet.

Das Zeug war ein starkes Betäubungsmittel.

Wäre ich selbst nicht so angeschlagen gewesen, hätte ich gleich aufgehorcht, als Fitzgibbons gesagt hatte, dass Collingwood fast die ganze Zeit schlief. Ich konnte zwar nachvollziehen, dass sie angesichts der aus dem Kamin kullernden Leiche einen Schock erlitten hatte, aber das war inzwischen schon ewig her. Kein Grund, nach so langer Zeit noch derart viel zu schlafen.

Ich hätte wirklich schon eher drauf kommen können, aber das Leben in dieser *Alice im Wunderland*-Welt hatte offenbar meinen sonst so messerscharfen Verstand abgestumpft.

»Alles ist in Ordnung«, versicherte ich Collingwood, auch wenn das gar nicht stimmte.

Abgesehen von den beiden Betten, den Vorhängen, dem Wäscheschrank zwischen den Fenstern und einem Waschbecken, war das Zimmer leer.

Aber halt! Mein Blick fiel auf den zweiten Schrank in der Wandnische.

Im nächsten Augenblick stand ich davor und inspizierte durch die Scheiben die medizinische Ausstattung der Schule. Pflaster, Jod und Lebertran, hatte Fitzgibbon behauptet. Doch das war längst nicht alles: Mullbinden, sterile Kompressen, Leukoplast und Schere, Merbromin zum Desinfizieren, Senfpulver (für Senfpflaster und Umschläge, wie ich annahm), eine zusammengelegte Armschlinge, eine weiß emaillierte Nierenschale, eine Pinzette, Gummihandschuhe, Zungenspatel… bedauerlicherweise alles hinter Glas.

Ich versuchte, die Tür zu öffnen, aber sie war abgeschlossen. Ich fluchte unterdrückt.

Natürlich hätte ich die Scheibe einschlagen können, aber das kam mir dann doch übertrieben vor, außerdem hätte der Krach bestimmt jemanden angelockt.

Blöderweise hatte ich meinen Kreuzanhänger mit den Dietrichen nicht angelegt, als ich mir am Morgen in aller Eile Gesicht und Hals gewaschen hatte. Wieder mal ein Beweis, dass Reinlichkeit, abgesehen davon, dass sie gleich nach Frömmigkeit kommt, auch von Nachteil sein kann.

Abermals sah ich mich im Zimmer um, entdeckte aber nichts, woraus ich mir ein geeignetes Werkzeug hätte basteln können. Eine Feder aus dem Bettgestell hätte es zur Not getan, aber das hätte zu lange gedauert.

Dann fiel mein Blick wieder auf den Wäscheschrank. Beide Schränke waren genau gleich! Beide waren weiß und hatten Glasscheiben. Die Schule hatte sie als Paar angeschafft.

Als ich eilig zur Fensterwand flatterte, muss ich wie eine Harpyie in einem Zelt ausgesehen haben.

Bitte mach, dass … bitte mach, dass … bitte mach, dass …

Und richtig – der Schlüssel steckte! Meine Gebete waren erhört worden.

Gleiche Schränke, gleicher Schlüssel … hoffentlich.

Der Schlüssel lag kalt in meiner Hand, als ich abermals quer durchs Zimmer sauste. Das *Klick!* des Schrankschlosses klang so lieblich in meinen Ohren wie eine verschollene Beethoven-Sinfonie.

All die Jahre war offenbar niemand auf die Idee gekommen, dass man mit dem Schlüssel zum Wäscheschrank auch den Apothekerschrank öffnen konnte.

Ohne eine Sekunde zu verlieren, lief ich mit der Senfpulverdose zum Waschbecken, drehte den Hahn auf und wartete, bis das Wasser warm wurde. Dann nahm ich das Glas, das Fitzgibbon Collingwood eingeschenkt hatte, schüttete das kalte Wasser aus und füllte das Glas mit warmem.

Ich gab geschätzte sechs Teelöffel Senfpulver hinein und rührte das Ganze mit der sterilen Schere um.

»Collingwood!«, zischelte ich eindringlich, legte ihr den Arm um die Schultern und zog sie halb ins Sitzen hoch. »Trink das!«

Diesmal öffnete sie beide Augen und starrte mich entsetzt an.

»Trink!«, wiederholte ich. »Du musst!«

Ihre Lippen hefteten sich an den Rand des Glases wie eine Nacktschnecke, die aus einem Schwimmbecken herauskriechen will. Sie hustete – würgte zweimal – und drehte den Kopf weg.

Wenn man ihren Zustand bedachte, hatte sie erstaunlich viel Kraft, aber ich war trotzdem die Stärkere.

Ich drückte ihr den Kopf mit Hilfe des Glases in den Nacken und goss ihr trotz heftigen Sträubens den Rest der Flüssigkeit in die Kehle.

Es war keine angenehme Aufgabe, eher so, als würde man einen bettlägerigen Schwertwal zwangsernähren, aber ich ließ nicht locker. Zu guter Letzt hatte ich die Hälfte der Senflösung in ihren Magen befördert und die andere Hälfte zu gleichen Teilen über mich selbst, das Bett und den Fußboden gekleckert. Sie hustete, würgte und schluchzte und schaffte es außerdem noch, mich mit Blicken wie Messerklingen zu durchbohren.

Ich stand mit der Nierenschale bereit – ein Fels in der Brandung, eingehüllt in ein Beduinenzelt. Ein paar grässliche Sekunden lang blitzte vor meinem geistigen Auge das Bild auf, wie ich beim Krippenspiel in St. Tankred als König Balthasar verkleidet sang:

Myrrhe bring ich … ihr bitterer Duft
Verweist auf ein Leben voll bitterer Stunden
Mit Klagen, Seufzen und blutenden Wunden
Und schließlich tot in der Felsengruft.

Eine Weile schien es, als würde gar nichts passieren … die schwarze Dunkelheit vor der Dämmerung, die Ruhe vor dem Sturm.

Dann ging es los. Collingwood stieß erst ein paar überraschte Hickser aus, gefolgt von einem lang gezogenen Seufzen. Ihr Gesichtsausdruck war beinahe friedlich. Dann aber würgte sie ganz plötzlich krampfhaft, zog die Mundwinkel herunter, und alles kam heraus.

Ich hielt ihren Kopf, als sie sich in kräftigem Schwall in die Nierenschale übergab.

Mein eigenes Spontanerbrechen auf dem Ausflug hatte mich auf die Idee gebracht, dazu das Wissen, dass Senflösung das wirkungsvollste – und vielleicht einzige – Mittel gegen eine Chloralhydratvergiftung war.

Hatte Fitzgibbon Collingwood vorhin vor meiner Nase eine weitere Dosis von dem Zeug eingeflößt? Hatte sie das Mädchen aufgesetzt und ihm eine Kapsel oder einen Löffel Saft zu schlucken gegeben? Oder, noch schlimmer, hatte sie Collingwood das Gift subkutan gespritzt?

Entsprechende Geräusche hatte ich zwar nicht vernommen, aber das bewies nicht unbedingt das Gegenteil, oder?

Warum sollte Collingwood eigentlich schlafen? Damit sie sich von ihrem Schock erholte? Oder aus anderen, weit zwielichtigeren Gründen? Zum Beispiel, weil sie zu viel gesehen hatte? Weil sie sich Notizen über die verschwundenen Mädchen gemacht hatte?

Sie sank in die Kissen zurück. Ihr Gesicht war verzerrt, sie atmete immer noch schwer.

Hoppla!

Das war noch nicht alles gewesen. Ich konnte ihr gerade noch die Schale drunterhalten, ehe sie wieder loslegte.

»'tschuldigung«, keuchte sie und würgte jämmerlich.

Ein gutes Zeichen, ja, sogar ein ganz hervorragendes Zeichen. Jemand, der sich entschuldigen konnte, während er sich übergab, dessen Hirn war noch in der Lage, die feinsten Feinheiten des Anstands zu beachten.

Ich tätschelte ihr den Rücken.

»War's das?«, fragte ich mitfühlend.

Sie nickte.

»Prima!«, sagte ich und meinte es auch so.

Ich ging zum Fenster, öffnete es und kippte den Inhalt der Nierenschale nach draußen, wobei ich die Hausangestellten in Gedanken um Verzeihung bat. Dann wusch ich die Schale unter fließendem Wasser aus, stellte sie wieder in den Apothekerschrank, schloss ab und steckte den Schlüssel in den Wäscheschrank.

»Bleib liegen«, wies ich Collingwood an, als ich meine Schuluniform wieder anzog. »Ruh dich aus. Aber tu mir bitte einen Gefallen: Ich war nicht hier. Du hast mich nicht gesehen. Du bist aufgewacht, hast gespuckt, und dann ging es dir auf einmal besser, verstanden? Und lass dir bloß keine Medikamente mehr verpassen. Wenn sie es versuchen, schrei Zeter und Mordio ... und hör nicht damit auf. Dann komme ich zurück. Alles klar?«

Erst jetzt sah sie mich richtig an. Ihre Augen waren weit aufgerissen.

Dann nickte sie und hatte plötzlich Tränen in den Augen. Ich wandte mich zum Gehen. Ich hatte keine Zeit zu verlieren.

Ich war schon an der Tür, als sie mir nachrief: »Flavia ...«

Ich drehte mich um.

»Die Tote im Kamin ...«, sagte sie, »... die Tote, die in die Fahne eingewickelt war ... Ich kenne sie.«

17

Ein Schock ist oftmals von einer aufgeladenen Stille begleitet, die unerträglich ist und die man trotzdem nicht brechen kann. Ich starrte Collingwood an; es kam mir vor wie eine Ewigkeit aus lauter Ewigkeiten, und sie starrte zurück.

Dann ging ich langsam wieder zu ihrem Bett und setzte dabei einen Fuß vor den anderen, tapp, tapp, tapp, unaufhaltsam wie ein Zombie.

»Erzähl alles«, sagte ich, vielleicht ein bisschen zu barsch, denn sie brach sofort in Tränen aus.

»Ich kann nicht«, schluchzte sie, »ich kann einfach nicht«, und ich fühlte mich wieder in den Moment zurückversetzt, als die Tote aus dem Kamin gefallen war. Ich war ja so was von gemein zu ihr gewesen!

»Mach die Fressluke zu, du sabberst«, hatte ich sie angeherrscht, und die ganze Zeit hatte die enthauptete Leiche vor uns auf dem Fußboden gelegen.

Und wer hatte anschließend das ganze Mitgefühl eingeheimst? Die »arme, einsame, unglückliche Flavia de Luce«, wie sich Miss Fawlthorne ausgedrückt hatte, während die arme, einsame, unglückliche Collingwood betäubt und weggesperrt worden war.

Das war nicht nur unlogisch, es entwickelte sich auch zusehends zum Albtraum.

Als ich schließlich wieder neben Collingwood stand,

fühlte ich mich so elend, wie ich es nie im Leben für möglich gehalten hätte.

»Erzähl's mir trotzdem«, sagte ich, nahm sie bei den Händen, und dann heulten wir beide wie die Schlosshunde.

»Ich kann nicht«, flüsterte sie noch einmal und drückte meine Hände ganz fest. In ihren Augen las ich, dass sie die Wahrheit sagte. Ihr Geständnis, dass sie die Tote gekannt hatte, war schon hart an der Grenze gewesen. Es hatte sie viel Kraft gekostet. Mehr war von ihr, zumindest vorerst, nicht zu erwarten.

Wer oder was jagte diesem Mädchen so schreckliche Angst ein, dass es so zuverlässig schwieg? War die Tote etwa eine Art Warnung: »So ergeht es jedem, der redet?«

Ich hatte eine Eingebung. »Und wenn ich dir Fragen stelle? Dann würdest du es mir sozusagen nicht von dir aus erzählen.«

Doch sie schüttelte den Kopf, und ich fand mich damit ab, dass ich alles selbst herausfinden musste, um die Antworten auf meine Fragen zu erhalten.

Das ferne Johlen und Jubeln verriet mir, dass die Hockeywettkämpfe des heutigen Tages zu Ende waren. Wenn ich ungesehen wieder in mein Zimmer gelangen wollte, musste ich mich beeilen.

Es gibt keine bessere Tarnung als eine Horde ausgelassener Siegerinnen.

Als ich in Edith Cavell angekommen war, schloss ich mich ein. Ich war der gejagte Fuchs, der sich in seinem Bau verkroch, und wenn ihnen das nicht passte, konnten sie sich bitte schön die Mühe machen, mich auszubuddeln.

Dann holte ich das Heft mit dem angefangenen Aufsatz über William Palmer heraus und machte daraus ein neues

Heft, indem ich den einfachen Trick anwandte, es umzudrehen und auf der letzten Seite anzufangen.

Personenregister des Falles, schrieb ich auf die neue erste Seite und unterstrich die drei Wörter.

Ich wollte die Personen in alphabetischer Reihenfolge auflisten, weil das objektiver war.

SCHÜLERINNEN:

Bowles, June (Jumbo): Oberstufe. Scheint in Ordnung zu sein. Beschäftigt sich mit Okkultismus.

Brazenose die Ältere (Clarissa): Wird seit dem vorletzten Kostümball vor zwei Jahren vermisst (1949).

Brazenose die Jüngere (Mary Jane): Hat es bei der Séance mit dem Ouija-Brett mit der Angst zu tun bekommen. Fragen: (a) Hat sie geglaubt, dass die Botschaft von der vermissten Le Marchand stammte? (b) Oder denkt sie, dass die Botschaft »Eine von euch kennt meinen Mörder« in Wirklichkeit von ihrer verschollenen Schwester kam?

Collingwood, Patricia Anne: Leidenschaftlich. Führt Buch über die verschwundenen Mädchen. Behauptet, die Tote aus dem Kamin gekannt zu haben. Hat aber jetzt zu viel Angst, um etwas zu sagen. Wer hat ihr das Betäubungsmittel eingeflößt? Und warum? Undurchsichtige Geschichte.

Fabian: Nordischer Typ. Zurückhaltend. Geheimnisvoll. Handelt mit Zigaretten.

Gremly: Dienerin von Jumbo. Hat mir geraten, niemandem zu trauen. Gibt sich große Mühe, schwachsinnig zu erscheinen, hat aber vielleicht den höchsten IQ der ganzen Schule. (Anwesende natürlich ausgenommen: Meiner liegt so um die 137, ich muss es also wissen.)

Druce: Schikaniert Mitschülerinnen. Kann Lippenlesen.

Pinkham: Hat Collingwood bei Miss Fawlthorne angeschwärzt, weil sie Buch über die vermissten Mädchen führt. Glaubt, dass Miss F. an deren Verschwinden schuld ist. Muss noch befragt werden.

Scarlett, Amelia: Hat angeblich Brazenose die Ältere GESTERN ABEND *(!) aus der Wäscherei kommen sehen. Obwohl Brazenose d. Ä. seit dem vorletzten Kostümball tot oder verschollen ist (siehe oben).*

Trout: Sklavin von Druce. Klein, blond, schlechte Nerven. Hat das Ouija-Brett durch die Gegend geworfen. Grund? Muss noch befragt werden.

LEHRPERSONAL UND ANGESTELLTE:

Fawlthorne, Miss: Schulleiterin. Fördert und foltert. Werde nicht recht schlau aus ihr.

Bannerman, Mildred: Chemielehrerin. Freigesprochene Mörderin. Geniale Chemikerin und hervorragende Lehrerin. Hilft gelegentlich der Polizei.

Dupont, Miss: Französischlehrerin. Affektiert.

Fitzgibbon: Hausmutter. Ehemalige Schulkrankenschwester. Hat Zugang zu Medikamenten.

»K«: Besitzer des geklauten Schlüssels. Identität noch ungeklärt.

Marge & Sal: Wäscherinnen.

Moate, Miss: Biologielehrerin. Medusa im Rollstuhl und wie die Gorgone ausschließlich Kopf und kein Körper.

Puddicombe, Miss: Turnlehrerin.

Rainsmith, Ryerson: Vorsitzender des Schulbeirats und erbärmlicher Angsthase, jedenfalls gegenüber:

Rainsmith, Dorsey: Seine Frau. Das sagt schon alles. Ach ja – liest reißerische Kriminalromane.

Damit endete mein Personenregister, die Liste der Mitwirkenden in diesem Stück – wie die Helden, Schurken und Nebendarsteller mit ihren Auftritten und Abgängen, die auf der ersten Seite eines Theaterstücks von Shakespeare fein säuberlich aufgeführt sind.

War ein Mörder unter ihnen?

Inspektor Gravenhurst und seinen Assistenten Sergeant LaBelle hatte ich natürlich nicht mit aufgezählt. Aller Wahrscheinlichkeit nach waren sie nicht den Verdächtigen zuzurechnen, aber vorsichtshalber setzte ich sie nachträglich doch noch auf die Liste.

Wie mein Großonkel Tarquin de Luce an den Rand einer seiner Beschreibungen chemischer Experimente notiert hatte: *Auch das Gefäß mit einbeziehen!*

Wahrhaft weise Worte, die stets zu beherzigen ich mir vorgenommen hatte.

Als ich mir die Liste erst einmal und dann ein zweites Mal durchlas, regte sich in meinem Hinterkopf etwas, ein Gedanke, der hartnäckig unter der Oberfläche blieb und partout nicht sichtbar werden wollte, so wie die Kristallkugel, an der ich mir einst in einem Fluss den Zeh gestoßen hatte, weil ich sie im klaren Wasser nicht hatte sehen können.

Es war an der Zeit, eine von mir selbst erfundene Methode anzuwenden, die ich »Wörterangeln« getauft hatte. Dabei konzentrierte ich mich immer auf eins der Schlüsselwörter und ließ meinen Gedanken freien Lauf, in der Hoffnung, dass sich ein anderes Wort dazugesellte: *Okkultismus … Kamin … Ouija-Brett … Zigaretten …*

Keine Glocke klingelte, kein Alarm schrillte, und kein Groschen fiel, bis ich schließlich bei *Scarlett, Amelia … Wäscherei …* angekommen war. Scarlett wollte gesehen haben, wie Clarissa Brazenose – oder ihr Geist – letzte Nacht aus der Wäscherei herausgekommen war.

Obwohl ich den Gedanken ein Stück weit hervorlocken konnte, so wie seinerzeit der verstorbene Brookie Harewood die Forelle, die er auf unserem Anwesen gewildert hatte, bekam ich ihn doch nicht richtig zu fassen.

Scarlett, Amelia … Wäscherei.

Wenn einem beim Wörterangeln die Beute immer wieder entwischt, muss man den Geist abschweifen lassen und auf etwas ganz anderes richten, und erst dann, wenn sich der ahnungslose Gedanke wieder regt, mit einem Satz hinspringen und ihn an der Gurgel packen.

Deshalb zwang ich mich nun, an Johann Schobert zu denken, den deutschen Komponisten, der zusammen mit seiner Frau, einem seiner Kinder, der Dienstmagd und vier Zufallsbekannten qualvoll nach dem Verzehr von Pilzen gestorben war, die er selbst für hundertprozentig essbar erklärt hatte. Schobert hatte die beim Publikum durchgefallene komische Oper *Le Garde-Chasse et le Braconnier (Der Wildhüter und der Wilderer)* geschrieben. Tante Felicity hatte darauf bestanden, dass Feely am Abend meiner Abreise Auszüge daraus spielte.

Vielleicht waren Tante Felicity und ich auf der ganzen weiten Welt die einzigen Menschen, die den Grund dafür kannten.

Und es funktionierte!

Wäscherei.

Das Wort streckte den Kopf aus seinem Versteck, und ich packte es am Schlafittchen. *Wäscherei.*

»Haruh!«, hätte ich am liebsten gejubelt.

Wäscherei. Der springende Punkt war nicht, dass Scarlett gesehen hatte, wie Brazenose die Ältere aus dem Gebäude gekommen war. Nein – der springende Punkt war der, dass Scarlett einen Preis fürs Waschen und Bügeln gewonnen hatte: eine kleine versilberte Wäschemangel.

Hatte Clarissa Brazenose vielleicht auch einen Preis gewonnen, nämlich das kleine Medaillon mit der schwärzlich angelaufenen, geflügelten Gestalt, das in ebendiesem Augenblick in meiner Tasche lag?

Ich angelte das Ding heraus, und bei dem Gedanken, wo ich es herhatte und was es schon alles erlebt hatte, lief mir ein leiser Schauer über den Rücken.

Dann betrachtete ich es noch gründlicher als beim ersten Mal durch meine Lupe.

Trotz der geschwärzten Oberfläche, die es erschwerte, Einzelheiten zu erkennen, erinnerte die Darstellung fatal an einen gefallenen Engel, der abgestürzt war wie ein Fallschirmspringer, dessen Schirm sich nicht rechtzeitig geöffnet hat.

Über dem Kopf war ein kleines Loch wie für eine Schnur oder Öse.

Anscheinend war es eine Art religiöses Amulett, das einen Engel zeigte … nein, einen Erzengel! Den Erzengel Michael!

Die Assoziationen folgten plötzlich rasend schnell aufeinander.

Wieso kam ich erst jetzt darauf? Die Flügel ragten hoch über den Kopf hinaus. Nur Erzengel hatten solch gewaltige Schwingen. Entsprechende Abbildungen kannte ich aus den stockfleckigen Kunstbänden, die in Buckshaw überall herumlagen, und – ja klar! – auch von dem großen, bunten Bleiglasfenster in St. Tankred, das im Mittelalter von der Familie de Luce gestiftet worden war.

Gewöhnliche Engel bis hinunter zu den Seraphim und den ziemlich unglaubhaften Cherubim hatten flauschige Schwanendaunenflügel, die aus den Schulterblättern sprossen. Sie taugten für Alltagsflüge, waren aber nicht ansatzweise mit den Adlerschwingen ihrer Vorgesetzten, der Erzengel, zu vergleichen.

Die verrußte Reliquie, die in meiner plötzlich zitternden Handfläche lag, hatte einem der verschwundenen Mädchen gehört: Le Marchand, Wentworth oder Clarissa Brazenose.

Welche dieser drei hatte den Erzengel Michael um den Hals getragen? Welche war mit diesem Preis von der Schule ausgezeichnet worden?

Das herauszufinden dürfte ein Kinderspiel sein. Ich brauchte einfach nur Jumbo auszuquetschen. Als Schülersprecherin wusste sie so etwas bestimmt. Aber ich musste unter vier Augen mit ihr reden.

Fitzgibbon hatte noch nicht mitbekommen, dass ich aus dem Krankenzimmer getürmt war, das hoffte ich jedenfalls. Es hatte keinen Aufschrei gegeben, keine Sirene war ertönt, kein Suchtrupp war losgeschickt worden. Es hatte sich noch nicht mal jemand die Mühe gemacht, in Edith Cavell nach der armen, kranken, fiebernden Flavia zu schauen. Irgendwie ärgerte mich das.

Es war nicht ganz leicht, Jumbo von der Herde abzusondern (auf dieses kleine Wortspiel bin ich ziemlich stolz), vor allem, weil ich ja nicht auffallen wollte. Ich schaute eine Weile aus dem Fenster, weil ich hoffte, sie auf den Weg zum oder vom Hockeyplatz abfangen zu können, aber vergebens.

Dann schlich ich mich im Treppenhaus bis ganz nach oben und spitzte die Ohren. Sobald ich den Klang ihrer Stimme hörte, wollte ich ihren Namen rufen und mich dann mit ihr in mein Zimmer verdrücken. Keine ideale Lösung, aber vielleicht die einzig machbare.

Nach einer Stunde war ich der Verzweiflung nahe. Aber wie heißt es doch so schön: »Ungewöhnliche Umstände erfordern ungewöhnliche Maßnahmen, sagte der Kardinal zur Hupfdohle.« Das hatte Daffy mal beiläufig geäußert und hinzugesetzt, der Satz sei ein Zitat von Dickens und für mich zu hoch.

Was natürlich Unsinn war. Es ist allgemein bekannt, dass sich viele Kirchenfürsten zum Theater hingezogen fühlen, und es bedurfte keiner großen Fantasie, um sich vorzustellen, dass seine Eminenz der Tänzerin seinen erfahrenen Rat beim Tragen prunkvoller Kostümierungen angeboten hatte.

Auf jeden Fall waren hier und jetzt ungewöhnliche Maßnahmen erforderlich.

Ich kehrte in mein Zimmer zurück und lauschte so lange an der Tür, bis die Stimmen draußen vorübergehend leiser wurden. Dann schlich ich mich wieder in den Flur hinaus und die Hintertreppe hinunter.

Auf der gegenüberliegenden Seite der Eingangshalle, in einem dunklen Winkel neben dem altmodischen Aufzug und schon fast auf der Rückseite des Gebäudes, gab es ein schwarzes Wandtelefon, das, so hatte man mir erklärt, nur bei familiären Notfällen benutzt werden durfte. Wie sein Gegenstück auf Buckshaw hatte der Apparat etwas Unheimliches.

Im Halbdunkel spähte ich auf die schmuddelige, vergilbte Karte, die hinter einem runden Sichtfensterchen aus durchsichtigem Plastik klemmte: Garden 5047.

Ich wiederholte die Nummer mehrmals in Gedanken, dann schlüpfte ich durch den Hinterausgang ins Freie. Bis zur Wäscherei war es nur ein Katzensprung und ein zweiter zum Goldfischbassin dahinter. Um diese Uhrzeit hielten sich hier keine heimlichen Raucherinnen auf, sodass ich allein war.

Ich setzte mich auf den Beckenrand, aber mein Arm war nicht lang genug. Also zog ich die Schuhe aus, streifte die Strümpfe ab und stieg ins Wasser.

Es war kalt – kälter, als ich erwartet hatte –, aber schließlich hatten wir Oktober. Ein paar Fische schwammen träge davon und suchten hinter Steinen und Wasserpflanzen Schutz.

Ich steckte den Arm bis zum Ellbogen in das schleimige Wasser, wobei mich der Gedanke an seine chemische Zusammensetzung schaudern ließ. Wegen der Lichtbrechung war es nicht ganz leicht, das, was auf dem Grund des Beckens lag, richtig zu orten, aber nach ein paar Anläufen kam meine Hand mit einer triefenden Münze wieder zum Vorschein, die auf der Rückseite einen Biber und auf der Vorderseite den Kopf eines Königs zeigte. Ein Fünfcentstück.

Ich steckte den Arm noch einmal ins Wasser … und noch einmal … bis ich eine kleine Silbermünze mit einem Segelschiff und eine größere mit einem Tier, das ich für einen Elch hielt, zusammenhatte: Zehn Cent, beziehungsweise fünfundzwanzig Cent. Vorsichtshalber fischte ich noch ein paar weitere Geldstücke heraus, dann zog ich Strümpfe und Schuhe wieder an, huschte durch den Durchgang neben der Wäscherei und trat auf die Straße hinaus.

Kurz darauf spazierte ich die Danforth Avenue entlang, die Münzen in der Faust. Mein Ziel war der kleine Lebensmittelladen, in dem ich ein Münztelefon gesehen hatte.

»Na, auch mal wieder hier, Schätzchen?«, sagte die Inhaberin. »Willst du mir wieder was vorsingen?«

Ich lächelte schief, hob den Hörer ab und warf eine Münze in den Schlitz. Sie kam mit einem misstönenden *Pling!* wieder heraus.

Sofort stand die Frau neben mir.

»Das war die falsche.« Sie bog meine Finger auf, nahm ein anderes Geldstück aus meiner Hand und warf es ein.

Diesmal ertönte ein unangenehmes Summen im Hörer.

»Jetzt hat's geklappt«, sagte die Ladeninhaberin. »Du kannst wählen. Hoffentlich ist es ein Ortsgespräch.«

Ich nickte grinsend und steckte den Zeigefinger in die

runden Löcher der Wählscheibe. Ich bediente zum ersten Mal einen Apparat, bei dem man selber wählen musste. Bei uns zu Hause brauchte man nur den Hörer abzunehmen und einmal auf die Gabel zu drücken, dann war man mit dem Amt verbunden und konnte seine Wünsche durchgeben.

Mit herausgestreckter Zungenspitze wählte ich die Nummer Garden 5047, und nach einem endlosen, nervtötenden Klicken und Klacken setzte ein mechanisches Surren ein. Das bedeutete vermutlich, dass jetzt der Apparat in der Schule läutete.

Die Ladeninhaberin stand immer noch neben mir und beobachtete mich mit glänzenden Vogelaugen.

»Könnte ich bitte eine kalte Orangenlimonade haben?«, bat ich und fuhr mit dem Zeigefinger um den Halsausschnitt meiner Bluse. »Ich kippe gleich um.«

Ich stellte mir vor, wie das Telefon in der Eingangshalle läutete, womöglich ungehört vor lauter Lärm und Betriebsamkeit.

Drrring… Drrring… Drrring… Drrring – einzelne Klingeltöne mit großen Abständen dazwischen, ganz anders als das forsche, fordernde Schrillen bei uns zu Hause.

Los jetzt!, hätte ich am liebsten gerufen. *Nehmt endlich den verdammten Hörer ab!*

»Bitte sehr, Schätzchen.« Die Frau stand wieder neben mir. Sie hatte die Flasche schon geöffnet, und luftige Ranken aus Kohlendioxid kräuselten sich aus dem Hals empor.

Ich trank einen Riesenschluck, lächelte dankbar, gab ihr ein Geldstück und drehte ihr den Rücken zu.

»Hallo?«, sagte jemand am anderen Ende. »Hier ist Miss Bodycotes Höhere Mädchenschule. Wen möchten Sie sprechen?«

Es war Fitzgibbon. Eindeutig.

Ich hätte mich beinahe verschluckt. Gasbläschen sprudelten beim Sprechen gegen meine Stimmbänder, sodass meine Stimme so schauerlich klang, als rülpste Gevatter Tod den Namen seines nächsten Opfers in den Hörer.

»June Bowles«, gurgelte ich mit meiner schönsten Senile-Großmutter-Stimme. »Miss June Bowles.«

Es blieb eine Ewigkeit still, bis Fitzgibbon schließlich erwiderte: »Wir holen sie. Bitte bleiben Sie dran.«

»Danke«, gurgelte ich.

Jumbo musste auf dem Sambesi-Fluss unterwegs gewesen sein, so lange dauerte es, bis sie kam, aber in Wirklichkeit vergingen wahrscheinlich nur zwei oder drei Minuten.

Die Ladeninhaberin war hinter ihren Tresen zurückgekehrt und hatte ein gewaltiges Strickzeug hervorgeholt, mit dem sie wie eine Besessene herumfuhrwerkte. Alle paar Maschen blickte sie auf und lächelte mir ermutigend zu, und ich lächelte zurück.

»Hallo?«, hörte ich Jumbo fragen. Ich drückte den Hörer fester ans Ohr und wandte mich ab.

»Hier ist de Luce«, antwortete ich flüsternd. »Flavia. Ich brauche deinen Rat.«

Auf dem Weg von der Schule hierher hatte ich mir Wort für Wort zurechtgelegt, was ich sagen wollte. Kein Mensch auf diesem Planeten kann der Bitte um einen guten Rat widerstehen, und diesen Umstand würde ich mir voll und ganz zunutze machen.

»Klar«, sagte sie erwartungsgemäß sofort. »Du rufst von dem Laden auf der Danforth an, stimmt's? Wo treffen wir uns?«

»In meinem Zimmer … Edith Cavell. Ich bin in zehn Minuten da.«

»Roger!«, entgegnete Jumbo fröhlich. »Ich bin schon gespannt wie ein Flitzebogen.«

Ich hängte den Hörer behutsam auf.

»So, wie du redest, hast du 'ne weite Reise hinter dir«, sagte die Ladeninhaberin. »Du kommst aus England, stimmt's?«

Ich nickte, wobei ich mich gleichzeitig schuldbewusst und dämlich fühlte.

»Dann gehst du wohl auf Miss Bodycotes Schule, was?«, fuhr die Frau fort. »Hier kommen immer mal wieder welche von euch vorbei und wollen dies und das. Wie heißt du denn, Schätzchen? Ich kenn immer gern die Namen meiner Stammkunden.«

»Flavia«, sagte ich.

»Ist das alles? Einfach nur Flavia? Hat's für 'nen Nachnamen nicht mehr gereicht?«

»De Luce«, sagte ich widerstrebend. »Flavia de Luce.«

Die Frau sah mich an, als wäre ich ein Gespenst.

»De Luce, hast du gesagt?« Ihre Augen wurden erst ganz groß und dann ganz schmal, so wie bei jemandem, der eins und eins zusammenzählt. Offensichtlich hatte sie Harriet gekannt, aber ich wollte nichts davon hören. Ich war noch zu angegriffen und zu wenig darauf vorbereitet, ständig mit meiner verstorbenen Mutter konfrontiert zu werden. Davon abgesehen wollte ich nicht riskieren, einer Wildfremden Informationen über meine Person preiszugeben.

Stattdessen tat ich etwas, wie ich zugeben muss, ziemlich Unhöfliches. Ich stellte die Limoflasche hin und rannte nach draußen.

Doch ich war kaum zwei, drei Schritte weit gekommen, als ich Miss Fawlthorne erblickte. Sie strebte raschen Schrittes auf mich zu. Weil sie aber von den Versuchen eines Straßenbahnfahrers, sein Fahrzeug mithilfe einer langen Stange wieder in Kontakt mit der Oberleitung zu bringen, abgelenkt war, hatte sie mich noch nicht gesehen.

Mit einem Satz flüchtete ich mich in die schummrige Höhle des Eisenwarenhändlers nebenan und beobachtete aus der Deckung von Leitern und aufgewickelten Schläuchen heraus, wie sich die Rektorin näherte.

»Miss! Hallo, Miss!« Es war die Frau aus dem Laden.

»Du hast dein Wechselgeld liegen lassen!«

Sie war mir in die Eisenwarenhandlung gefolgt. Schon stand sie vor mir und drückte mir zwei Münzen in die Hand.

Miss Fawlthorne, die annahm, jemand habe nach ihr gerufen, blieb wie angewurzelt stehen. Sie schaute sich nach allen Seiten um, dann fiel ihr Blick auf die Ladeninhaberin und anschließend – verflixt aber auch! – auf mich.

Mit betont langsamen Schritten hielt sie auf mich zu.

»Na?«, fragte sie mit einer Stimme so kalt wie das Nordlicht.

»Ach, Miss Fawlthorne, das ist ja schön, dass ich Sie treffe!«, plapperte ich drauflos. »Es geht mir schon viel besser, und da dachte ich, wir könnten vielleicht unsere Gespräche wieder aufnehmen. Ich war gerade auf dem Weg zum Friedhof, weil ich dachte, ich finde Sie vielleicht dort. Es tut mir leid, falls ich Miss Fitzgibbon vor den Kopf gestoßen habe, aber ich brauchte dringend frische Luft.«

Ich redete viel zu viel. Dabei wusste ich doch aus langjähriger Erfahrung, dass die wirkungsvollsten Lügen die kürzesten sind.

Miss Fawlthorne schaute auf mich herab, als blickte sie durch ein Mikroskop, und je länger sie so schaute, desto kleiner fühlte ich mich.

»Ich habe leider eine Verabredung«, sagte sie dann und sah sich auf einmal suchend um.

Ich sah in die gleiche Richtung. Hinter der stehen gebliebenen Straßenbahn hatte sich eine Autoschlange gebildet, und hinter einem der Lenkräder entdeckte ich ein bekanntes Gesicht.

Es war Ryerson Rainsmith. Ich unterdrückte den Drang, ihm zuzuwinken.

»Verstehe«, sagte ich und ließ mir nicht anmerken, dass ich ihn gesehen hatte. »Dann will ich Sie nicht aufhalten. Ich geh dann mal wieder zurück. William Palmer und so.«

Schon marschierte ich davon und blieb nur stehen, um ein paar Flaschendeckel lässig vom Bordstein auf die Straße zu kicken, als hätte ich auf der Welt keine anderen Sorgen.

Immerhin hat sie nicht nachgebohrt, was ich hier zu suchen habe, dachte ich. Jumbo wartet bestimmt schon.

An der Ecke blieb ich stehen und warf unter dem Vorwand, auf das Straßenschild zu schauen, einen verstohlenen Blick über die Schulter.

Miss Fawlthorne schob sich soeben auf den Beifahrersitz von Rainsmiths Limousine.

18

Als ich die Tür aufmachte, bekam ich den Schreck meines Lebens.

Jumbo saß auf meinem Bett und las in meinem Heft. Wie lange war sie schon hier drin? Wie weit hatte sie gelesen?

Ich hatte nur kurz am Goldfischbassin Halt gemacht und die übrig gebliebenen Münzen wieder hineingeworfen. Ich habe vielleicht ein, zwei schlechte Angewohnheiten, aber Diebstahl aus Wunschbrunnen zählt nicht dazu. Das ausgegebene Geld wollte ich bei nächster Gelegenheit zurückerstatten.

»Sehr interessant«, sagte sie und blätterte um. »Äußerst informativ.«

»Interessant?« Ich reckte den Hals und versuchte, über ihre Schulter zu spähen.

»Was du über diesen William Palmer schreibst... Aber ein bisschen makaber ist es schon, oder?«

»Miss Fawlthorne hat mir den Aufsatz als Strafarbeit aufgegeben«, entgegnete ich. »Ich find's ziemlich langweilig.«

»Dafür hast du aber ausgesprochen gründlich recherchiert. Wo hast du das alles bloß her?«

»Ach, ich hab neulich in einem Büchereibuch was über den Kerl gelesen, und ein bisschen was ist hängen geblieben.«

Sie wäre entsetzt gewesen, wenn sie die Wahrheit gekannt hätte.

»Hmmm…«, machte sie und gab mir das Heft zurück. »Worüber wolltest du denn mit mir sprechen? Du hast gesagt, du brauchst meinen Rat.«

»Stimmt. Na ja … ehrlich gesagt bin ich auf deinen Posten scharf. Natürlich erst, wenn du von der Schule abgegangen bist, aber ich gebe zu, dass ich mir in den Kopf gesetzt habe, Schülersprecherin zu werden. Da kann ich einen guten Rat wahrhaftig gebrauchen.«

Jumbo sah einigermaßen verblüfft aus.

»Wahrscheinlich ist es das Beste, wenn man möglichst viele Preise und Auszeichnungen gewinnt, oder? Ich hab ja noch jede Menge Zeit, aber wenn ich bald damit anfange…«

»Moment mal«, unterbrach sie mich. »Es geht nicht nur um Auszeichnungen und so was.«

»Schon klar«, erwiderte ich, »aber das wär doch mal ein Anfang. Sich in der Schule ins Zeug legen, in Naturwissenschaften zum Beispiel, und dazu ein Sack voller Preise. Damit müsste ich doch eine Chance haben. Scarlett hat mir erzählt, dass sie einen Preis fürs Waschen und Bügeln gewonnen hat.«

»Willst du deine Tage etwa wie sie verbringen, mit einem Erlaubnisschein für die Wäscherei am Blazer?«

»Nein«, entgegnete ich, obwohl ich »Ja« meinte, »aber ich dachte, du kannst mir vielleicht erzählen, was es sonst noch für Preise gibt. Leider bin ich nicht besonders sportlich, aber Chemie und Religion interessieren mich sehr.«

Das mit Religion war eine dreiste Lüge, die sich aber bezahlt machte.

»Ha!«, schnaubte Jumbo. »Wenn du Religion magst, bist du hier richtig. Miss Bodycotes Höhere Mädchenschule ist dermaßen anglikanisch, dass…«

»… man nur auf einen Küchenhocker zu steigen braucht und steht schon mit einem Bein im Paradies«, beendete ich den Satz. »Ja, das habe ich auch schon gehört.«

»Es gibt die Bischofsmedaille für herausragende Kenntnis des Neuen Testaments, den Tanner-Preis für den besten Aufsatz über die Propheten aus dem Alten Testament, die Sankt Michaels-Medaille für Kirchengeschichte, den Preis der Töchter Mariens für besondere Leistungen in Latein und Griechisch für Anfänger und den Hooker-Preis für Hermeneutik.«

»Ach du Heiliger!«, rief ich aus, und wir lachten beide.

»Inzwischen bewirbt sich allerdings praktisch kein Mensch mehr um diese Auszeichnungen. Der Hooker-Preis wurde schon seit Miss Bodycotes Zeiten nicht mehr vergeben. Aber wenn Theologie dein Steckenpferd ist, kommst du mit Waschen und Bügeln wahrscheinlich nicht weit.«

»Wahrscheinlich nicht«, stimmte ich ihr zu. »Hast du denn schon mal einen von diesen Preisen gewonnen?«

»Vergiss es«, sagte sie verächtlich. »Ich hab's mehr mit Hockey und so. Wenn ich schon einen Preis gewinne, will ich auch Champagner draus trinken können.« Sie machte eine Pause.

»Oder wenigstens Bier«, setzte sie dann hinzu.

»Gibt es etwa keinen Sankt Michaels-Pokal?«, fragte ich augenzwinkernd.

»Schön wär's. Bei den meisten Reli-Preisen kriegt man bloß eine Bibel mit Widmung, und beim Sankt Michael eine Kette mit einem hässlichen Silberanhänger dran.«

»Und wann wurde dieser Preis zum letzten Mal verliehen?«

Sie machte ein absichtlich nichtssagendes Gesicht. Gedanken lesen müsste man können!

»Vorletztes Jahr«, sagte sie. »Aber jetzt muss ich leider los. Ich hab Kingsbury versprochen, dass ich ihr helfe, das Netz zu flicken. Ich will sie nicht warten lassen. Es ist eine echte Drecksarbeit.«

»Na, dann viel Spaß«, sagte ich. »Ach übrigens ... wer hat den Preis eigentlich zuletzt gewonnen? Ich meine die Sankt Michaels-Medaille. Vielleicht kann ich mir bei der Betreffenden ja auch noch ein paar nützliche Tipps holen.«

Jumbos Miene verfinsterte sich auf einmal, als zögen in Sekundenschnelle lauter dunkle Wolken in immer neuen Grauabstufungen darüber hinweg.

»Pech gehabt«, entgegnete sie dann. »Sie ist nicht mehr hier.«

»Hieß sie rein zufällig Clarissa Brazenose?«, hätte ich für mein Leben gern gefragt, aber es gelang mir gerade noch, mich zurückzuhalten.

»Ich muss mich beeilen«, beendete Jumbo die Unterhaltung.

Als sie das Zimmer verlassen hatte, atmete ich tief durch. Hatte ich mich verdächtig gemacht? Hatte ich sie zu auffällig bedrängt? Oder war meine kleine Vorstellung glaubwürdig gewesen?

Ich ging zum Fenster, weil ich sehen wollte, wie sie das Haus verließ. Als ich dabei am Tisch vorbeikam, fiel mir etwas ins Auge, das darauf lag.

Ein Brief. Ein Brief mit einer britischen Marke drauf. Er war an mich adressiert.

Die Handschrift war unverwechselbar.

Ich riss den Umschlag auf und zog die zusammengefalteten Blätter heraus.

Dann erstarrte meine Hand mitten in der Bewegung.

Dies war kein Brief, den man in einem muffigen Zimmer

las. Es war ein Brief, der danach verlangte, nach draußen mitgenommen und unter freiem Himmel gelesen zu werden. Ein Brief, der danach verlangte, Wort für Wort ausgekostet, auswendig gelernt und anschließend über dem Herzen getragen zu werden.

Gemessen schritt ich die Hintertreppe hinab, vermutlich in Jumbos Fußstapfen. Offenbar hatte sie mir den Brief hingelegt, dann aber vergessen, ihn zu erwähnen.

In Miss Bodycotes Höherer Mädchenschule landete die eingegangene Post in einem kleinen Verschlag neben dem Wandtelefon, wo sie auf lauter kleine Fächer verteilt wurde. Einmal am Tag spielte Fitzgibbon dann mit flanellenen Ärmelschonern und einem grünen Augenschirm die Postbeamtin, setzte sich hinter einen improvisierten Schalter und händigte jedem Mädchen die Briefe oder Päckchen aus, die es bekommen hatte.

Im Allgemeinen gab es reichlich Post. Die meisten Schülerinnen waren offenbar mit Eltern gesegnet, die sie mit brieflichen Neuigkeiten, Ansichtskarten aus fremden Ländern und großen Weidenkörben voller (eigentlich) verbotener Früchte, Süßigkeiten, Marmeladen und Kräcker überschütteten.

Ich dagegen war bis jetzt immer leer ausgegangen. Nachdem ich mich Tag für Tag am Schalter angestellt und Tag für Tag brieflos wieder abgezogen war, hatte ich das Warten schlicht aufgegeben. Es war geradezu schmerzlich offensichtlich, nicht nur für mich, sondern auch für alle anderen, dass sich kein Mensch auf diesem Erdenrund auch nur einen Deut um Flavia de Luce scherte.

Als ich um die Wäscherei herumging, erspähte ich vor mir Jumbo, die in Richtung Hockeyplatz schlenderte. Kingsburys freudige Begrüßung schallte über den Rasen.

Ich wechselte unverzüglich die Richtung und steuerte wieder den kleinen Hof an, in dem das verbotene Rauchen wenn schon nicht erlaubt, so doch immerhin geduldet zu werden schien.

Zum Glück war jetzt niemand da.

Ich setzte mich auf eine Bank, holte den Brief aus der Bluse, wo ich ihn über dem Herzen getragen hatte, und entfaltete die Blätter mit bebenden Fingern.

Buckshaw
7. Oktober 1951

Liebe Miss Flavia,

ich hoffe, dieses Schreiben findet Dich bei guter Gesundheit und in bester Verfassung vor, und ich hoffe ebenso, dass Kanada Deinen Erwartungen entspricht. Denkt man an jene unermesslich weite ehemalige Kolonie, kommt einem unweigerlich Dr. Crippen in den Sinn, der berüchtigte Giftmörder und homöopathische Arzt, der sich dort vorübergehend niedergelassen hatte, oder aber Dr. Thomas Neill Cream, jener unselige Absolvent der McGill-Universität, der seine Opfer auf beiden Seiten des Atlantiks mit Chloroform zu betäuben pflegte. Nicht zu vergessen Dr. William King (übrigens ebenfalls Homöopath), der nur wenige Meilen unweit des Ortes baumeln musste, an dem Du, wie ich annehme, dieses Schreiben liest.
Doch genug des Geplauders.

Der gute alte Dogger! Ich sah ihn direkt vor mir, wie er im schwindenden Tageslicht in seinem kleinen Zimmer über der Küche am Fenster saß, sich über das Blatt beugte und mit seinem Füllfederhalter säuberlich jene Buchstaben malte, die mit ihren schlichten und doch eleganten Schwüngen mein eigenes unleserliches Gekrakel weit in den Schatten stellten. Ich gelobte, in Zukunft regelmäßig Schönschrift zu üben. Gleich heute, noch vor Sonnenuntergang, wollte ich damit anfangen. So wahr mir Gott helfe.

Dogger fuhr fort:

Es dürfte Dich freuen zu erfahren, dass Gladys sich im Glanze ihrer winterlichen Überholung sonnt. Ich habe sie gründlich geölt und mir außerdem die Freiheit genommen, ihre Kette mit Grafit zu schmieren und ihre Lampe kurz, aber kräftig zu polieren. Mit dem alten Seidentuch, das ich zum Schutz über ihren Sattel gelegt habe, sieht sie unserer verehrten Königin verblüffend ähnlich.
Ich selbst beschäftige mich in diesen kürzer werdenden Tagen überwiegend damit, Erbsen auszusäen und Rhabarberstauden zu zerteilen – das Bittere und das Süße sozusagen. Ein herbstlicher Garten, auch wenn er ein wenig trist aussieht, ist voller Hoffnung auf das kommende Jahr.
Mrs. Mullet lässt schön grüßen und hat mich beauftragt, Dir mitzuteilen, dass sich Esmeralda in ihrer neuen Unterkunft im Küchengarten bestens eingewöhnt hat. Sie ist eine großartige »Eierlegerin« geworden, wie Mrs. M. sich auszudrücken pflegt.
Wir denken oft an Dich und sind sicher, dass auch Du oft an uns denkst.

Mit freundlichen Grüßen
Dein
Arthur Dogger

P.S.: Miss Undine hat darauf bestanden, dass ich eine kurze Nachricht von ihr beilege, die ich aber auf keinen Fall lesen darf. Ich entspreche ihrem Wunsch, wenn auch ungern.

AD

Ich nahm mir das zweite Blatt vor. Anderes Papier, andere Handschrift. Das ungestüme Gekritzel eines jugendlichen Dschingis Khan.

Ha! Ich hoffe, dir geht es gut, Flavia. Bestimmt denkst du nie an uns, denn wir denken nie an dich. Tante Felicity sagt, die Kanadier drehen dir den Hals um. Hoffentlich hat sie recht. Das war ein Witz.
Deine Schwester Ophelia tut so, als ob sie mich mag, aber das stimmt nicht. Sie kann mir nämlich nicht in die Augen schauen. Daphne ist ganz in Ordnung, aber sie liest viel zu viel. Ich würde mich kein bisschen wundern, wenn ihr eines Tages die Augen aus dem Kopf fallen würden und über die Buchseiten kullern und auf den Boden fallen und quer durchs Zimmer rollen und durch die Eingangshalle und zur Tür hinaus und über Stock und Stein und auf und davon. Ich würde bestimmt nicht hinterherlaufen und sie aufheben.
Gestern habe ich in dem Wäldchen östlich vom Visto, wo ein altes Starennest ist, einen Kuckuck (Cuculus canorus) entdeckt. Als ich ihn gesehen habe, musste ich an dich denken, und das habe ich auch Dogger erzählt. Das war ein Witz.
Ich habe im Atlas nachgeschlagen, dass du genau drei-

tausendfünfhundertfünf Meilen von Buckshaw weg bist. Hurra! Hurra! Hurra!

Viele Grüße von deiner fiesen Cousine
Undine de Luce

Erst als eine Träne auf das Blatt fiel und der Tintenstift lila verlief, merkte ich, wie nah mir ihre Worte gingen.

Diese kleine Kröte! Wie konnte sie es wagen!

Da Undine ihre verbrecherische und kürzlich verstorbene Mutter verloren hatte und nun auf Buckshaw aufwuchs – »dank der Güte von Fremden«, wie Daffy gemeint hatte –, hätte ich eigentlich Mitleid mit ihr haben müssen.

Hatte ich aber nicht.

Die bloße Vorstellung, wie sich dieses grässliche Gör bei Dogger einschleimte, zerriss mir das Herz. Der Gedanke, dass sie durch meine Flure rannte, ihre Nase in meine Zimmer steckte und die staubige Luft einatmete, die von Rechts wegen mir gehörte, war schlicht unerträglich.

Ich litt Todesqualen.

Trotzdem hatte sie sich immerhin die Mühe gemacht, mir zu schreiben. Im Gegensatz zu Daffy und Feely.

Und Tante Felicity.

Und Vater.

Damit stand endgültig fest, was ich von Anfang an geahnt hatte. Ich war eine Verstoßene.

Ein jäher, unerwartet kalter Windstoß erfasste ein paar welke Blätter und trieb sie mit dem schauerlichen Geräusch vermoderter Skelette, die in einer vergessenen Unterwelt in ihren schimmligen Särgen klappern, über den Gehweg.

Was nützte ihnen der Erzengel Michael, wo doch tausendmal zehntausend Erzengel nicht ein einziges von ihnen davor bewahren konnten, sich in ranziges Moos zu verwandeln?

Anders ausgedrückt: Was nützte mir der Erzengel Michael?

Mir oder sonst wem?

In diesem Augenblick begann ich mit meinem Schicksal zu hadern.

»Hoffentlich störe ich nicht.«

Als ich aufblickte, sah ich Mrs. Bannerman vor mir stehen. Sie betrachtete mich mit schief gelegtem Kopf, als erforschte sie meine Seele.

Vermutlich habe ich dort auf der Bank, inmitten des wirbelnden Herbstlaubs und mit einem tränenfleckigen Brief im Schoß, wie Roxanne im letzten Akt von *Cyrano de Bergerac* ausgesehen.

Ich zerknüllte das Blatt und stopfte es in meine Blazertasche.

»Neuigkeiten von zu Hause?«, fragte sie.

Ich setzte ein grimmiges Lächeln auf und zuckte die Achseln.

»Manchmal kommt es einem so vor«, sagte sie, »dass ein Brief von zu Hause genauso gut von einem anderen Planeten kommen könnte … vom Jupiter zum Beispiel.«

Ich nickte.

»Gibt es irgendetwas, was dir besonders zu schaffen macht? Kann ich dir irgendwie helfen?«

Ich dachte lange und gründlich nach, ehe ich antwortete.

»Ja«, sagte ich dann. »Sie könnten mir erzählen, was Clarissa Brazenose zugestoßen ist.«

19

War die Luft auf einmal zu dick zum Atmen, oder bildete ich mir das bloß ein?

Mrs. Bannerman und ich sahen einander in die Augen. Keine von uns wollte – oder konnte – als Erste wegschauen.

Hatte ich mich zu weit vorgewagt? Aus Erfahrung wusste ich, dass einem so etwas vor allem in schwachen Momenten passiert.

Wie unglaublich jung Mrs. Bannerman in diesem ausgedehnten Augenblick aussah! Mit ihren ordentlich um den Kopf gelegten Haarflechten und dem dezent aufgetragenen Lippenstift (er war so gut wie unsichtbar, so wie Lippenstift sein sollte, vor allem, wenn man mit seiner Benutzung gegen die Vorschriften verstößt) sah sie, wie mir schon bei meinem ersten Frühstück aufgefallen war, keinen Tag älter als meine Schwester Feely aus. Kaum zu glauben, dass diese beherrschte junge Frau des Mordes angeklagt und freigesprochen worden war.

Dann hob sie plötzlich wieder an zu sprechen. Der Bann war gebrochen. »Morgen früh«, sagte sie. »Gleiche Zeit, gleicher Ort wie üblich.«

Und damit verschwand sie.

Ich konnte nicht schlafen. Die Stunden zogen sich wie zäher Schlamm, wälzten sich schwarz durch mein dunkles Zimmer. In meinem Kopf dagegen tobte ein Wirbelsturm aus Fragezeichen: Warum hatten wir immer noch nichts Neues über die Leiche aus dem Kamin gehört? Warum reagierte die Außenwelt nicht auf den Fund?

War das Ganze unter Miss Fawlthornes Teppich gekehrt worden? War es ihr irgendwie gelungen, Inspektor Gravenhursts Ermittlungen zu sabotieren?

Waren inzwischen womöglich … höhere Instanzen mit dem Fall befasst?

Oder war das Ganze ein Katz-und-Maus-Spiel auf einem gigantischen kanadischen Spielbrett, das mein Begriffsvermögen schlicht überstieg?

Warum war Miss Fawlthorne mitten auf der belebten Danforth Avenue zu Ryerson Rainsmith ins Auto gestiegen? Wenn eine Beiratssitzung woanders als in der Schule stattfinden sollte, hätte er sie doch einfach an der Haustür abholen können. Oder wollten die beiden vielleicht nicht zusammen gesehen werden? Hatten sie etwa das, was Feely eine »*affaire d'amour*« und Daffy »ein Techtelmechtel« zu nennen pflegten?

Unwahrscheinlich. Ich konnte mir nicht vorstellen, dass Dorsey Rainsmith ihren dressierten Floh von Ehemann so lange aus seinem goldhaarfeinen Zaumzeug entließ, dass er sich mit einer anderen Frau einlassen konnte.

Ich gebe zu, dass ich nicht in allen Einzelheiten darüber Bescheid wusste, wie man einen Seitensprung durchführte, aber ich hatte die Ohren immerhin so weit offen gehalten, dass ich eine recht lebendige – und erschreckende – Vorstellung davon hatte.

Weit schlimmer war die Möglichkeit, dass die beiden nicht Liebe oder abstoßende Leidenschaft zueinander trieb, sondern verschwörerische Machenschaften.

Ich watete so lange durch diese finstere, knietiefe Flut

aus Überlegungen, bis ich wankend einen felsigen Strand erreichte und mich auf dem Westrasen von Buckshaw wiederfand.

Es war Nacht. Ein eisiger Wind wieherte durch die kahlen Baumkronen wie eine Herde Geistergras mampfender Geisterpferde. Bis auf das Licht im Fenster von Vaters Arbeitszimmer lag das Haus im Dunkeln.

Ich schlich mich näher heran, achtete aber aus unerfindlichen Gründen darauf, nicht gesehen zu werden.

Vater saß über seinen Schreibtisch gebeugt und hatte die Hände vors Gesicht geschlagen. Ihm gegenüber saß eine schwarz gekleidete Gestalt, die mir den Rücken zuwandte. Zwischen den beiden stand ein Schachbrett.

Als ich die beiden aus dem Schutz der Dunkelheit heraus beobachtete, beschleunigte sich mein Herzschlag, als hätte im Maschinenraum meiner Eingeweide eine unsichtbare Riesenhand einen gewaltigen Messinghebel mit der Aufschrift *Geschwindigkeit* umfasst und drückte ihn entschlossen nach vorn.

Die schwarz gekleidete Gestalt streckte die Hand aus und verschob eine Schachfigur. Die Figur glich einem Mädchen in dunkler Tracht, das einen Strohhut auf dem Kopf trug.

Vater hob den Kopf und sah seinen Gegenspieler mit schmerzerfülltem Blick an. Nach einer halben Ewigkeit, die in Wirklichkeit wahrscheinlich nur zwei Sekunden dauerte, denn auch in Träumen zieht sich die Zeit wie Fensterkitt, streckte auch er die Hand aus – ich erkannte jedes einzelne, herzzerreißend verletzliche Härchen auf seinem Handrücken – und ergriff eine silberne Figur, die er mit bebenden Fingern weiterschob.

Jetzt sah ich, dass die silberne Figur in Vaters Hand der

Erzengel Michael war … und das blasse Mädchen in der dunklen Schuluniform war ich selbst.

Ich wollte schreien, brachte aber keinen Ton heraus.

Da wandte sich Vater, als hätte er meinen stummen Schrei vernommen, zum Fenster um und sah mich mit seinen tief in den Höhlen liegenden Augen direkt an.

Diesmal schrie ich tatsächlich … und stellte beim Aufwachen fest, dass ich mich an mein Kissen wie an einen Rettungsring geklammert hatte und dass mein Herz so rasend pochte wie eine Höllenmaschine.

Hatte mich jemand gehört?

Ich spitzte die Ohren. Knarrten die Dielen? Näherten sich Schritte?

Nein. Miss Bodycotes Höhere Mädchenschule ruhte in tiefstem Schweigen und pechschwarzer Dunkelheit.

Ausgerechnet jetzt schrillte der Wecker los, was mir zum Verhängnis hätte werden können, aber ich schnappte ihn mir sofort und stellte ihn aus. Die fluoreszierenden Zeiger verrieten mir, dass es drei Uhr morgens war.

Zeit für meine Verabredung mit Mrs. Bannerman.

Ich tastete mich zum Waschbecken, rieb mir den Schlafsand aus den Augenwinkeln und schrubbte mir mit einem angefeuchteten Handtuchzipfel kräftig das Gesicht.

Wenn man kurzfristig rosige Wangen erzeugen will, geht nichts über Reibung. Ich wollte schließlich nicht wie der Tod auf Latschen aussehen, wie Mrs. Mullet so gern sagte.

Nachdem das erledigt war, zog ich mich an und schlich die Treppe hinunter.

»Guten Morgen«, begrüßte mich Mrs. Bannerman. Sie hatte schon Teewasser aufgesetzt. »Ich habe deinen Wecker gehört.«

Stimmte das? Oder enthielten ihre Worte eine geheime Botschaft … sozusagen einen Klaps auf die Pfoten? Keine Ahnung. Ich zuckte die Achseln.

»Ich war schon vor dem Klingeln wach«, erwiderte ich dann, »konnte ihn aber nicht mehr rechtzeitig ausstellen.«

»Konnte? Du *hast* ihn nicht rechtzeitig ausgestellt.« Sie schmunzelte.

Mir war jetzt schon klar, dass das wieder mal einer von diesen Tagen werden würde.

Wenn jemand einen erst mal in seiner Gewalt hat, geht es immer erstaunlich schnell, bis der oder die Betreffende in sämtliche Bereiche deines Lebens vorgedrungen ist. Eben noch geht es nur um harmloses Erdkundewissen, im nächsten Augenblick wird schon deine Haltung kritisiert und du musst dir anhören, du hättest Mundgeruch. Das war mir schon bei Miss Fawlthorne aufgefallen, und jetzt passierte mir das Gleiche mit Mrs. Bannerman.

Wenn mir jemand zu nahe tritt, reagiere ich instinktiv so, dass ich mich mit einem Mantel aus Kälte umgebe. Im Lauf der Geschichte hat schon so mancher de Luce mit einem vernichtenden Blick aus blauen Augen einen zudringlichen Menschen in die Schranken gewiesen oder ein durchgegangenes Pferd zum Stehen gebracht.

Mrs. Bannerman lachte bloß. »Lass gut sein, Flavia. Du machst ein Gesicht wie jemand, dessen Gruft von Grabräubern geplündert wurde. Ich sag's dir nicht gern, aber genauso siehst du aus.«

Ich spürte, wie sich meine Lippen unwillkürlich zu einem eisigen Lächeln verzogen.

»Dein Erfolg hier hängt vor allem von deiner Fähigkeit ab, dein Mienenspiel zu beherrschen, beziehungsweise das, was die Fachleute heutzutage mit dem Begriff *Körpersprache* umschreiben.«

Leider verriet mich mein gekräuselter Mundwinkel.

»Genau das meine ich! Du musst ein Pokergesicht machen können. Vielleicht hängt eines Tages dein Leben davon ab.«

»Sie meinen, falls mir mal jemand einen Heiratsantrag macht.«

Fragen Sie mich jetzt bitte nicht, wo diese Worte plötzlich herkamen. Gelegentlich amüsieren sich die Götter (oder die Dämonen) damit, unsereinen als Sprachrohr zu benutzen, und dies war eine jener Gelegenheiten.

Ich hatte noch nie auch nur einen Gedanken ans Heiraten verschwendet – weder in Bezug auf mich selbst noch auf jemanden aus meinem Bekanntenkreis –, aber es war mir einfach so rausgerutscht.

»Ganz recht«, erwiderte Mrs. Bannerman. »Wie schön, dass wir uns verstehen.«

Sie schenkte mir ein Lächeln, das ich nicht entschlüsseln konnte, ein Lächeln, bei dem sie die Augen zusammenkniff und die Mundwinkel nur ganz leicht anhob. Was wollte sie damit ausdrücken?

Ich beobachtete sie scharf und wartete auf weitere Signale, die aber ausblieben.

Dann traf es mich wie eine Ohrfeige: *Anerkennung*. Sie hatte mir einen anerkennenden Blick zugeworfen, und weil ich so etwas noch nie erlebt hatte, hatte ich damit nichts anfangen können.

Als hätte jemand ein Streichholz an ein trockenes Holzscheit im Kamin gehalten, breitete sich in mir eine wohlige Wärme aus. *So* also fühlte sich Anerkennung an! Ich musste aufpassen, dass ich nicht süchtig danach wurde.

Beim Gedanken an einen Kamin sah ich wieder den Kamin in Edith Cavell vor mir und das Bündel, das herausgepurzelt und durchs Zimmer gerollt war. Natürlich dachte ich auch an die verschollene Clarissa Brazenose.

Ihretwegen war ich schließlich hier, oder?

Ich holte tief Luft und sprang ins kalte Wasser. »Brazenose die Ältere«, sagte ich und wartete auf eine Entgegnung. Wenn sich zwei Erwachsene unterhalten, kann man seine Fragen direkt stellen und muss nicht kindisch um den heißen Brei herumreden. Wobei es eigentlich gar keine Frage war, sondern schlicht der Name einer Vermissten.

»Was ist mit ihr?«, fragte Mrs. Bannerman zurück.

»Sie hat das Sankt Michaels-Medaillon gewonnen, oder die Medaille oder wie das Ding heißt ... und dann ist sie verschwunden.«

»Ach ja?«

Mrs. Bannermans Gesichtsausdruck hatte sich kein bisschen verändert.

Ich begriff, dass sie mir wohlwollend dabei zuschaute, wie ich die mir noch unbekannten Tanzschritte erlernte: immer schön bedachtsam einen Fuß vor den anderen setzen.

Dabei hatte ich keineswegs vergessen, dass es verboten war, ein Mädchen über ein anderes auszufragen, aber Mrs. Bannerman war schließlich Lehrerin. Trotzdem hatte ich meine Erkundigung nach Clarissa Brazenose vorsichtshalber nicht als Frage formuliert.

Es war alles schrecklich kompliziert.

Aber ich genoss es auch.

Eines verregneten Sonntagnachmittags hatte mich Daffy damit gelangweilt, dass sie mir aus Platons *Dialogen* vorlas, in denen eine Schar verweichlichter junger Männer –

so kam es mir jedenfalls vor – auf einem sonnigen Hof hinter ihrem Herrn und Meister hertrottete und genau die richtigen Fragen stellte, nämlich solche Fragen, bei deren Beantwortung er seine Donnerkeile der Logik mit dem größtmöglichen Effekt zwischen sie schleudern konnte.

Platons Jünger waren wie die Stichwortgeber eines Komikers. Ihre einzige Aufgabe bestand darin, ihn gut aussehen zu lassen.

Was für ein blödsinniges Geschwätz, hatte ich damals gedacht und es Daffy auch gesagt.

War es möglich, dass es auf der Welt so und nicht anders zuging?

Der Gedanke zog mir buchstäblich den Boden unter den Füßen weg. Ich streckte die Hand aus und hielt mich an einer Tischecke fest.

»Allerdings«, sagte ich dann und probierte meine neu erworbene Seefestigkeit aus. »Sie hat die Sankt Michaels-Medaille gewonnen und ist verschwunden.«

Ich holte noch einmal tief Luft und setzte hinzu: »Trotzdem wurde sie gestern Abend auf dem Schulgelände gesehen. Sie ist immer noch hier.«

»Soso.« Mrs. Bannerman zog die Augenbraue hoch. War das spöttisch gemeint?

»Ja«, sagte ich. »Sie kam aus der Wäscherei.«

»Aha. Und was schließt du daraus?«

Doch, ich genoss diesen kleinen Schlagabtausch, bei dem Fragen zu Antworten und Antworten zu Fragen wurden, eine wechselseitige Verschleierungstaktik, bei der die Beteiligten peinlich darauf achteten, nichts preiszugeben.

Nichts … oder alles.

Lewis Carroll hatte in *Alice im Wunderland* ganz recht gehabt. Die Wirklichkeit war ganz und gar unsinnig.

»Ich schließe daraus, dass sie nie verschwunden war«, setzte ich alles auf eine Karte. »Dass sie nie tot war.« Ich machte eine Pause.

»Wentworth und Le Marchand übrigens auch nicht«, fügte ich dann noch an.

»Hmmm…«, machte Mrs. Bannerman.

Die perfekte Antwort.

Sie betastete die Haare über ihrem Ohr und fing eine einzelne Strähne wieder ein, die zu entwischen drohte.

»Also schön«, sagte sie dann und wandte sich dem Spektralfotometer zu, an dem sie gesessen hatte, als ich hereingekommen war. »Dann wollen wir doch mal untersuchen, weshalb die Beine dieses Nachtfalters namens *Actias Luna* Spuren von Arsen aufweisen. Ein hübsches kleines Rätsel.«

Ich konnte ihr nur von ganzem Herzen zustimmen.

20

Ich habe bis jetzt noch kein Wort über die Gottesdienste verloren, wahrscheinlich weil ich gehofft hatte, mich davor drücken zu können. Miss Bodycotes Höhere Mädchenschule war, wie schon gesagt, ganz dicke mit der Englischen Staatskirche, beziehungsweise der »Anglikanischen Kirche«, wie sie hier in den Kolonien genannt wurde (oder »Episkopalkirche« südlich der Grenze, in den Vereinigten Staaten von Amerika), und folgte ihren sämtlichen Zeremonien und Ritualen. Das ging an sechs Tagen der Woche mit dem Morgengottesdienst los, der in der ehemaligen Kapelle des alten Klostergebäudes abgehalten wurde, und hörte mit dem geschlossenen Gang zum Sonntagmorgengottesdienst in der nächstgelegenen Kirche, wo die Schülerinnen die volle Dosis Bibeltexte, Ermahnungen und Warnungen verpasst bekamen, noch lange nicht auf.

Habe ich eben »geschlossener Gang« gesagt? »Schnatternde Gänseschar« trifft es besser. Wahrscheinlich ist es einfacher, einer Meute Bluthunde ein Oratorium von Bach beizubringen, als eine Schar Mädchen dazu zu bewegen, in ordentlichen Zweierreihen unter den Augen der Öffentlichkeit eine breite Straße entlangzuprozessieren, ohne dass irgendein Unfug passiert, der den heiligen Tag ins Lächerliche zieht.

Die übliche Marschordnung sah so aus: An der Spitze Miss Fawlthorne und die anderen Lehrerinnen, dann die nach Klassenstufen geordneten Mädchen – die jüngsten zuerst bis hinauf zu den Sechstklässlerinnen – sowie die Schülersprecherin Jumbo als Nachhut.

Um Jumbo versammelten sich die üblichen Verdächtigen, die gern mal ein Zigarettchen an der frischen Luft rauchten: Fabian, Van Arque und ein paar andere jüngere Gesetzesbrecherinnen, die die Technik des Lungenzugs gerade erst erlernten.

Deswegen wurde am Ende der Schlange auch ständig gehustet, begleitet von dramatischem Räuspern und Ausspucken.

Wenn wir sonntäglichen Spaziergängern begegneten oder ältere Kirchgänger überholten, die zu Fuß in die gleiche Richtung unterwegs waren, ernteten wir betroffene Blicke, denn sie hielten uns vermutlich für Patientinnen aus der örtlichen Armenklinik für Schwindsüchtige, die einen Ausflug machten.

»Es liegt am *Essen!*«, röchelte Van Arque dann und klopfte sich auf die Brust. »Immer nur Zunge und Bohnen!« Was natürlich nicht erklärte, weshalb ihr beim Sprechen Rauch aus den Mundwinkeln quoll.

Obwohl ich bei den Viertklässlerinnen mitlaufen sollte, schaffte ich es, mich Stück für Stück zurückfallen zu lassen, indem ich den einfachen Trick anwandte, zweimal stehen zu bleiben und mir die Schnürsenkel zu binden. Als Scarlett angetrottet kam, reihte ich mich wieder in die Schlange ein.

»Didididit, ditdah, ditdahdidit, ditdahdidit, dadadah«, sagte ich. *»Hallo.«*

»Ditdahdahdit, dididit, dah«, gab sie zurück. *»Pst.«*

Wir schlurften ein Weilchen stumm nebeneinander her, dann zischelte ich: »Was glaubst du, was ihr zugestoßen ist? Ich meine Brazenose.«

Sie sah mich mit aufgerissenen Augen an. »Das darf ich dir nicht sagen. Also frag mich bitte nicht mehr.«

Was war *das* denn für eine Antwort? Auf dem Ausflug hatte sie mir noch ohne jede Scheu von ihrer nächtlichen Begegnung mit einem Mädchen erzählt, das angeblich seit zwei Jahren vermisst wurde, und jetzt traute sie sich nicht, mir ihre Vermutungen über den Grund von Brazenoses Verschwinden mitzuteilen?

Wovor – oder *vor wem* – hatte sie Angst?

Mir blieb nichts anderes übrig, als meine Karten auf den Tisch zu legen. Das war riskant, aber eine andere Möglichkeit gab es nicht. Es war meine Pflicht.

Tante Felicity hatte mir nicht nur einmal eingeschärft, dass mir die Familientradition eine ganz bestimmte Aufgabe zugedacht hatte.

»Deine Pflicht wird sich eines Tages so klar und deutlich vor dir abzeichnen wie eine weiße Linie, die mitten auf die Straße gemalt ist«, hatte sie gesagt. »Dieser Linie musst du folgen, Flavia.«

Die Worte meiner betagten Tante klangen mir so deutlich in den Ohren, als ginge sie direkt neben mir.

»Auch wenn sie mich zu einem Mord führt?«, hatte ich gefragt.

»Auch dann«, hatte sie geantwortet.

Tatsächlich hatte der nächste Mord nicht lange auf sich warten lassen. Die verkohlte, enthauptete Tote, wer immer sie sein mochte, war ganz gewiss nicht von eigener Hand gestorben.

Ich holte tief Luft, lehnte mich zu Amelia Scarlett hinüber und raunte ihr ins Ohr: »Isst du eigentlich auch so gern Fasanensandwiches?«

Die Wirkung war durchschlagend. Die Farbe wich aus

ihrem Gesicht, als hätte jemand einen Hahn aufgedreht. Sie blieb wie angewurzelt stehen, sodass Fabian, die hinter ihr ging, gegen sie prallte, das Gleichgewicht verlor, hinfiel und, als sie sah, dass ihr Strumpf am Knie zerrissen war, ein Schimpfwort ausstieß, das ein Zögling von Miss Bodycotes Höherer Mädchenschule eigentlich gar nicht hätte kennen dürfen.

Ich begriff sofort, dass ich einen Fehler gemacht hatte.

»Reißt euch zusammen, ihr Quasseltanten«, sagte Jumbo ärgerlich, »sonst kriegen wir *alle* einen Anschiss. Los, reiht euch am Ende ein.«

So kam es, dass Scarlett und ich auf einmal am Raucherinnenende der Schlange liefen, Schulter an Schulter, aber ohne ein Wort zu wechseln, weil wir beide nicht wussten, worüber wir noch hätten reden sollen.

Nach etwa hundert beklemmenden Metern rannte sie plötzlich los und hielt erst wieder an, als sie zwischen den anderen Viertklässlerinnen untertauchen konnte.

Der Pfarrer war ein gebrechliches altes Lamm mit einem gewaltigen weißen Haarschopf. Er spähte von der Kanzel auf uns herab wie ein Matrose vom Mastkorb eines vom Sturm umtosten Schiffes. Jede von uns, so verkündete er, sei nur ein kleiner Bestandteil eines großen Gerüstes, das zum Preis und Ruhme Gottes errichtet wurde.

Ihn konnte ich mir ja gut als Teil eines Baugerüstes vorstellen, wie er dort oben so in luftiger Höhe leicht hin- und herschwankte, aber mich selbst …?

Nein danke!

Die bloße Vorstellung stieß mich dermaßen ab, dass ich, als er uns schließlich den Segen erteilte und von der Kanzel getapert kam, um sich zu uns anderen Gerüststangen zu gesellen, absichtlich falsch sang: »Lasst uns Gott, den Schröpfer preisen …«

Nicht, dass irgendwer etwas gemerkt hätte. Das passiert nie.

Nur Feely bildete diesbezüglich eine Ausnahme. Auf ihrem Hochsitz auf der Orgelbank von St. Tankred entging meiner älteren Schwester auch nicht die kleinste Improvisation meinerseits. Dann richtete sie sofort ihren Brennglasblick auf mich, um mich zur Räson zu rufen.

Plötzlich durchfuhr mich ein schmerzhafter Stich.

Lieber Gott, dachte ich, *sie fehlt mir so sehr!*

Und schon stimmte ich, als throne sie auch hier und jetzt über mir, wieder brav in den Gesang der anderen ein:

Lasst uns Seine Güte rühmen
Auf der ganzen Erde weit,
Mond und Sonn' sich vor Ihm neigen,
Bewohner all von Raum und Zeit.

Genau darum ging es doch, oder? *Das* waren wir: Bewohner all von Raum und Zeit. Nicht irgendwelche ollen Eisenstangen aus einem Meccano-Baukasten, die ein unsichtbarer Baumeister zusammenschraubte! Nie im Leben!

Ich schielte zu Mrs. Bannerman hinüber. Was hielt *sie* wohl davon, als Gerüststange bezeichnet zu werden? Um ein Haar hätte sie auf dem gefürchtetsten Gerüst der ganzen Welt den Tod gefunden. Eine Verabredung mit dem Henker vergisst man vermutlich nicht so bald.

Und doch stand sie jetzt hoch erhobenen Kopfes hier in der Kirchenbank, sang mit leuchtenden Augen und einem angedeuteten, geheimnisvollen Lächeln mit, als wäre die Naturwissenschaft ihr Erretter und Erlöser.

Als wüsste sie etwas, das keine von uns anderen wusste.

Vielleicht war dem ja so. Vielleicht …

Mit einem Mal war mir klar, was ich zu tun hatte. Eigentlich war es gar nicht so schwer, schließlich hatte ich den Boden dafür schon bereitet.

In den meisten Kirchen gilt das ungeschriebene Gesetz, dass man einen Andächtigen, dem plötzlich schlecht wird, nicht aufhalten darf. Eben rezitiert man noch: »Wir bekennen, dass wir Gutes unterlassen und Böses getan haben, und es ist keine Gesundheit in uns …«, und im nächsten Augenblick heißt es: »Auf die Plätze, fertig, los!«, und man drückt die Hand auf den Mund und hastet zum nächstbesten Ausgang.

Es ist eine ausgesprochen sinnvolle Regel, die ich mir schon einige Male zunutze gemacht hatte.

Noch ehe die letzten Orgeltöne unter der Balkendecke verendeten, schenkte ich Mrs. Bannerman ein gequältes, würgendes Grinsen.

»'tschuldigung«, stieß ich hervor, drängte mich an meinen Sitznachbarinnen vorbei und ergriff die Flucht.

Die gesamte Belegschaft der Schule war in der Kirche versammelt und würde noch mindestens eine Stunde lang nicht herauskommen. Ich wandte mich ostwärts und flitzte los wie ein angestochenes Kaninchen.

Ich musste Collingwood noch einmal befragen, ohne dass uns jemand stören konnte, und jetzt war der richtige Zeitpunkt dafür. Nachdem ich ihr das Brechmittel verabreicht hatte und sie sich eine ganze Nacht richtig ausschlafen konnte, müsste sie sich eigentlich so weit von ihrer Betäubung erholt haben, dass ich sie ordentlich in die Zange nehmen konnte.

Wie ich es mir gedacht hatte, lag die Schule einsam und verlassen da. Es ist immer ein bisschen unangenehm, sich allein in einem leeren Gebäude aufzuhalten, das nicht das eigene Zuhause ist. Kaum sind die derzeitigen Bewohner ausgeflogen, schlüpfen die Geister der früheren aus der Wandvertäfelung und verteidigen ihr Revier. Auch wenn man sie nicht sieht, so spürt man ihre feindselige Anwesenheit doch deutlich, und manchmal kann man sie sogar riechen. Dann liegt etwas Frösteliges in der Luft, das einem verrät, dass man weder allein noch erwünscht ist.

Wie Schichten alter Farbe liegen die älteren Bewohner unter den neueren. Blasser und matter vielleicht, aber dafür umso unheimlicher.

Was haben diese gewölbten Decken wohl schon alles mit angesehen?, dachte ich. *Welche Tragödien haben sich in diesen ehrwürdigen Hallen schon abgespielt?*

Es rieselte mir kalt den Rücken herunter.

Ich stürmte die schummrige Treppe hinauf und in das Krankenzimmer, als grüben mir sämtliche Teufel der Hölle die Zähne in die Fersen.

Der Vorhang um Collingwoods Bett war zugezogen.

»Beeil dich!«, zischelte ich. »Steh auf. Zieh dich an. Du musst hier raus!«

Als ich den Vorhang ungeduldig aufriss, glitten die Metallringe quietschend über die Stange.

Collingwoods Bett war nicht nur leer – es war so ordentlich und frisch gemacht wie für einen Zeitschriftenfotografen.

»Ja, wen haben wir denn da?«, sagte jemand hinter mir, und ich fuhr herum. Ryerson Rainsmith schloss soeben die Schnallen einer schwarzen Arzttasche.

Flavia, du Dummkopf!

Doktor Rainsmith hatte ihn seine Frau auf dem Schiff genannt, aber ich hatte aus Trotz nicht richtig hingehört.

Rainsmith höchstpersönlich hatte Collingwood mit Chloralhydrat betäubt. Und Rainsmith war es auch gewesen, den Fitzgibbon gemeint hatte, als sie sagte, der Doktor käme nachher vorbei. Wie hatte ich nur so blind sein können?

Ich riss mich zusammen. »Wo ist Collingwood?«, fragte ich energisch. »Was haben Sie mit ihr gemacht?«

»Meine Schweigepflicht verbietet mir leider, dir zu antworten«, entgegnete Ryerson Rainsmith gelassen. »Außerdem ist das hier *meine* Krankenstation. *Ich* bin derjenige, der hier die Fragen stellt.«

»Das stimmt allerdings«, sagte eine zweite Stimme, und ich fuhr abermals herum.

Dorsey Rainsmith hatte sich von hinten an mich angeschlichen.

Ich hätte es mir denken können.

Ihr Kleid war ein sandfarbenes Zelt, dessen bauschige Falten von einem breiten Gürtel gebändigt wurden. Welche Waffen sich wohl darunter verbargen? Es war jedenfalls genug Platz für eine ganze Batterie von Äxten.

»Du hast hier nichts zu suchen«, fuhr sie fort. »Warum bist du nicht wie alle anderen in der Kirche?«

Ich ließ mich nicht beirren. »Wo ist Collingwood?«, fragte ich noch einmal. »Was haben Sie mit ihr gemacht?«

»Sie hat einen schweren Schock erlitten«, entgegnete Ryerson Rainsmith. »Um sich davon zu erholen, braucht sie Ruhe und Frieden.«

So leicht konnte er mich nicht abwimmeln. »Wo ist sie? Was haben Sie mit ihr gemacht?«, fragte ich zum dritten Mal.

»Dorsey …« Er nickte seiner Frau zu.

Ich wartete nicht ab, bis sie mich packte und in eine Zwangsjacke steckte. Ich tat, was jedes vernünftige Mädchen unter diesen Umständen getan hätte. Ich nahm die Beine in die Hand.

Ich sauste aus dem Zimmer und rannte polternd die Treppe hinunter. Es hörte sich an wie herabfallende Dachziegel.

»Halt sie auf, Ryerson!«, rief Dorsey, aber dafür war es schon zu spät. Ich war jünger, schneller und hatte einen Vorsprung.

Unten angekommen, schaute ich nach oben und sah ihre weißen Gesichter wie zwei Monde auf mich herabstarren.

Daraufhin grinste ich sie unverschämt an wie der entlaufene Pfannkuchen im Märchen, machte auf dem Absatz kehrt und prallte gegen die Brust von Inspektor Gravenhurst.

Beinahe hätte ich ihn umgerannt.

Der Inspektor schien noch überraschter zu sein als ich.

Wie lange hatte er schon dort gestanden? Was hatte er alles mit angesehen und angehört?

Es lag auf der Hand, für mich jedenfalls, dass er den Sonntagmorgen gewählt hatte, um ungestört im Schulgebäude herumzuschnüffeln. Schließlich wurden die Türen von morgens bis abends nicht verriegelt, und außerdem … welcher normale Mensch würde freiwillig in eine so abweisende Festung eindringen?

Die Frage war: Wer von uns beiden war der Verlegenere?

Ich musste eine Entscheidung treffen, und das im Bruchteil einer Sekunde. Sollte ich die Rainsmiths verpfeifen und dem Inspektor erzählen, was sie Collingwood angetan hatten, oder sollte ich lieber die Klappe halten und versuchen, die Oberhand zu gewinnen?

Also, wenn Sie Flavia de Luce so gut kennen wie ich, dann wissen Sie, dass sich diese Frage von selbst beantwortete.

»Herr Inspektor!«, begrüßte ich ihn mit Unschuldsmiene und gestehe hiermit beschämt, dass ich andeutungsweise mit den Wimpern klimperte. »Das trifft sich ja gut! Ich wollte Sie schon längst fragen, ob Sie inzwischen Glück hatten und herausbekommen haben, wer die Tote aus dem Kamin ist.«

Mensch, Flavia! Musst du andere Leute immer so abfällig behandeln? Was für eine Unverschämtheit gegenüber dem armen Kerl! »Glück« – als löste die Polizei von Toronto ihre Fälle beim Würfeln oder indem sie Lose aus der Mütze eines dicken Schutzmanns zog.

»Ja, wir haben die Identität der Toten inzwischen geklärt, Miss de Luce«, erwiderte er. »Die Meldung war der Aufmacher in sämtlichen Zeitungen. Aber hier in der Schule lest ihr vermutlich keine Zeitung, oder?«

Aha. Dann hatte Wallace Scroop seine Geschichte anscheinend doch noch bekommen.

Weil mir keine geeignete Erwiderung einfiel, schaute ich wieder zu den beiden Gesichtern hoch, die immer noch ausdruckslos vom oberen Treppenabsatz herunterblickten wie der maskierte Chor in einem antiken Drama, der auf seinen Auftritt wartete.

Der Inspektor folgte meinem Blick.

»Ach, Dr. Rainsmith«, sagte er. »Guten Morgen. Sie können die Frage dieser jungen Dame sicherlich besser beantworten als ich. Ich bin schließlich kein Rechtsmediziner.«

Rechtsmediziner? Ryerson Rainsmith – ein Rechtsmediziner? Und außerdem noch der Hausarzt der Schule und Vorsitzender des Beirats?

Wie ungeheuer absurd. Wie brandgefährlich!

Aber es war nicht Ryerson Rainsmith, der der Aufforderung des Inspektors nachkam. Ganz im Gegenteil, es war seine Frau Dorsey Rainsmith, die nun gemächlich die Treppe herabstieg.

»Mit Vergnügen, Inspektor«, sagte sie. »Überlassen Sie das ruhig mir.«

21

Wahrscheinlich hätte ich schreien sollen. Stattdessen sah ich dem Inspektor, als er mit einem knappen Nicken durch die Tür verschwand, wie in Trance hinterher.

Nachdem er auf frischer Tat dabei ertappt worden war, dass er an einem Sonntag unbefugt in ein unbeaufsichtigtes Gebäude eingedrungen war, konnte er jetzt gar nicht schnell genug das Weite suchen.

Und mich ließ er mit den Rainsmiths allein.

Viele Möglichkeiten blieben mir nicht. Da ich aufgrund der jüngsten Ereignisse wieder verstärkt mit dem Nägelkauen angefangen hatte, blieben mir als einzige Waffen zur Selbstverteidigung nur meine Fäuste und Füße.

Jetzt bereute ich bitter, dass ich Dogger nicht gründlicher über die Jiu-Jitsu-Methode von Professor Kano ausgefragt hatte. Wie nützlich wäre es gewesen, hätte ich jetzt einen oder zwei der tödlichen Schläge beherrscht. Ein rascher Hieb hier, ein flinker Tritt dort, und dann gute Nacht, ihr abscheulichen Rainsmiths!

Doch die traurige Wahrheit ist die, dass mich die Vorstellung von Dorsey Rainsmith – Dorsey Rainsmith! – als Medizinerin, schlimmer noch, als Rechtsmedizinerin, die die Tote aus dem Kamin obduziert hatte, dermaßen erschütterte, dass mein Hirn in eine Art Tiefkühlzustand verfiel, wie ihn auch Kapitän Scott am Ende seiner Antarktisexpedition erlebt haben musste.

»Hä?«, war alles, was ich herausbrachte.

Dorsey kam immer noch so langsamen Schrittes die Treppe herunter, als näherte sie sich einer überfahrenen Klapperschlange, die sich verletzt am Bordstein wand.

Ich hatte das grässliche Gefühl, dass sie jeden Augenblick eine Decke hervorzaubern und mir über den Kopf werfen würde.

Ihre Lippen bewegten sich, aber kein Laut war zu hören.

Dann begriff ich, dass sie mit mir redete.

»... einen schweren Schock«, sagte sie.

Schock? Von wem sprach sie? Von Collingwood? Oder etwa von mir?

Wollten mich die beiden jetzt in nasse Bettlaken wickeln und mit Chloralhydrat vollpumpen? War für Flavia de Luce etwa schon ein Kamin reserviert?

Vermutlich begriff ich erst in diesem Augenblick richtig, wie weit von zu Hause weg und wie durcheinander und übermüdet ich war. Unter anderen Umständen hätte ich den Rainsmiths schon längst die wohlverdiente Lektion erteilt und mir nach getaner Arbeit die Ärmel wieder heruntergekrempelt, aber so, wie die Dinge standen, musste ich jetzt um mein Leben kämpfen, und das war mir auch bewusst.

Ich wich langsam rückwärts von der Treppe zurück, im Gleichtakt mit Dorsey wie in einem tödlichen Tango.

»Warte«, sagte sie. »Das ist ein Missverständnis.«

Von wegen, Miss K.o.-Tropfen! Ich verstehe nur zu gut, was hier vorgeht.

Der durchschnittliche Mensch denkt vermutlich nur selten darüber nach, was ihm zwei mordlustige Ärzte alles antun können. Dabei lässt einem die bloße Vorstellung das Blut in den Adern gefrieren wie die Arktis das Wasser.

Die beiden konnten mir zum Beispiel sämtliche Organe entnehmen, schön langsam und immer eins nach dem anderen, bis nur noch meine Arme und Beine sowie meine wild rollenden und verzweifelt nach Rettung Ausschau haltenden Augäpfel auf dem Seziertisch lagen.

Oder aber sie konnten … Schluss jetzt!

Mir war klar, dass ich nur eine – eine einzige! – Chance hatte, meine Haut zu retten.

Sollte ich wegrennen? Zum Angriff übergehen? Oder meinen Verstand benutzen?

Die Entscheidung fiel mir leicht.

»Papi!«, rief ich und drehte mich zu einem der leeren Flure um. »Guck mal, wer hier ist! Mr. und Mrs. Rainsmith!«

Hätte ich es im richtigen Leben je gewagt, meinen Vater »Papi« zu nennen, wären wir beide vor Verlegenheit auf der Stelle tot umgefallen. Aber hier ging es nicht um das richtige Leben. Es war ein improvisiertes Theaterstück, das ich aufführte, um meinen Hals zu retten.

Und mit dem abscheulichen »Papi!« auf den Lippen lief ich mit ausgebreiteten Armen auf meinen imaginären Vater zu, der sozusagen hinter den Kulissen wartete.

»Hoffentlich war dein Flug nicht zu anstrengend«, sagte ich laut, als mich die Rainsmiths nicht mehr sehen konnten.

Es klappte!

Die Rainsmiths waren wie angewurzelt auf der Treppe stehen geblieben und rührten sich vermutlich erst wieder, als ich mich schon zur Hintertür hinausgeschlichen hatte und auf dem Weg zur Wäscherei war.

Dank des geklauten Schlüssels dauerte es nicht mal drei Sekunden – ich zählte mit –, bis ich wieder in jenem teuflischen Tempel der Reinlichkeit stand, ein Ausdruck, den ich mir von Daffy ausgeborgt hatte. Sie hatte ihn auf Armfields gemünzt, die einzige Reinigung in ganz London, der Vater seine zerschlissene Garderobe anvertraute, bis auf die Leibwäsche natürlich, die zu waschen, zu bügeln, mit Kartoffelmehl zu stärken und ordnungsgemäß zusammenzulegen einzig und allein Mrs. Mullet in der Küche ihres Häuschens in der Cobbler Lane gestattet war.

Abermals überkam mich ein ungutes Gefühl. Ich schluckte und sah mich in dem höhlenähnlichen Raum um.

Schließ die Tür ab, befahl mein Hirn, und ich gehorchte unverzüglich.

Am Sonntag war es hier drinnen heute kalt und klamm, und außerdem – weil die Maschinen nicht liefen und die riesigen Heizkessel so untätig waren wie gestrandete Unterseeboote – still wie in einem Grab.

Ich fröstelte. Noch nie in meinem ganzen Leben hatte ich mich derart als Eindringling gefühlt … und das will etwas heißen.

Ein, zwei Minuten rührte ich mich nicht von der Stelle und spitzte nur die Ohren. Es war nichts zu hören. Hätten die Rainsmiths die Dreistigkeit besessen, mir zu folgen, hätte ich auf dem Kies draußen vor der Tür ihre Schritte vernommen. Insofern konnte ich mir den Umstand, dass ich in der Wäscherei eingeschlossen war und das voraussichtlich noch einige Zeit bleiben würde, ebenso gut zunutze machen.

Gab es eine bessere Ausrede, um ausgiebig herumzuschnüffeln?

Bei meinem ersten Besuch in diesem Höllenpfuhl hatte ich in einer Ecke durch den Dampf hindurch einen Nebenraum erspäht. Er war nicht größer als ein Schrank und diente offenbar als Büro.

Warum nicht dort anfangen?

Ein schäbiger Tisch mit einem altmodischen Telefon-Handapparat und einem verstellbaren Stuhl, aus dessen Sitzfläche die Federn ragten, nahm fast den ganzen Platz ein. In einem kleinen Regal dahinter standen leinengebundene Kassenbücher. Die meisten waren auf dem Rücken mit einer Zeitspanne beschriftet: 1943–1946, 1931–1935 und so weiter.

Ich zog nacheinander alle sechs Schreibtischschubladen auf. Zwei davon waren leer, die anderen vier enthielten eine auffallend uninteressante Ansammlung allen möglichen Krempels: Briefmarken, ein Stempelkissen, die verschimmelten Überreste eines in Wachspapier gewickelten Käsebrotes, eine Flasche Feuchtigkeitslotion, Aspirin, ein Paar Gummihandschuhe, einen Fingerschutz aus Kautschuk, (abgebrochene) rote und schwarze Stifte und zwei eselsohrige Taschenbücher: *Wie man Freunde gewinnt – die Kunst, beliebt und einflussreich zu werden* von Dale Carnegie sowie *Sorge dich nicht – lebe!* vom gleichen Autor.

Nicht sehr vielversprechend.

In der untersten Schublade rechts hatte sich ein dickes Telefonbuch verklemmt. Sein gewellter Einband war in die Laufschiene geraten. Ich zog und zerrte, bekam es aber nicht heraus, und um dahinterzuspähen, hätte ich mich auf den unappetitlichen Steinfliesen auf alle viere niederlassen müssen.

Indem ich mir schier den Ellbogen ausrenkte, gelang es mir schließlich, die Hand hinter das verbogene Buch zu zwängen. Meine Finger streiften etwas Weiches, Flauschiges.

Ich dachte sofort an eine tote Maus. Vielleicht hatte sie an dem Käsebrot geknabbert und war daraufhin einer

Penicillinvergiftung oder einem anaphylaktischen Schock erlegen.

Ich bezwang den mädchenhaften Impuls, die Hand zurückzuziehen oder gar zu schreien. Stattdessen überwand ich mich, die Finger um das flauschige Ding zu schließen und es herauszuziehen.

Es war eine Socke. Eine rote Wollsocke. Und ich wusste sofort, dass ich das Gegenstück dazu schon mal gesehen hatte.

Ich betrachtete die Socke ausgiebig von allen Seiten, dann stopfte ich sie wieder in die Schublade. Auf den meisten Stoffen, vor allem auf Wolle, hinterließ man keine Fingerabdrücke. Außerdem hatte ich alles gesehen, was ich sehen wollte, und wollte mir nicht vorwerfen lassen, unsachgemäß mit Beweismaterial umzugehen.

Obendrein wäre es witzlos gewesen, die Socke mitzunehmen, schließlich lag ihr Gegenstück im Leichenschauhaus.

Ich wandte mich wieder den Kassenbüchern zu und nahm den ganz rechts stehenden Band aus dem Regal. Auf dem Rücken stand nur eine einzige Jahreszahl: 1950. Anscheinend war es das aktuelle Exemplar.

Als ich es aufschlug, knackte der Rücken trocken, und mir stieg der Geruch von Schweiß und muffiger Wäschestärke in die Nase. Ich hielt das Wäschereiverzeichnis von Miss Bodycotes Höherer Mädchenschule in der Hand.

Konnte es mir bei meinen Ermittlungen weiterhelfen? Mir fiel ein, was Mrs. Mullet mal gesagt hatte, als ich eine herablassende Bemerkung über ihre Zinkwannen gemacht hatte. »Rümpf nie die Nase über eine Wäscherin«, hatte sie in einer seltenen Anwandlung von Gereiztheit gefaucht. »Unsereins kriegt alles mit, was die Herrschaft isst, trinkt und sonst noch so treibt. So ein Waschbrett kann eine Menge erzählen.«

Damals hatte ich zwar nicht begriffen, was sie meinte, hatte mir ihre Worte aber trotzdem eingeprägt, für den Fall, dass sie mir irgendwann nützlich sein könnten. Dieser Fall war allem Anschein nach jetzt eingetreten.

Ich blätterte das Verzeichnis durch. Jede Seite war in fünf Spalten unterteilt. Datum, Name, Wäschestück, Anmerkungen und Preis.

Zum Beispiel:

10. Sept. 1951 / *Scarlett, A.* / 2 W-Pul., 2 Leibch., 2 x Str., 1 Trgrock, 2 x Tt., 1 Nhd. / 1,85 $

Daraus schloss ich, dass Amelia Scarletts Eltern 1,85 $ für das Waschen von zwei Wollpullovern, zwei Leibchen (eine Spielart von Unterwäsche, die ich für längst ausgestorben gehalten hatte), zwei Paar Strümpfen, einem Trägerrock, zwei Taschentüchern und einem Nachthemd in Rechnung gestellt worden waren.

Der Eintrag war neueren Datums, noch keinen Monat alt.

Was hatten wohl die älteren Einträge zu erzählen, zum Beispiel jene kurz nach dem Kostümball vor zwei Jahren? So ein außergewöhnlicher Anlass ging doch bestimmt nicht ohne ein paar verschüttete Gläser Punsch oder Limonade ab.

Ich griff nach dem Band davor. Auf die Innenseite waren Kalenderverzeichnisse von 1947, 1948 und 1949 geklebt. Verschiedene Tage waren mit Tinte angekreuzt.

Dort fand sich auch der Juni 1949, der vier Samstage umfasste: den 4., den 11., den 18. und den 25. An einem davon musste der Kostümball stattgefunden haben. Fragte sich nur, an welchem.

Vor und nach dem 18. wimmelte es nur so von Einträgen. Wahrscheinlich mussten jede Menge Kleider vor dem Ball in Schuss gebracht werden und hinterher ebenfalls. Ich konnte das Datum ein andermal überprüfen, indem ich eine Mitschülerin fragte.

Ich blätterte weiter, eher aus müßiger Neugier als mit einer bestimmten Absicht. Mrs. Mullet hatte ganz recht: dem Wäschereipersonal entging nichts. In diesem Buch waren sämtliche Risse und Flecken des Alltags aufgeführt. Doxon, M. beispielsweise hatte sich im Chemieunterricht Salzsäure über die Bluse gekippt. Johnson, S. hatte sich bei einer Schnitzeljagd den Trägerrock an einem Stacheldrahtzaun zerrissen. Eine Komikerin namens Terwilliger, A. dagegen war mit zwei Marmeladentörtchen in den Rocktaschen die Treppe runtergefallen. Alles war festgehalten, in sämtlichen erschreckenden, lachhaften und spannenden Einzelheiten.

Als mein Blick über die Spalten vom 6. Juli glitt, sprang mir ein wohlbekannter Name ins Auge: Brazenose, C.

Moment mal! War sie nicht schon mehrere Wochen davor verschwunden? Am Abend des Kostümballs? Um – laut Scarlett – zwei Jahre danach wieder aufzutauchen, am Vorabend unseres Ausflugs … und übrigens auch am selben Tag, an dem ich mit Miss Fawlthorne über den Friedhof spaziert war und meinen ersten Chemieunterricht bei Mrs. Bannerman gehabt hatte?

Gab es da etwa einen Zusammenhang?

Aber wo war Clarissa Brazenose dann die letzten sechshundert und noch was Tage gewesen? Ganz abgesehen davon … wo war sie *jetzt*?

Angenommen, sie war kein Gespenst, sondern noch am Leben, dann konnte es wohl kaum *ihre* Leiche sein, die aus dem Kamin gefallen war.

Um wessen Leiche handelte es sich dann?

In meinem Hirn wimmelte es vor sich umeinander windenden Gedanken wie in einer Schlangengrube.

Weshalb war ich zum Beispiel noch auf keinen Eintrag über das Lehrpersonal gestoßen? Vielleicht mussten die Lehrerinnen ihre Kleidung ja auf eigene Kosten instand halten, aber das schien mir nicht sehr wahrscheinlich. Wenn eine Institution über eine so riesige Dampfreinigung verfügte wie Miss Bodycotes Höhere Mädchenschule, dann standen deren Dienste bestimmt auch der Lehrerschaft zur Verfügung.

Mit dem nächsten Griff ins Regal holte ich einen Band herunter, dessen Rücken nicht beschriftet war.

Volltreffer! Da waren sie ja: Fawlthorne, Puddicombe, Moate, Bannerman, Fitzgibbon … all die großen Tiere in ihrer frisch gewaschenen Pracht.

Ungefähr sechseinhalb Sekunden lang war ich ganz aus dem Häuschen, dann stellte ich fest, dass dieses Buch, anders als das Verzeichnis über die Wäsche der Schülerinnen, keinerlei aussagekräftige Einträge enthielt. Es wurden lediglich die gewaschenen und gereinigten Kleidungsstücke aufgeführt, was einleuchtend war, denn die Lehrerinnen mussten offensichtlich nichts dafür bezahlen.

Was hatte ich denn erwartet? Zyankaliflecken auf Mrs. Bannermans Unterrock, kurz nach dem Ableben ihres Gatten? Zu schön, um wahr zu sein. So läuft es nun mal nicht im Leben … und im Tod auch nicht.

Der einzige halbwegs interessante Eintrag war der wiederkehrende Posten »Arbeitsanzug« unter dem Namen »Kelly«.

Endlich! Das konnte nur der lang gesuchte »K« sein, der für mich bis jetzt noch unsichtbar gebliebene Arbeiter, der vermutlich die Heizkessel anfeuerte oder aus anderen

Gründen Zutritt zur Wäscherei haben musste. Wobei es sich natürlich genauso gut um eine Frau handeln konnte. In jedem Fall gehörte dem- oder derjenigen der Schlüssel, mit dessen Hilfe ich mir Einlass verschafft hatte.

»Kelly« hatte jede Menge Risse und Grasflecken vorzuweisen, dazu je einmal »Teer« und »Öl«.

Mit dem aufgeschlagenen Buch in den Händen sah ich aus dem Augenwinkel, dass sich schräg hinter mir etwas bewegte.

Als ich herumfuhr, sah ich mich einem wahren Schrank von Mann gegenüber. Wo kam der Kerl auf einmal her? Ich hatte doch hinter mir zugeschlossen, und der einzige andere Zugang war eine Stahltür am anderen Ende des Raumes, die, wie ich deutlich erkennen konnte, fest verriegelt war.

Also musste er sich schon die ganze Zeit hier drinnen aufgehalten haben! Bei dieser Vorstellung rollten sich mir die Fußnägel auf.

»Was machst du hier, Kleine?«, fragte er mit knarrender Stimme.

Seine Schnapsfahne haute mich fast um.

Man musste kein Sherlock Holmes sein, um zu erkennen, dass der Bursche hinter den Heizkesseln getrunken hatte. Seine roten, verquollenen Augen erzählten den Rest der Geschichte. Vor mir stand ein Mann, der die sonntägliche Ruhe dafür genutzt hatte, sich ein Schlückchen und ein Nickerchen zu gönnen. Solche wie ihn musste es auf der Welt Tausende geben.

»Die Tür war nicht abgeschlossen«, sagte ich und legte eine Spur von Vorwurf in meinen Ton, ein Trick, den ich mir bei Feely abgeschaut hatte. Dann hielt ich ihm das Buch unter die Nase.

»Ich wollte nur mal nachsehen, ob Miss Fawlthornes Telefonnummer hier drin steht. Ich wollte sie anrufen und so lange hierbleiben, bis sie kommt und abschließt. Soll heißen, ich *habe* sie grade angerufen und warte jetzt auf sie.«

Dass heute Sonntag und Miss Fawlthorne samt ihrer schändlichen Belegschaft in der Kirche war, würde diesem Saufbold jetzt hoffentlich nicht einfallen.

Alkohol ist keiner Logik zugänglich, hatte mein verstorbener Onkel Tarquin in eines seiner Notizbücher geschrieben. Ob diese Erkenntnis auf persönlicher Erfahrung, dem Resultat eines chemischen Experiments oder einer philosophischen Eingebung beruhte, war mir leider nicht bekannt.

»Gib das her!«, knurrte der Mann und riss mir das Buch aus der Hand. »*Ich* bin hier zuständig. Wenn die Tür … die Tür …« Er stotterte herum, als wollte ihm das nächste Wort nicht einfallen, »… offen steht, dann deswegen, weil *ich* sie aufgeschlossen hab, kapiert?«

Mit seinem schnapsdunstigen Atem verwandelte er die Wäscherei mehr denn je in Dantes *Inferno*. Ich wartete förmlich darauf, dass seinem Mund als Nächstes brodelnde Lava entströmen würde.

Da stehst du nun, Flavia, in einem verriegelten Raum mit schalldichten Mauern, und wirst von einem aufgebrachten, alkoholisierten Fremden bedrängt, der dreimal so groß und schwer ist wie du, einem Kerl, der dich mit einem einzigen Faustschlag in einen Marmeladenklecks auf dem Fußboden verwandeln kann. Niemand ist hier, um dir zu helfen. Du bist ganz auf dich gestellt. Jetzt heißt es: Hirn gegen Muskeln.

»Sie müssen Mr. Kelly sein«, sagte ich munter und streckte ihm die Hand hin.

Der Schrank von Mann war so verdutzt, dass er sich

breitbeiniger hinstellen musste, damit er nicht umkippte. Seine trüben Augen stierten mich an.

»Miss Fawlthorne hat mir schon so oft von Ihnen vorgeschwärmt«, fuhr ich fort, »dass es mir vorkommt, als ob wir uns schon ewig kennen.«

Daraufhin schoss unfassbarerweise eine schinkengroße, ölverschmierte Pranke vor, packte meine Hand und schüttelte sie kräftig. »Sehr erfreut, Miss. Edward Kelly mein Name.«

Eine seltsame Regung durchströmte mich, und ich stellte mir diesen Riesenkerl unwillkürlich als kleinen Jungen vor, wie er eingeschüchtert vor einer längst verblichenen Lehrerin stand.

»Sag ›Sehr erfreut‹, Edward!«

Er trat von einem Fuß auf den anderen, damals wie heute, und da wusste ich, dass ihm diese Worte seit jenem längst vergangenen Tag nie wieder über die Lippen gekommen waren.

»Sehr erfreut«, wiederholte er, als hätte ich ihn vielleicht nicht gehört. Es klang gespreizt und unbeholfen. Die Worte fühlten sich in seinem schlaffen Mund nicht sonderlich wohl.

»Ich freue mich auch außerordentlich, Sie kennenzulernen«, gab ich zurück und löste meine Hand aus seinem Griff.

Übertrieb ich nicht zu sehr? Gut möglich, aber seine Reaktion zeigte mir, dass ich genau das Richtige gesagt hatte.

»Ganz meinerseits«, besann er sich auf eine weitere einst erlernte Höflichkeitsformel. »Ganz meinerseits.«

Wurde er allmählich nüchterner, oder bildete ich mir das bloß ein?

»In diesem Fall«, übernahm ich wieder die Regie, »brauche ich Miss Fawlthorne natürlich nicht zu behelligen. Sie wird schon unterwegs sein. Ich fange sie am besten am Pass ab und sage ihr, dass alles in Ordnung ist. Da ist sie bestimmt erleichtert.«

»Am Pass abfangen« war ein Ausdruck, den ich aus Kinofilmen kannte. Westernhelden wie Hopalong Cassidy, Randolph Scott und Roy Rogers benutzten ihn, und er schien mir besser nach Nordamerika zu passen als ins gute alte England, wo Cowboysprüche so selten vorkamen wie ein Kalb mit zwei Köpfen.

Ich ging zur Tür. Kellys kummervoller Blick folgte mir.

»Ja, es hat mich wirklich *außerordentlich* gefreut«, wiederholte ich noch einmal, um ihm etwas Gutes zu tun … und mir selbst auch.

Mein Abgang war so feierlich und blaublütig, wie es mir möglich war, und mir ging flüchtig durch den Kopf, dass ich mir offenbar allmählich angewöhnte, andere Leute einfach stehen zu lassen – erst die Rainsmiths und jetzt Edward Kelly. Wenn ich so weitermachte, würde dieser Planet bald übersät sein mit Menschen, die wie angewurzelt dastanden und mir nachschauten.

Fernes Rufen und Gelächter warnten mich davor, dass Schülerinnen und Lehrkräfte aus der Kirche zurückkehrten. Entweder waren dem betagten Pfarrer die unpassenden Vergleiche ausgegangen, oder er hatte auf der Kanzel sein Leben ausgehaucht.

Ich bog in Richtung Hockeyplatz ab. Ich musste dringend allein sein. Es war ein strahlender Herbsttag. Die Sonne wärmte mich, und ich musste in Ruhe nachdenken.

Im weichen Gras ließ ich mich auf die Knie sinken, stützte die Hände hinter mir auf die Erde und lehnte mich zurück, das Gesicht zum Himmel emporgewandt wie eine Sonnenblume. In einer solchen Haltung, die unmissverständlich besagte, dass ich gerade stumme Zwiesprache mit der Natur hielt, würde es niemand wagen, mich zu stören.

Krumme Schultern, ins Gesicht hängende Haare und ein zu Boden gerichteter Blick waren untrügliche Anzeichen, dass ein Mädchen niedergeschlagen war, dass es angesprochen werden *wollte* und sich nach einem Schwätzchen oder einer schönen Tasse Tee sehnte. Ein Mädchen dagegen, das den Kopf in den Nacken legte, die Augen schloss und ein angedeutetes Lächeln auf dem himmelwärts gerichteten Gesicht hatte, drückte damit aus, dass es mit seinen Gedanken allein sein wollte.

Ziemlich schlau von mir, eine so praktische Taktik auszutüfteln.

»Hallo«, sagte jemand. »Darf ich mich zu dir setzen?«

Ich ließ Augen und Mund geschlossen und hoffte, dass sie wieder abziehen würde.

Leider war es schon zu spät, um Daumen und Zeigefinger zum »O« aneinanderzulegen und wie ein tibetischer Lama oder die Pilger in *Der verlorene Horizont* laut *»OM MANI PADME HUM«* zu rezitieren.

»Du, de Luce …«

Ich ignorierte sie.

»Flavia? Geht's dir wieder besser?«

Langsam wie ein Leguan öffnete ich ein Augenlid.

Es war Jumbo.

»Ja. Danke der Nachfrage«, erwiderte ich knapp. Die meisten Leute hätten sich verpflichtet gefühlt, eine Erklärung nachzuschieben. Ich nicht.

Dem Schweigen wohnt ein Mysterium inne, an das bloße Worte niemals heranreichen. Schweigen ist Macht … so lange, bis einen jemand am Kragen packt.

»Bist du sicher?«

»Ganz sicher, danke.«

Ich finde, solche Unterhaltungen sind immer irgendwie elektrisch aufgeladen. Knisternde Spannungen zucken durch die Luft wie Blitze hinter einem Hügel.

»Wir haben uns Sorgen um dich gemacht. Miss Fawlthorne hat gesagt, ich soll nachschauen, wie es dir geht.«

Ich ließ das Augenlid wieder zufallen. »Wie gesagt, mir geht's gut.«

Es war unglaublich! Wie lange konnte ich dieses Spielchen noch durchhalten? Fünf Minuten? Zehn?

Eine Stunde?

Ich hörte ihren gestärkten Rock rascheln, als sie sich hinsetzte. Was sie auch hergeführt haben mochte, es war offenbar so wichtig, dass sie sogar Grasflecke auf ihrer Kleidung riskierte. Ihre Lippen streiften mein Ohr, als sie an mich heranrückte und sich vorbeugte.

»Wir müssen uns unterhalten«, flüsterte sie.

Wurden wir beobachtet? Waren aus den hohen, leeren Fenstern des Schulgebäudes fremde Blicke auf uns gerichtet? Aber von dort oben sahen wir bestimmt nur aus wie zwei ferne kleine Segel in einem unendlichen Meer aus Gras.

Warum war ich dann so misstrauisch? Und warum war übrigens auch Jumbo so übervorsichtig?

Ich öffnete millimeterweise beide Augen.

»Ich habe über den Sankt Michaels-Preis nachgedacht«, sagte ich und ließ damit alles in der Schwebe.

»Über den früheren oder den jetzigen?«

Jumbo war nicht dumm.

Ohne ihre Frage zu beantworten, gestattete ich mir einen Anfall von romantischer Schwärmerei: »Ich muss mir die ganze Zeit vorstellen, wie es wäre, vor so vielen Leuten auf der Bühne zu stehen und eine Silbermedaille mit einem Erzengel drauf verliehen zu bekommen. Sag mal ... wer überreicht die Preise eigentlich?«

»Dr. Rainsmith.«

»Er oder sie?«, fragte ich bemüht gelassen.

»Er natürlich. Sie kommt nur wegen der Häppchen.«

Jumbo musste es eigentlich wissen. Als Brazenose die Ältere verschwunden war, musste sie in der Fünften gewesen sein. Und wie Brazenose war auch Jumbo schon ewig an der Schule.

»Und wie war das vor zwei Jahren, als Brazenose den Preis gekriegt hat?«

»Du musst besser aufpassen«, zischte sie unvermittelt.

»Wieso?«

Am helllichten Tag ist es leicht, mutig zu sein.

»Weil der Schein trügen kann.«

Ich hätte gern erwidert, dass ich mir dessen schon mein ganzes Leben lang bewusst war, verkniff es mir aber.

»Du bewegst dich in gefährlichem Gewässer«, fuhr Jumbo fort, »und merkst es nicht mal. Das Wasser steht dir schon bis zum Hals. Scarlett hat versucht, dich zu warnen, und Gremly auch.«

Ich saß ganz still. Ich wollte die hauchzarten Machtfäden nicht zerreißen, die ich mit meinem Halbschweigen gesponnen hatte. Dabei war ich für den unbefangenen Betrachter einfach nur ein eigensinniges Mädchen, das auf einer sonnenbeschienenen Wiese saß und die Nase ziemlich hoch trug.

Aber worauf spielte Jumbo an? Waren denn alle meine bisherigen Schlussfolgerungen falsch gewesen? Nein ... ausgeschlossen.

Doch plötzlich kam mir ein entsetzlicher Gedanke. Was, wenn nun gewisse Mädchen auf Miss Bodycotes Schule nicht nur im Chiffrieren, Entschlüsseln und den schwarzen Künsten der Naturwissenschaft ausgebildet wurden, sondern auch im Morden? Wenn nun jede von ihnen – von *uns*! – als grausige Abschlussprüfung einen Menschen umbringen musste?

War es das, was mir Jumbo mit ihren Andeutungen sagen wollte?

22

FLAVIA DE LUCE, MÖRDERIN.

Der Gedanke kam nicht aus heiterem Himmel. Wahrscheinlich hatte er schon längere Zeit in der unterirdischen Küche meines Hirns in einem verschlossenen Topf vor sich hingesiedet.

Mir fiel ein Abend zu Hause auf Buckshaw ein, der schon ein paar Jahre zurücklag. Daffy las gerade *Der Henker kommt persönlich*, einen billigen Krimi-Reißer mit schwarzem Umschlag. Darin übte der Sonderermittler Jack Cross, alias X9, Vergeltung an den Feinden Ihrer Majestät, indem er ziemlich derbe Methoden anwandte. Zum Beispiel brachte er das Blut der Schurken mit extrastarken Radiowellen zum Kochen oder fesselte sie, mit einem Riesenkraken Auge in Auge. Einem Spitzel presste er ein Geständnis ab, indem er ihn an einer der Schiffsschrauben eines in Kürze vom Stapel laufenden Zerstörers festband, dessen Besatzung er verraten hatte, und auf den letzten paar Seiten stach er dem berüchtigten Spion Baron Noel van den Hochstein die Augen aus – und zwar mit dem Korkenzieher seines Pfadfindermessers, einer nützlichen Waffe, ohne die er niemals aus dem Haus ging.

Diese letzte Szene hatte Daffy so verstört, dass sie um drei Uhr früh mit aufgerissenen Augen in mein Zimmer und mein Bett gestürmt kam, wobei sie das Deckenlicht anknipste und zusätzlich noch eine ganze Packung Kerzen anzündete, die bis lange nach Sonnenaufgang nicht erlöschen durften.

Damals hätte ich jeden schallend ausgelacht, der mir prophezeit hätte, dass ich selbst eines Tages in die Fußstapfen von Jack Cross, X9, dem persönlichen Henker, treten würde. Aber in dieser verdrehten Welt gab es offenbar nichts, was es nicht gab.

Und doch wäre ich bis gerade eben nie auf die Idee gekommen, dass man möglicherweise von mir erwartete, jemanden zu töten.

Allerdings hatte meine Mutter dem geheimnisvollen »Nest des Colchicus« angehört, dem Tante Felicity vorstand. So viel wusste ich immerhin, und ich wusste auch, dass es um mich herum noch andere gab, die voll ausgebildete Agenten waren … oder eben auch nicht. Zum Beispiel Gremly, die sich durch ihre Frage verraten hatte, ob ich Fasanensandwiches zu schätzen wüsste. Ich brannte darauf, ihr jede Menge Fragen zu stellen, nicht nur, um mehr über ihre Verbündeten herauszufinden, sondern auch über meine eigenen.

Aber gerade das war verboten. Man hatte mir unmissverständlich klargemacht, dass ich niemals und unter gar keinen Umständen irgendein Mädchen auf der Schule über ihre eigene Person oder über ein anderes Mädchen ausfragen dürfe, eine Regel, die bei näherer Überlegung ausgesprochen sinnvoll war. Nur so konnten diejenigen von uns, die auf die Erfüllung ihrer lebenslangen vaterländischen Pflicht vorbereitet wurden, ihre geheimen Machenschaften vor den anderen verborgen halten. Die anderen Mädchen an der Schule, die das alles nicht betraf – die Tagesschülerinnen –, waren nur eine Tarnung für unsereinen.

Sie waren sozusagen die Drohnen, wogegen wir die Bienenköniginnen waren.

So viel hatte ich inzwischen von allein begriffen.

Es gehörte alles zu einem großen Spiel, in dem wir nur kleine Figuren waren. Die Spielregeln standen nirgends geschrieben, jede von uns musste sie sich selbst erschließen. Es war wie ein riesiger Irrgarten, durch den jede ihren eigenen Weg finden musste, und zwar im Stockdunkeln und allein durch Versuch und Irrtum.

Wie teuflisch schlau das alles war!

Oder war das Ganze einfach nur ein großartiges Theaterstück, das aufgeführt wurde, um mich auf die Probe zu stellen? Ein Stück, in dem jeder außer mir seine Rolle kannte?

Nein. Die betäubte Collingwood hatte nicht geschauspielert. Eine Angst, wie ich sie in ihren Augen gesehen hatte, konnte man nicht vortäuschen.

»Du bist ja so still«, sagte Jumbo. Wir hatten schon so lange kein Wort mehr gesprochen, dass ich ihre Anwesenheit fast vergessen hatte.

Ich sah ihr fest in die Augen. »Ich weiß, dass wir keine persönlichen Fragen stellen dürfen«, sagte ich, »aber was ist mit *unpersönlichen* Fragen? Die Rainsmiths sind keine Mitschüler. Darf ich dich etwas über sie fragen?«

Schon das war riskant. Mir war durchaus bewusst, dass ich eine Schülersprecherin nicht in Versuchung führen durfte, gegen die Regeln zu verstoßen.

Das britische Weltreich war nicht von Petzen und Klatschmäulern errichtet worden ... auch nicht hier in Kanada.

Doch wie Sonnenstrahlen nach dem Regen huschte ein warmes Lächeln über Jumbos Gesicht.

»Exzellentemento!«, sagte sie anerkennend. »Eine Eins mit Sternchen. Klar kannst du mich nach ihnen fragen.«

Mir war zumute, als hätte ich gerade im Lotto gewonnen.

Schon Jumbos Bemerkung, Dorsey Rainsmith nähme nur wegen der Häppchen an den Preisverleihungen teil, hatte mir verraten, dass sie die Frau nicht leiden konnte, sodass ich als Gleichgesinnte bereits den Fuß in der Tür hatte.

»Was haben die beiden mit Collingwood gemacht?«, formulierte ich raffiniert.

Mit »die beiden« waren die Rainsmiths gemeint, insofern war die Frage erlaubt.

»Sie haben sie mit dem Krankenwagen weggebracht«, antwortete Jumbo. »Noch vor Sonnenaufgang. Ich hab's aus meinem Fenster gesehen.«

»Und wohin?«

»Keine Ahnung. Ich weiß nur, dass Miss Fawlthorne und Fitzgibbon mitgefahren sind.«

Diese Auskunft traf mich wie ein Schlag in die Magengrube.

Miss Fawlthorne!

Andererseits war es eigentlich nicht so erstaunlich. Ich hatte ja bereits beobachtet, wie sie auf der Danforth Avenue zu Ryerson Rainsmith ins Auto gestiegen war. Jetzt stand endgültig fest, dass die beiden unter einer Decke steckten.

»Und was machen wir jetzt?«

Jumbo hob den Kopf und schaute blinzelnd gen Himmel, wo dicke Haufenwolken träge über das grell blaue Firmament trieben.

»Nichts«, sagte sie.

»Nichts?« Meine Erwiderung kam so blitzschnell wie ein zurückgeschlagener Tennisball.

»Nichts. Es gibt mehr Dinge zwischen Himmel und Erde, Horatio, als unsere Schulweisheit sich träumen lässt.«

»Und das bedeutet?«

»Alles, was du daraus schließt.«

Herrgott noch mal! Was bildete diese …

Ich war kurz in Versuchung, sie wütend anzufunkeln, drehte mich aber rechtzeitig weg und behielt den giftigen Blick größtenteils für mich.

»Du erinnerst mich an meine Schwester Daffy«, sagte ich stattdessen.

»Wie schön«, erwiderte Jumbo, und damit stand sie auf, klopfte sich den Rock ab und ging, ohne sich noch einmal umzudrehen, raschen Schrittes auf die Rückseite des Schulgebäudes zu.

Als ich ihr nachschaute, überkam mich eine seltsame Traurigkeit, die halb glücklich war und halb nicht … eine Empfindung, die sich nur schwer beschreiben lässt. Wahrscheinlich hatte ich mir insgeheim Hoffnungen gemacht, wir würden trotz allem dicke Freundinnen werden und die Geheimnisse des Universums, darunter auch die von Miss Bodycotes Höherer Mädchenschule, würden sich vor mir wie eine riesengroße Landkarte entrollen, ohne dass ich mich noch sonderlich anstrengen musste.

Aber es hatte nicht sein sollen. Ich war ich … sie war sie … und die Welt war die Welt. Ein Verdacht, den ich zu meinem Verdruss schon die ganze Zeit gehegt hatte.

Mir gingen die Zeilen durch den Kopf, die Daffy einmal an Vaters Geburtstag für ihn im Salon rezitiert hatte:

»Niemand ist eine Insel, ganz für sich allein. Jeder Mensch ist ein Stück des Kontinents, ein Teil des Festlandes. Wenn eine Scholle ins Meer gespült wird, wird Europa weniger.«

Leider konnte ich dem guten, alten, toten John Donne

nicht hundertprozentig zustimmen. Noch nie war ich mir so sehr wie eine Insel vorgekommen.

Ich war die Scholle, die ins Meer gespült worden war.

Mit bebender Unterlippe erhob ich mich aus dem Gras und lief los, irgendwohin, nur weg von der Schule.

Offen gestanden hatte ich es gründlich satt, Sklavin meiner Gefühle zu sein. Es war höchste Zeit, dass ich mich wieder mit beiden Beinen auf den festen Boden der Wissenschaft stellte, statt mich von den Absonderungen gewisser hinterhältiger, wichtigtuerischer Drüsen überwältigen zu lassen. Letztendlich war doch alles Chemie, und Chemie sollte einen schließlich zum Staunen bringen und nicht dazu, dass man sich elend fühlte.

Ich musste mich neu sortieren, musste mich wieder von meinem Verstand leiten lassen statt von meinen Tränenkanälen und mich unter allen Umständen an die nüchterne Logik halten. »Auf Biegen und Brechen«, wie Mrs. Mullet mal gesagt hatte.

Bei diesem Gedanken lächelte ich unwillkürlich, und es dauerte nicht lange, bis alles mehr oder weniger wieder in bester Ordnung war. Es war wie Magie, ein Zauber, den ich mir nicht recht erklären konnte.

Inzwischen hatte ich den Hockeyplatz überquert. Seine Begrenzungen wurden überwiegend durch die Mauern und Zäune der angrenzenden Grundstücke vorgegeben. Inmitten einer hohen Hecke führte ein kleines Lattentor in unbekannte Gefilde. Ich öffnete es, zwängte mich hindurch und stand auf einem schmalen Weg, der zwischen zwei hohen, struppigen, modrig riechenden Zedernhecken hindurchführte. Ich drehte mich zur Seite und schob mich im Krebsgang weiter, um den unangenehm feuchten Zweigen auszuweichen, die wie die Straußenfedern auf den Hüten der Teilnehmerinnen an einem altmodischen Leichenzug herabhingen. Außerdem roch es wie der Versammlungsort einer größeren Katzenschar.

Am anderen Ende mündete der Pfad in einen gepflasterten, ringsum mit Brettern verschalten Platz, der im Winter wahrscheinlich geflutet und als Schlittschuhbahn genutzt wurde. Früher einmal mochten hier Tennisplätze gewesen sein, inzwischen war der Belag jedoch eingerissen, Gras und Unkraut wucherten aus den Spalten.

»Aus dem Weg!«

Ein metallisches Getöse hinter mir ließ mich zusammenzucken und buchstäblich beiseite springen – gerade noch rechtzeitig, bevor mich eine menschliche Kanonenkugel plattwalzen konnte. Eine uniformierte Gestalt auf Rollschuhen, die Augen hinter einer altmodischen schwarzen Sonnenbrille verborgen, und mit einem wild auf- und abschnellenden Jo-Jo in der Hand.

Trotzdem erkannte ich sie auf Anhieb. Es war Gremly.

»'tschuldigung!«, rief sie, als sie so dicht an mir vorbeisauste, dass sie mich fast streifte, und sich dann in eine kühne Rechtskurve legte, wobei sie die Beine so elegant kreuzte, als sei sie schon auf Rollschuhen zur Welt gekommen.

»Warte!«, rief ich ihr nach, aber sie hörte mich nicht. Mit fliegenden Rollschuhen und hüpfendem Jo-Jo fegte sie einmal um den ganzen Platz herum und kam erst auf dem Rückweg wieder an mir vorbeigeschossen.

»Zweihundert Meter!«, rief sie und war schon wieder auf und davon, ehe ich etwas sagen konnte.

Sie fuhr die nächste Runde, immer im Uhrzeigersinn, eine aufgezogene Kugel aus schierer Kraft, die sich in ihrer schmächtigen Gestalt ballte.

Ich wartete ab, bis sie das nächste Mal an mir vorbeiflitzte.

»Mrs. Rainsmith?«, rief ich und versuchte, das Fragezeichen am Ende zu betonen. Sie sauste die Längsseite des Platzes hinab, nahm die Gegengerade und kam wieder zurück.

»Eine Schreckschraube!«, übertönte sie den Höllenlärm, den sie selbst verursachte.

Bei der nächsten Runde schwieg ich und überließ es ihr, etwas zu sagen.

»Leider. Die Erste war netter.«

Schon war sie wieder weg.

»Die erste *was*?«, brüllte ich aus vollem Hals.

Ich musste eine volle weitere Runde auf die Antwort warten.

»Die erste Frau, Francesca. Verschwunden.«

Verschwunden? So wie Brazenose? Wie Le Marchand? Wie Wentworth?

Sollte ich das wirklich glauben? War Miss Bodycotes Höhere Mädchenschule etwa die Endstation auf der Straße ins Jenseits?

Ich hob den abgewinkelten Arm in die Höhe, aber Gremly ignorierte das Stoppzeichen.

»Kann nicht«, keuchte sie, als sie wieder an mir vorbeikam. »Hundert Strafrunden bis zum Mittagessen.«

Ich übte mich in Geduld, bis sie das nächste Mal an mir vorbeifegte.

»Rülpsen im Gottesdienst!«, rief sie mir zu. Dieser Auskunft folgte ein wieherndes Gelächter, das hinter ihr herwehte wie ein langer, flatternder Schal.

Ihr Trotz war erfrischend.

Wahrscheinlich ermutigte er mich zu dem spontanen Entschluss, Miss Fawlthorne zur Rede zu stellen.

Was konnte mir schließlich passieren?

Sonntagnachmittags glich Miss Bodycotes Höhere Mädchenschule einer riesigen alten Begräbnisstätte, dem Londoner Highgate-Friedhof zum Beispiel, allerdings ohne die Grabsteine. Eine unnatürliche Ruhe lag wie ein schwarzes Leichentuch über dem Gelände, als wäre schon das kleinste Geräusch eine Todsünde. Sogar die Wände und Fußböden hatten etwas Abweisendes, als wollten auch sie ihre Ruhe haben … als wäre ich ein Eindringling.

Ich schlenderte an der Ehemaligen-Galerie vorbei, warf aber den meisten der schwarz gerahmten Fotos nur einen Blick aus dem Augenwinkel zu. Sie direkt anzuschauen wäre mir wie ein Sakrileg vorgekommen.

Dann kam ich zu Harriets Gedenkschrein. Hier blieb ich kurz stehen, dann legte ich den Finger erst auf meine Lippen und anschließend auf ihre.

Ob sie sich freute?

Schwer zu sagen. Das war das Problem, wenn man die Tochter einer Toten war.

Ich riss mich los von dem Anblick und ging weiter.

Nicht weit entfernt, schon fast am Ende der Galerie, hing, was mir noch gar nicht aufgefallen war, ein Foto von Brazenose der Älteren, Clarissa. Ich erkannte sie nur, weil ihr Name wie der aller anderen in ein versilbertes Schildchen unten auf dem Rahmen eingraviert war.

Sie sah ihrer jüngeren Schwester nicht besonders ähnlich. Tatsächlich war die Ähnlichkeit so gering, dass sie einem leicht entgehen konnte, wenn man nicht darauf achtete.

Ich schnappte nach Luft.

Clarissa trug die Sankt Michaels-Medaille um den Hals. Den gleichen silbernen Erzengel mit den gewaltigen Schwingen, der in diesem Augenblick in meiner Tasche steckte.

Ich holte ihn heraus und verglich ihn mit dem Foto. Es gab keinen Zweifel. Die schwärzliche Verfärbung auf der Oberfläche der Medaille war der einzige Unterschied.

Es lief mir kalt den Rücken runter und wieder rauf. Das Bild musste am Abend ihres Verschwindens aufgenommen worden sein – am Abend ihres Todes womöglich.

Denn seit dem Kostümball war sie verschollen.

Als ich mich Miss Fawlthornes Büro näherte, wurden meine Schritte langsamer.

Letzte Gelegenheit zur Umkehr, ging es mir durch den Kopf. *Letzte Gelegenheit, die schlafenden Hunde weiterschlummern zu lassen.*

Manchmal trifft man eine Entscheidung, von der man im selben Augenblick spürt, dass sie unwiderruflich ist, eine Entscheidung, nach der, wenn man sie erst in die Tat umgesetzt hat, das Leben nicht mehr dasselbe ist.

Es gibt immer einen letzten Augenblick, in dem man noch kneifen kann, aber dann wird man nie erfahren, wie die Sache ausgegangen wäre. Als Paulus auf dem Weg nach Damaskus war, hätte er beispielsweise Gott um einen Sonnenstich bitten können – und die Welt wäre eine andere geworden. Admiral Nelson hätte in der Schlacht von Trafalgar zu dem Schluss kommen können, dass er zahlenmäßig unterlegen war; daraufhin hätte er sogleich mit vollen Segeln abrauschen können, um ein andermal weiterzukämpfen.

Ich wog die beiden Möglichkeiten noch einmal kurz gegeneinander ab, dann klopfte ich. Das dumpfe Pochen hallte unheilverkündend von den gleichgültigen Wänden wider.

Keine Reaktion. Ich klopfte noch einmal.

Als ich schon wieder kehrtmachen wollte (zum Kuckuck mit Paulus und Admiral Nelson), hörte ich jemanden »Herein!« rufen.

Ich packte den kalten Türknauf, drehte ihn herum, holte tief Luft und betrat das Büro der Rektorin.

Miss Fawlthorne war nur eine schwarze Silhouette vor dem hellen Fenster. Weil meine Augen noch auf das Dämmerlicht in der Galerie eingestellt waren, war ich geblendet und konnte sie nicht richtig anschauen. Trotzdem sah ich in ihrem verdunkelten Gesicht zwei unmissverständlich feuchte Augen blinken.

Merkwürdig. Als wir vor nicht mal zwei Stunden zur Kirche marschiert waren, hatte sie noch einen ganz normalen Eindruck gemacht. Hatte sie sich vielleicht in dem alten Gemäuer eine Erkältung geholt?

Sie schob einen Stoß Papier in eine Schreibtischschublade und schloss die Schublade mit einem Knall.

Ich stand verlegen da, bis sie schließlich sagte: »Setz dich, bitte.«

Dann rückte sie weitere Papiere und Rotstifte auf dem Tisch hin und her, und ich begriff, dass sie sich erst wieder fassen musste.

Aber weshalb?

Ich wartete darauf, dass sie mich fragen würde, was ich wollte, aber sie sagte nichts, und die Stille zog sich in die Länge.

»Ja, bitte?«, fragte sie schließlich nach einer ganzen Weile, mehr nicht.

Ich traute meinen Ohren nicht. Es war, als würde einen der Kapitän der *Queen Elizabeth* zu sich auf die Kommandobrücke bitten und sodann auffordern, das Steuer zu übernehmen. Nicht zu fassen!

Im Gespräch mit einem Erwachsenen ist ein zwölfjähriges Mädchen stets die Unterlegene. Nur ein Dummkopf begreift das nicht.

Trotzdem hatte die furchteinflößende Miss Fawlthorne mir soeben, ohne mit der Wimper zu zucken, die Zügel unserer Unterredung überlassen. Wie schon gesagt: nicht zu fassen.

Eine solche Gelegenheit durfte ich mir natürlich nicht entgehen lassen. Sie kam vielleicht nie wieder.

»Mrs. Rainsmith«, sagte ich. »Die Erste. Francesca.«

Miss Fawlthorne unternahm keinen Versuch, ihre Verblüffung zu verbergen. »Sieht so aus, als hättest du deine Hausaufgaben gründlich gemacht«, sagte sie in mattem, resigniertem Ton. Gleichzeitig zog sie ein erstaunlich undamenhaftes groß kariertes Taschentuch aus dem Ärmel und fuhr sich damit über die Augen, als wollte sie Staub wischen. Aber sie konnte mich nicht täuschen.

»Die arme Francesca. Eine Tragödie. Eine echte Tragödie.«

Meine Blicke flehten sie an weiterzusprechen.

»Sie ist ertrunken. Bei einer nächtlichen Bootsfahrt über Bord gefallen.«

»Ach, du liebe Zeit!«, sagte ich. Wegen derart lahmer Bemerkungen verachtete ich sonst andere Leute und war entsprechend enttäuscht, so einen Stuss aus meinem eigenen Mund zu hören. Deshalb versuchte ich den Ausrutscher rasch zu überspielen.

»Man wollte mir weismachen, sie sei verschwunden.«

Diese Formulierung war ein kluger Schachzug. Sie deutete an, dass jemand anders für meinen Irrglauben verantwortlich war.

»Das ist sie ja irgendwie auch«, entgegnete Miss Fawlthorne. »Ihre Leiche wurde nie gefunden. Eine Tragödie. Ryerson – Dr. Rainsmith, meine ich – war am Boden zerstört.«

Pah!, machte ich in Gedanken höhnisch. Nicht so am Boden zerstört, dass er nicht die dödelige Dorsey zum Altar führen konnte, noch ehe die sterblichen Überreste von Ehefrau Nummer eins auf dem Grund des Gewässers zur Ruhe gekommen waren.

Sie deutete meinen Gesichtsausdruck richtig.

»Trauer drückt sich auf ganz unterschiedliche Art und Weise aus, Flavia«, sagte sie ruhig. »Ich hätte gedacht, du wüsstest das inzwischen.«

Natürlich hatte sie recht. Den kleinen Stich, den mir ihre Bemerkung versetzte, nahm ich als verdient hin.

»Er war Dorseys Mentor als Arzt. In seinem Kummer war sie für ihn der Fels in der Brandung.«

Jemanden einen Fels in der Brandung zu nennen, hatte Daffy mal gesagt, war eine nette Art auszudrücken, dass derjenige rettungslos herrschsüchtig war, aber es gelang mir, diesen Gedanken für mich zu behalten.

»Eine echte Tragödie«, sagte Miss Fawlthorne zum wiederholten Mal, aber zum ersten Mal überlegte ich, was sie damit meinen mochte.

Gleichzeitig stieg in mir die Erkenntnis auf – so wie das Wasser um die gefesselten Füße eines Gefangenen in einem am Flussufer gelegenen Kerker steigt –, dass ich in meiner Gleichung eine weitere Leiche hinzuaddieren musste.

Bis gerade eben war ich noch davon ausgegangen, dass es sich bei der rußgeschwärzten Toten höchstwahrscheinlich um Clarissa Brazenose handelte … oder um die vermisste Le Marchand … oder um die ebenfalls vermisste Wentworth.

Jetzt war eine vierte Möglichkeit aufgetaucht, und eine ausgesprochen spannende obendrein.

Anscheinend war ich ein bisschen nervös, denn als es

jetzt wieder klopfte, zuckte ich heftig zusammen. Fitzgibbon streckte den Kopf durch die Tür.

»Entschuldigen Sie die Störung, Miss Fawlthorne«, sagte sie, »aber die Veneerings sind hier und wollen Charlotte abholen.«

Charlotte Veneering war ein blasses, weinerliches, verquollenes Ding aus der Dritten, die, wie es hieß, in Miss Bodycotes Höherer Mädchenschule »nicht recht vorankam« und deshalb auf Ersuchen ihrer Eltern wieder nach Hause geschickt wurde. Eine »NRV« zu sein war in den Augen der anderen Schülerinnen die Umschreibung für einen Rausschmiss, und die Bedauernswerte wurde für gewöhnlich im Schutz der Dunkelheit fortgebracht, einer »UZ« – einer ungewissen Zukunft – entgegen.

»Danke, Fitzgibbon«, gab Miss Fawlthorne zurück. »Bringen Sie sie nach Sankt Ursula, ich komme gleich.«

Sankt Ursula war der unbeheizte kleine Empfangsraum direkt hinter der Haustür, in dem es den Nonnen früher, im äußersten Ausnahmefall, erlaubt war, kurz mit ihren Angehörigen zusammenzukommen.

Fitzgibbon nickte und war weg. Miss Fawlthorne stand auf.

»Ein Fels in der Brandung«, wiederholte sie, und ich begriff, dass sie immer noch von Dorsey Rainsmith sprach.

»Ist dein Aufsatz über William Palmer fertig?«, fragte sie dann unvermittelt. »Ich habe nämlich nicht vergessen, dass ich dir eine Strafarbeit aufgegeben habe.«

»Nein, Miss Fawlthorne«, erwiderte ich. Ich schaffte es nicht, mir ein Herz – und auch kein anderes inneres Organ – zu fassen und ihr zu gestehen, dass ich noch nicht über die paar Notizen, die Jumbo ungebeten überflogen hatte, hinausgekommen war.

»Tja, die Zeit wird langsam knapp.« Ihr Ton war fast versonnen. »Vielleicht möchtest du ja gern hier daran weiterschreiben. Du darfst dich an meinen Schreibtisch setzen, bis ich wiederkomme.«

»Jawohl, Miss Fawlthorne«, sagte ich musterhaft brav.

Ich wartete, bis ihre Schritte in der Galerie verklungen waren, dann stand ich auf und nahm auf ihrem Drehstuhl Platz.

In welche Schublade hatte sie vorhin die Papiere gestopft?

Ah, da waren sie ja. Die zweite Schublade von oben. Ich breitete die Blätter auf der Tischplatte aus. Rosafarbenes Papier, schwarze Druckbuchstaben. Die Ausgabe von gestern.

MORNING STAR
SONDERAUSGABE

WEM GEHÖRT DER KOPF?
Von Wallace Scroop
Polizeireporter des Morning Star
SCHOCK BEI OBDUKTION

Es gab auch ein Foto von besagtem Scroop. Er stand allein auf der Vortreppe eines Gebäudes, das ein Gerichtsgebäude sein mochte, mit aufgeschlagenem Notizbuch und gezücktem Bleistift.

Wie der **Morning Star** *erfahren hat, sind die menschlichen Überreste, die kürzlich in Miss Bodycotes Höherer Mädchenschule in einem Kamin entdeckt wurden, immer noch nicht identifiziert. Die Obduktion ergab,* *dass der Körper einer Frau zwischen 14 und 45 Jahren gehört, der abgetrennte Kopf dagegen einer männlichen Mumie, vermutlich aus dem alten Ägypten. »Wir sind ratlos«, sagt Rechtsmedizinerin Dr. Dorsey Rainsmith. »Es handelt sich um einen höchst ungewöhnlichen und überraschenden Fund.« Laut Dr. Rainsmith wurden die Anthropologen des Königlichen Museums in Ontario bereits zu Rate gezogen. »Bis jetzt sind sie genauso verwirrt wie wir«, gesteht sie ein. Die Museumsleitung verweigert jede weitere Auskunft. »Noch ist die Angelegenheit Sache der Polizei«, sagt ein Mitarbeiter der Abteilung für Öffentlichkeitsarbeit, der hier nicht namentlich genannt werden möchte.*

Es ging noch weiter, aber im Grunde wiederholte sich das Ganze nur, zusätzliche Informationen waren kaum noch zu finden. Die einzigen stichhaltigen Tatsachen waren jene, die bereits in den ersten paar Sätzen genannt worden waren und im weiteren Verlauf wie Zuckerwattefäden zu endlosen Spekulationen weitergesponnen wurden. Der Gedanke drängte sich mir auf, dass der Artikel genauso viel über den *Morning Star* aussagte wie über alles andere.

Wurde da absichtlich etwas verschwiegen?

Ich wusste, dass es üblich war, der Öffentlichkeit gewisse Einzelheiten vorzuenthalten, die nur der Mörder kennen konnte, und daran, dass die verkohlte Tote einem Mord zum Opfer gefallen war, zweifelte ja wohl niemand mehr.

Falls es noch weitere Informationen gab, kamen nur drei Auskunftgeber in Frage: (a) Dorsey Rainsmith, (b) die Polizei in Gestalt von Inspektor Gravenhurst und (c) Wallace Scroop.

Die Entscheidung fiel mir nicht schwer. Ich griff nach Miss Fawlthornes Telefonbuch.

Da war die Nummer ja schon: *Morning Star, Adelaide 1666.*

Miss Fawlthorne kam vermutlich erst in ein paar Minuten zurück. Jetzt oder nie!

Ich wählte, und fast im selben Augenblick hob eine überraschend fröhlich klingende junge Frau ab.

»Die Nachrichtenredaktion bitte«, sagte ich in einem Ton, als riefe ich jeden Tag dort an.

»Wer ist denn da?«, fragte sie.

»Hier ist Gloria Chatterton. Ich möchte gern Wallace Scroop sprechen.«

Eine Pause entstand, und ich spürte, dass sie überlegte, ob sie mich durchstellen sollte oder nicht.

Ich legte die Hand halb über die Sprechmuschel. »Ach, Schwester Mary Xavier«, sagte ich, »könnten Sie wohl bitte die Tür zur Kapelle schließen? Ich telefoniere gerade mit dem *Morning Star* und möchte das Hochamt nicht stören. Vielen Dank, Schwester, das ist wirklich sehr nett von Ihnen.«

»Ich stelle Sie durch«, sagte die junge Frau entschlossen. »Bitte bleiben Sie dran.«

Bestimmt war sie katholisch. Ich musste mich kneifen, um nicht loszulachen.

»Nachrichtenredaktion«, meldete sich eine erwartungsgemäß barsche Stimme.

»Wallace Scroop«, sagte ich ebenso schroff und erstickte damit alle Höflichkeiten im Keim. »Er erwartet meinen Anruf.«

Am anderen Ende ertönte ein dumpfer Knall, als der Hörer weggelegt wurde. Ich vernahm nur noch das Hämmern eines ganzen Bataillons von Schreibmaschinen.

Das wahre Leben! Ich war wie elektrisiert.

»Scroop«, hörte ich ihn sagen.

»Wir sind uns neulich auf dem Schulgelände begegnet«, verkündete ich ohne Umschweife. »Ich habe Informationen für Sie.«

»Wer ist denn da?«, wollte er wissen. »Nennen Sie mir Ihren Namen.«

»Keine Namen, kein Strafdrill«, gab ich zurück. Diese Redensart hatte ich von Mrs. Mullets Gatten Alf aufgeschnappt, der sie öfter benutzte.

Am anderen Ende der Leitung ertönte ein trockenes Auflachen, dann raschelte etwas, ein kurzes Kratzen, und jemand sog scharf die Luft ein. Er hatte sich offenbar eine Zigarette angezündet. Ich sah ihn vor mir, wie er auf einer Schreibtischecke hockte, die Zigarette im Mundwinkel, den Stift in den nikotinfleckigen Fingern, bereit, jedes meiner Worte mitzuschreiben.

»Schießen Sie los«, sagte er, und ich schoss los.

»In den letzten beiden Jahren sind aus Miss Bodycotes Schule insgesamt drei Mädchen verschwunden. Ihre Namen lauten: Le Marchand, Wentworth und Brazenose.«

»Brazenose mit *Z* oder mit *S*?«

»Mit Zett«, antwortete ich. Der Mann war auf Zack.

»War's das?«, fragte er.

»Nein«, antwortete ich. Tatsächlich war das nur der Köder gewesen, den ich ausgeworfen hatte, damit er anbiss.

»Wir machen einen Tausch«, sagte ich. »Information gegen Information. Sie verraten mir eine, ich verrate Ihnen eine.«

»Auge um Auge, Zahn um Zahn«, sagte er.

»Ganz recht«, erwiderte ich. »Sie fangen an.«

»Was wollen Sie denn wissen?«

»Die Leiche aus dem Kamin. Identität – Todesursache.«

»Schwer zu sagen. Durch die Hitze schwer entstellt. Da wird noch dran gearbeitet.«

»Und der Kopf?«

»Wie schon in meinem Artikel steht… der Kopf gehört einer antiken Mumie, wahrscheinlich aus Ägypten.«

»Fehlt denn irgendwo im Königlichen Museum ein Mumienkopf?«, fragte ich.

»Kluges Mädchen. Da wird natürlich auch nachgeforscht.«

In unserer Unterhaltung trat eine kleine Pause ein. Ich konnte ihn kritzeln hören.

»Jetzt bin ich dran«, sagte er dann. »Was wird an der Schule so alles geredet? Was sagen die Schülerinnen?«

»Dass es spukt«, gab ich zurück, und er lachte, und ich lachte auch.

»Und die Lehrerinnen?«

»Nichts.«

Er dachte kurz über meine Antwort nach. »Merkwürdig, oder?«

Allerdings.

Es war in der Tat merkwürdig, dass die Lehrerschaft den Todesfall noch immer nicht offiziell bekannt gegeben hatte. Man hatte die Mädchen nicht zusammengerufen, um sie zu beruhigen. Auch nicht, um das Ganze zu dementieren. Die Polizei war in fast völligem Stillschweigen gekommen und gegangen.

Was nur eines bedeuten konnte, nämlich dass die Beamten ihre Antworten bereits hatten. Dass sie nur den richtigen Zeitpunkt zum Zuschlagen abwarteten.

Eine gruselige Vorstellung.

»Sind Sie noch dran?« Scroops Stimme drang blechern aus dem Hörer, woran ich erst merkte, dass ich ihn vom Ohr genommen hatte und stattdessen auf die Schritte lauschte, die sich draußen im Flur näherten.

»Ja«, flüsterte ich, »aber ich muss jetzt weg...« Während ich noch sprach, klappte ich das Telefonbuch zu und stopfte die Zeitung wieder in die Schreibtischschublade.

»Halt! Warten Sie!«, rief er und setzte mich damit noch mehr unter Druck. »Erzählen Sie mir was... irgendwas. Sonst komme ich nicht voran.«

Ich drückte den Mund fest auf die kleinen Löcher der Sprechmuschel und flüsterte: »Die erste Mrs. Rainsmith.«

Dann ging die Tür auf, und ich war ertappt.

Miss Fawlthorne und ich starrten einander eine halbe Ewigkeit einfach nur an.

»Hallo? Hallooo?« Wallace Scroops Stimme klang so dumpf, als säße er in einem Brunnen.

»Augenblickchen... Sie kommt eben zur Tür rein«, sagte ich in den Hörer und stand auf. »Ich reiche Sie weiter.«

Im selben Augenblick drückte ich mit dem linken Zeigefinger unauffällig die Gabel herunter und unterbrach den armen Scroop mitten in einem weiteren »Hallooo?«.

»Für Sie, Miss Fawlthorne«, sagte ich dann und gab ihr den nunmehr toten Hörer. »Tut mir leid. Ich hatte gesagt, dass Sie gerade nicht da sind.«

Sie nahm mir den Hörer ab und hielt ihn ans Ohr.

»Ja bitte?«, fragte sie. Sie war drauf reingefallen. »Hallo? Hallo?«

Natürlich antwortete niemand.

»Hat der oder die Betreffende einen Namen hinterlassen?«, fragte sie.

»Leider nicht. Aber es war ein Mann.«

Das setzte ich für den Fall hinzu, dass Wallace Scroops tiefe Stimme aus dem Hörer bis zu ihr hinübergedrungen war.

»Wahrscheinlich jemand von der Polizei«, konnte ich mir nicht verkneifen hinzuzusetzen und beobachtete sie dabei. »Er klang irgendwie amtlich.«

Sie sah mich an, als hätte ich sie geohrfeigt. Vielleicht hatte ich das im übertragenen Sinne ja auch.

»Setz dich wieder hin, Flavia«, sagte sie dann. »Ich glaube, wir müssen uns mal kurz unterhalten.«

23

Wenn jemand sagt, er müsse sich mal kurz mit dir unterhalten, kannst du getrost davon ausgehen, dass es länger dauert.

Es liegt in der Natur des Menschen, das wird mir immer klarer, dass ein Erwachsener, wenn er mit einem jungen Menschen spricht, die kleinen Dinge aufbläht und die großen klein macht. Als würde man durch eine Art Wortfernrohr blicken beziehungsweise sprechen, das die Wahrheit verzerrt, ganz gleich, welches Ende man benutzt. Die Fehler, die man als junger Mensch so macht, werden immer aufgebläht, die Erfolge immer klein gemacht.

Ist das denn noch niemandem außer mir aufgefallen? Falls nicht, nehme ich gern für mich in Anspruch, die Erste zu sein, die diese Entdeckung gemacht hat.

Höchstens J. M. Barrie, der Autor von *Peter Pan*, hat die Wahrheit ansatzweise erkannt. Dass wir nämlich, wenn wir alt genug sind, gegen diese himmelschreiende Ungerechtigkeit aufzubegehren, sie schon nicht mehr wahrnehmen.

Widerstrebend setzte ich mich, ließ Miss Fawlthorne aber nicht aus den Augen.

»Es ist nicht leicht, oder? Wenn man immer auf der Hut sein muss, meine ich.«

Ach du lieber Himmel! Jetzt ging es wieder mit »arme, einsame, unglückliche Flavia de Luce« los! Schon in der

Nacht meiner Ankunft hatte sie diese Platte aufgelegt, und jetzt war sie wieder kurz davor.

Wie es war im Anfang, jetzt und immerdar, und von Ewigkeit zu Ewigkeit, Amen.

Welcher Wüstenprediger auch immer diese Worte als Erster in den Mund genommen haben mochte, er verstand sein Geschäft.

Mir war, als müsste ich mich gleich übergeben.

»Ich habe mit den Rainsmiths gesprochen«, fuhr Miss Fawlthorne fort. »Sie haben mir berichtet, dass es einen kleinen … Eklat gab.«

Klein machen – da war es wieder.

Mir reichte es. Ich hatte die Nase gestrichen voll.

»Wenn Sie einen Mordversuch als ›kleinen Eh… äh… *Eklat*‹ bezeichnen«, konterte ich wütend. Ich wusste noch nicht mal, was das Wort bedeutete.

»Manche Mädchen …«, Miss Fawlthorne legte die Fingerkuppen aneinander, um mir zu bedeuten, dass jetzt etwas Wichtiges kam, »… manche Mädchen neigen dazu, ganz alltägliche Ereignisse zu dramatisieren.«

Ich konnte mich nicht mehr beherrschen und feuerte einen meiner berühmten vernichtenden Blicke auf sie ab.

»*Quod erat demonstrandum*«, sagte sie daraufhin, fast wie im Selbstgespräch. Anscheinend dachte sie, ich wüsste nicht, was das hieß, dabei hatte ich den Satz vermutlich schon öfter in mein Labornotizbuch geschrieben, als sie in ihrem Leben geküsst worden war.

Q. E. D. Als ob mein Blick ihr recht gegeben hätte.

Die Frau konnte mich mal gern haben! Von Natur aus bin ich ein Mensch, den so schnell nichts aus der Ruhe bringt, aber wehe, man provoziert mich!

Ich sprang auf.

»Die Rainsmiths haben Collingwood unter Drogen gesetzt!«, schrie ich. Es war mir schnurzegal, ob mich jemand hörte. »Sie haben sie mit Chloralhydrat vollgepumpt. Und jetzt ist sie weg… so wie die anderen. Wahrscheinlich haben die beiden sie umgebracht!«

»Jetzt hör doch mal zu, Flavia…«

»Nein!«

Ich wusste genau, was sie dachte. Dass ich ein aufsässiges Gör war, das man mal übers Knie legen und tüchtig verhauen müsste. Aber auch das war mir egal. Collingwood schwebte in Lebensgefahr, und die Einzige, die sie noch retten konnte, war ich.

»Flavia…«

»Nein!«

»Die Rainsmiths sind auf unserer Seite.«

Es dauerte lange, bis ihre Worte durch meine Ohren in mein Hirn gesickert waren, und als sie endlich dort ankamen, konnte ich sie nicht glauben.

Wahrscheinlich fiel mir die Kinnlade herunter.

»Waaas?«, stieß ich hervor.

Es war wie der Augenblick in einem schlechten Stummfilm, wenn dem trotteligen Helden aufgeht, dass der Schuh, den er angezündet hat, sein eigener ist. Nicht nur Unglaube, sondern Entsetzen, Angst, Bestürzung… und trotzdem spürt der Zuschauer den Drang, in schadenfrohes Gelächter auszubrechen.

»Ja, die beiden sind auf unserer Seite«, wiederholte sie, und auch diesmal tröpfelten ihre Worte nur zäh wie Honig in mein Bewusstsein.

»Aber Collingwood… sie haben sie weggebracht… Sie…«

»Collingwood hat einen schweren Schock erlitten. Das

Chloralhydrat sollte ihr helfen, zu schlafen und das Erlebte zu verarbeiten. Leider hat sie zusätzlich einen Anfall von rheumatischem Fieber erlitten. Sie braucht eine bessere und umfassendere medizinische Versorgung, als wir sie hier leisten können. Dr. Rainsmith hat dafür gesorgt – übrigens auf seine eigenen Kosten –, dass sie in seinem privaten Pflegeheim untergebracht und unter Quarantäne gehalten wird. Die Schule kann sich keine Epidemie leisten. Wir machen eine schwere Zeit durch, Flavia, und die Rainsmiths tun ihr Möglichstes.«

Die Worte »rheumatisches Fieber« ließen mich schaudern. Nie würde ich Phyllis Higginson vergessen, die im fernen Bishop's Lacey immer »die fröhliche Phyllis« genannt wurde, ehe sie so plötzlich daran erkrankt war. Das ganze Dorf war in Panik geraten, bis Dr. Darby eine Zusammenkunft im Gemeindehaus einberufen und erläutert hatte, dass zwar die vorausgehende, durch Streptokokken verursachte Halsentzündung ansteckend war, das rheumatische Fieber selbst jedoch nicht. Phyllis war an einem schmerzhaft strahlenden Junitag gestorben, und ich hatte ihrer Beerdigung auf dem Friedhof von St. Tankred beigewohnt.

Ich konnte mich noch gut daran erinnern, dass ich nicht hatte wahrhaben wollen, dass sie tot war. Das Ganze war nur ein Traum, hatte ich gedacht, ein schlechter Scherz … ein Hirngespinst, das plötzlich auf das wahre Leben übergesprungen war.

Arme tote Phyllis. Arme Collingwood.

War ich der Ansteckungsgefahr ausgesetzt gewesen? Oder sonst jemand aus der Schule?

Ich sah Miss Fawlthorne an. »Das tut mir leid«, sagte ich, wobei ich nicht recht wusste, ob ich es ehrlich meinte oder mich nur unter dem Einfluss der Furcht entschuldigte.

»Wollen Sie damit sagen, dass die Rainsmiths dem Nest des Colchicus angehören?«, fragte ich dann. Unverblümter konnte man es nicht ausdrücken. Schluss mit dem Um-den-heißen-Brei-Herumreden! Miss Fawlthorne und ich waren schließlich beide erwachsen, jedenfalls so gut wie. Wir waren allein, die Zimmertür war zu, und es war höchste Eisenbahn, endlich Klartext miteinander zu reden.

Wurde sie etwa ein bisschen blass um die Nase?

Schließlich war sie es gewesen, die das Thema »rheumatisches Fieber« angesprochen hatte. Hätte sie das getan, wenn sie angenommen hätte, dass wir belauscht wurden?

Trotzdem spürte ich sofort, dass ich zu weit gegangen war. So wurde dieses Spiel nicht gespielt.

Wenn sogar meine Tante Felicity, die Wildhüterin, mir nicht verraten wollte, ob bestimmte Leute – mein eigener Vater inbegriffen! – dem Nest des Colchicus angehörten, wie wahrscheinlich war es dann, dass ich derlei Informationen einer ziemlich rangniederen Unteroffizierin in diesem entlegenen Winkel des britischen Weltreichs entlocken konnte?

Nicht sehr wahrscheinlich. Genau genommen äußerst unwahrscheinlich.

Ich rief mir wieder den unseligen Tag ins Gedächtnis, an dem die Rainsmiths in Buckshaw aufgetaucht waren. Hatte es da den kleinsten Hinweis darauf gegeben, dass sie zu irgendeinem engeren Kreis gehörten? Dass Vater ihnen irgendwann schon einmal begegnet war?

Mehr als »Treten Sie bitte ein« hatte er, soweit ich mich entsann, nicht zu ihnen gesagt. Tatsächlich hatte ich die ruhige, unauffällig Distanz haltende Art und Weise bewundert, mit der er ihre plumpen Lobhudeleien über sich hatte ergehen lassen. Nein, dass die Rainsmiths dem Nest des Colchicus angehörten, war ein Ding der Unmöglichkeit.

Offensichtlich spiegelte sich das auch in meinem Gesicht wider.

»Du musst lernen, anderen zu vertrauen, Flavia«, sagte Miss Fawlthorne daraufhin, wobei mir durchaus bewusst war, dass sie meiner Frage auswich.

Was ging im Kopf dieser Frau vor? Merkte sie denn nicht, dass dieser Rat jenem, den sie mir zu Anfang gegeben hatte, widersprach?

»Was ist mit Le Marchand und Wentworth?«, fragte ich. »Und mit Clarissa Brazenose? Hatten *die* gelernt, anderen zu vertrauen?«

Diese Fragen trafen direkt ins Eingemachte, und das sollten sie auch.

Mein ganzes bisheriges Leben war von Zweifeln bestimmt gewesen. Zweifel hinsichtlich meiner Mutter, sogar Zweifel an meiner eigenen Identität. Früher hatte ich oft nicht gewusst, ob ich womöglich ein Findelkind oder ein Wechselbalg war. Es waren meine Schwestern gewesen, die mir diese Zweifel eingeredet hatten. Sie beherrschten derlei ausgeklügelte Grausamkeiten mindestens so gut wie die bösen Schwestern im Märchen.

Meine eigene Identität und Persönlichkeit waren meine wunden Punkte.

Doch ich spürte immer deutlicher, dass ich nicht länger in einer Welt aus Phantomen und geflüsterten Halbwahrheiten leben konnte.

Ich brauchte Tatsachen, so wie ein Baum die Sonne braucht. Wenn ich je einem Seelenverwandten begegnet war, dann war es der hartherzige Schulleiter Gradgrind aus Dickens' *Schwere Zeiten*: *»Alles, was ich will, sind Tatsachen!«*

Seine Worte hallten in meinem Kopf wider, so wie an jenem Winterabend in Buckshaw, als vor den Fenstern im

Salon der Schnee in wunderschönen dicken Flocken gefallen war und Daffy uns vorgelesen hatte: »Alles, was ich will, sind Tatsachen. Bringen Sie diesen Jungen und Mädchen Tatsachen bei, und weiter nichts. Was man im Leben braucht, sind Tatsachen. Pflanzen Sie nichts anderes ein, und reißen Sie alles andere mit Stumpf und Stiel aus. Nur mit Hilfe von Tatsachen können Sie den Verstand vernunftbegabter Kreaturen heranbilden. Das ist alles, was ihnen in Zukunft von Nutzen sein wird. Nach diesem Prinzip erziehe ich meine Kinder, und nach diesem Prinzip erziehe ich diese Kinder hier.«

Wie ich die kleinen Gradgrinds beneidete, mit ihrem kleinen konchyliologischen Kabinett, ihrem kleinen metallurgischen Kabinett und ihrem kleinen mineralogischen Kabinett! Was hatten sie doch für ein Glück mit ihrem hartherzigen Vater.

Was ich zum Überleben brauchte, war Wissenschaft – nicht Halbwissen.

Chemie – keine Intrigen.

»Ich will nach Hause«, sagte ich.

Die folgende Stille war lang und quälend.

Natürlich hatte Miss Fawlthorne nicht zum ersten Mal mit einem Mädchen zu tun, das nicht an der Schule bleiben wollte. Hatte sie nicht eben erst Charlotte Veneering verabschiedet, jene quallenähnliche Lebensform aus der Dritten, die Nicht Recht Vorangekommen war?

Warum konnte ich nicht auch eine NRV sein? Warum konnte man mich nicht auch im Schutz der Dunkelheit, schluchzend, gramgebeugt und in einen alten Regenmantel gehüllt, in ein wartendes Taxi setzen? Vielleicht war das ja sogar ganz lustig.

Konnte ich nicht einfach über meine Freiheit verhandeln, als wäre ich sowohl der Entführer als auch die Entführte? Gerade, als ich anfing, mir zu überlegen, wie ich dabei am besten vorging, erwiderte Miss Fawlthorne: »Ich kann dich nicht gehen lassen.«

Ganz sachlich. Als wäre ich eine Gefangene.

»Warum nicht?«, fragte ich. »Veneering durfte doch auch gehen.«

»Charlotte Veneering ist zu bemitleiden«, gab sie zurück. »Du nicht.«

Das war ein grausamer Hieb. Wie bei einem mit Rasierklingen geführten Duell musste ich innehalten und nachsehen, ob ich verwundet war. Ich war beinahe überrascht, dass noch alles dran war.

»Wenn ich dich jetzt gehen lasse, habe ich versagt«, fuhr Miss Fawlthorne fort. »Und du ebenfalls. Aber so weit wird es nicht kommen. Das haben wir beide nicht nötig.«

Ich begriff sofort, dass sie an die uralte letzte Instanz appellierte – an meinen Stolz –, und ich verabscheute sie dafür.

Aber ich ließ es ihr durchgehen. Warum? Weil ich sie irgendwie auch bemitleidete.

Und dann sah ich zu meinem Entsetzen, dass meine linke Hand, als führte sie ein Eigenleben, langsam über die Tischplatte auf ihre Hand zukroch. Ich zog sie sofort zurück und hielt sie mit der Rechten in meinem Schoß fest. Was alles nur noch schlimmer machte, weil es jetzt offensichtlich war, dass ich meine abtrünnigen Finger bändigen musste wie eine schlecht dressierte Tarantel.

Ich spürte, wie mir das Blut in die Wangen schoss.

Miss Fawlthorne sagte nichts, sondern saß nur da und starrte mich an, als sei ich eine Geschwulst. Die Luft im

Zimmer war so dick, dass man Hammer und Meißel benötigt hätte, um sie zu schneiden.

Sie wollte es mir ganz offensichtlich nicht leicht machen. Sie würde so lange warten, bis ich als Erste wieder etwas sagte, eine Taktik, die ich aus meiner eigenen Trickkiste kannte.

Auf diese Weise würden wir beide bis zum Sankt-Nimmerleins-Tag hier sitzen und einander verbissen schweigend anfunkeln.

Eins musste man ihr lassen. Sie beherrschte das Spiel ziemlich gut.

Aber nicht so gut wie ich.

Ich wartete so lange, bis ich spürte, dass eine von uns gleich laut schreien würde, dann sagte ich unvermittelt: »Clarissa Brazenose ist noch am Leben, nicht wahr?«

Nicht mehr und nicht weniger.

Miss Fawlthorne blinzelte, erwiderte aber nichts.

»Und Le Marchand und Wentworth auch. Sie sind alle noch am Leben, aber sie sind untergetaucht.«

Ich glaube, ich selbst war nicht weniger überrascht als Miss Fawlthorne. Tatsächlich war dieser Gedanke schon länger in einem Hinterstübchen meines Bewusstseins herangereift, wie mir jetzt klar wurde, aber er hatte sich erst hervorgewagt, als er gebraucht wurde.

»Wenn dem so wäre …«, erwiderte Miss Fawlthorne bedächtig, »… und damit will ich keineswegs sagen, dass es so ist …, dann wäre es sehr riskant, darüber Bescheid zu wissen.«

Ich nickte und biss mir auf die Unterlippe, als wüsste ich weit mehr, als es tatsächlich der Fall war. Ich legte mich nur ungern mit der Frau an. Wie mir schon ganz zu Anfang aufgefallen war, hatte sie eine unerwartet sanfte Seite, die nicht nur im Widerspruch zu ihrer Rolle als Schulleiterin stand, sondern womöglich sogar mit dieser im Widerstreit lag.

Hatte sie mir nicht als sogenannte Strafarbeit aufgebrummt, einen Aufsatz über William Palmer zu schreiben? Und heute hatte sie Gremly dazu verdonnert, hundert Rollschuhrunden um die alte Schlittschuhbahn zu drehen. Gremly! Die das Rollschuhfahren so leidenschaftlich liebte wie Dante seine Beatrice … wie Romeo seine Julia … und wie Pu der Bär seinen Honig!

Welche finsteren Verbindungen auch immer sie zum Nest des Colchicus haben mochte, im Grunde ihres Herzens war die Frau watteweich.

Und auf eine verzwickte Art und Weise musste ich sie deshalb einfach gern haben.

»Na schön«, sagte ich und stand auf. »Ich habe verstanden. Mir ist es verboten zu fragen, und Ihnen ist es verboten zu antworten. Das finden wir zwar beide nicht besonders toll, aber so ist es nun mal.«

Damit ging ich hinaus, und sie rührte keinen Finger, um mich aufzuhalten.

Das Spannende aber war: Ich war noch nicht an der Tür, da wurden ihre Augen schon wieder feucht.

In Edith Cavell machte ich sofort einen Kopfstand auf meinem Bett. Ich musste nachdenken.

Nicht zum ersten Mal fragte ich mich, ob das Ganze nur fingiert war, ein abgekartetes Spiel. Ob meine Verbannung nach Kanada und das plötzliche Auftauchen der Leiche im Kamin nur Teil eines gigantischen Kriegsspiels waren, das von weit entfernten, geheimnisvollen Drahtziehern für ihre eigenen undurchsichtigen Zwecke inszeniert wurde und in dem wir alle bloße Schachfiguren waren.

In diesem Fall wäre Miss Fawlthorne den grauen Eminenzen genauso ausgeliefert wie ich selbst. Wir wären beide nur Spielbälle von Mächten, von denen wir uns keine Vorstellung machten.

Oder war das schlicht das sogenannte Leben? Der Gedanke ließ mich erschauern.

Vielleicht war Gott ja der alleroberste Drahtzieher, das Schicksal war die Hand, die uns über das Spielbrett bewegte, und der Zufall der Finger, der uns beim kleinsten Fehltritt kopfüber herunterschnipste.

Wie immer die Wahrheit lauten mochte, es war alles zu viel für mich, und mich übermannte noch im Kopfstand der Schlaf.

Als ich aufwachte, hatte ich scheußliches Schädelbrummen und einen völlig verkrampften Nacken. Im Zimmer war es dunkel. Ich machte die Augen wieder zu und erlaubte mir, langsam aufzuwachen.

Es ist ein Vergnügen, wenn man ohne äußere Ablenkungen im Dunkeln des eigenen Kopfes mit sich allein ist. Man kann von Felsvorsprung zu Felsvorsprung klettern, ein fröhliches *Haaallooo!* in hallende Höhlen rufen, sich Hand über Hand von einer Tatsache oder Erinnerung zur nächsten hangeln, alte und neue Edelsteine aufsammeln, sie begutachten, miteinander vergleichen, wieder wegwerfen und die nächsten aufheben.

Das Erste, was mir in den Sinn kam, war Miss Fawlthornes Behauptung, die Rainsmiths seien auf unserer Seite. Das Zweite war die Vermutung, dass Le Marchand, Wentworth und Clarissa Brazenose noch am Leben waren.

Wenn das zutraf, musste es sich bei der Leiche aus dem Kamin um jemand anderen handeln.

Oder war die Tote überhaupt sehr viel älteren Datums? Schließlich war Miss Bodycotes Höhere Mädchenschule früher ein Kloster gewesen. Handelte es sich vielleicht um eine Nonne, die ermordet worden war? (Warum wohl? Eine amüsante Frage.) Fitzgibbon hatte gesagt, die Kamine dürften erst ab November angezündet werden, was aber nicht unbedingt heißen musste, dass die Leiche seit undenklichen Zeiten über die Wintermonate vor sich hingeschmort hatte. Gegen diese Hypothese sprachen allerdings der nicht zugehörige Kopf sowie der Umstand, dass die Leiche die Sankt Michaels-Medaille umklammert hatte, die erst in jüngerer Zeit verliehen wurde. Außerdem war es unwahrscheinlich, dass ein Kamin fünfzig oder noch mehr kanadische Winter lang verstopft gewesen war, ohne dass es jemandem aufgefallen wäre.

Ich erschauerte und ließ mich aus dem Kopfstand aufs Bett plumpsen.

Ich brauchte Informationen über die Vergangenheit, Informationen über die erste Mrs. Rainsmith, Informationen aus dem Mund von jemandem, der sie noch persönlich gekannt hatte.

Bei diesem Jemand konnte es sich nur um ein Mitglied der Lehrerschaft handeln, und ich spürte instinktiv, dass dafür niemand geeigneter war als Mrs. Bannerman, die nicht nur seit vielen Jahren hier unterrichtete, sondern auch mit einem ähnlich analytischen Verstand gesegnet war wie ich selbst.

Mit einem Blick auf den Wecker stellte ich fest, dass es halb zehn war, also deutlich nach dem »Licht-aus«-Kommando.

Es würde noch Stunden dauern, bis sich Mrs. Bannerman im Chemieraum einfinden würde, aber ich war inzwischen so hellwach, dass ich nicht mehr einschlafen konnte. Ich wickelte mich in die Bettdecke und zog mir einen Stuhl ans Fenster.

Erst jetzt fiel mir wieder ein, dass ich ja Miss Fawlthorne verkündet hatte, ich wolle die Schule verlassen und nach Hause zurückkehren, ein Entschluss, den ich in die Tat umsetzen würde, komme, was da wolle.

Mrs. Mullet liebt die Redensart: »Frisch gewagt ist halb gewonnen«, aber ich bin mit dieser Aussage nicht ganz einverstanden. Bei »halb gewonnen« bleiben immer noch fünfzig Prozent übrig, die erledigt werden müssen. Das ist längst nicht so befriedigend wie ein fester Entschluss, der deutlich näher an der Neunzig- oder Fünfundneunzig-Prozent-Marke liegt.

Einen Entschluss gefasst zu haben führt zu einer Erleichterung, mit der ein »frisch gewagt« längst nicht mithalten kann.

Ja, ich würde die Schule verlassen, auf Biegen und Brechen, aber bis ich »Fall gelöst« sagen konnte, war es noch ein weiter Weg. In Miss Bodycotes Institut spukten eindeutig noch andere Geister als nur jene, die Ouija-Bretter beeinflussten oder nächtens durch die Flure huschten.

Da es noch eine ganze Weile dauerte, bis Mrs. Bannerman den Chemieraum aufschließen würde, konnte ich die Zeit ebenso gut nutzen, um endlich meinen immer wieder hinausgeschobenen Aufsatz über William Palmer fertig zu schreiben, fand ich.

Dass ich mein Quellenmaterial nicht zur Hand hatte, war dabei kein Hindernis. Ich habe sämtliche grausigen Einzelheiten aus dem Leben des Giftmörders von Rugeley sozusagen in den Fingerspitzen, weil ich sie mir freiwillig und unauslöschlich eingeprägt habe. (*Dann leck lieber nicht an deinen Fingern*, neckte mich ein Koboldstimmchen, *die sind nämlich voller Arsen.*)

Ich legte mein Heft in den Schoß, schlug es auf und zückte den Stift.

Doktor William Palmer, schrieb ich, *war besonders stolz auf seine weichen weißen Hände, die er unablässig wusch …*

Die Zeit verging wie Butter, wie Mrs. Mullet mal gesagt hatte, als ich nun das Leben, die Verbrechen, den Gerichtsprozess und den Tod jenes kaltblütigen Strychninkünstlers schilderte, der die Dreistigkeit besessen hatte, beim Anblick der Falltür unter dem Galgen seinen Henker Throttler Smith zu fragen: »Ist das Ding auch sicher?«

Mit dieser amüsanten Anekdote beschloss ich meine Ausführungen. Es konnte nicht schaden, fand ich, wenn Miss Fawlthorne am Schluss der Lektüre schmunzeln musste.

Wie sehr ich mich doch täuschen sollte.

Ich rieb mir gerade die müden Augen, als draußen auf der Straße Scheinwerfer aufleuchteten. Ich sah aus dem Fenster. Ein Auto kam angefahren und hielt vor dem Haus.

Merkwürdig, dachte ich, dass um diese unchristliche Zeit jemand kam oder ging. Miss Bodycotes Höhere Mädchenschule war kein Ort, der Besucher anzog, auch tagsüber nicht. Ein mitternächtliches Kommen oder Gehen konnte deshalb eigentlich nur Unheil bedeuten.

War jemand plötzlich krank geworden? Hatte man den Arzt gerufen? Wenn ja, war der Arzt diesmal aber nicht Ryerson Rainsmith, denn sein Auto hätte ich wiedererkannt.

Die Innenbeleuchtung des Wagens ging an, und ich sah, dass der Beifahrer ein Mann war. Er sprach ein paar Minuten lang mit dem Fahrer.

Dann öffneten sich beide Wagentüren, und zwei Männer stiegen aus. Trotz des trüben Scheins der Straßenlaternen erkannte ich Inspektor Gravenhurst und Sergeant LaBelle. Als sie die Vortreppe hochstiegen, wurde die Haustür geöffnet, und ein längliches Rechteck aus Licht fiel auf die Stufen. In dem gelblichen Schein zeichnete sich der Schatten einer Frau ab, aber leider konnte ich nicht erkennen, wem er gehörte.

Dann wurde die Tür geschlossen, und der Hauseingang lag wieder im Dunkeln.

Ich schlich auf Zehenspitzen in den Flur hinaus und ließ meine Zimmertür angelehnt. Zum Glück trug ich noch meine Sachen vom Vortag und musste mich nicht erst anziehen.

Oben an der Treppe blieb ich stehen, passte auf, dass kein Licht auf mich fiel, und spähte in die Eingangshalle hinunter.

Der Inspektor und sein Gehilfe verweilten innen an der geschlossenen Haustür. Sie hatten ihre Hüte nicht abgenommen, demnach hatten sie nicht vor, lange zu bleiben. Vor ihnen stand Miss Fawlthorne, und neben der Rektorin, reglos wie eine Marmorstatue, Mrs. Bannerman.

Offensichtlich hatten die beiden Frauen die Beamten erwartet, sonst hätten sie nicht sofort geöffnet.

Der Inspektor trat einen Schritt vor und sagte mit gedämpfter Stimme etwas, das ich nicht verstehen konnte. Dann machte Miss Fawlthorne die Tür wieder auf und ließ die drei anderen hinaus.

Damit mir auch ja keine Kleinigkeit entging, huschte ich sofort wieder in mein Zimmer und ans Fenster.

Der Inspektor hatte Mrs. Bannerman am Ellbogen gefasst und half ihr dabei, hinten in den Wagen einzusteigen.

Trotz des nach außen hin höflichen Umgangs war mir klar, dass Mrs. Bannerman nicht Aschenputtel und Inspektor Gravenhurst nicht der Märchenprinz war.

Sie fuhren auch nicht von einem rauschenden Ball in einer Kürbiskutsche davon, sondern in einem ungemütlichen Auto zu einer feuchtkalten Zelle auf einer zugigen Polizeiwache.

Mrs. Bannerman war verhaftet worden.

24

Mir war zumute, als hätte jemand mein Herz vom Himmel geschossen und es wäre brennend ins Meer gestürzt. Vor allem natürlich wegen der armen Mrs. Bannerman, aber auch, ich geb's zu, wegen der verpassten Chance, mit ihr zu sprechen.

Es war allein meine Schuld. Ich hätte sie schon längst über die ungeklärten Vorkommnisse der letzten Jahre ausfragen sollen. Sie gehörte der Lehrerschaft lange genug an, um zu wissen, welche Leichen hier im Keller lagen, wenn ich es mal so salopp ausdrücken darf.

In jenen frühen Morgenstunden im Chemieraum, bevor die Schule erwachte, hatte sich zwischen uns eine Beziehung entwickelt, wie sie im Klassenzimmer oder auf dem Sportplatz niemals hätte entstehen können.

Chance vertan, dachte ich. *Alles umsonst.*

Ohne mich noch mehr in die Nesseln zu setzen, als ich es bereits getan hatte, konnte ich weder meine Mitschülerinnen noch die anderen Lehrerinnen ausfragen.

Aber von so etwas hatte sich Flavia de Luce noch nie aufhalten lassen.

»Traue keinem«, hatte mir Gremly gemorst. Und Miss Fawlthorne hatte das Gleiche gesagt – auch wenn sie es später wieder zurückgenommen hatte.

Gremly gehörte dem Nest des Colchicus an, jedenfalls behauptete sie es. Sie war es auch gewesen, die mich auf die erste Mrs. Rainsmith hingewiesen hatte. Doch auf der Rückfahrt von unserem Ausflug hatte sie sich von mir weggesetzt, und auch ohne dass sie es ausgesprochen hatte, spürte ich, dass sie nicht mit mir zusammen gesehen werden wollte.

Wem konnte ich sonst trauen?

Scarlett? Ich hatte ihr die verschlüsselte Fasanen-Frage gestellt, aber wie Gremly war sie auf Abstand zu mir gegangen – eindeutig aus Angst.

Inspektor Gravenhurst war höchstwahrscheinlich vertrauenswürdig, würde aber wohl kaum mit einem Schulmädchen wie mir den Stand seiner amtlichen Ermittlungen besprechen.

Wallace Scroop fiel mir ein, aber ich verwarf den Gedanken gleich wieder. Er hatte zwar die Information über den antiken Mumienkopf ausgeplaudert, aber mehr auch nicht. Wenn ich es recht bedachte, hatte ich ihm mehr verraten als er mir, auch wenn meine Informationen möglicherweise unbrauchbar waren. Wenn Clarissa Brazenose, Wentworth und Le Marchand tatsächlich noch lebten, konnte er sich das, was ich ihm anvertraut hatte, in die fettigen Haare schmieren. Ob ihm das klar war?

Auf jeden Fall hatte er bestimmt keine große Lust, noch mehr Geheimnisse mit mir auszutauschen.

Draußen hatte es zu regnen angefangen. Kein Wolkenbruch, sondern ein kalter Nieselregen, der aufgrund von Kondensation und fallender Temperatur das Fenster beschlagen ließ.

Ich hauchte energisch auf die Scheibe und ließ den Ausblick auf die Straße noch mehr verschwimmen. Auf diese Weise erschuf ich eine leere Leinwand, auf die ich mit dem Zeigefinger eine ganz neue Welt malen konnte.

Ich dachte nicht nach. Es kam spontan aus mir heraus.

Hier war Bishop's Lacey und hier St. Tankred mit dem Friedhof. Mit dem Fingernagel zeichnete ich ein paar winzige Grabsteine ein. Da drüben waren die Hauptstraße, die Cow Lane und die Cobbler's Lane mit Mrs. Mullets Cottage.

Sie fehlte mir schrecklich!

Eine heiße Träne rann mir über die Wange, und gleichzeitig lief ein Regentropfen an der Außenseite der kalten Fensterscheibe herab.

Hier war ihr Gartenzaun, da waren ihre Stockrosen, die Alf militärisch kurz zu stutzen pflegte. Mir kamen die Tränen, als ich die Wäscheleine einzeichnete, auf der irgendwelche Hemden – sie gehörten Vater, wie ich erschrocken erkannte – unbändig und traurig im frischen englischen Wind flatterten.

Wäsche! Na klar! Wie blöd kann man sein? Ich spürte, dass mir ein dümmliches Grinsen wie eine Fliege übers Gesicht kroch.

Ich wischte mir mit dem Handrücken erst über die Augen, dann fuhr ich mit der Handfläche über das beschlagene Fenster. Lieber keine Spuren hinterlassen, mochten sie auch noch so verschwommen sein.

Wer war es doch gleich gewesen – Daffy hätte es sofort gewusst –, der sich die Inschrift »Hier liegt einer, dessen Name auf Wasser geschrieben war« für seinen Grabstein gewünscht hatte? Keats? Oder Yeats?

Ich konnte mich beim besten Willen nicht erinnern, was vermutlich ganz im Sinne des Betreffenden war.

Es war Montagmorgen, Waschtag. Die Wäscherei würde zeitig ihre Pforten öffnen … und ich würde zur Stelle sein!

Ich schloss die Tür auf und hinter mir wieder ab. In der frühmorgendlichen Dunkelheit rasselte und schnaufte die Wäscherei wie ein schlafendes Ungeheuer.

Kelly hatte offenbar schon am Abend zuvor oder heute in aller Herrgottsfrühe die Heizkessel angefeuert, sodass sie wie ein Korb voll zorniger Nattern zischten. Schon jetzt war die Hitze schier unerträglich, gegen Mittag würde sie mörderisch sein.

Ich nahm den Zettel aus der Tasche, den ich in meinem Zimmer geschrieben hatte, und legte ihn auf Marges Arbeitstisch. Sie konnte ihn nicht übersehen.

Ich hatte eine beträchtliche Menge Hirnschmalz und eine ebenso beträchtliche Menge Blut darauf verwendet. Hoffentlich hatte es sich gelohnt.

Im Schein der Kontrolllämpchen, an denen ich mich wie an den Lichtkegeln von Leuchttürmen orientierte, tastete ich mich um den größten Heizkessel herum bis zu einer Leiter, die ich bei einem meiner vorigen Besuche erspäht hatte. Ich packte die Holme mit beiden Händen, stellte den Fuß auf die unterste Sprosse und kletterte drauflos.

Als ich mich dem hoch oben angebrachten Milchglasfenster näherte, drang eine falsche Morgendämmerung durch die Scheibe – der matte rötliche Widerschein der Hofbeleuchtung, der zwischen den keuchenden Rohren versickerte. Ich atmete den beißenden Geruch von heißem Dampf ein.

Von der obersten Leitersprosse wechselte ich auf einen Laufgang aus durchlöcherten Metallplatten, der sich hoch über den Heizkesseln an der Rückwand des Raumes entlangzog. Riesige Ventile, von denen einige knallrot lackiert waren, sangen leise vor sich hin wie bunte Seepocken auf dem Rumpf eines untergegangenen Schiffes.

Ein gewaltiges Rohr, das wie Tutenchamun mit irgendeinem Isoliermaterial umwickelt war (Asbest, wie ich hoffte, sonst wäre es zu heiß gewesen), führte in L-Form nach unten und quer durch die Wäscherei. Ich zog mich hinauf und rutschte so lange weiter, bis ich über Marges Tisch angekommen war.

Auf diesem »luft'gen Hochsitz« (wie Shakespeare sich ausgedrückt hätte) war ich so gut wie unsichtbar. Vor den Blicken meiner Feinde verborgen, schwebte ich über ihnen wie die Schwalben über den Zinnen von Macbeths Schloss:

… kein Vorsprung, Fries noch Pfeiler,
kein Winkel, wo der Vogel nicht gebaut
Sein hängend Bett …

Mein »hängend Bett« war hier. Daffy wäre stolz auf mich gewesen.

Ich machte es mir bequem und wartete. In der feuchten Wärme und beim leisen Zischen des Dampfes fühlte ich mich wie ein Tierkind, ein Nilpferdjunges vielleicht oder ein kleiner Elefant, der sich zufrieden an die ledrige Flanke seiner Mutter schmiegte und ihren dumpfen Herzschlägen und trägen Atemzügen lauschte.

Die Hitze hatte mich offenbar schläfrig gemacht, denn ich erwachte von einem Schrei, der mit einem gellenden Aufkreischen begann und dann wie eine Sirene an- und abschwoll.

Ich riss die Augen auf. Das Blut in meinen Adern machte Anstalten zu gefrieren.

»Was hast du denn, Marge? Was ist los?«

Das war Sal.

»Du machst ja ein Gesicht, als hättste ein Gespenst gesehn! Ich hol dir 'nen Stuhl, dann kannste dich hinsetzen.«

Ich riskierte keinen Blick über das Rohr, auf dem ich bäuchlings lag. Mein scharfes Gehör würde mir alles Wissenswerte mitteilen.

Ein scheußliches Quietschen von Holz auf Beton, dann ein dumpfer Aufprall. Sal hatte den Stuhl geholt, und Marge hatten sich drauffallen lassen.

Dann raschelte Papier. Marge reichte meinen Zettel an ihre Kollegin weiter.

Ein paar Sekunden lang hörte man nur den Dampf zischen, dann setzte ein leises Gewimmer ein.

Allmählich machte mir die Sache richtig Spaß.

Ich malte mir aus, wie Sals Blick langsam über das Blatt wanderte und wie sie beim Lesen die Lippen bewegte.

»Was soll das heißen: *Eine von euch kennt meinen Mörder?*«

Nach stundenlangem Hin- und Herüberlegen hatte ich mich entschieden, die Botschaft des Ouija-Bretts Wort für Wort wiederzugeben. Ich hätte keine bessere Wahl treffen können.

»Jesusmaria! Das ist mit Blut geschrieben, Sal!« Marge hatte die Sprache wiedergefunden.

»Mit frischem Blut sogar«, setzte sie hinzu. »Es ist noch nicht braun.«

Ich rieb mir mit dem Daumen die immer noch schmerzende Zeigefingerkuppe. Immer wieder hatte ich eine der verhassten Sticknadeln aus dem Nähkästchen hineingebohrt, das ich von der Schule bekommen hatte. Erstaunlich, wie viel Blut man für sechs, sieben kurze Wörter benötigt.

Unterschrieben hatte ich mit *Francesca*, in lang gezogenen, verschmierten Buchstaben, die über den unteren Rand des Blattes herabzutropfen schienen.

»Glaubst du, das kommt von… von *ihr?*«, fragte jetzt Sal mit zittriger Stimme.

»Muss ja wohl. Noch ’ne tote Francesca gibt’s hier nicht… jedenfalls nicht, dass ich wüsste.«

»Tu den Wisch weg, Marge. Der bringt Unglück, das spür ich.«

»Als wir den Laden am Freitag zugemacht haben, war er aber noch nich’ hier. Wir haben alles abgeschlossen. Wie ist er dann hier reingekommen?«

Sals Stimme zitterte wieder. »Und was bedeutet: ›Eine von euch kennt meinen Mörder‹? Sie is’ doch nich’ ermordet worden. Sie is’ ins Wasser gefallen und ertrunken… so hat’s jedenfalls geheißen.«

»Aber gefunden wurde sie nie, oder? Vielleicht hat sie ja jemand über Bord *geschmissen.*«

»Geschmissen?«, wiederholte Sal empört. »Wer macht denn so was?!«

»Keine Ahnung. Sie war ja wie ein Kind. Hat sich immer so gern schön angezogen. Ich kann mir nich’ vorstellen, dass ihr irgendwer was Böses gewollt hat. Vor ein paar Monaten hab ich noch einen ihrer berühmten roten Strümpfe hinterm Sortiertisch gefunden. Hat mich ganz traurig gemacht. Weißt du noch, wie sie uns immer ihre private Wäsche untergejubelt hat? ›Der Vorsitzende hätte seine weißen Krägen gern ein bisschen steifer gestärkt‹, hat sie immer gesagt. Oder: ›Der Vorsitzende hätte seine Manschetten gern gewendet und Lederflicken auf den Ellbogen.‹ Weißt du noch? Tja, auch die Reichen gucken aufs Geld… Ich wünsch ihr nur das Beste, egal, wo sie jetzt ist. Gott segne sie.«

»Glaubst du, sie kann uns hören … jetzt grade?«

»Du meinst, ihr Geist? Sei nicht albern, Sal. Geister gibt's nicht.«

»Und was ist dann mit dem Zettel?«

Marge lachte übertrieben verächtlich. »Jede Wette, dass das eins von unsren lieben kleinen Mädels war. Eins von unsren süßen, unschuldigen Engelchen, das gehofft hat, dass wir vor Schreck tot umfallen. Bestimmt versteckt sie sich grade hinter dem Kessel und steckt sich die Faust in den Mund, damit sie nicht loslacht.«

»Stimmt's, Schätzchen?«, brüllte sie plötzlich. »Gib mir mal den Besen, Sal. Dem Gör werd ich's zeigen!«

Ein wildes Hämmern gegen die Wand brach los, und ich erhaschte einen Blick auf Marges Haarnetz. Ich hätte die Hand ausstrecken und es anfassen können, überlegte es mir aber anders.

»Komm raus, du Maus, aus deinem Loch!«, rief Sal lachend.

Das Ganze hatte sich in eine Treibjagd verwandelt, und ich war die Beute.

»Na los, komm raus! Wir kriegen dich sowieso!«

In Sekundenschnelle hatten sich diese beiden erwachsenen Frauen von jenem primitiven Trieb überwältigen lassen, der in früheren Zeiten brave Hausfrauen dazu gebracht hatte, alte Weiber zum Dorfanger zu schleifen und als Hexen zu ertränken oder zu verbrennen.

Ertränken … ist es das, was die Mörder Francesca Rainsmith angetan haben? Nein, das war Unsinn … oder nicht? Ich konnte nicht mehr klar denken.

Zum ersten Mal seit meiner Ankunft in Miss Bodycotes Schule bekam ich es ernsthaft mit der Angst zu tun.

»Wir kriegen dich, wir kriegen dich!«, grölten sie jetzt,

erst nur die eine, dann auch die andere. »Wir kriegen dich!«

Sie hämmerten gegen die Dampfrohre, wahrscheinlich mit Besen oder etwas anderem, das sie gerade zur Hand hatten. Es war ein Höllenlärm.

Angst, hatte Dogger mir erklärt, ist oftmals irrational. Trotzdem ist sie echt, denn sie kommt aus unserem Reptilienhirn, jenem instinktiv arbeitenden Teil unseres Gehirns, der auf angreifende Dinosaurier ausgerichtet ist.

Es war dieser unkontrollierbare Reflex, der mich so handeln ließ, wie ich handelte. Statt mich weiter an das Rohr zu klammern und unsichtbar zu bleiben, krabbelte ich zur Leiter zurück und rutschte sie scheppernd hinunter, Marge und Sal praktisch vor die Füße, wie eine aufgescheuchte Ratte.

Die Wirkung war durchschlagend. Die beiden waren genauso überrascht wie ich selbst.

Marge stemmte die Hände in die Hüften und machte einen Schritt auf mich zu, Sal verschränkte die Hände hinter dem Rücken und wich ängstlich zurück. Beide wurden knallrot wie Tomaten.

»Hab ich's dir nicht gesagt?«, triumphierte Marge. »Ich hab's dir gesagt, dass sie irgendwo da oben steckt, stimmt's?«

Sal nickte bestätigend.

»Was hast du hier zu suchen?«, fragte Marge streng.

Ich schaute von einer zur anderen und zögerte meine Antwort hinaus, damit sie die größtmögliche Wirkung erzielte. Als ich den richtigen Augenblick gekommen glaubte, sagte ich: »Ich ermittle im Mordfall Francesca Rainsmith.«

Manchmal ist die Wahrheit die einfachste und wirkungsvollste Waffe. Sie einzusetzen ist riskant, kann aber durchaus lohnend sein.

»Du ermittelst?«, fragte Sal spöttisch, fast verächtlich. »Ein Schulmädel wie *du?*«

Ich sah sie fest an. »Ganz recht«, sagte ich. »Ein Schulmädchen wie ich.«

Totenstille.

»Und ich dachte mir, dass Sie beide mich vielleicht dabei unterstützen können«, fuhr ich fort, um den beiden schon mal ein bisschen Honig um den Bart zu schmieren. »Unterstützen« klingt einfach anspruchsvoller als das plumpe »Helfen«, finde ich immer.

»Kommt drauf an«, erwiderte Marge mit knarrender Stimme.

Halleluja! Wir sind auf dem richtigen Weg!

»Wie gut haben Sie Francesca Rainsmith gekannt?«, fragte ich. »Ist sie oft hierhergekommen?«

»Sie hat immer ihre Wäsche hergebracht... und seine auch. Sie meinte, sie hätt keine Zeit für so was, und zu Weihnachten hat sie uns immer 'nen Blumentopf geschenkt. Meistens 'nen Weihnachtsstern in bunter Folie.«

»War sie auch Ärztin?«

Sal blies die Backen auf. »Ärztin? Nein. Keine Ahnung, was sie für 'nen Beruf hatte. Gar keinen, glaub ich. An 'nem Mittwochnachmittag, das weiß ich noch, weil das immer mein freier Tag is', hab ich sie mal im Café gesehen. Sie hat Tee getrunken, und um sie rum standen lauter Einkaufstüten. Der ganze Fußboden war voll und die Stühle auch. Ich glaub, sie hat mich gesehn und mir zugenickt.«

»Hatten die beiden Kinder?«

Tatsachen, ich brauchte wieder mal Tatsachen. Ich versuchte verzweifelt, mir ein Bild von einer Frau zu machen, die ich nur ein einziges Mal gesehen hatte, und das in totem und enthauptetem Zustand.

Sie war nicht gerade in Höchstform gewesen.

»Kinder? Bloß nich'! Sie konnte Kinder nich' ausstehen. Wenn sie herkam, hat sie sich immer die Ohren zugehalten. Sie ist den Schülerinnen aus dem Weg gegangen, meinte immer, sie machen sie ganz nervös. Eigentlich war sie selber noch ein Kind … so 'n kleines Ding, wie sie war. Ein kleines Mädelchen.«

Ich hatte plötzlich eine Eingebung. »Ist sie denn früher hier zur Schule gegangen?«

»Wie kommste denn da drauf?«, mischte sich Marge plötzlich wieder ein.

»Keine Ahnung«, erwiderte ich wahrheitsgemäß. »Ich frag ja nur.«

Marges Gesicht zog sich so unvermittelt zu wie der Himmel bei einem Sommergewitter. »Sag mal, hat das hier vielleicht was mit der Leiche aus dem Kamin zu tun?«

»Leider ja.« Ich beobachtete sie scharf.

Marge und Sal schlugen gleichzeitig die Hand vor den Mund, als hätte man sie an den Ellbogen zusammengenäht. Ganz offensichtlich war ihnen dieser Gedanke noch gar nicht gekommen. Jetzt malte sich Entsetzen auf ihren Gesichtern.

»Ich erzähle Ihnen das auch nur«, fuhr ich rasch fort, »weil ich Sie beide für überaus vertrauenswürdig halte. Ich riskiere Kopf und Kragen. Wenn das hier rauskommt, bin ich geliefert.«

Marge hatte sich von ihrem Schreck wieder erholt. »Wer hat dir das denn eingeredet? Dieser Scroop vom *Morning Star* vielleicht?«

»Zufällig ja«, schönte ich die Wahrheit ein bisschen.

»Lass dich bloß nicht mit dem Kerl ein«, sagte Sal.

»Wieso denn nicht?«, fragte ich großäugig und unschuldig.

»Der steckt überall seine Nase rein, stimmt's, Marge? Ein grässlicher Schnüffler. Miss Fawlthorne hat gesagt, wir sollen kein Sterbenswörtchen mit ihm reden. ›Wenn er euch ausfragen will, dann schickt ihn zum Teufel‹, hat sie gesagt.«

»Nein, ›dann schickt ihn zu *mir*‹, hat sie gesagt«, widersprach Marge. »Aber er ist bis jetzt nich' noch mal da gewesen, soweit ich weiß.«

»Mrs. Rainsmith«, kam ich wieder auf unser ursprüngliches Thema zurück, »ich meine Francesca. Wie ist sie gestorben?«

»Damals oder heute?«, fragte Marge zurück.

Ein helles Köpfchen, diese Marge, das musste man ihr lassen.

»Damals«, sagte ich. »Auf der Bootsfahrt.«

»Das war vorletztes Jahr, kurz nach dem Kostümball. Es war ihr Hochzeitstag. Sie war ganz aus 'm Häuschen deswegen. Der Vorsitzende hatte die Fahrt gebucht, um ihr eine Freude zu machen.«

»Sie sprechen von Dr. Rainsmith?«, vergewisserte ich mich. »Von Ryerson?«

»Richtig. Lieber Himmel, war die aus 'm Häuschen, weißt du noch, Sal? Sie meinte, sie wär in letzter Zeit nich' gut beinander gewesen, und der Doktor hätt ihr die Bootsfahrt verschrieben. Sie hat dabei gelacht, weil der Doktor ja ihr Mann war und weil *er* ihr die Fahrt verschrieben hatte.«

Ich grinste pflichtschuldigst. »Das hat sie Ihnen erzählt?«

»Sie hat genau da gestanden, wo du jetzt stehst«, bestätigte Sal.

»Und ihre Leiche wurde nie gefunden.«

»Nein. Jemand hat noch gesehn, wie die beiden aufs Schiff raufgegangen sind, und dann wurde einfach gefeiert, mit Trinken und Tanzen und so. Die beiden haben sich nich' unter die anderen Passagiere gemischt, schließlich war es ja ihr Hochzeitstag. Es war 'ne Mondscheinbootsfahrt. Sehr romantisch. Sie hatten sogar die Sachen an, die sie bei ihrer Hochzeit getragen hatten. Stand alles in der Zeitung. Was dann passiert ist, weiß keiner. Irgendwann nach Mitternacht – das Schiff war schon an Port Dalhousie vorbei – hat der Vorsitzende zum Kapitän gesagt, er glaubt, seine Frau ist über Bord gefallen. Sie hätte vielleicht ein bisschen viel getrunken. Der Kapitän hat die Sache erst mal für sich behalten, weil er die anderen Passagiere nicht verschrecken wollte. So hat er's jedenfalls der Zeitung erzählt. Aber wenn du mich fragst, ist es ihm nur um seinen guten Ruf gegangen. Sie sind dann eine Weile im Kreis rumgefahren und haben das Wasser mit Scheinwerfern abgesucht und so, aber sie konnten sie nich' finden. Keine Spur von ihr.«

»Nich' mal ein Kräuseln im Wasser«, setzte Sal hinzu. »Ich weiß noch, dass die Air Force am nächsten Morgen Boote und Hubschrauber losgeschickt hat ... ohne Erfolg. Kam alles im Radio.«

»Wie hätten sie sie auch finden sollen, wenn sie die ganze Zeit im Kamin gesteckt hat, oder?« Marge warf mir einen vielsagenden Blick zu, als teilten wir beide ein großes Geheimnis.

»Und was ist mit der zweiten Mrs. Rainsmith?«, fragte ich. »Mit Dorsey?«

»Ach, die hat er schon ewig gekannt«, sagte Sal mit einem undurchsichtigen Seitenblick zu Marge. »Die beiden kennen sich vom Studium.«

»Man sagt, sie wär ihm in der Trauerzeit ’ne große Stütze gewesen«, setzte Marge hinzu.

»Wer ist ›man‹?«, hakte ich nach. »Wer hat das gesagt?«

»Na ja, sie selber«, gab Marge zu.

Ein Schatten huschte durch meine Gedanken wie eine Fledermaus. Wie kam es, dass Miss Hochnäsig Dorsey sich dazu herabgelassen hatte, mit ordinären Wäscherinnen wie Marge und ihresgleichen ins Gespräch zu kommen?

»Ach so!«, tat ich überrascht. »Das heißt, *sie* bringt ihre Wäsche auch hierher?«

»Nein«, sagte Sal.

»Na ja, bloß das eine Mal«, berichtigte Marge sie widerstrebend. »Sie hatte ein Kleid… so ein richtig teures, aus reiner Seide. Wenn der Stoff sich gewellt hat, hat es ausgesehn, wie wenn sich das Wasser in einem See kräuselt. Sie hatte es bei Liberty’s in London gekauft. ›Das war doch bestimmt sauteuer‹, hab ich zu ihr gesagt. ›Sauteuer ist noch untertrieben‹, hör ich sie noch sagen.«

»Und?«

»Ein Notfall. Sie wurde zu ’nem Notfall gerufen. Autounfall. Das Kleid hat Blutflecken abgekriegt. Sie hat mich zu Hause angerufen und gefragt, ob ich die Flecken wieder rauskriegen kann. Wir haben das unter uns geregelt. Sie hat mir ’nen Zehner dafür gegeben. Jetzt guck mich nich’ so an, Sal. Wenn du willst, können wir teilen.«

»Moment mal«, unterbrach ich sie. »War das *nach* ihrer Hochzeit mit dem Beiratsvorsitzenden?«

»Nein, davor. Ein Jahr oder so. Aber wir können trotzdem teilen, Sal.«

»War es vor oder nach dem Kostümball?« Mein Herz schlug schneller.

»Danach«, antwortete Marge. »Ganz kurz danach.«

»Danke«, sagte ich. »Sie beide waren wirklich eine große Unterstützung, und ich werde mich auf jeden Fall revanchieren.«

Marge errötete, und Sal machte zwar eine abwehrende Handbewegung, aber ich spürte, dass sie sich insgeheim freute.

»Eine letzte Frage hätte ich noch …«

»Schieß los«, sagte Marge.

»Wie kommt es, dass Sie beide Dorsey Rainsmith schon *vor* ihrer Hochzeit mit dem Vorsitzenden gekannt haben?«

»Na, weil sie doch auch im Beirat der Schule war«, entgegnete Marge.

In meinem Hirn sprühten die Gedanken wie Funken in alle Richtungen.

Gehörte Ryerson Rainsmith dem Nest des Colchicus an? Oder Dorsey? War Francesca ein Mitglied des Nestes gewesen?

War ihr Tod auf einen Geheimbefehl hin geschehen? War er sozusagen eine Hinrichtung gewesen?

War Miss Fawlthorne in die Sache eingeweiht?

Oder ging es in Wirklichkeit um etwas ganz anderes? War das Ganze etwa eine jener anrüchigen Lady Chatterley-Geschichten, die Daffy so gern las und die mich zu Tode langweilten?

Doch darüber konnte ich ein andermal in Ruhe nachdenken. Ich spürte plötzlich meine Hände, was nur eines bedeuten konnte: dass es an der Zeit war, mich zu verabschieden und einen eleganten, oder wenigstens würdevollen, Abgang zu machen.

Denn wie mir Dogger mal erklärt hatte: »Die Hände spüren es genau, wenn der Zeitpunkt zum Gehen gekommen ist.«

Genauso ist es. Die Hände sind die Kanarienvögel in der Kohlengrube eines jeden Menschen. Man muss sie aufmerksam beobachten und sich nach ihnen richten. Schon eine leise Unruhe ist ein ernst zu nehmendes Zeichen, und ein ausgewachsenes Wo-soll-ich-sie-lassen bedeutet schlicht: »Abmarsch!«

Ich schenkte Marge und Sal ein dankbares Lächeln und wandte mich in Richtung Tür.

»Ach übrigens«, rief mir Marge nach, »sag Fitzgibbon, sie soll deinen Finger verarzten. Du hast dich irgendwo geschnitten.«

25

Nachrichtenredaktion«, raunte ich in den Hörer. »Wallace Scroop.«

Ich stand an der hinteren Wand der Eingangshalle und hoffte, meine dunkle Schuluniform würde mit der Vertäfelung verschmelzen. Es war noch früh, nach dem Frühstück, aber noch vor dem Unterricht, und die Abholung von Mrs. Bannerman schien wie ein unsichtbares Sargtuch über der Schule zu liegen.

Es herrschte eine unheimliche Stille – die Abwesenheit von Freude und jugendlichen Stimmen. Die Luft war ein bleischweres Vakuum.

»Scroop hier.« Seine Stimme drang klar und deutlich an mein Ohr.

»Ich bin's noch mal«, sagte ich gedämpft. »Ich möchte Sie um einen Gefallen bitten.«

»Was springt für den *Morning Star* dabei raus?«, wollte er wissen. »Besser gesagt, was springt für Wallace Scroop dabei raus?«

Ich war überrumpelt. Ich war nicht darauf gefasst, verhandeln zu müssen. Ich hatte das Gespräch überhaupt nicht richtig durchdacht, ehe ich zum Hörer gegriffen hatte.

Jetzt musste ich mir rasch etwas einfallen lassen. Es war eine der schwierigsten Entscheidungen, die ich je treffen musste.

»Alles«, sagte ich.

Und meinte es auch so.

»Na schön«, brummte er, als wir uns über die Bedingungen geeinigt hatten, »worum geht's denn diesmal?«

»Um die näheren Umstände von Francesca Rainsmiths Tod. Sie starb vor zwei Jahren auf einer nächtlichen Ausflugsfahrt mit dem Schiff. Eine verlässliche Informantin hat mir erzählt, dass damals in den Zeitungen groß darüber berichtet wurde. Bestimmt haben Sie die betreffenden Ausgaben noch in Ihrem Archiv. Mich interessiert alles, besonders die Augenzeugenberichte vom Kapitän, von der Besatzung, den anderen Passagieren und so weiter.«

»Das ist aber ganz schön viel verlangt, junge Dame.«

»Erstens bin ich keine junge Dame, und zweitens ist es längst nicht so viel wie das, was *Sie* von *mir* verlangen.«

»Touché, José«, sagte er. »Aber dafür muss ich nicht erst im Leichenschauhaus stöbern. So nennen wir nämlich unser Archiv. Meine Wenigkeit war damals persönlich vor Ort, und ich hab die Geschichte noch so gut im Kopf, als wär sie mit heißem Blei eingeätzt.«

»Dann legen Sie los«, sagte ich. »Ich höre.«

»Besagter Herr und besagte Dame erscheinen zwei Minuten vor Abfahrt am Landesteg. Beide in Hochzeitsklamotten: Frack, Manschettenknöpfe, Fliege; weißes Kleid, Schleier, meterweise Spitze, Brautstrauß. Er gibt dem Fahrer Trinkgeld, sagt, es sei ihr Hochzeitstag.«

»Trugen sie etwas bei sich?«

»Er ja. Große Schachtel. Geschenkpapier, blaue Schleife.«

»Und sie?«

»Nur den Strauß.«

Über mir knarrte Holz. Jemand kam die Treppe herunter.

»Bleiben Sie dran«, flüsterte ich. »Ich bin gleich wieder da.«

Ich legte den Hörer ab und schlich auf Zehenspitzen zur Treppe. Wenn ich den Hals reckte, konnte ich bis zum Absatz und noch ein Stück höher sehen.

Dann stapfte ich treppauf, wobei ich viel mehr Lärm machte als nötig.

Nach ein paar Stufen blieb ich stehen. Falls tatsächlich jemand gelauscht hatte, hatte er sich jetzt verzogen.

Ich kehrte zum Telefon zurück.

»Entschuldigung«, sagte ich im Flüsterton. »Erzählen Sie weiter. Die Rainsmiths gingen also an Bord…?«

»Sie tanzten. Tanzten sich förmlich die Füße wund. Niemand hat groß auf sie geachtet. Dann kommt er plötzlich ins Steuerhaus gerannt, völlig aufgelöst. Gattin über Bord. War beschwipst, hat das Gleichgewicht verloren. Oder der angeschlagene Schädel war schuld.«

»Halt«, sagte ich. »Welcher angeschlagene Schädel?«

»Ach so, das hatte ich ja noch gar nicht erwähnt. Als sie aus dem Taxi ausgestiegen ist, hat sie sich den Kopf gestoßen. Ein Riesentheater. Der Fahrer hat angeboten, den Arzt zu rufen. Rainsmith wollte davon nichts wissen. Meinte, er sei selber Arzt. War aber bloß eine Platzwunde, die bluten ja immer stark. Nichts Ernstes. Er meinte, er würde seine Frau selber verarzten.«

»Und? Hat er?«

»Muss wohl. Wie gesagt, die beiden haben getanzt, als gäb's kein Morgen.«

»Hat jemand die Frau näher betrachtet?«

»Glaub nicht. Es war ja auch dunkel.«

»Dunkel? Ich denke, es war eine Mondscheinfahrt.«

»Das Wetter war ein Reinfall. Bewölkter Himmel und

für Juni ziemlich kalt. Regenschauer und Wind. Kaum Passagiere, die zum Tanzen aufs Oberdeck gingen. Nur die paar Leichtsinnigen und Liebeskranken.«

»Und hinterher?«

»Rainsmith war ein gebrochener Mann. Musste gestützt werden, als er das Schiff verließ.«

»Was war mit der Schachtel, mit dem Geschenk?«

»Er war nicht mehr dazu gekommen, es ihr zu geben. Rührende Geschichte. *ERTRUNKENE VERPASST LETZTES GESCHENK.* Vielleicht geschmacklos … hat aber einen Journalistenpreis gewonnen.«

»Glückwunsch«, sagte ich.

»Hör zu, Kleine, ich muss wieder los. In der Innenstadt ist 'ne Bank ausgeraubt worden, und Scroop wird gebraucht. Aber vergiss unsere Abmachung nicht!«

»Nein«, sagte ich, aber da hatte er schon aufgelegt, und ich war wieder allein.

Wahrscheinlich wurde mir in diesem Augenblick, als ich in der dunkelsten Ecke der Eingangshalle von Miss Bodycotes Höherer Mädchenschule stand, klar, dass ich nicht nur gerade eben auf mich allein gestellt war, sondern es höchstwahrscheinlich auch bleiben würde. Zwar hatte ich inzwischen ein paar Bekanntschaften geschlossen – mit Gremly und Scarlett zum Beispiel –, aber daraus waren keine wirklich engen, dauerhaften Freundschaften erwachsen. Wir alle waren wie die sprichwörtlichen Schiffe, die des Nachts aneinander vorbeifahren und sich mit einem kurzen Tuten begrüßen, bevor ein jedes weitersegelt und am Horizont in seiner eigenen Dunkelheit verschwindet.

So war mir jedenfalls zumute. Irgendwie traurig, das Ganze.

Aber wenn es traurig war, warum war ich dann so gut aufgelegt?

Lag es an der Herausforderung?

Meinen persönlichen Erfahrungen nach beinhaltete die Aufklärung eines Mordfalles die Untersuchung der Leiche, das Sammeln von Beweisen, das Zusammenzählen von eins und eins, die Überführung des Mörders und ... *Voilà*! Klappe zu, Fall gelöst. So einfach wie Wasser kochen.

Doch dieser Fall hier war ein ganz anderes Paar Schuhe. Nein, mit meinen üblichen Methoden würde ich hier nicht weiterkommen.

Die Leiche war weggeschafft worden, bevor ich sie richtig hatte untersuchen können, und es bestand nicht die leiseste Hoffnung, dass Inspektor Gravenhurst plötzlich in der Tür stehen und mir einen Berg Beweise vor die Füße schaufeln würde. Ich hatte keine Möglichkeit, Einblick in den Obduktionsbericht zu erhalten – es sei denn, ich brachte Dorsey Rainsmith zum Reden, was ungefähr so wahrscheinlich war, wie dass die Sonne morgen im Norden auf- und im Süden untergehen würde.

Ich musste mir eine ganz neue Strategie ausdenken, einen ganz neuen Modus Operandi, wie sich Philipp Odell, der Privatdetektiv im Radio, ausgedrückt hätte.

Sonst hatte ich immer von der Leiche Rückschlüsse auf den Mörder ziehen können. Diesmal musste ich umgekehrt verfahren. Als würde ich den Fall im Spiegel lösen.

Vielleicht war das ja der Grund für meine Hochstimmung.

Schon fing ich an, im Geist eine Liste aufzustellen, die, hätte ich sie in meinem Notizbuch festgehalten, folgendermaßen ausgesehen hätte:

- *Wer hatte ein Motiv, Francesca Rainsmith umzubringen?*
- *Natürlich ihr Ehemann. Daffy sagt immer, in einer Ehe spielt sich mehr ab, als die Kirche, die Justiz und die Zeitungen mitkriegen. Anmerkung: Die News of the World behauptet, dass die meisten Mörder und ihre Opfer aus ein und derselben Familie kommen.*
- *Ihre zukünftige Nachfolgerin Dorsey Rainsmith, deren Gründe, ihre Rivalin loswerden zu wollen, klar wie Kloßbrühe sind.*
- *Jemand anders als die Vorgenannten. Womöglich ein völlig Fremder. Ein Geisteskranker oder eine Geisteskranke.*
- *Wer ist in der Lage, eine Leiche zu enthaupten?*
- *Dorsey Rainsmith ist Rechtsmedizinerin. Sie besitzt garantiert die nötigen medizinischen Kenntnisse und handwerklichen Fähigkeiten.*
- *Ryerson Rainsmith ist Arzt. Er ist handwerklich vielleicht nicht so geübt wie seine zweite Frau, würde es aber bestimmt auch hinkriegen.*
- *Fitzgibbon ist ausgebildete Krankenschwester und könnte durchaus die nötige Kaltblütigkeit und den erforderlichen Pferdemagen besitzen, um den betreffenden Körperteil zu entfernen.*
- *Ein noch unverdächtiger Rohling, so wie der Orang-Utan bei Edgar Allan Poe, der ebenfalls eine Leiche in einen Kamin gestopft hat. Übrigens eine Parallele zum vorliegenden Fall – eine auffallende Parallele!*

Wieder ging mir durch den Kopf, ob ich womöglich aus purem Zufall über einen jener klassischen Mordfälle gestolpert war, über die Miss Christie mit Vorliebe schrieb.

Mordfälle, bei denen der Mörder die Polizei an der Nase herumführte, indem er seine Taten nach dem Vorbild von Kinderreimen oder Märchen inszenierte. Hatte Francesca Rainsmiths Mörder absichtlich den *Doppelmord in der Rue Morgue* nachgestellt? In meinem ganzen Leben würde ich den stürmischen Abend nicht vergessen, an dem uns Daffy zum Getrommel des Regens an die Salonfenster diese Geschichte vorgelesen hatte. Das Blut und die Haarsträhnen im Kamin, die alte Dame mit dem säuberlich abgetrennten Kopf… Ich musste mir so schnell wie möglich eine Ausgabe davon besorgen und sie auf weitere Parallelen durchsehen. Die Schule verfügte über eine kleine, aber recht gut sortierte Bibliothek. Sie war in einem winzigen Raum untergebracht, in dem die Nonnen einst Flickarbeiten verrichtet und dabei gebetet hatten.

Beim Stichwort »Flickarbeiten« fiel mir die Wäscherei wieder ein. Der Schrank von Mann mit Namen Edward Kelly, der Heizer von Miss Bodycotes Dampfkesseln, war der einzige in Frage kommende Verdächtige, der die körperlichen Voraussetzungen für die Tat mitbrachte. Mit seiner Statur und seinen Muskeln wäre es für ihn wohl ein Kinderspiel gewesen, eine Leiche in einen Kaminschacht zu schieben. Von einem abgetrennten Kopf ganz zu schweigen.

Alle diese Gedanken durchzuckten mich wie sommerliche Blitze, als ich vor dem Wandtelefon in der Eingangshalle stand, den Hörer immer noch umklammert.

Doch eines pikte mich wie ein entzündeter Daumen, nämlich, dass auf meiner Liste Mrs. Bannermans Name nicht auftauchte. Und doch hatte Inspektor Gravenhurst sie mir nichts, dir nichts einfach mitgenommen.

Weil er mehr wusste als ich? Das war natürlich möglich,

aber der Gedanke passte mir ganz und gar nicht. Oder war sie als freigesprochene Mörderin automatisch verdächtig? Dieser Gedanke gefiel mir genauso wenig.

Auf jeden Fall hatte der Inspektor ungehinderten Zugriff auf sämtliche bis jetzt aufgetauchten Indizien, auf den Obduktionsbericht und die Aussagen aller bis jetzt Befragten, wogegen ich mich mit den Brosamen zufrieden geben musste.

Wie gesagt, ich war auf mich allein gestellt, und für mich war das Beweisezusammentragen so mühsam, als wollte ich im Stockdunkeln verschüttete Pfefferkörner aufsammeln. Und daran würde sich aller Voraussicht nach auch nichts ändern.

Wie der arme, heimwehkranke Moses in der Bibel war ich fremd in der Fremde.

Eine Verstoßene.

Aber Selbstmitleid half mir jetzt auch nicht weiter. Meiner Erfahrung nach ist es sowieso immer besser und lohnender, wenn einen andere bemitleiden, statt dass man diese Aufgabe selbst übernimmt.

Was mich auf eine geniale Idee brachte.

»Darf ich reinkommen?« Ich klopfte diskret an den Türrahmen.

Miss Moate blickte von dem Tablett an ihrem Rollstuhl auf. Sie war gerade damit beschäftigt, Fossilien zu sortieren.

Sie sagte weder Ja noch Nein, darum fasste ich mir ein Herz und trat ein.

»Ja bitte?«, fragte sie jetzt in ihrem typischen, dauergereizten Ton. Offenbar konnte sie es nicht ausstehen, wenn man sie bei etwas Wichtigem unterbrach.

»Entschuldigen Sie die Störung, Miss Moate«, sagte ich daraufhin (hätte ich eine Mütze aufgehabt, hätte ich sie abgenommen und in den Händen zerknüllt), »aber hätten Sie vielleicht ein paar Minuten für mich Zeit? Es geht um eine persönliche Angelegenheit.«

Auf diese Taktik war ich sehr stolz. Ich hatte sie mir für Gelegenheiten wie diese aufgehoben. Wer sagt schon Nein zu einer persönlichen Angelegenheit? Sogar der liebe Gott wird da neugierig, deshalb hört Er sich ja auch unsere Gebete an.

Als Lehrerin hatte Miss Moate vermutlich auf irgendeinem trostlosen, entlegenen Kolleg gelernt, wie man mit Vertraulichkeiten von Seiten der Schüler umzugehen hatte. Wenn sich jemand so direkt an sie wandte, würde sie ihn wohl kaum wegschicken können.

»Ich habe zu tun«, sagte sie barsch. »Persönliche Angelegenheiten sind mit der Rektorin oder der Hausmutter zu besprechen.«

»Meine Hausmutter ist Mrs. Bannerman«, log ich, »und sie wurde verhaftet.«

»Wie bitte?!« Ein Fossil polterte auf das Tablett. An Miss Moates verdutztem Gesicht erkannte ich, dass sie die Neuigkeit tatsächlich noch nicht vernommen hatte.

»Ja, verhaftet«, bestätigte ich. »Die Polizei hat sie abgeholt. Mitten in der Nacht.«

Rat-a-tat-tat! Erschütternde Neuigkeiten erzielen die größte Wirkung, wenn sie stoßweise verabreicht werden. Ich ersparte der Frau nichts.

»Woher weißt du das? Wer hat dir das erzählt?«

»Niemand«, erwiderte ich. »Ich war dabei. Ich habe es mit eigenen Augen gesehen.«

Ich sah förmlich, wie es in ihr arbeitete, als sie die gefütterte Teehaube von der Kanne nahm und ihre Tasse vollgoss. Sollte sie sich dazu herablassen, mit einer Schülerin Tratsch auszutauschen, oder war sie sich zu gut für so etwas?

»Diese… persönliche Angelegenheit«, sagte sie schließlich, »… meinetwegen erzähl mir, worum es geht. Aber mach erst die Tür zu.«

Ich tat, wie mir geheißen. Dann legte ich los, wobei mir bewusst war, dass eine von uns beiden mit der Situation ziemlich überfordert war.

»Ich fürchte mich«, sagte ich.

Sie musterte mich forschend, dann fragte sie. »Wovor?«

»Hier spukt es. Nachts hört man in den Gängen Schritte, und ein Mädchen, das schon seit zwei Jahren tot ist, wurde dabei gesehen, wie es aus der Wäscherei gekommen ist.«

Das war eine kühne Eröffnung, und ich hielt mir etwas darauf zugute, dass sie mir eingefallen war.

»Hast du dieses tote Mädchen etwa auch ›mit eigenen Augen gesehen‹? Hast du die Schritte in den Fluren mit eigenen Ohren gehört?«

»Äh… nein«, gestand ich.

»Die Naturwissenschaft glaubt nicht an Gespenster«, sagte sie. »Und du als angehende Chemikerin solltest auch nicht an so etwas glauben.«

Mein Privatunterricht bei Mrs. Bannerman war demnach kein Geheimnis.

»Viele junge Mädchen und so mancher junge Mann, die an Eisenmangel leiden, sehen ab und zu Gespenster.«

Falls sie damit auf Blutarmut oder hypochrome Anämie anspielte, hätte sie sich die Mühe sparen können. Diese Mangelerscheinung war schon seit dem sechzehnten Jahrhundert bekannt, und schon vor über hundert Jahren hatte der böhmische Chemiker Albert Popper ein eisenhaltiges Heilmittel entwickelt. Das war für mich nun wirklich nichts Neues.

»Dann entschuldigen Sie bitte, dass ich Sie belästigt habe«, sagte ich und wandte mich zum Gehen.

»Jetzt warte doch mal«, sagte Miss Moate. »Sei doch nicht gleich eingeschnappt.«

Ich ließ resigniert die Schultern hängen.

»Hab Nachsicht mit einer alten Frau«, sagte sie in milderem Ton. »Sieh mich an.«

Ich folgte dieser Aufforderung nur widerstrebend, und mein Blick wurde von dem ihren abgestoßen wie von einem gleich gepolten Magneten. Allein kraft meiner Augenmuskulatur gelang es mir standzuhalten.

»Du musst wissen, dass ich nicht immer so war«, sagte sie und deutete mit einer unbestimmten Handbewegung auf ihren gelähmten Körper. »Diese nutzlose Hülle war nicht immer in dem Zustand, in dem du sie jetzt vor dir siehst.«

Sie stieß ein bellendes Seehundgelächter aus, um die Ironie ihrer Lage zu unterstreichen.

»Was ist denn passiert?«, rutschte es mir heraus, ehe ich mich eines Besseren besinnen konnte.

Jetzt, da ihr Blick den meinen festhielt, merkte ich, dass ich mich nicht mehr davon losreißen konnte.

»Du bist der erste Mensch an dieser Schule, der mich das fragt«, gab sie zurück.

»Tut mir leid«, erwiderte ich und war mir dabei bewusst, dass man mit diesen drei kleinen Wörtchen so manche Tür öffnen konnte.

»Nicht nötig«, entgegnete sie. »Mitleid haben kann jeder. Man sollte sich trauen, einen Schritt weiter zu gehen.«

Ich wartete ab, bis sich die elektrische Aufladung im Raum wieder etwas gelegt hatte.

»Was du bist, war einst ich, was ich bin, wirst du sein«, sagte sie mit einer seltsam altmodischen Ausdrucksweise. »Ein Spruch, der auf vielen alten Grabsteinen steht.«

Ich kannte den Spruch nur zu gut. Auf dem Friedhof von St. Tankred waren etliche Abwandlungen davon zu finden, zum Beispiel:

Bedenke, Freund, der du hier stehst,
Dass bald auch du von hinnen gehst.
Was ich jetzt bin, das wirst du sein,
Stell dich beizeiten darauf ein.

Dieser Reim zählte zu meinen Lieblingsgedichten. Anders als die Verse von Keats beispielsweise, oder von Shelley, war er so schön alltagstauglich.

»Es war ein Unfall«, sagte sie mit belegter Stimme und auf einmal stockend. »Ein Autounfall … ein Tal … ein Picknick … eine Freundin. Sie wurde hinausgeschleudert und blieb unverletzt, aber ich …«, sie strich fast zärtlich über die Reifen ihres Rollstuhls, »… wurde unter den Rädern eingeklemmt.«

Beinahe hätte ich schon wieder »Das tut mir leid« gesagt, hielt mich aber noch rechtzeitig zurück.

»Mein einziger Trost besteht darin, so viel Zeit wie möglich hier zu verbringen, mit meinen *wahren* Freunden.«

Ihre ausholende Handbewegung umfasste die Vitrinen mit den Schädeln und ausgestopften Tieren.

»Sie können auch nicht heraus, genauso wenig wie ich aus diesem Ding. Wir sind Leidensgenossen. Lach ruhig.«

»Ich finde das nicht lustig«, sagte ich. »Es ist tragisch.«

Ich stellte mir vor, wie mir zumute wäre, wenn ich nicht mehr wie eine Schwalbe über die Landstraßen fliegen könnte oder mit den Füßen auf Gladys' Lenker den Goodger Hill hinab und über die kleine Brücke beim Gehölz preschen, ein unbändiges »Haruh!« auf den Lippen.

Im Raum war es still geworden, und ich drehte mich von Miss Moate weg, als hätte eines der Ausstellungsstücke plötzlich meine Neugier geweckt.

Ich nahm einen gebräunten Schädel aus einer Vitrine und drehte und wendete ihn hin und her.

Ich traute meinen Augen nicht.

Jetzt bloß keine Miene verziehen, dachte ich. *Ruhe bewahren, Pokergesicht … egal was, aber lass dir auf keinen Fall anmerken, was du eben gesehen hast.*

»Leg das sofort wieder hin!«, fauchte Miss Moate. »Das Herausnehmen der Exponate ist verboten.«

»Tut mir leid«, entschlüpfte es mir, und ich legte den grinsenden Schädel wieder zwischen seine Kameraden.

»Jetzt hab ich dich schon wieder angeschnauzt. Wie gesagt, du musst ein bisschen Nachsicht mit einer alten Frau haben.«

»Ist schon gut, Miss Moate«, sagte ich und gab mir Mühe, ganz normal zu wirken, was nicht so einfach war, wie man sich das jetzt vielleicht vorstellt. »Ich kann das verstehen. Ein guter Freund von mir zu Hause in England sitzt auch im Rollstuhl. Ich weiß, wie schlimm das ist.«

Ich dachte an den lieben Dr. Kissing im Altersheim Haus Krähenwinkel. Mit seinem geflickten Morgenmantel, dem Samtkäppchen mit der Troddel dran und der brennenden Zigarette, die an seiner Unterlippe klebte und deren Asche sich wie eine mumifizierte Nacktschnecke krümmte, war er in seinem Korbrollstuhl so munter wie ein Fisch im Wasser. Ganz gewiss hatte er noch nie mit seinem Schicksal gehadert, und ich bat ihn im Stillen um Verzeihung, dass ich dergleichen auch nur andeutete.

»Schön und gut«, sagte Miss Moate unvermittelt und räusperte sich, als wollte sie die Schiefertafel unserer Unterhaltung blankwischen. »Kommen wir wieder zu deiner persönlichen Angelegenheit … Du hast vorhin gesagt, dass du dich fürchtest?«

»Fürchten ist vielleicht nicht das richtige Wort«, erwiderte ich. »Aber es gibt da etwas, was mich beunruhigt … Es geht um die Rainsmiths.«

Mehr wagte ich nicht zu sagen.

»Was ist denn mit ihnen? Hat dir einer der beiden etwas getan?«

»Mir nicht … aber vielleicht jemand anderem.«

»Wem?«

»Das darf ich nicht sagen. Sonst verstoße ich gegen die Schulordnung.«

Ich machte dabei ein ernstes Gesicht, aber heimlich grinste ich in mich hinein. Sich hinter irgendwelchen Vorschriften zu verstecken war ein großartiger Trick – als erschreckte man mit Hilfe einer Maus die Kriegselefanten des Gegners und versetzte sie in solche Panik, dass sie ihren Herrn und Meister tottrampelten. Shakespeare hat einen wunderbaren Ausdruck dafür gefunden (wie er für alles und jedes einen wunderbaren Ausdruck gefunden hat): »… wenn mit seinem eignen Pulver der Feuerwerker auffliegt«, was laut Daffy bedeutete, dass man auf dem eigenen Grill geröstet wurde.

»Vergiss die Schulordnung«, sagte Miss Moate. »Wenn das Wohl eines Kindes auf dem Spiel steht, muss man die Vorschriften auch mal außer Acht lassen.«

Welches Kind mochte sie dabei im Sinn haben? Ich hatte zwar zugegeben, dass ich mich fürchtete und beunruhigt war, aber deswegen stand doch nicht gleich mein »Wohl auf dem Spiel«. Was übrigens nur eine vornehme Umschreibung dafür war, dass jemand in Gefahr schwebte.

»Dann erzähl mir doch mal, was dich an den Rainsmiths beunruhigt«, sagte sie in sanftem Ton.

»Ich glaube, dass die beiden jemanden umgebracht haben.«

»Wen denn?«, fragte sie prompt. »Hast du auch einen Namen dazu?«

»Clarissa Brazenose.«

Ich hätte auch noch die Namen »Le Marchand« und »Wentworth« nennen können, wollte es aber nicht zu kompliziert machen. Miss Fawlthorne gegenüber hatte ich ja bereits die Vermutung geäußert, dass dieses Trio noch am Leben war, aber davon wusste Miss Moate nichts.

Teiloffenbarungen sind eine scharfe Waffe, die man immer wieder einsetzen kann, solange man gut aufpasst.

»Das ist ein schwerer Vorwurf«, sagte Miss Moate jetzt. »Bist du dir da auch sicher?«

»Nein. Ich *glaube* es nur. Aber ich musste mal mit jemandem darüber sprechen.«

»Das war eine kluge Entscheidung. Ich werde mich darum kümmern, dass …«

Ein Glockenläuten ertönte, und im nächsten Augenblick war das Schulgebäude von vielfüßigem Getrappel erfüllt. Lautes Stimmengewirr kam immer näher, dann überrannte uns die Schülerinnenschar wie eine Büffelherde.

»Später.« Miss Moate bewegte nur die Lippen, denn sie hätte den Lärm ohnehin nicht übertönen können. »Wir reden später weiter.«

Doch dann fand sie ihre Stimmgewalt plötzlich wieder und donnerte: »Mädchen! Mädchen! Mädchen! Wir sind doch hier nicht bei den Wilden!«

Ich nickte ihr zu, dann bahnte ich mir wie ein Lachs, der gegen die Strömung anschwimmt, einen Weg zur Tür.

Auf dem Rückweg zu meinem Zimmer wahrte ich eisern die Fassung.

Als ich Edith Cavell endlich erreicht hatte, trat ich ein, machte die Tür zu und lehnte mich mit dem Rücken dagegen. Jetzt, wo ich unbeobachtet war, ging mein Atem in mühsamen, abgerissenen Stößen. Mir wurde schwindlig.

Der Schädel in Miss Moates Fachraum … der Schädel, den ich in der Hand gehabt hatte …

Drei der Zähne hatten Amalgamplomben.

26

Die Zahnheilkunde gibt es schon fast so lange, wie es Zähne gibt. Diese Übelkeit erregende Information hatte ich mal einer schmuddeligen Zeitschrift im Wartezimmer der Praxis eines Londoner Zahnarztes entnommen, einem düsteren Gruselkabinett in der Farringdon Street. Seit über hundert Jahren hingen dort riesige altmodische Werbeschilder in den Fenstern. Mit Sprüchen wie *SCHMERZLOSE ZAHNBEHANDLUNG* und *KEINE WARTEZEIT* belogen sie die Passanten in geschwungenen Großbuchstaben.

Füllungen, so hatte ich gelesen, hatte man schon in den Zähnen von Schädeln entdeckt, die in den römischen Katakomben gefunden worden waren, wobei die meisten antiken Münder wahrscheinlich von Grabräubern geplündert worden waren, die das Gold herausgebrochen hatten. Auch die alten Etrusker und Ägypter hatten an schadhaften Zähnen herumgebastelt, und sogar unsere frühesten Vorfahren sollen schon Löcher mit Bienenwachs gestopft haben.

Ich bin zwar keine Expertin, was die Kunst der Zahnfüllung angeht, aber ich habe mehr als genug Stunden an den Zahnarztstuhl gefesselt verbracht und mir die Beißerchen mit Stacheldraht bespannen lassen. Dabei hatte ich ausreichend Gelegenheit, mir die großen farbigen Plakate einzuprägen, die in grellen Farben schildern, was Grauenvolles passiert, wenn man sich nicht nach jeder Mahlzeit die Zähne putzt. Wie schon gesagt, ich habe ein Faible für Fäulnis, aber bitte nicht in meinem Mund, und übrigens auch nicht in den Mündern von Wildfremden.

Tatsache war jedenfalls, dass eine moderne Zahnplombe in einem antiken Schädel äußerst unwahrscheinlich war, ganz zu schweigen von gleich dreien von der Sorte, die so blitzblank und neu aussahen, als stammten sie von Freitagvormittag letzter Woche.

Ich hätte meine Zunge, mein Zäpfchen und meine Zehennägel darauf verwettet, dass diese Füllungen nicht in einer Steinzeithöhle ausgeführt worden waren.

In meinem Kopf fügten sich bereits die nächsten Puzzleteile zusammen. *Klick! Klick! Klick!* Nur der Rand des Bildes war noch nicht vollständig.

Als ich geistesabwesend die Hand in die Tasche steckte, streiften meine Finger ein zusammengeknülltes Taschentuch.

Die Sankt Michaels-Medaille! Ich hatte sie eingewickelt, um sie vor weiteren Verunreinigungen zu schützen, was im Grunde unlogisch war. Eigentlich bat man ja den Erzengel Michael um Schutz, wogegen ich den Michael beschützte.

Flavia de Luce, Schutzpatronin der Erzengel.

Das hörte sich richtig gut an.

Mein Einfall versetzte mich in etwas bessere Laune, und so ging ich leichteren Herzens die Treppe hinunter.

Heute war Montag. Mir fiel ein, dass ich mich jeden Montag bei Miss Fawlthorne melden sollte. Was sie wohl mit mir vorhatte? Und in welcher Stimmung würde ich sie heute antreffen?

Bei ihr konnte man nie wissen.

War ich zu früh oder zu spät dran? Ich hatte vergessen,

um welche Uhrzeit ich mich bei ihr einfinden sollte, aber besser zu spät als nie, beziehungsweise – diese Erfahrung hatte ich bei meinen diversen Ermittlungen gemacht – besser zu früh als zu spät.

Doch meine Sorge erwies sich als unnötig. Auf mein mehrfaches Klopfen an ihre Bürotür reagierte niemand.

Ich öffnete die Tür vorsichtig einen Spalt und blickte in ein leeres Zimmer.

Auf Zehenspitzen – warum, wusste ich selbst nicht – schlich ich zum Papierkorb und holte einen weggeworfenen Zettel heraus.

Liebe Miss Fawlthorne, schrieb ich, *ich war hier, aber Sie waren nicht da.*

Fabelhaft. Kurz und knapp, aber es stand alles drin, dazu eine Andeutung von Vorwurf.

Aber wie sollte ich unterzeichnen? *Ihre ergebenste Dienerin? Hochachtungsvoll? Mit freundlichen Grüßen?*

Zu guter Letzt entschied ich mich für ein schlichtes *Flavia de Luce* und legte ihr den Zettel auf den Schreibtisch.

Die Bibliothek war vermutlich der einzige Raum in Miss Bodycotes Höherer Mädchenschule, in dem man allein sein konnte, ohne in den Verdacht zu geraten, irgendwelche Missetaten auszuhecken. Durch die unterteilte Scheibe in der Tür konnte ich erkennen, dass niemand drin war.

Als ich eintrat, stieg mir ein leicht muffiger, aber durchaus angenehmer Geruch in die Nase, wie vom Atem der schlummernden Bücher in dem ungelüfteten Gelass. Ich ging zu der kleinen Romanabteilung hinüber und sah das Regal durch.

Anne auf Green Gables schmiegte sich an *Huckleberry Finn*; *Der Glöckner von Notre Dame* war zwischen *Heidi* und dem *Kleinen Lord* eingeklemmt, und *Nicholas Nickleby* lehnte sich vertraulich an *Betty und ihre Schwestern.*

Die Bücher waren nicht alphabetisch geordnet, deshalb musste ich den Kopf schief legen, um die Titel lesen zu können. Nach dem dritten Regalbrett konnte ich nachvollziehen, warum viele Bibliothekarinnen derart unleidliche Geschöpfe sind – weil sie nämlich in ihrem Beruf Höllenqualen ausstehen müssen.

Wenn man die Verleger davon überzeugen könnte, überlegte ich, die Buchtitel waagerecht statt senkrecht zu drucken, könnte das zur allgemeinen Erleichterung beitragen. Die Chiropraktiker und Optiker würden arbeitslos, die Bibliothekare fröhlicher, und die Welt würde überhaupt besser sein. Bei nächster Gelegenheit musste ich diese Hypothese mit Dogger besprechen.

Auf einem der untersten Bretter entdeckte ich *Ben Hur* und ein Stück daneben Angela Thirkell. Ihre Liebesromane waren »herzerwärmend«, wie Daffy mit schwärmerischem Blick zu sagen pflegte. Aber abgesehen von ein paar blau eingebundenen, völlig zerlesenen Bänden über eine gewisse Nancy Drew machten die meisten Bücher den Eindruck, als würden sie nur selten aufgeschlagen.

Ha! Da stand es ja – *Erzählungen von Edgar Allan Poe.*

Ich zog das Buch heraus. Die Illustrationen waren gruselig, so schön gruselig, dass es sich anfühlte, als kröche mir eine schleimige Schnecke den Rücken herunter, vor allem, als ich »Der Doppelmord in der Rue Morgue« aufschlug. Auf der betreffenden Illustration beugte sich ein riesiger Orang-Utan, dessen Schultern die Zimmerdecke streiften, mit einem aufgeklappten Rasiermesser in der Pranke über eine liegende Frau.

Ich klemmte mir das Buch als Bettlektüre unter den Arm.

Dann fiel mein Blick auf ein mit *Erdkunde* beschriftetes Fach, in dem nur ein paar einsame und verlorene Bände standen, über China, Afrika, Europa und so weiter. Eine kleine Abteilung über Kanada gab es auch. Eine Geschichte der Küstenprovinzen, die Biografie eines gewissen Timothy Eaton, ein Kochbuch von einer Verfasserin namens Kate Aitken sowie eine Autobiografie mit dem Titel *Kein Stern, der mich leitet* von Helen Murchison Trammell, die von der Autorin selbst signiert war. Dem Klappentext zufolge, hatte sie einen Ölbaron aus Calgary geheiratet und es nie bereut. Dann entdeckte ich noch ein Bändchen namens *Graugans – Straßenkarte von Toronto und Umgebung*, das ich ebenfalls mitnahm.

Ein kleiner Ausflug zum Telefonbuch verhalf mir anschließend zu der Erkenntnis, dass die Rainsmiths in einem Außenbezirk namens Rosedale wohnten.

Bis nach Rosedale war es deutlich weiter, als ich gedacht hatte. Die Straßen schlängelten sich durch eine hügelige Gegend und waren zum Teil nicht mehr als bessere Feldwege. Die großzügigen Anwesen lagen hinter kunstvoll gestalteten schmiedeeisernen Zäunen, die Rasenflächen und Blumenbeete machten den Eindruck, als würden sie von Scharen auf den Knien herumrutschender Gärtner mit der Nagelschere gestutzt. Vor mit Fachwerk versehenen Nebengebäuden parkten Rolls Royces und Bentleys. Alles war schrecklich protzig. Die Gebäude orientierten sich an englischen Vorbildern, wirkten aber viel zu neu und eigenartig unecht, wie eine frisch gepinselte Kulisse.

Die Rainsmiths wohnten in einer stattlichen Villa im Renaissancestil, die die Fläche eines Kricketplatzes einnahm. Auf einer Seite des Grundstücks stand am Ende eines Laubenganges ein niedriges, lang gestrecktes Gebäude aus gelbem Backstein, bei dem so richtig rangeklotzt worden war. Früher war es wahrscheinlich eine Remise gewesen, aber davon zeugten nur noch die Flügelfenster, die Giebel und der Efeubewuchs.

Obwohl es helllichter Tag war, brannte drinnen das elektrische Licht, und ein sanft hin und her schwingendes altmodisches Schild mit der Aufschrift *»Mon Repos«* in schwarzgoldenen Schnörkelbuchstaben verriet mir, dass es sich um das private Pflegeheim handelte.

Irgendwo hinter dem ganzen Glas und Efeu wurde Collingwood gefangen gehalten.

Oder doch nicht?

Es gab nur eine Möglichkeit, das herauszufinden.

Auf der anderen Straßenseite, gleich gegenüber, stand ein Haus, das nach dem Vorbild des Cottages gestaltet war, in dem Shakespeares Braut Anne Hathaway mit ihrer Familie gelebt hatte. Es besaß ein Reetdach und einen ausnahmsweise überzeugenden englischen Garten, einen jener kleinen Urwälder aus malerisch leuchtenden Farben, dessen Besitzer darin jede einzelne Blume unterzubringen versucht, die in Shakespeares Gesamtwerk vorkommt.

Da es inzwischen schon sehr herbstlich war, hatte der Garten seine schönste Blütezeit bereits überschritten, aber es gelang mir trotzdem, eine Handvoll Bergastern und Chrysanthemen zu klauen. Die Astern waren eine Anspielung auf den Erzengel Michael, denn man nennt sie auch »Michaelis-Astern«, außerdem, ich geb's zu, hatte eins der Opfer von Jack the Ripper ein Kleid mit Asternblüten drauf getragen. Die Chrysanthemen wählte ich nur, weil ich es eilig hatte.

Als ich die Straße wieder überquert hatte und mich der

Glastür des Pflegeheims näherte, ging ich im Kopf alle möglichen Vorwände durch, aber ich hätte mir die Mühe sparen können. Vor mir erstreckte sich ein schier endloser Gang mit lauter geschlossenen Türen. Der Empfangstresen war nicht besetzt.

Sahen denn alle Pflegeheime auf der ganzen Welt gleich aus? Ich dachte wieder an Haus Krähenwinkel mit seinem pustelübersäten Linoleumfußboden, wo Dr. Kissing rauchend in seinem altmodischen Rollstuhl saß. Auch in jener Institution gab es endlose Flure und einen nicht besetzten Empfang, was mich jedes Mal überraschte. Man fühlte sich immer so, als stünde man vor der Himmelspforte, an der ein kleines Hinweisschild verkündete: »Bin zu Tisch.«

Den Blumenstrauß unübersehbar in der ausgestreckten Hand, einen niedergeschlagen-resignierten Ausdruck im Gesicht, ging ich den Flur so zielstrebig entlang, als wüsste ich genau, wo ich hinwollte. An jeder Tür war ein Schild mit dem Namen des jeweiligen Bewohners angebracht – auswechselbar für den Fall des Ablebens –, sodass es mir nicht schwerfiel, mir ein paar Patientennamen einzuprägen.

Ein metallisches Scheppern ließ mich herumfahren.

Eine Frau im Putzfrauenkittel kam aus einem Zimmer und zog einen Eimer auf Rollen hinter sich her. Sie wirkte genauso verdutzt wie ich, doch dann ging ein breites Grinsen über ihr Gesicht.

»Jesus, hast du mich erschreckt!«

»Danke gleichfalls«, sagte ich und tat so, als wischte ich mir den Angstschweiß von der Stirn.

Wir lachten beide.

»Kann ich dir helfen?«, fragte sie dann. »Suchst du jemand Bestimmten?«

»Nein«, antwortete ich. »Ich komme von den Pfadfinderinnen, vom Rosedale-Stamm Nummer neununddreißig, Fähnlein Ackerwinde. Ich mache gerade mein Wohltätigkeitsabzeichen, und Waldkauz hat mir aufgetragen, so viele Patienten zu besuchen, wie ich kann.«

Ich setzte eine Miene auf, die gleichzeitig verzweifelte Entschlossenheit und schwindende Begeisterung ausdrücken sollte, was ziemlich knifflig war.

»Du musst deine Norm erfüllen, was?«, sagte die Frau mitfühlend. »So ist das heute scheint's überall. Soundso viele Quadratmeter Fußboden pro Zimmer pro Schicht.«

Sie steckte ihren Wischmopp in die Ausdrückvorrichtung und betätigte energisch den Hebel.

»Ja, ja, ›mühsam nährt sich das Eichhörnchen‹, hat mein Paps immer gesagt.«

Ich schenkte ihr die Andeutung eines verschwörerischen Lächelns, das sich nicht offen über die Bräuche der Pfadfinderinnen lustig machte, aber trotzdem besagte, dass ich nicht von gestern war.

»Na, dann noch viel Erfolg«, sagte sie. Ich schlug die Hacken zusammen und entbot ihr einen scherzhaften Pfadfinderinnensalut.

An der allerletzten Tür am Ende des Flurs war mit Reißzwecken ein eitergelbes Schild angebracht. *QUARANTÄNE* stand darauf. *KEIN ZUTRITT.*

Ich hatte Collingwood gefunden.

Doch in dem Schlitz steckte keine Namenskarte. Nirgends stand, wer in diesem Zimmer untergebracht war.

Ich öffnete die Tür.

Der Raum war genauso leer wie die Krankenstation in Miss Bodycotes Schule.

Collingwood war mal wieder verschwunden.

Vorsichtshalber sah ich auf der Toilette nach.

Doch auch dort war niemand. Wo war sie? Was hatten sie mit ihr angestellt?

Ich überlegte noch, was ich jetzt tun sollte, als ich draußen im Flur Stimmen hörte, Stimmen, die von Sekunde zu Sekunde näher kamen. Ich flüchtete mich sofort in die Toilette und zog die Tür bis auf einen schmalen Spalt zu.

Zwei Frauen kamen herein, Krankenschwestern, nach ihrer Unterhaltung zu urteilen.

»Das Bettzeug müssen wir wahrscheinlich verbrennen«, sagte die eine. »Und die Matratze auch.«

Ich fuhr entsetzt zusammen. Was in aller Welt war mit Collingwood passiert?

»Von wegen«, erwiderte die andere. »Verbrennen war gestern. Ausräuchern ist billiger. Die neue Devise lautet: ›Sparen‹. Matratzen sind bares Geld, und Bettwäsche und Handtücher auch. Sieh doch noch mal im Bad nach. Ich hab Gilda zwar gesagt, sie soll dort putzen, aber wer weiß, ob …«

Ich zog die Tür das letzte winzige Stück zu und nahm auf dem Klo Platz.

Keinen Augenblick zu früh. Eine weiß gekleidete Frau mittleren Alters riss die Tür auf. Ihre Kinnlade hatte gerade noch Zeit herunterzufallen, dann froren ihre Gesichtszüge ein.

Sie knallte die Tür wieder zu.

»Da drin ist ein Mädchen«, hörte ich sie sagen.

»Wer denn?«

»Keine Ahnung. Hab sie noch nie gesehen.«

Es folgte ausgiebiges Getuschel, als sich die beiden berieten, was zu tun sei.

Dann klopfte es.

»Wer ist da?« Mein Ton war entrüstet.

»Personal«, antwortete es dumpf.

Ich ließ eine angemessene Zeitspanne verstreichen – fünfundzwanzig abgezählte Sekunden –, dann betätigte ich die Spülung und kam in einer Haltung herausgeschritten, als sei ich die Kaiserin von China.

»Skandalös«, sagte ich. »Sie sollten sich was schämen.«

Damit verließ ich das Zimmer und das Gebäude, ohne mich noch einmal umzudrehen.

Und wieder konnte Flavia de Luce einen triumphalen Abgang für sich verbuchen.

27

Die Freude darüber, die Oberhand gewonnen zu haben, währt leider immer nur wenige Augenblicke. Anhaltende Zufriedenheit verschafft sie nicht. Das ging mir auf, als ich entmutigt in dem Laubengang zwischen der Villa der Rainsmiths und dem Pflegeheim stand, die Blumen noch in der Hand.

Ich muss furchtbar albern ausgesehen haben.

Ich hatte eine Schlacht gewonnen, wie Mrs. Mullets Gatte Alf zu sagen pflegte, aber den Krieg verloren. Collingwood blieb verschwunden, Mrs. Bannerman war im Kittchen, und ich saß in einem gottverlassenen Vorort von Toronto fest und hatte nicht den blassesten Schimmer, was ich als Nächstes unternehmen sollte.

Meine Zuversicht war verflogen. Ich wagte kaum, an die arme kleine Collingwood zu denken. Dass ihre Matratze verbrannt werden sollte, deutete darauf hin, dass sie ein tragisches Ende gefunden hatte. Und was Mrs. Bannerman betraf – alle meine Träume, mich von ihr unterrichten zu lassen, hatten sich wie der Rauch aus einem Kamin in Luft aufgelöst.

Doch in ebendiesem Augenblick glitt – wie es so oft vorkommt – ein entscheidendes Puzzleteil an seinen Platz, als sei es ganz zufällig vom Himmel gefallen. Als hätten die Götter der kriminalistischen Schlussfolgerungen es mir von oben vor die Füße geworfen.

Ich durfte keine Zeit verlieren. Ich musste sofort zur Schule zurück und mich in den Chemieraum begeben.

Ein zischendes Geräusch ließ mich aufhorchen. Es kam von links, hinter der Villa der Rainsmiths hervor.

Seit Evas Zeiten entgeht es keiner Frau, wenn in einem Garten etwas zischt, und ich war diesbezüglich keine Ausnahme. Ich verließ den Laubengang und schlenderte über den Rasen, wobei ich mir den Hals verrenkte und hoffte, dass ich zwar etwas sehen, aber selbst nicht gesehen werden würde.

Ein nett aussehender Mann in Uniform (die Jacke hatte er allerdings ausgezogen) spritzte mit einem Gartenschlauch ein blaues Auto ab. Ich erkannte es sofort wieder. Es war derselbe Wagen, in den Miss Fawlthorne mitten auf der Danforth Avenue zu Ryerson Rainsmith eingestiegen war.

Ich dachte noch über die beste Strategie nach, als meine Füße sich selbstständig machten und auf den Mann zusteuerten.

»Hallo?«, hörte ich mich rufen. »Wohnt hier Familie Rainsmith?«

Der Mann drehte den Schlauch zu, bis der Wasserstrahl nur noch tröpfelte. Ehe er antwortete, musterte er mich aufmerksam.

»Von Miss Bodycotes?«, sagte er schließlich. Es klang eher wie eine Feststellung als wie eine Frage.

Meine Schuluniform hatte mich verraten.

Ich nickte betrübt.

»Und du heißt …?«, fragte er.

»De Luce«, sagte ich, »F. für Flavia. Und Sie müssen Mr. Merton sein. Mein allerherzlichstes Beileid zum Tod Ihrer Mutter. So etwas ist furchtbar, das weiß ich aus eigener Erfahrung. Meine Mutter ist im April gestorben.«

Damit überreichte ich ihm den Strauß.

Er nahm die Blumen wortlos entgegen, holte dann seine Uniformjacke von der Mauer, auf die er sie gelegt hatte, und bedeutete mir, ihm ins Haus zu folgen.

Drinnen war es schummrig, und da die Küche nach Norden gelegen war, bekam sie sicher nie einen Sonnenstrahl ab.

»Elvina«, rief er, »wir haben Besuch!«

Eine schlanke Frau mittleren Alters mit olivfarbenem Teint kam aus dem angrenzenden Raum und klopfte sich Mehl von den Händen. Ihr glänzendes schwarzes Haar war mit einer schwarzen Schildpattspange zu einem straffen Knoten hochgesteckt, und ihre Augen glichen blank polierten Jettknöpfen. Sie hätte eine Spanierin sein können, oder eine Mexikanerin, aber ihr schlichtes dunkles Kleid ließ keine Rückschlüsse zu.

»Flavia de Luce«, stellte Merton mich vor, »… von der Schule.«

Etwas in seinem Tonfall ließ mich aufhorchen.

Die beiden wechselten einen verstohlenen Blick.

»Gib mal her.« Elvina nahm Merton die Blumen ab. »Ich stell sie in die Vase. Sie sind wunderhübsch.«

»Flavia hat sie mir mitgebracht. Wegen meiner Mutter«, setzte er hinzu. »Wirklich sehr aufmerksam.«

Das entsprach natürlich nicht der Wahrheit, aber ich berichtigte ihn nicht. Lob bleibt Lob.

»Michaelis-Astern bedeuten ›Lebewohl‹«, wandte sich Elvina an mich, »und Chrysanthemen ›Frohsinn trotz Unglück‹. Du hast bestimmt lange über deine Auswahl nachgedacht.«

Ich senkte bescheiden den Blick.

»Wir wollten eben Tee trinken. Willst du dich nicht zu uns setzen?«

Das war natürlich geschwindelt. Merton hatte den Wagen gewaschen, und sie hatte ganz offensichtlich gerade angefangen, etwas zu backen.

»Oh ja, gern«, sagte ich.

Merton holte mir einen Stuhl, als wäre ich eine feine Dame, und wir setzten uns alle drei an den Tisch – beziehungsweise Merton und ich setzten uns, denn Elvina stellte erst noch Wasser auf, bevor sie sich zu uns gesellte.

Wenn drei Fremde zusammensitzen, die nichts gemeinsam haben, gestaltet sich der Anfang der Unterhaltung immer ein wenig mühsam. Die beste Methode ist immer noch die, mit dem Wetter anzufangen und zu hoffen, dass sich daraus etwas entwickelt.

Aber so viel Zeit hatte ich nicht. In der Schule würde mein Fehlen bald auffallen, und dann würde es großes Geschrei geben. Außerdem musste ich im Chemieraum einen entscheidenden Test durchführen. Soll heißen, ich hatte keine Zeit zu verlieren.

»Sie hatten hier in letzter Zeit ja mehrere Todesfälle«, hob ich an. »Mr. Mertons Mutter … und davor die erste Mrs. Rainsmith.«

Es war eine gewagte Eröffnung, aber ich musste die Gelegenheit nutzen.

»Allerdings«, erwiderte Merton. »In diesem Haushalt besteht wahrhaftig kein Mangel an Trauerfällen.«

»Als Mrs. Rainsmith ertrunken ist, waren Sie bestimmt zutiefst erschüttert«, machte ich weiter. »Für Mr. Rainsmith war es natürlich auch erschütternd, aber er ist ja Arzt, nicht wahr, und hat öfter Umgang mit dem Tod. Sie beide dagegen …«

Ich ließ den Satz in der Luft hängen.

Elvina warf mir einen argwöhnischen Blick zu, aber Merton sagte schon: »Flavias Mutter ist im April gestorben.«

»Das tut mir aber leid«, sagte Elvina sofort. »Kam ihr Tod unerwartet?«

»Ja und nein. Sie war zehn Jahre verschollen gewesen, und dann wurde ihre Leiche in einer Gletscherspalte gefunden.«

»Du armes Lämmchen! Ach, du armes kleines Lämmchen.«

Und dann, als suchte sie nach einem weniger tragischen Thema, und sei es auch nur eine Spur weniger tragisch, setzte sie hinzu: »Der Tod der armen Mrs. Rainsmith kam ja nicht *völlig* unerwartet. Sie war schon vor dem Unfall sehr krank gewesen.«

»Krank?«, fragte ich. Mehr zu sagen traute ich mich nicht.

»Magenprobleme«, gab Elvina zurück. »Ganz schlimme. Aber sie war eine Kämpferin. Ließ sich davon nie von ihren Verpflichtungen abhalten.«

»Mannomann!«, sagte ich. »Das muss ja gerade für Sie schlimm gewesen sein. Der Köchin gibt man doch immer als Erstes die …«

Ich unterbrach mich, als sei mir eben erst klar geworden, was ich da sagte.

»Und ob!«, pflichtete mir Elvina bei. »Die meisten Leute wissen die Arbeit einer Köchin nicht zu schätzen. Magenprobleme sind immer gleich Köchinnenprobleme. Irgendwer schiebt dir immer die Schuld in die Schuhe.«

»Da war es dann ja fast ein Glücksfall, dass sie ertrunken ist. Ich meine, das klingt jetzt schrecklich, aber …«

Elvina lachte unsicher. Ich musste meine Taktik ändern.

»Wenn Sie sagen, sie war eine Kämpferin, weiß ich genau, was Sie meinen«, schob ich rasch hinterher. »Sie hat ja trotz ihrer Magenprobleme noch am Kostümball teilgenommen, stimmt's?«

»Also *dafür* konnte ich nun wirklich nichts!«, sagte Elvina energisch. »Der Hummer vom Büfett war verdorben. Hat Dr. Rainsmith selber gesagt. Aber ich hab sie ja hinterher nicht mehr gesehen, deswegen kann ich das nicht beurteilen.«

»Sie haben sie nicht mehr gesehen?« Ich stürzte mich auf ihre Worte wie ein Hund auf einen Knochen.

»Nein, nie mehr. Dr. Rainsmith ist mit ihr heimgefahren und hat aus dem Pflegeheim Krankenkost rüberbringen lassen, eine Hühnerbrühe.«

»Hat sie die Brühe denn gegessen?«, fragte ich.

»Glaub schon. Am nächsten Morgen waren die Schüsseln jedenfalls leer, und am übernächsten Tag hat sie an der Bootsfahrt teilgenommen.«

Meine Adern pochten wie gezupfte Harfensaiten.

»Dr. Rainsmith war bestimmt am Boden zerstört«, nahm ich den Faden wieder auf. »Auch wenn ich von Miss Fawlthorne weiß, dass ihm seine zweite Frau eine große Stütze war.«

»Ja, das war sie wohl.« Elvina wich meinem Blick aus. »Das war sie wohl.«

Tiefes Schweigen senkte sich über den Tisch, und jeder von uns hing seinen eigenen Gedanken nach, wobei wir uns alle drei die Hände an den Teetassen wärmten, als wäre das eine Familienangewohnheit.

Zum ersten Mal seit Wochen fühlte ich mich zu Hause. Ich hätte ewig in dieser gemütlichen Küche bleiben können.

Ich hätte den Tisch küssen und die Stühle umarmen können, aber das ließ ich natürlich schön bleiben. Stattdessen dankte ich im Stillen den Michaelis-Astern und dem Erzengel Michael höchstpersönlich, der mich hierhergeführt hatte.

»Soll ich dich vielleicht heimfahren?«, fragte Merton schließlich. »Du willst doch bestimmt wieder nach Hause, und zu Fuß ist es ein weiter Weg.«

Wie hätte ich ihm erklären sollen, dass ich mich bereits zu Hause fühlte … und dass eine Fahrt, wohin auch immer, mich nur wieder davon entfernen würde? Dass die Rückkehr in die Schule für mich eher eine Strafe bedeutete?

»Vielen Dank, Mr. Merton«, sagte ich. »Das ist wirklich sehr nett von Ihnen.«

Als wir die Danforth Avenue entlangfuhren, flammten die ersten Straßenlaternen auf.

»Darf ich Sie mal was fragen?«, wandte ich mich an ihn.

»Nur zu.«

»Was hatte Francesca Rainsmith eigentlich auf dem Kostümball an?«

Merton schmunzelte erst, dann lachte er laut heraus. »Ein Aschenputtelkostüm«, sagte er. »Ein zerlumptes Baumwollkleid mit Schürze, die Haare zum Dutt hochgewurstelt, Charlie Chaplin-Schuhe und knallrote Strümpfe. Sie war unheimlich stolz darauf. Eins der Mädchen hat ihr damit geholfen. Sie war ja selber noch ein richtiges Mädchen, unsere Miss Francesca. Sie fehlt uns sehr.«

Ich nickte mitfühlend. »Schade, dass ich sie nie kennengelernt habe.«

Wir fuhren eine Weile schweigend weiter.

»Wie gefällt's dir denn da so?«, wollte Merton dann wissen. »Auf Miss Bodycotes Höherer Mädchenschule, meine ich.«

»Wenn ich ganz ehrlich sein soll, Mr. Merton … «, gab ich zurück, »aber das bleibt bitte unter uns … ich find's beschissen.«

So, wie er mich ansah, wusste er offenbar, was ich meinte.

Miss Fawlthorne war, wie nicht anders zu erwarten, angefressen.

Bei diesem Wort sehe ich persönlich immer eine Leiche vor mir, über die sich die Würmer hergemacht haben – eigentlich eine durchaus erfreuliche Vorstellung. Im übertragenen Sinne bedeutet es allerdings »stinksauer«, und genau das war die Rektorin.

»Wo warst du?«, fragte sie mit bebender Stimme.

»Spazieren«, antwortete ich, was ja irgendwie auch stimmte.

»Die ganze Schule hat dich überall gesucht! Ist dir das nicht klar?«

Wie denn? Ich war eben erst zur Tür reingekommen.

»Wir dachten schon, du wärst entführt worden. Wir …«

Sie war plötzlich sprachlos.

Wie in aller Welt kam sie denn *darauf*? Oder wusste sie etwas, was ich nicht wusste?

»Ich habe Ihnen doch einen Zettel auf den Schreibtisch gelegt«, entgegnete ich, spürte aber im selben Augenblick, dass sie mit den Tränen kämpfte und dass kindische Spielchen jetzt nicht angebracht waren.

»Es tut mir leid«, sagte ich darum einfach nur. Natürlich hätte ich ihr gern von meinen Sorgen um Collingwood erzählt, von meinem Besuch im Pflegeheim und von meiner Unterhaltung mit Merton und Elvina.

Aber dafür war es noch zu früh. Ich brauchte noch mehr Informationen und mehr Zeit, um sie zusammenzutragen.

»Dann geh ich mal auf mein Zimmer«, sagte ich stattdessen und erlöste sie von meiner Anwesenheit.

Ich lag auf meinem Bett und sann darüber nach, dass ich (a) ein schlechter Mensch war und (b) den ganzen Tag noch nichts gegessen hatte. Zum Glück hatte ich mir in dem Laden auf der Danforth Avenue eine Schachtel Kekse gekauft. Das Geld dafür hatte ich mir von Fabian gepumpt und ihr versprochen, es ihr in Raten zurückzuzahlen, und zwar mit fünfundzwanzig Prozent Zinsen, sobald ich von zu Hause mein erstes Taschengeld bekommen hatte. Was das anging, schwand meine Hoffnung allerdings zusehends.

Doggers Brief war das einzige Lebenszeichen aus Buckshaw, das mich seit meiner Einkerkerung erreicht hatte.

Der gute Dogger.

Ich biss energisch in eine Cremewaffel und bemühte mich, ihn in Gedanken herbeizubeschwören, wenn schon nicht in Wirklichkeit. Ich versuchte mir auszumalen, wie wir beide über einem brodelnden Becherglas die Köpfe zusammensteckten und uns vielsagend zunickten, als die Flüssigkeit die Farbe änderte und wieder ein Verbrecher überführt war, aber es klappte nicht.

Wenn man traurig ist, kann man nicht zaubern.

Dann fiel mir plötzlich siedend heiß ein, dass ich ja zu dem vorgenannten Zweck dem Chemieraum einen Besuch hatte abstatten wollen. Jetzt aber fix!

Jemand hatte einen handgeschriebenen Zettel an die Tür gehängt: UNTERRICHT FÄLLT BIS AUF WEITERES AUS.

Darunter hatte jemand mit Bleistift gekritzelt: *Der heilige Judas hat meine Gebete erhört,* und noch jemand anders hatte mit roter Tinte hinzugesetzt: *Nieder mit Chemie!*

Ich schaute mich nach allen Seiten um. Niemand zu sehen. Daraufhin drückte ich die Tür einen Spalt auf und schlüpfte hindurch.

Die grünen Vorhänge waren zugezogen, und draußen dämmerte es schon, darum war es dunkel im Raum, was mir nur recht sein konnte. Auf diese Weise würde man mich durch das Türfenster nicht so schnell entdecken, und von draußen auch nicht.

Ich knipste eine kleine, nicht sehr helle Lampe in einer Wandnische an und machte mich ans Werk.

Trotz meiner Ungeduld musste ich die Vorschriften einhalten. Ich schaltete die Abzugshaube über der Arbeitsfläche an. Das Gebläse würde alle entstehenden Dämpfe absaugen. In früheren Zeiten war mehr als ein Chemiker unter schrecklichen Qualen gestorben, weil er bei der Marshschen Probe zu tief eingeatmet hatte.

Dann holte ich die Silbermedaille aus der Tasche. Zum Glück hatte ich daran gedacht, sie erst in ein Stück Zellophan zu wickeln, bevor ich sie wieder in mein Taschentuch eingeknotet hatte.

Während ich die benötigten Glasgeräte zusammensuchte, überkam mich wieder das wohlvertraute Kribbeln. Wie der Geistliche beim Abendmahl würde auch ich gleich unter meinen Händen eine Wandlung erleben, eine Lobpreisung der Götter der Chemie.

Die Marshsche Probe ist nicht nur ein einfacher und eleganter Nachweis, sondern einer der spektakulärsten überhaupt. Wie viele Detektive im Leben und in der Literatur haben sich wohl schon gespannt über jene verräterische Flamme gebeugt?

Es ist die Totenstille vor dem letzten Vorhang, wenn die ganze Welt den Atem anzuhalten scheint und eine kleine, flackernde, nahezu unsichtbare Flamme darüber entscheidet, ob der Angeklagte am Galgen landet oder freigesprochen wird.

James Marsh war es gewesen, der in der Königlichen Waffenfabrik in Woolwich angestellte Chemiker, der erkannt hatte, dass immer dann, wenn man naszierenden, also frisch erzeugten Wasserstoff mit einer arsenhaltigen Verbindung in Kontakt bringt, daraus Arsenwasserstoff, auch unter der Bezeichnung Arsan bekannt, entsteht. Arsan ist ein extrem giftiges Gas mit der Formel AsH_3 und dem Geruch nach gartenfrischem Knoblauch.

Der Test ist so empfindlich, dass er sogar eine so winzige Menge wie zwei Millionstel Gramm nachweisen kann.

Inzwischen wird über die Vorstellung, dass gerade gebildeter Wasserstoff übernatürliche Kräfte besitzt, allgemein gespottet; man ist der Meinung, dass er im Lauf der Zeit nichts von seiner Fähigkeit einbüßt, Verbrecher zu entlarven.

Sauerstoff ist Sauerstoff ist Sauerstoff und so weiter, heißt es heutzutage, auch wenn Dogger, der noch vom alten Schlag ist, da skeptisch bleibt.

Ich ließ ein bisschen Zink auf den Boden einer U-förmigen Glasröhre fallen und füllte sie etwas mehr als halb voll mit Schwefelsäure.

Mit einem kleinen Bausch medizinischer Watte wischte ich sodann ungefähr ein Viertel der glänzenden schwarzen Schicht von der Medaille, ließ den Wattebausch in die linke Seite der Röhre fallen und verschloss sie mit einem Glasstöpsel. Die Watte verkohlte und färbte sich schwarz, als würde die Schwefelsäure sie verbrennen, das Zink dagegen fing in der Säure sofort zu blubbern an. Wasserstoff entstand!

Und, wenn meine Vermutung zutraf – Arsan.

Die rechte Seite des U-förmigen Behälters hatte als Ausgang ein schmales Röhrchen, das in einer nach oben gerichteten Spitze auslief.

Ich wartete ungefähr dreißig Sekunden … zündete ein Streichholz an … hielt es an die Spitze des Röhrchens und …

Peng!

Eine Flamme … erst rot … dann orange … dann blau.

Ich griff nach einer unglasierten Abdampfschale und hielt die Unterseite an die Flamme, so wie sich ein durchgefrorener Schuljunge, der in den Ferien nach Hause kommt, die Kehrseite am heimischen Kamin wärmt.

Auf dem Boden der Schale bildete sich ein runder dunkler Fleck, der erst bräunlich aussah, sich aber im Handumdrehen grauschwarz glänzend verfärbte.

Ein Arsenspiegel, in dem sich schon bald, wenn ich nicht total auf dem Holzweg war, das Antlitz des Mörders zeigen würde.

Natürlich war die Sache damit noch nicht abgeschlossen. Zuerst musste ich noch ein paar Tropfen einer wässrigen Natriumhypochloritlösung auf den soeben entstandenen Spiegel geben. Wenn die rußige Ablagerung löslich war und verschwand, handelte es sich um Arsen. Blieb sie jedoch zurück, handelte es sich um den Vetter des Arsen, um Antimon.

Anschließend musste ich das Experiment natürlich mit sauberen Glasgefäßen und einem sauberen Wattebausch wiederholen. Das wäre dann mein Kontrollversuch, meine Blindprobe, deren Ergebnis kein Arsenspiegel sein durfte.

Ich zog den Kopf aus dem kleinen Lichtkreis und lehnte mich zurück. Ich musste darüber nachdenken, was meine Entdeckung zu bedeuten hatte. Für mich … aber auch für einige andere Personen. Sobald ich meine Erkenntnisse publik machte, wäre Miss Bodycotes Höhere Mädchenschule nicht mehr das, was sie zuvor gewesen war.

In diesem Augenblick sagte jemand hinter mir: »Ganz schön gerissen.«

28

Ich fuhr herum, aber es dauerte ein paar Sekunden, bis sich meine Augen auf die Dunkelheit im restlichen Raum eingestellt hatten.

Eine Gestalt kam langsam auf mich zu.

Es war Fabian.

»Ganz schön gerissen«, wiederholte sie, als sie nun halb ins Licht trat. Ich sah ein flüchtiges Lächeln über ihr blasses Gesicht huschen.

»Wie lange bist *du* denn schon hier?«, fragte ich und legte eine Spur Empörung in meinen Tonfall.

»Länger als du«, gab sie zurück, angelte ein Päckchen Zigaretten aus ihrer Blazertasche, zündete sich eine an und warf die Haare zurück, wie die Französinnen immer in den Kinofilmen.

»Das heißt, du hast auf mich gewartet, oder?«, sagte ich daraufhin, aber sie machte sich nicht die Mühe zu antworten, sondern stieß nur verächtlich eine Rauchwolke aus.

»Wie bist du auf die Idee mit der Marshschen Probe gekommen?«, fragte sie dann. »Wie bist du überhaupt auf Arsen gekommen?«

Ich zuckte die Achseln. »Einfach nur geraten«, log ich.

»Von wegen.«

Wir hätten wahrscheinlich noch die ganze Nacht so dastehen und uns Wortgefechte liefern können, bis sich eine von uns entschlossen hätte, zu einer tödlicheren Waffe zu greifen.

Doch sie hatte sich eine Blöße gegeben. »Das heißt, du hast schon vorher gewusst, dass es sich um Arsen handeln würde.«

»Selbstverständlich.« Sie grinste und zog zufrieden an ihrem Glimmstängel. »Schließlich war ich dabei, als sie es geschluckt hat.«

»Wie bitte?!«

»Vorletztes Jahr, beim Kostümball. Ich war dabei.«

Ich muss sie mit offenem Mund angeglotzt haben wie eine Schwachsinnige.

»Ein paar von uns sind gefragt worden, ob wir bei Tisch bedienen würden: Jumbo, Druce, Forrester und ich. Auch ein paar Lehrerinnen: Miss Fawlthorne, Miss Moate, Mrs. Bannerman und Miss Dupont.« Sie machte eine kurze Pause.

»Das ist so eine Art Tradition hier«, fuhr sie dann fort. »Damit soll gezeigt werden, dass es an dieser Schule demokratisch zugeht … wenn auch nur einmal im Jahr.«

»Ich find's toll, dass Miss Moate bei so was auch mitmacht«, meinte ich. »Für sie ist das doch bestimmt nicht einfach.«

»Moaty ist in Ordnung.« Fabian schnippte ihre Asche auf den Fußboden. »Hunde, die bellen, beißen nicht.«

Diesbezüglich war ich zwar anderer Meinung, nickte aber trotzdem. Mir war immer noch nicht klar, auf wessen Seite Fabian und ich standen und worum es bei diesem Duell im Halbdunkeln eigentlich ging. Welche von uns beiden stand beispielsweise für die Finsternis und welche für das Licht?

»Aber du hast schon recht«, setzte Fabian hinzu, »sie hat's nicht leicht. Seit dem Unfall, meine ich. Seit ihre beste Freundin sie in den Graben gefahren hat.«

In den Graben gefahren? Das war mir neu.

Fabian sah mein betroffenes Gesicht. »Die Freundin ist von der Straße abgefahren und in den Graben. Das Auto hat sich überschlagen. Moaty ist durch die Windschutzscheibe geflogen. Rückgrat gebrochen, Halswirbel gebrochen. Man musste sie praktisch in Einzelteilen wieder aufsammeln.«

Mir drehte sich der Magen um. Die schweren Verletzungen erklärten auch, weshalb die arme Frau immer so ein mürrisches Gesicht machte. Bestimmt hatte sie sich unzähligen Operationen unterziehen müssen.

»Es war echt gruselig«, knüpfte Fabian an meine Gedanken an, »wie sie bei dem Büfett ausgerechnet *der* Frau den Hummer serviert hat, die dran schuld ist, dass sie jetzt im Rollstuhl sitzt.«

Ich sah sie verständnislos an.

»Francesca Rainsmith. Moatys einstige beste Freundin.«

Mein Mund war auf einmal ganz trocken, ich konnte nur mit Mühe schlucken. Sofort fielen mir wieder die vielen längst verblichenen Chemiker ein, die versehentlich eine tödliche Dosis Arsan eingeatmet hatten und mit hinter dem Kopf verknoteten Beinen gestorben waren. Oder hatte ich etwa versehentlich aus einem verseuchten Glasgefäß getrunken?

Aber nein … sonst spürte ich keinerlei Symptome. Es war wohl doch nur der Schock über Miss Moates Schicksal.

»Warum erzählst du mir das eigentlich alles?«, fragte ich. Wir umkreisten einander immer noch wie zwei Kampfhähne, und ich hatte mich im Stillen bereits entschieden, nicht die Erste zu sein, die auf Fasanensandwiches zu sprechen kam. Wenn Fabian dem Nest angehörte, konnte sie sich gefälligst von sich aus zu erkennen geben.

»Weil du es wissen sollst«, gab sie zurück. »Weil ich dich schon länger beobachte.«

Ich zuckte wieder die Achseln. Was hätte ich auch sonst tun sollen?

»Du hast gesagt, du warst dabei, als Mrs. Rainsmith das Arsen verabreicht wurde?«, hakte ich dann nach.

»Glaub schon. Ich hab ihr jedenfalls gegenübergesessen, als Moaty ihr den Hummer gebracht hat.«

»Vom Büfett?«

»Keine Ahnung. Das Büfett war hinter mir. Komischerweise weiß ich noch, dass Moaty erst ihre geliebte Teehaube vom Teller runtergenommen hat.«

»Wie … sie hat Francesca den Hummer unter ihrer Teehaube serviert?«

»Komisch, oder? Damals hab ich nicht groß drüber nachgedacht, allerdings weiß ich noch, dass ich hinterher überlegt habe, ob vielleicht unser allseits geschätzter Beiratsvorsitzender seiner Frau heimlich was ins Essen getan hat. Er hat ein Riesentamtam drum gemacht, den Hummer für sie zu zerlegen, die Scheren, den Panzer … und sie hat aufgekreischt und beim Anblick der Fühler die Augen zugekniffen. Ihr würde ganz schlecht von dem Anblick, meinte sie. Ulkig, oder?«

Mir ging ja eher das Wort »verdächtig« durch den Kopf, andererseits war Miss Moates Teehaube groß genug, um darunter alles Mögliche zu verbergen.

Womit sich eine ganze Reihe neuer Überlegungen auftat.

»Was glaubst *du* denn, wer von den beiden es war?«, fragte ich. »Ryerson Rainsmith oder Miss Moate?«

Fabian seufzte. »Wenn ich das bloß wüsste … Keine Ahnung.«

»Und warum hast du es nicht damals schon jemandem erzählt?«, fragte ich weiter. »Der Polizei zum Beispiel.«

Fabian sah mich distanziert an und erwiderte: »Dafür habe ich meine Gründe.«

Einen dieser Gründe hätte ich aus dem Stand nennen können, beherrschte mich aber. Stattdessen steuerte ich die Unterhaltung in unpersönlichere Gewässer … jedenfalls vorübergehend.

»Bei einer Vergiftung mit Meeresfrüchten muss man höllisch aufpassen«, sagte ich. »Muscheln und Krustentiere wie Austern, Krebse und Hummer enthalten schließlich organisch gebundenes Arsen.«

Ich hätte mir nicht träumen lassen, dass ich Ryerson Rainsmith eines Tages in Schutz nehmen würde, aber es gibt nichts, was es nicht gibt, und Gift ist immer heikel.

Wer einmal gehängt wurde, der wird nicht wieder lebendig, außerdem wollte ich mich auf gar keinen Fall zum Gespött machen.

»Die Marshsche Probe unterscheidet leider nicht zwischen den verschiedenen Arten von Arsen«, fuhr ich fort. »Aber da sonst keiner gestorben ist, der auf dem Kostümball etwas gegessen hat, können wir wohl erst mal davon ausgehen, dass das Arsen, das Francesca Rainsmith umbrachte, nichts mit dem Hummer zu tun hatte.«

»Du glaubst also, der Hummer war nur ein Ablenkungsmanöver?«

»Kann sein«, gab ich zurück, »kann aber auch nicht sein.«

Fabian sah mich lange an, dann schüttelte sie den Kopf. »Du bist schon sonderbar, de Luce. Aus dir werde ich einfach nicht schlau.«

»Ich auch nicht. Erzähl mir noch mehr über den Ballabend.«

»Eigentlich war alles wie immer. Lange Tische, abwechselnde Sitzordnung: Erwachsener, Schülerin, Erwachsener, Schülerin. Wie gesagt: Demokratie. Keine Rangordnung, alle sind gleich und so weiter, blabla.«

»Halt mal«, unterbrach ich sie. »Wieso hat Rainsmith dann neben seiner Frau gesessen? Hat er doch, oder?«

»Hmmm«, machte Fabian. »Darüber hab ich noch gar nicht nachgedacht. Aber vielleicht war das ja auch reiner Zufall und hatte mit der Anzahl der Stühle zu tun.«

Ich wechselte das Thema. »Also ... Miss Moate bringt Francesca den Hummer unter der Teehaube, ihr Mann löst das Fleisch für sie aus, und sie futtert fröhlich drauflos. Ist das so richtig?«

»Genauso war's«, antwortete Fabian. »Allerdings hatte ich alle Hände voll mit meinem eigenen Hummer zu tun. Hummer ist echt tückisch. Man muss die ganze Zeit aufpassen, dass man seine Sitznachbarn nicht mit geschmolzener Butter und Darmsäften vollkleckert, und dann soll man dabei noch damenhaft aussehen.«

»Und Francesca?«

»Ach, die hat sich prächtig amüsiert, hatte ich den Eindruck, jedenfalls eine Zeit lang. Sie hat mit den Mädchen gelacht und geschwatzt. In ihrem Aschenputtelkostüm stand sie im Mittelpunkt der Aufmerksamkeit.«

»Und ihr Mann? War er eigentlich auch verkleidet?«

Fabian erwiderte abfällig: »Der doch nicht. Der ist sich viel zu fein für so was.«

»Was war mit den Preisen?«, fragte ich weiter. »Hat Francesca auch welche verliehen?«

»Glaub schon. Doch, ja ... einen hat sie auch überreicht ... die Sankt Michaels-Medaille.«

»Für Kirchengeschichte«, sagte ich.

»Stimmt.«

»An Clarissa Brazenose.«

»Stimmt.«

»Die noch in derselben Nacht verschwunden ist.«

»Das wird jedenfalls behauptet«, sagte Fabian.

»Und was glaubst *du*?«

Sie zündete sich mit dem gleichen affektierten Getue wie vorher die nächste Zigarette an. »Man darf nicht so viel auf das geben, was die jüngeren Schülerinnen erzählen.« Sie pustete das Streichholz so energisch aus, als wäre es ein Wald aus Kerzen auf der Geburtstagstorte einer Hundertjährigen. »Die Kleinen haben lauter dummes Zeug im Kopf. Märchen, Gespenstergeschichten und so. Sie gruseln sich leicht.«

»Ich habe dich nicht gefragt, was die jüngeren Schülerinnen glauben, sondern, was *du* glaubst.«

»Ich kann dazu nur sagen: ›Wer weiß?‹ Hier herrscht ein ständiges Kommen und Gehen, wie das an Schulen nun mal so ist. Vielleicht wurde Brazenose ja auch rausgeworfen. Vor die Tür gesetzt. Nicht Recht Vorangekommen und so.«

»Das kann natürlich sein«, stimmte ich ihr zu.

Dieses ganze Hin und Her mit Fabian war einerseits deprimierend und andererseits eigenartig vertraut. Ich wäre fast zusammengezuckt, als mir aufging, dass ich mit Feely nur zu oft ein ähnliches Katz-und-Maus-Spiel aufgeführt hatte, ein Gesellschaftsspiel, bei dem es vor allem auf Ausdauer ankam und bei dem nur die überlebte, die sich etwas traute.

Doch ich ließ mir nichts anmerken. »Zurück zu Francesca«, sagte ich. »Sie hat also den Sankt Michaels-Preis verliehen… und dann?«

»Keine Ahnung. Ich glaube, mir fiel auf, dass sie plötzlich ruhiger geworden war ... irgendwie in sich gekehrt. Sie tupfte sich immer wieder mit der Serviette den Mund ab und wurde von Minute zu Minute blasser. Die Stirn hat sie sich auch abgewischt. Allerdings war es auch sehr heiß. Es war ja Juni, und im Saal war es voll und stickig. Aber sie hat sich wacker gehalten. Sie hat Clarissa gebeten, sich die Medaille noch mal anschauen zu dürfen, die sie ihr grade verliehen hatte. Aber dann hat sie das Ding so geistesabwesend angestarrt, als wüsste sie plötzlich nicht mehr, wo sie ist und was sie hier macht. Sie hat ihrem Mann etwas zugeflüstert. Er hat ihr geholfen aufzustehen, hat etwas zu Miss Fawlthorne und Miss Dawes gesagt ...«

»Moment mal ... wer ist nun wieder Miss Dawes?«

»Dorsey Dawes, die jetzige Dorsey Rainsmith. Sie gehörte damals auch zum Schulbeirat.«

»Interessant«, sagte ich. »Erzähl weiter.«

»Also, sie haben Mrs. Rainsmith aufstehen geholfen und sie rausgebracht. Das war das letzte Mal, dass ich sie gesehen habe. Ich war wie vom Donner gerührt, als ich ein paar Tage später hörte, dass sie ertrunken war. Der ganzen Schule ging es so. Wir konnten es nicht fassen.«

»Du weißt nicht zufällig, wo sie damals hingebracht wurde, als sie mit ihr rausgegangen sind, oder?«

»Doch. Sie wurde auf Edith Cavell gebracht. Darauf hat Moaty bestanden.«

»Auf Edith Cavell? Warum das denn?«

»Weil Moaty damals vorübergehend dort gewohnt hat. Ihr Zimmer wurde renoviert, und sie war umgezogen, weil sie sich den Farbdämpfen nicht aussetzen wollte.«

»Und wer hat davor in Edith Cavell gewohnt?«

»Ich«, sagte Fabian.

Irgendwo im Universum machte es *»Klick!«*… und dann noch mal… und noch mal. Wie hohe Absätze auf dem Fliesenboden der Zeit.

Am liebsten hätte ich »Tombola!« gejubelt oder »Bingo!« oder wie immer das auf dieser Seite des großen Teichs heißen mochte, aber ich riss mich zusammen.

Noch hatte ich nicht genug erfahren, und ich wollte meiner Sache erst ganz sicher sein, bevor ich auf die Pauke haute.

»Hm«, machte ich stattdessen. Der Augenblick, auf den ich so lange gewartet hatte, war gekommen.

»Und der Beiratsvorsitzende?«, fragte ich dann. »Hast du *den* noch mal wiedergesehen? Ich meine, an diesem Abend.«

»Ja, klar. Er und Dorsey… Miss, äh, *Doktor* Dawes… sind wieder reingekommen und haben noch stundenlang getanzt.«

»Mit wem denn?«

»Mit allen. Er hat mit Schülerinnen getanzt – Demokratie mal wieder – und mit Lehrerinnen…«

»Auch mit Miss Moate?«

»Quatsch! Sei nicht albern.«

»Was hat sie denn gemacht, während getanzt wurde?«

»Keine Ahnung. Ich weiß nur noch, dass ich ihr geholfen habe, die Girlanden zusammenzurollen, als der Ball zu Ende war.«

»Der Beiratsvorsitzende hat also getanzt. Hat er sich denn gar keine Sorgen um seine Frau gemacht?«

»Er machte jedenfalls nicht den Eindruck. ›Magenverstimmung‹ hieß es. Er ist schließlich Arzt und musste es wissen. Außerdem war es seine Pflicht, mit jeder Schülerin einmal zu tanzen.«

»Schon klar«, sagte ich, »Demokratie und so weiter. Hat er mit dir auch getanzt?«

»Natürlich. Sogar zweimal.«

»Wie das?«

»Woher soll ich das wissen, hä? Weil ich das schönste Mädchen im ganzen Saal war. Weil er den Duft von meinem Chanel mochte. Weil er groß gewachsene Mädchen mag. Was für 'ne blöde Frage!«

Ich spürte, dass ich auf eine Goldader gestoßen war, behielt mein Pokergesicht aber bei.

»Und worüber habt ihr so geredet?«

»Herrgott noch mal, de Luce… Woher soll ich das jetzt noch wissen? Das ist alles zwei Jahre her!«

»Ich wüsste es noch«, entgegnete ich. »Ich tanze nicht oft mit einem Arzt. Mit keinem erwachsenen Mann, nebenbei bemerkt.«

»Was willst du damit sagen?«

»Nichts. Ist mir nur grade so eingefallen. Worüber habt ihr denn nun geredet?«

»Übers Wetter. Über die Hitze. Er meinte, ich wäre eine gute Walzertänzerin. Er hat mein Ansteckssträußchen bewundert.«

»Hat er sich von dir verabschiedet?«, fragte ich.

»Wie meinst du das?«

»Na, hat er dir alles Gute für dein neues Leben gewünscht?«

»Was redest du da für einen Unsinn, de Luce? Bist du übergeschnappt?«

»Nicht ganz«, gab ich zurück. »Ich finde, er hätte dir wenigstens zu deiner Sankt Michaels-Medaille gratulieren können…, Clarissa.«

29

Ich streckte die Hand aus und fuhr ihr mit dem Finger über die Wange. Als ich die Hand wieder zurückzog, haftete weißlicher Puder an meiner Fingerkuppe. Darunter kam der gleiche bräunliche Teint zum Vorschein wie bei ihrer Schwester Mary Jane.

»Schminke, gefärbte Haare und eine andere Frisur können viele Leute täuschen«, sagte ich, »aber den Knochenbau des Gesichts kann man nicht verändern … und ein fachkundiges Auge lässt sich schon gar nicht täuschen.«

Das hatte mir Dogger erklärt, als wir an einem verregneten Nachmittag im Gewächshaus die Verbrecherfotos in den alten Ausgaben der *Police Gazette* betrachtet hatten, die Dogger unter der Treppe gefunden hatte. Wir hatten angenommen (irrtümlicherweise, wie sich herausstellte), dass Onkel Tar auch diese Zeitschrift abonniert hatte.

Trotzdem war Clarissa Brazenoses Verwandlung in Fabian bemerkenswert, eine wahre Glanzleistung der Maskenbildnerei. Sogar jetzt noch, mit der bräunlichen Stelle, die meine Fingerspitze hinterlassen hatte, schien nur ein Quadratzentimeter der echten Clarissa durch.

»Du hast sogar deine eigene Schwester getäuscht«, fuhr ich fort. »Darauf kannst du stolz sein. Und dich schämen. Das arme Ding hat dich zwei Jahre lang für tot gehalten. Sie weiß immer noch nicht Bescheid, stimmt's? Und vielleicht wird sie es überhaupt nie erfahren.«

In Fabians Blick lag nur eine leise Andeutung von Trotz. Abermals bewunderte ich sie.

»Wie hast du das hingekriegt?«, wollte ich wissen. »Das Schminken hat dir wahrscheinlich jemand gezeigt, der etwas davon versteht. Außerdem trägst du vermutlich eine Perücke, musstest dir eine neue Körperhaltung antrainieren und das Gehen noch mal ganz neu lernen. Zu deiner überzeugenden Vorstellung kann ich dich nur beglückwünschen.«

Ich streckte wieder die Hand aus, als wollte ich ihr Haar anfassen.

Sie wich zurück.

»Ich habe keinen blassen Schimmer, wovon du redest«, sagte Fabian dann, so wie ich es erwartet hatte. Man hatte sie darauf gedrillt, alles abzustreiten, bis in den Tod.

Aber war ich selbst letztendlich so viel anders?

Tatsächlich brachte ich es nicht über mich, sie öffentlich zu entlarven. Hätte ich bekannt gegeben, dass Fabian in Wirklichkeit die vermisste Clarissa Brazenose war, hätte ich zwar gewonnen, aber sie hätte verloren. All ihre Anstrengungen, auch die derjenigen, die ihr das alles beigebracht hatten, wären dann umsonst gewesen.

Die entscheidende Frage war die: Brachte ich den Großmut auf, sie damit durchkommen zu lassen? Konnte ich sie gewinnen lassen? Mich sozusagen freiwillig geschlagen geben?

»Entschuldige bitte«, sagte ich. »Dann habe ich mich wohl geirrt.«

Und bevor sie mich davon abhalten konnte, rannte ich hinaus.

Noch mehr Verwicklungen konnte ich jetzt wirklich nicht gebrauchen.

Erst als ich wieder in Edith Cavell angekommen war, fiel mir ein, dass ich mein Experiment nicht zu Ende gebracht hatte. Also musste ich später noch mal zurückgehen und im Chemieraum klar Schiff machen.

Wenn Fabian weg war.

Natürlich tat ich kein Auge zu. Ich wälzte mich im Bett hin und her, schwitzte und fluchte. Als es hell wurde, war ich völlig zerschlagen, aber das war mir egal. Ich hatte einen Entschluss gefasst. Ich würde tun, was ich tun musste. Zum Teufel mit den Folgen.

So früh am Morgen sah es in Rosedale ganz anders aus. Über Nacht hatte es Frost gegeben, die Welt war mit Raureif bedeckt. Hier und da sammelten sich über den Mulden zwischen den Hecken Nebelschwaden, als sei dort die Luft geronnen. Über die bereiften Rasenflächen neigten sich dunkle Baumkronen, und es war schneidend kalt.

Ich schlug ein flottes Tempo an und schwang beim Gehen übertrieben die Arme, damit mir warm wurde. Ein Schulblazer und eine weiße Bluse waren kein Ersatz für einen Anorak, und als ich endlich bei den Rainsmiths ankam, lief mir die Nase, und ich nieste.

Ich war kein schöner Anblick.

Aus dem Küchenschornstein quoll Rauch. Ich ging um das Haus herum.

Ich klopfte leise, und Elvina öffnete fast im selben Augenblick.

»Entschuldigen Sie die Störung«, sagte ich, »aber ich würde gern Dr. Rainsmith sprechen. Es ist dringend.«

»Dringend, soso.« Sie winkte mich herein. »Aber bestimmt nicht so dringend, dass du nicht noch einen schönen heißen Tee und ein Butterhörnchen zu dir nehmen kannst. Du siehst ja aus, als wärst du vom Hundeschlitten gepurzelt.«

»Mir geht's gut, danke«, sagte ich und ärgerte mich sowohl über ihre Bemerkung als auch über mein eigenes Aussehen. »Ist Dr. Rainsmith denn zu Hause?«

»Meinst du ihn oder sie?«

»Ihn«, sagte ich. »Ryerson.«

Manche Leute scheuen sich, jemand Älteren beim Vornamen zu nennen. Ich nicht.

»Der ist leider nicht da, Schätzchen. Er ist auf einer Konferenz in Hamilton und kommt erst heute Abend wieder. Hat die Sache bis dahin Zeit?«

»Nein«, erwiderte ich, was womöglich unklug war. »Es geht um Leben und Tod.«

Ohne mit der Wimper zu zucken (was daran liegen mochte, wie mir später klar wurde, dass sie wahrscheinlich jeden Tag mit Leben und Tod beschäftigt war, so wie andere mit Staubwischen), entgegnete sie: »Kann *ich* dir vielleicht weiterhelfen ... oder Mr. Merton? Er hat den Doktor zum Bahnhof gefahren und müsste jeden Augenblick wieder hier sein.«

»Nein«, lehnte ich ab. »Die Sache ist persönlich.«

Ihr Gesichtsausdruck verriet mir, dass sie an unsere vorige Unterhaltung zurückdachte.

»Ganz ehrlich, mir geht's gut«, sagte ich daraufhin und fasste flüchtig nach ihrer Hand. Es war das Mindeste, was ich tun konnte.

Erst in diesem Augenblick sah ich, dass Dorsey Rainsmith in der Tür stand. Sie war mir aus dem Garten ins Haus gefolgt und trug einen Korb mit Blumen. Anscheinend war ich an ihr vorbeigelaufen, ohne sie zu sehen. Vielleicht hatte sie sich ja mit der Gartenschere über einen Rosenbusch gebeugt.

Bildete ich es mir nur ein, oder war Elvina zusammengezuckt? Hatte Dorsey Rainsmith uns beide überrascht?

»Worum geht's denn?«, fragte sie jetzt.

Ich musste mich in Sekundenschnelle entscheiden. Bleiben oder gehen? Ich dachte an Alf Mullets unzählige Schilderungen militärischer Strategien, die ich mit aufmerksamer Miene und halb schlafend durchgestanden hatte. »Konfrontation ist wie eine Kanone«, hatte er immer gesagt. »Eine wirkungsvolle Waffe, aber sie verrät dem Gegner sofort, wo du stehst.«

»Es geht um Francesca Rainsmith«, sagte ich.

Jetzt gab es kein Zurück mehr. Ich hatte meine Kugel abgefeuert und musste abwarten, was jetzt passierte.

»Dann komm am besten mal mit.« Dorsey stellte den Blumenkorb auf die Küchenanrichte und ging vor mir her in einen Raum, der sich als ihr Arbeitszimmer entpuppte. An den Wänden standen regalweise Bücher mit medizinischer Fachliteratur. Ich hätte einiges dafür gegeben, darin zu schmökern, aber hier und jetzt waren weder der rechte Zeitpunkt noch der rechte Ort.

Ohne mir eine Sitzgelegenheit anzubieten, nahm sie auf dem Schreibtischstuhl Platz, drehte sich zu mir um und sah mich an.

»Ich bin sehr beschäftigt«, sagte sie.

»Freut mich«, entgegnete ich, »ich auch. Dann bringen wir's am besten rasch hinter uns. Es geht um Francesca Rainsmith.«

»Was ist mit ihr? Sie ist unter tragischen Umständen zu Tode gekommen, und ich möchte dich bitten, meine Privatsphäre und die meines Mannes zu respektieren.«

Ich ließ mich nicht beirren. »Sie ist auf dem Kostümball an einer Arsenvergiftung gestorben. Ein paar Tage danach haben Sie in Brautkleid und Schleier auf der Mondscheinbootsfahrt ihre Rolle gespielt.«

»Das ist doch lächerlich«, sagte sie.

»Das finde ich auch. Und Inspektor Gravenhurst ist bestimmt derselben Meinung.«

Ich machte eine Pause, damit ihre Schuldgefühle Zeit zum Einsetzen hatten. »Er findet den Obduktionsbericht bestimmt hochinteressant, vor allem in Anbetracht der Tatsache, dass Sie seit dem Fund der Toten für die Leiche zuständig waren.«

»Was willst du damit sagen?«

»Ich will auf Wiedersehen sagen, Dr. Rainsmith.« Damit ging ich zur Tür. Leider wurde die Wirkung dieses Abgangs dadurch verdorben, dass ich einen Niesanfall bekam.

»Halt, Flavia ... warte!«

Widerstrebend blieb ich stehen und drehte mich zu ihr um.

»Dr. Rainsmith und ich ... ich meine, Ryerson und ich ... du weißt hoffentlich, dass wir auf deiner Seite sind. Fasanensandwiches.«

Sie bleckte die Zähne zu einem grausigen Grinsen, das vertraulich wirken sollte, mich aber eher an einen Leichnam in einem Comic-Heft erinnerte.

Ich äußerte mich nicht dazu und ließ mir auch nicht anmerken, dass mir das Wort etwas sagte.

»Fasanensandwiches«, wiederholte sie und lächelte abermals schauerlich ... und auch ein bisschen wehmütig.

Ich sah sie immer noch scheinbar verständnislos an.

»Na gut«, sagte sie daraufhin. »Was willst du eigentlich?«

»Die Wahrheit«, antwortete ich, und diese beiden schlichten Worte hinterließen einen köstlichen Geschmack wie von Milch und Honig auf meiner Zunge. »Erstens: Collingwood. Was haben Sie mit ihr gemacht?«

»Sie zu ihren Eltern zurückgeschickt. Sie hat in der Schule einen heftigen Schock erlitten, dann kam noch ein rheumatisches Fieber dazu. Wir haben sie eine Weile hier gepflegt und konnten sie dann entlassen.«

So weit stimmte die Geschichte vermutlich.

»Zweitens: Francesca Rainsmith.«

Dorsey Rainsmith stand auf und schloss die Tür.

Machte mir das Angst?

Na ja … schon.

»Es wäre mir lieber, diese Frage hätte Zeit, bis Ryerson wieder da ist«, sagte sie. »Er kann das bestimmt viel …«

»Er kommt aber erst heute Abend heim«, fiel ich ihr ins Wort. »Er ist auf einer Konferenz.«

»Ach richtig. Das hatte ich ja ganz vergessen.«

»Das heißt, wir sind unter uns«, fuhr ich fort und verkniff mir, ein »Kleines« hinzuzusetzen wie Humphrey Bogart.

»Reden Sie«, forderte ich sie auf, und sie gehorchte.

Ich konnte es kaum erwarten, Inspektor Gravenhurst alles zu erzählen.

»Also …«, ich lief im Raum auf und ab, »… weil man dachte, sie hätte sich bloß den Magen verdorben, wurde Francesca auf Edith Cavell gebracht. Sie sollte eine Runde schlafen, dann würde es ihr bald besser gehen. Die beiden brachten sie ins Bett und gingen dann wieder nach unten, wo sie noch stundenlang getanzt haben sollen. Gegen Ende des Balles, als sie wieder nach ihr sahen, lag Francesca tot auf dem Fußboden. Jemand hatte ihr die Kehle durchgeschnitten. Die beiden gerieten in Panik. Schließlich wurde bereits gemunkelt, dass sie mehr verband als der gemeinsame Medizinerberuf, wenn Sie verstehen, was ich meine.

Ryerson kam zu dem Schluss, dass er auf den Ball zurückkehren müsse, um den Schein zu wahren. Nach einer Weile entschuldigte er sich, gab Anweisung, dass seine Frau nicht gestört werden solle, und fuhr Dr. Dawes nach Hause. Noch im Auto schmiedete er einen Plan. Er würde nicht die Polizei verständigen. Ihm war eingefallen, dass Francesca sich eine Mondscheinbootsfahrt gewünscht hatte, auf der sie beide ihr Eheversprechen erneuern wollten. Die Karten hatte er bereits gekauft. Nicht einmal der Hauch eines Skandals durfte aufkommen – nicht um ihn und Miss Dawes und schon gar nicht um Miss Bodycotes Höhere Mädchenschule.

Als er endlich in die Schule zurückkehrte, war es schon sehr spät. Trotzdem hörte er aus dem Ballsaal noch Gelächter. Er schlich sich hinauf zu Edith Cavell und fand … nichts! Die tote Francesca war verschwunden. Spurlos. Das Zimmer sah aus, als wäre nichts gewesen. Alles war blitzsauber.

Was nun? Er hatte keine Zeit, lange zu überlegen. Er erzählte Fitzgibbon, dass er seine Frau jetzt nach Hause fahren würde. Nein, keine Umstände, bitte, ich komme allein zurecht.

Am übernächsten Abend verkleidete sich Dorsey mit Brautkleid und Schleier, und die beiden führten ihre kleine Scharade auf. Die Schachtel enthielt natürlich kein Geschenk, sondern Dorseys Wechselkleidung. Während Ryerson den Kapitän verständigte, dass seine Frau über Bord gegangen war, verstaute Dorsey das Brautkleid in der

Schachtel und zog ein dunkles Kostüm an, in dem sie sich zu den anderen Passagieren gesellte, bis das Schiff wieder anlegte. Niemand achtete auf sie, und wegen des Brautschleiers hatte auch vorher niemand ihr Gesicht gesehen.«

Kleine dramatische Pause. »Wie ich das herausgefunden habe? Erstens hatte sich Ryersons Frau beim Aussteigen aus dem Taxi den Kopf gestoßen. Francesca Rainsmith war aber klein. Ihr wäre das nie passiert. Das war das Erste, was mir verdächtig vorkam. Zweitens das Taxi als solches. Warum hatten sich die beiden nicht von Merton zur Bootsanlegestelle fahren lassen? Alles Übrige habe ich dann von Dorsey Rainsmith selbst erfahren.«

Diesmal machte ich eine etwas längere Kunstpause, damit er die vielen Informationen sacken lassen konnte.

»Kommen wir nun auf den Punkt. Haben die beiden Francesca umgebracht? Die Antwort lautet ›Nein‹. Sie haben ihren Tod stümperhaft vertuscht, aber des Mordes sind sie nicht schuldig. Francesca starb an einer Arsenvergiftung. Ich gehe davon aus, dass in ihrer Leiche immer noch Spuren des Giftes nachweisbar sind. Wie ich auf Arsen gekommen bin? Ich freue mich, dass Sie mich das fragen. Wie Ihnen sicherlich bekannt ist, entwickelt sich in vielen Reaktionen, bei denen Arsen anwesend ist, ein giftiges Gas … Arsan. Eine arsenhaltige Leiche, die man in eine Stoffbahn einwickelt, zum Beispiel in eine Fahne, gibt nach und nach Ausdünstungen von sich, die Silber schwarz anlaufen lassen. Die Leiche hielt eine kleine Silbermedaille in der Hand. Ich habe den Belag darauf der Marshschen Probe unterzogen, und mein Verdacht hat sich bestätigt. Ich stelle Ihnen die Medaille gern zur Verfügung, damit Sie sich selbst vom Ergebnis meiner Untersuchung überzeugen können. Ja, ich hätte sie Ihnen schon bei unserer ersten Begegnung aushändigen sollen, das ist mir inzwischen auch klar. Aber ich stand wahrscheinlich genauso unter Schock wie die arme Collingwood. Ich hoffe, Sie nehmen es mir nicht allzu übel.

Nun zu der Fahne. Warum war die Leiche ausgerechnet in einen Union Jack gehüllt? Natürlich, um das Blut aufzusaugen, denn davon war reichlich geflossen. Die Fahne stammte aus einer Truhe in der Eingangshalle und war das Nächstbeste, was gerade zur Hand war. Jedes Jahr am vierundzwanzigsten Mai, an Königin Victorias Geburtstag, weht sie vom Dach der Schule. Mr. Kelly kann Ihnen sicher bestätigen, dass die Fahne im letzten Mai nicht aufzufinden war, weshalb er eine neue besorgen musste. Ich habe ihn noch nicht ausdrücklich danach gefragt, aber mir ist aufgefallen, dass die Fahne, die jetzt in der Truhe liegt, nagelneu aussieht. Sie kann höchstens ein paar Tage im Wind geflattert haben.

Aber wer hat Francesca Rainsmith dann umgebracht? Die Antwort ist eigentlich ganz einfach. Wer gab Francesca die Schuld an dem Autounfall, der ihre Beifahrerin zu einem qualvollen Leben im Rollstuhl verurteilte? Wer hatte Francesca daraufhin in jedem Augenblick ihres Lebens gehasst? (Hier übertrieb ich vielleicht ein bisschen.) Wer hat ein Museum aus ausgestopften Tieren eingerichtet? Wer hat die Mittel und Wege, eine Leiche zu enthaupten? Wer hat die Armmuskeln, eine erbarmungswürdig zierliche Leiche in einen Kaminschacht hochzuwuchten? Ich habe mit eigenen Augen gesehen, wie gewandt die Mörderin mit ihrem Rollstuhl steile Abhänge und Rampen rauf- und runterfährt, und bin sehr froh, dass die Suche nun ein Ende hat.

Aber weshalb hat sie die Leiche enthauptet? Natürlich,

um ihre Identifikation zu erschweren, falls sie irgendwann gefunden werden sollte. Der Schädel, der sich derzeit noch im Leichenschauhaus befindet, stammt aus der Naturkundesammlung dieser Schule. Francesca Rainsmiths Schädel wiederum finden Sie in ebenjener Vitrine, aus der der erste Schädel entnommen wurde. Francescas Schädel wurde mit Tee eingefärbt, damit er alt aussieht.

Woher ich das nun wieder weiß? Weil ich daran geschnuppert habe. Der Schädel riecht eindeutig nach ›Orange Pekoe‹.

Habe ich noch etwas vergessen? Tja, man könnte sich fragen, wie es Francesca Rainsmiths Mörderin gelungen ist, am Abend des Kostümballs, wo es hier von Menschen nur so wimmelte, den abgetrennten Kopf ungesehen aus Edith Cavell in die Naturkundesammlung zu schmuggeln und anschließend den dort entnommenen antiken Schädel wieder in das Zimmer. Nageln Sie mich bitte nicht drauf fest, denn hundertprozentig sicher bin ich nicht, aber ich würde vermuten, dass hierbei eine übergroße Teehaube im Spiel war.

Vielen Dank, dass Sie sich für mich Zeit genommen haben, Inspektor. Ich freue mich, dass ich Ihnen behilflich sein konnte.«

Das alles *hätte* ich dem gut aussehenden Inspektor Gravenhurst nur allzu gern erzählt … wenn ich gekonnt hätte. Doch ich hatte mit Wallace Scroop die Abmachung getroffen, dass er die falsche Francesca auf der Mondscheinfahrt »entlarven« und die Lorbeeren dafür ernten durfte. An diese Abmachung hielt ich mich, auch wenn ich zugegebenermaßen in meinem ganzen Leben nichts so sehr bereut habe wie den freiwilligen Verzicht auf diesen Triumph. Aber manchmal muss man auch schwere Entscheidungen treffen, die nicht mehr rückgängig zu machen sind.

Dass ich den Inspektor nicht darüber aufklären konnte, dass Fabian in Wirklichkeit die vermisste Clarissa Brazenose war, bedauerte ich dagegen nicht besonders. Außerdem ist es schließlich nicht meine Aufgabe, ihm die ganze Arbeit abzunehmen, oder? Soll die Polizei doch ihre eigenen Ermittlungen anstellen. Dann bleiben die Beamten wenigstens in Übung.

Fabian hatte sich natürlich dadurch verraten, dass sie zugegeben hatte, auf dem Ball gewesen zu sein. Ein böser Ausrutscher. Sie war tatsächlich auf dem Ball gewesen – aber als Clarissa Brazenose. Eine »Fabian« war erst vor einem Jahr erschaffen worden und an der Schule in Erscheinung getreten.

In meiner Zusammenfassung der Ereignisse hatte ich Clarissas Verwandlung jedenfalls übergangen. Die Frage, weshalb sich Fabian ohne ihre Tarnung auf dem Schulgelände bewegte, so wie an jenem Abend, als Scarlett sie aus der Wäscherei hatte kommen sehen, hatte mir eine Weile Rätsel aufgegeben. Meine anfängliche Vermutung, dass sie vielleicht ein Bankkonto besaß, von dem sie nur persönlich etwas abheben konnte, hatte sich als irrig erwiesen, denn Scarlett war ihr abends begegnet, und die Banken hatten nur bis fünfzehn Uhr offen.

Wie sich herausstellte, war auch diese Lösung ganz einfach. Die Brazenose-Schwestern haben eine alte Großtante, die an einer Form von Alterskrankheit leidet, die sich »Arterienverkalkung« nennt. Clarissa schlich sich manchmal abends in die Stadt und besuchte die alte Dame, die zufällig nur eine Straße von der Schule weg wohnt. Miss Fawlthorne weiß offenbar um diesen Verstoß gegen die Schulordnung, drückt aber ein Auge zu.

Arme Mary Jane. Sie glaubt immer noch, dass ihre

Schwester tot ist. Ob ihr eines Tages jemand die Wahrheit sagen wird? Keine Ahnung. Eins steht jedoch fest: *Ich* werde dieser Jemand nicht sein.

Die Frage, was aus Le Marchand und Wentworth wurde, wird mich wohl bis an mein seliges Ende umtreiben – als Internatsgeister, die zwar unsichtbar, aber trotzdem sehr gegenwärtig sind. Oft überlege ich, wer die beiden wohl sein mögen und was sie gerade machen, und manchmal lässt mir schon der bloße Gedanke an sie das Blut in den Adern gefrieren.

Ich hatte meine Rede für den Inspektor vor dem Spiegel eingeübt, eine Rede, von der mir von Anfang an klar war, dass ich sie niemals halten würde. Was mir aus dem Spiegel entgegenblickte, war ein ganz gewöhnliches, leicht zerknittertes Schulmädchen mit schwarzen Strümpfen, blauem Blazer, weißer Bluse und Strohhut.

Ich war so angezogen, weil ich mich gleich in Miss Fawlthornes Büro melden musste und weil bei solchen Anlässen Schuluniform Vorschrift war.

Ich wandte mich entschlossen ab und marschierte zur Tür hinaus, einem ungewissen Schicksal entgegen.

30

»Komm rein«, sagte Miss Fawlthorne.

Sie saß hinter einem Stapel Papiere an ihrem Schreibtisch. Auch mein Heft mit dem Aufsatz über William Palmer war dabei.

»Setz dich bitte.«

Ich ließ mich sittsam auf der Stuhlkante nieder, die Knie aneinandergedrückt, die gefalteten Hände im Schoß. So beugte ich mich vor, als könnte ich es kaum erwarten, die nächste Strafarbeit aufgebrummt zu bekommen.

»Es freut dich sicherlich, dass Miss Moate verhaftet wurde«, begann sie, »und dass man Mrs. Bannerman wieder freigelassen hat.«

Ich nickte mit ernster Miene.

»Ich weiß nicht, was für eine Rolle *du* in dieser Angelegenheit gespielt hast, und vielleicht will ich es auch gar nicht wissen. Solltest du daran mitgewirkt haben, dass die Richtige bestraft wird, dann gratuliere ich dir. Ich bin allerdings froh, dass offenbar jemand vom *Morning Star*, ein gewisser Wallace Scroop, derjenige war, der der Polizei die entscheidenden Hinweise gegeben hat. Anscheinend war er schon vorletztes Jahr vor Ort, als Francesca Rainsmith ertrunken ist, und hat seither unermüdlich auf eigene Kosten Ermittlungen angestellt.

Leider hat er dabei Miss Bodycotes Höhere Mädchenschule ins Licht der Öffentlichkeit gezerrt. Die Schlagzeilen sind einfach empörend. Dr. Rainsmith und seine Gattin werden von der Polizei vernommen. Unser Schulbeirat steht vor einem Scherbenhaufen. Unsere ganze Arbeit ist in ernster Gefahr, wenn nicht gar unwiderruflich zunichtegemacht.

Zum Glück weigert sich dieser Scroop beharrlich, seine Informanten zu nennen … aber darüber kannst du mir vermutlich auch nichts Näheres berichten, oder?«

»Nein, Miss Fawlthorne«, antwortete ich.

»Wenn Collingwood und du seinerzeit nicht gegen die Schulordnung verstoßen hättet, wäre das alles nie passiert.«

Ich hatte mich wohl verhört! War diese Frau allen Ernstes der Meinung, Francesca Rainsmith hätte besser bis in alle Ewigkeit den Kamin verstopft und ihre Mörderin wäre ungestraft davongekommen?

»Unser guter Ruf hat nun mal oberste Priorität. Es gibt Dinge, über die man zum Wohl der Allgemeinheit am besten schweigt, auch wenn sie nicht in Ordnung sind.«

Zum Wohl der Allgemeinheit? Gab es so etwas überhaupt? Und wenn ja, wer hatte dann zu entscheiden, *was* dazu beitrug?

Genauso gut hätte man einen Gott verehren können, dessen Name und Anschrift streng geheim waren.

»Ich habe das Gefühl, dass wir versagt haben, Flavia. Ich habe versagt, und du auch.«

Mich fröstelte plötzlich. Lag es an der Temperatur im Arbeitszimmer? Lag es an Miss Fawlthorne? Oder kam meine Erkältung jetzt endgültig zum Ausbruch?

Ich unterdrückte ein Niesen. Miss Fawlthorne wartete ab, bis ich mein Taschentuch gefunden hatte.

»Wir haben unser Möglichstes für dich getan, aber es

hat nicht ausgereicht. Du hast wiederholt gegen die Schulordnung verstoßen, als spielte sie für dich überhaupt keine Rolle. Ich muss deine Vergehen hier nicht eigens aufzählen, du kennst sie selbst am besten.«

Ich ließ den Kopf ein bisschen hängen, denn sie hatte ja recht.

»Deshalb ist es nur folgerichtig …«, sie zögerte es hinaus, wie es viele Leute machen, die jemandem einen verdeckten Schlag versetzen wollen, »… dass wir dich wieder nach Hause schicken.«

Einen Augenblick war ich wie betäubt.

»Mrs. Bannerman wird dich begleiten. Als Entschädigung für das, was sie durchgemacht hat, hat sie Sonderurlaub bekommen. Deinem Vater habe ich bereits telegrafiert. Er erwartet deine Ankunft.«

Inzwischen drehte sich in meinem Kopf etwas wie ein Kreisel, der nicht mehr genug Schwung hat.

War das etwa wieder eine von Miss Fawlthornes berühmten »Strafen«?

Ich würde es wohl nie erfahren.

Doch schon schlug der Gedanke, der bloße Gedanke an Buckshaw wie ein über die Ufer getretener Fluss über mir zusammen und flutete geradewegs in mein Herz.

»Danke, Miss Fawlthorne«, sagte ich.

EPILOG

Ich stand am Bug, der Wind peitschte mir durchs Haar, und mein Gesicht wurde von der Gischt, wenn es denn die Gischt war, ganz nass.

Verbannt!, dachte ich. *Zum zweiten Mal verbannt!*

War ich denn wie der Fliegende Holländer dazu verdammt, auf der Suche nach Erlösung bis in alle Ewigkeit auf den Weltmeeren zu kreuzen?

Diese Frage hatte ich, allerdings mit etwas schlichteren Worten, auch Mrs. Bannerman gestellt, als wir am Abend zuvor im Gesellschaftsraum des Schiffes zusammengesessen hatten.

»Du lieber Himmel!«, hatte sie ausgerufen. »Du hast mit Bravour bestanden. Hast du das immer noch nicht begriffen?«

»Ich bin eine NRV«, widersprach ich. »Nicht Recht Vorangekommen. Man schickt mich mit Schimpf und Schande wieder heim, so wie Charlotte Veneering.«

»Ganz im Gegenteil«, erwiderte sie lachend. »Man wird dein Foto in der Galerie aufhängen, so wie das deiner Mutter, und damit wirst du Teil der Legende werden.«

»Aber die Schulordnung…«, wandte ich ein. »Ich habe doch ständig gegen die Vorschriften verstoßen. Miss Fawlthorne hat gesagt, der gute Ruf der Schule hätte oberste Priorität.«

»Schon«, hatte die ehemals des Mordes Bezichtigte erwidert, nachdenklich in ihren rosafarbenen Martini geblickt und das Getränk dann umgerührt, »aber sie hat bestimmt auch gesagt, dass es Dinge gibt, über die man zum Wohl der Allgemeinheit am besten schweigt, auch wenn sie nicht in Ordnung sind.«

Auch wieder wahr.

»Tut mir leid, dass Sie verhaftet wurden«, wechselte ich das Thema. »Hätte ich schon früher etwas gesagt …«

»Pst!«, machte sie. »Davon will ich nichts hören. Ich habe dir doch erzählt, dass ich der Polizei ab und zu bei ihren Ermittlungen helfe. Das hört sich vielleicht widersinnig an, aber mehr darf ich dazu nicht sagen. Wenn hier jemand dein Mitleid verdient hat, dann die arme kleine Collingwood. Sie hat Francesca damals mit ihrem Kostüm geholfen und den roten Strumpf natürlich sofort wiedererkannt. Man hat mir versichert, dass sie sich irgendwann davon erholen wird, aber ein paar kleine Gebete für sie können nicht schaden.«

Damit neigte sie den Kopf, und ich tat es ihr nach.

Ich bedauere noch heute, dass ich zur Lösung des Falles weder das Spektralfotometer noch das Elektronenmikroskop einsetzen konnte. Zu guter Letzt war es die schnöde alte Marshsche Probe gewesen, die zum Erfolg geführt hatte.

Ob mir das vielleicht etwas sagen wollte?

In der Schule hatte sich niemand von mir verabschiedet. Es hatte keine kleinen Partys gegeben, keine kleinen Geschenke. Für die anderen Mädchen war ich nur eine weitere Mitschülerin, die von heute auf morgen verschwunden war. Mein Name würde in einem Atemzug mit den Namen von Wentworth, Le Marchand und Brazenose genannt werden.

Man würde meinen Geist in verdunkelten Zimmern mit

Hilfe von Ouija-Brettern anrufen und kleinen Mädchen, die zum ersten Mal von zu Hause weg waren, damit Angst einjagen.

Bei diesem Gedanken musste ich ein bisschen schmunzeln, und ich hielt das Gesicht in den Wind.

Ein jäher Brecher klatschte mir einen Schwall kaltes Wasser ins Gesicht, aber das machte mir überhaupt nichts aus.

Irgendwo vor uns im Osten lag England. Und in der gleichen Richtung, noch hinter dem Horizont, lag Buckshaw.

DANKSAGUNG

Jedes Mal, wenn ich mir ein Buch kaufe, schlage ich als Erstes die letzten Seiten auf und lese die Namen all jener, die bei seiner Entstehung mitgeholfen haben. Entgegen der allgemeinen Auffassung schreibt niemand ein Buch ganz allein, und auch dieses hier ist keine Ausnahme.

Meine Lektoren – Bill Massey von Orion Books in London, Kate Miciak von Delacorte Books in New York und Kristin Cochrane von Doubleday Canada – sind die Stützpfeiler, die diese Brücke aus Worten tragen.

Meine Agentin Denise Bukowski ist immer für mich da. Sie ist mein literarischer Schutzengel.

Brad Gossen und Russell Eugene »Bud« Gossen haben geduldig meine Fragen hinsichtlich der Polizeiarbeit im Toronto der Fünfzigerjahre beantwortet, und Carol Fraser hat mir Unterlagen und wertvolle Familienschätze zur Verfügung gestellt, mit deren Hilfe ich verschiedene historische Details klären konnte.

Robert Bruce Thompson, dessen *Illustrated Guide to Home Chemistry Experiments* unzähligen Hobby-Chemikern gezeigt hat, wie man forensische Untersuchungen durchführen kann, ohne das Haus zu verlassen, hat mich wieder einmal vor den Fallstricken der Giftkunde gerettet und mir außerdem zahlreiche wertvolle Anregungen geliefert.

Mein besonderer Dank gilt Maija Paavilainen vom *Bazar*

Kustannus Oy in Helsinki für ihre Einladung in diese wunderschöne Stadt, sowie Vilja Perttola dafür, dass er mich trotz eines eng getakteten Terminkalenders stets pünktlich von A nach B gebracht hat.

Und schließlich danke ich wie immer meiner Frau Shirley, deren Liebe mich für alle Mühen entschädigt.

Isle of Man, 28. Juni 2014

Danksagung der Übersetzer

Wieder einmal konnten wir glücklicherweise auf die »chemische Unterstützung« von Dr. Henning Böckemeier zurückgreifen.

Dafür bedanken sich ganz herzlich die in dieser Hinsicht suboptimal versierten Übersetzer

Katharina Orgaß und Gerald Jung.

Alles tanzt nach Flavias Pfeife – vom Toten bis zum Heiligen.

352 Seiten. ISBN 978-3-442-37902-6

Sie steckt ihre Nase überall hinein und befördert jeden noch so tief vergrabenen Hinweis ans Licht – die elfjährige Flavia de Luce ist Hobbydetektivin aus Leidenschaft. Als sie ihre Nase zur Abwechslung in eine alte Kirchengruft steckt, rechnet sie allerdings nicht damit, eine verhältnismäßig frische Leiche ans Licht zu befördern. Aus dem Grab des Kirchenheiligen von Bishop's Lacey blickt ihr der ermordete Kirchenorganist hinter einer grotesken Gasmaske entgegen. Wer hatte einen Grund, Mr. Collicutt zu töten, und wieso hat er die Leiche hier, an diesem heiligen Ort, versteckt? Ein neuer Fall für die brillante Flavia!

Lesen Sie mehr unter: **www.blanvalet.de**